ローラ・キンセイル/著
清水寛子/訳

●●

嵐に舞う花びら(下)
Flowers from the Storm

扶桑社ロマンス
1216

嵐に舞う花びら（下）

登場人物

アーキメデア（マディー）・ティムズ――クエーカー教徒、看護婦

クリスチャン・シャーヴォー――シャーヴォー公爵、数学者

ジョン・ティムズ――マディーの父、数学者

エドワード・ティムズ――ジョンのいとこ、精神科医

ラーキン――養護院の介護人

イーディー・サザーランド――クリスチャンの愛人

レスリー・サザーランド――イーディーの夫

カルヴィン――シャーヴォー家の執事

キット・ダラム――クリスチャンの友人、教区司祭

アンドリュー・フェイン――クリスチャンの友人、近衛隊大佐

公爵未亡人――クリスチャンの母、先代公爵夫人

レディー・ド・マーリー――クリスチャンのおば

ミスター・マニング――クリスチャンの姉の夫

ストーナム卿――クリスチャンの姉の夫

リチャード・ギル――クエーカー教徒

19

朝になって着替えをしようとしたクリスチャンは、ひどく不機嫌になった。これ以上、ダラムの服を着るのはうんざりだ。借り物の服を着て丸一日長旅をしてきたあとでは、なおさらだった。ダラムの服を着るくらいなら、結婚式用のごてごてした正装のほうがまだましだ。肌着はすべてブルヒルトがきれいに洗ってくれたし、靴下も丁寧に丸めて置いてあった。それらを着るのは簡単だったが、ベルベットのズボンをはいてボタンをとめようとしたところで、彼の怒りは頂点に達した。自分に腹が立って仕方がない。混乱した頭と思うように動いてくれない両手のせいで、簡単な作業ひとつが、こうもいまいましい難業になってしまうなんて。

ひどくむしゃくしゃした気分のまま、片手だけを使って最後のボタンをどうにかこうにかはめ終えたとき、表のドアがバーンと大きな音を立てて開くのが聞こえた。窓から外をのぞいてみると、マディーガールがマントをひるがえして丘のてっぺんにある牧羊場のほうへ歩いていくのが見えた。村とは反対の方角へ、速い足どりできびきびと歩いていく――とにかくここから出ていこうとしているような歩き方だ。

クリスチャンは罵《のの》りの声を吐き、手に持っていたウエストコートを放《ほう》りだすと、シャツの前ははだけたまま、コートも羽織らずに部屋から飛びだした。

マディーは自分でもどこへ行こうとしているのかわからなかった。嵐《あらし》は雷雨だけでなく、冬と研ぎ澄まされた寒さを連れてきたようだ。冷たい北風が頬を刺す。ゆうべの激しい土砂降りの名残で地面はひどくぬかるんでいて、庭一面が水浸しになっていた。だが、その向こうに広がる吹きさらしの草地にはすでに霜がおりていて、一歩踏みしめるごとにザクザクと音を立てた。彼女はスカートをつまんで裾《すそ》を持ちあげた。もっとも、今さらそんなことをしてもあまり意味はないけれど。手持ちの服のなかではいちばん上等なグレーのドレスは、すでに何度もつくろったあとがあり、あちこちに染みもできていた。これを〝上等〟と呼ぶのははばかられるくらいに。

丘のてっぺんにたどり着くと、マディーは北を向いて立ちどまり、氷のように冷たい風に吹かれた。ゆうべはひと晩じゅう気まぐれな嵐の音に耳を傾けるだけだったので、今朝になってこうして冷たい風を体に浴びると、心がきゅっと引きしまる気がしてなんだかうれしくなる。

これはひとつの試練だ。それは間違いなかった。いくつもの試練を与えられ、それらを乗り越えることによって、自分でも想像していなかった心の強さを身につけることができるのだから。

自分で自分に歯どめをかけることすら、流砂のように危険な行為だ。生物としてあたりまえのふれあいに喜びを見いだしてはいけないと自分を厳しく律しようとすると、シャーヴォーの手の感触をかえってまざまざと思いだしてしまう。世俗的な肉体に支配された自分を蔑《さげす》めば蔑むほど、暖炉の明かりに照らされた彼の顔が頭にちらついてしまう。

背後から足音が近づいてくるのが聞こえた。激しい息遣いも。振り向くと、そこに彼がいた。マディーから一メートルほど離れたところに、シャツ一枚で風に吹かれて立っている。こんな男が声をかけてきたら用心しろと、正しき道を歩んできた分別のある老女が若い娘に忠告する男性像そのものだ。

「なにか？」マディーはわざとそっけなく訊《き》いた。

シャーヴォーは口もとを少し引きつらせた。しゃべりたいのにうまくしゃべれないかのように。彼は目をそらし、うつむいた。黒髪が風に吹かれてなびいている。

「戻ったほうがいいわ。そんな格好じゃ風邪を引いて死んでしまうわよ」

彼は目をあげた。その瞳の色は、ハリケーンの雲の中心付近のように暗く、彼の背後に広がる空と同じダークブルーだ。

「戻って」マディーはそう言うと、彼に背を向けて歩きだした。

　無関心を装ってそのまま数メートル進んでから、すっと立ちどまる。「わたし、ひとりで歩きたいの」風上に顔を向けたまま、彼のほうは振りかえらずに言った。

「**どこへ?**」

　強く問いただすような口調は彼の悲嘆の表れにすぎないと、マディーにはわかっていた。いかにも尊大なその態度も、すべてが本気なわけではない――いくらかは本音の部分もあるだろうけれど。彼女はそこで振り向いた。「どうしてそんなこと、あなたが知らなきゃいけないの?」

　厳しい声で叱《しか》りつけられた馬がたじろぐように、シャーヴォーは身をこわばらせた。彼が肘をつかんできたが、マディーは腕を引いて彼の手を振り払った。

「わたしになにを求めているの?」彼女は叫んだ。「なんなの?」

　シャーヴォーは口をぎゅっと閉じたままだ。ふたたび彼女をつかまえるような動きを見せてから、はっとわれに返って手をおろした。そして、苦労しながら声を発する。

「**フレンド**」

「わたしはあなたの看護婦よ。ただそれだけ」

　彼の顔に嘲《あざけ》りの影が宿る。「看護婦なら……**そばにいてくれ**」今度はさほど苦労せずに言った。

マディーはこの議論に負けたことを悟り、すうっと息を吸いこんだ。誠意のある看護婦ならば、自分がいなくてもあなたは大丈夫だなどと言って、患者を見捨てて走り去ったりはしないはずだ。彼女は悔しげにマントの前をかきあわせた。

自分の側に分があることを感じたのか、シャーヴォーがかすかに微笑《ほほえ》んだ。「戻って……こい……**ぼくのところへ**」

「いいえ。お願い。今はだめ。とにかく……だめ。少し歩きたいの。ひとりで」

微笑みが不満の表情に変わる。「歩こう」シャーヴォーは顎をぐいっと突きだして言った。「戻ろう……**あっちへ**」

マディーは彼がなにを言いたいのかわからなかった。矛盾しているようにしか聞こえなかったからだ。シャーヴォーが先に立って、丘を横切る空積みの石塀へと歩いていくまでは。そこまで行って、彼は塀に寄りかかった。

「歩こう」シャーヴォーは片手を大きく振ってそう言った。

この広い野原でも、ひとりになりたいという望みは叶わない。けれどもマディーは風にばたつくマントをしっかりとかきあわせ、彼のいるほうとは反対向きに歩きはじめた。丘の谷間へ向かって進み、そこからまたゆるやかな傾斜をのぼって、丘の向こうにいた羊の小さな群れを驚かせつつ、さらにずんずん歩いていく。次の丘の頂点に達すると、風がいちだんと強くなった。マントのフードをかぶっているのに、耳がちぎれてしまいそうなほど痛い。

逃亡のささやかな試みは、無駄なあがきにすぎなかった。やっぱり彼には勝てないということだ。こうして歩いているときでさえ、頭からは片ときもシャーヴォーのことが離れないのだから。

いつのまにかマディーは立ちどまっていた。これ以上、先へは進めない。マディーはそこで決意を新たにした。体に悪い強風に吹かれている患者をあたたかい家のなかへ連れ戻すことこそが、まともな介護人の務めだ。彼女はスカートの裾をつまみあげ、谷間を流れている小川を飛び越えながら、今来た道を引きかえした。

司祭館と教会の建物が見えるところまで戻ってきたとき、白いシャツ一枚で不機嫌そうに石塀に寄りかかっていたシャーヴォーの姿は見えなくなっていた。マディーはあたりを見まわし、丘のてっぺんに露出した岩の上に座っている彼を見つけた。彼女がそちらへ歩いていくと、シャーヴォーは立ちあがった。早朝の太陽が逆光となって、力強く優雅なシルエットを浮かびあがらせていた。

「行きましょう」少し離れたところからマディーは声をかけた。あまり近づきすぎると、看護婦としての務めを忘れさせるような感情が芽生えてしまいそうな気がしたからだ。「そろそろ家に戻らないと」

シャーヴォーが片手を差しだした。背後から差してくる陽光が、彼の手に握られている色鮮やかなものを照らしだした――風を受けて揺れている、茎の長いアスターの花々だ。

シャーヴォーの顔は無表情のままだった――悔恨の色も浮かんでいなければ、笑顔もない。あまりにも予想外なその出来事にマディーはとまどいを覚え、どう反応していいのかわからなくなった。くすんだ色合いの風景のなかで、前日の嵐にもめげず、秋も深まったこの季節に今なお珍しく咲き誇っている珍しいアスターの花は、ひときわ目を引いた。冷たい風に吹かれつづけたせいもあって、マディーの頰はかーっと熱くなった。

「わたしにいったいなにを期待しているの?」大きな声で問いただす。「わたしはね、ちょっと粉をかけられたくらいで誰とでも軽々しく寝るような、身持ちの悪い女ではないのよ」彼女は花束をシャーヴォーの手から奪いとると、地面に向かって投げ捨てた。突風がそれらの花を巻きあげ、吹雪のようにあたりに散らす。「こんなふうにわたしの心をもてあそぼうとするなんて、ひどい人!」

しばらくのあいだ、シャーヴォーは眉をひそめて彼女を見つめていた。そして突然、恥ずかしそうに顔を真っ赤に染める。

「**すま……ない**」表情が硬くこわばった。「**悪かった……**」その言葉の語尾は、怒りのうめきと笑い声が入りまじったような音になった。シャーヴォーが目をそらし、ふたたびしゃべろうとしては失敗する、をくりかえした。口にしたい言葉がすり抜けて、マディーの後ろの野原へと消えていってしまうかのように。彼は唇をゆがめ、やっとのことで声を発した。「**ばか**」

「いいえ、あなたはばかなんかじゃないわ！　あなたはよこしまで、世俗的な男性だというだけよ。初めて会ったときから気づいていたけど。でもそれが、このところどんどんひどくなってきて。キスをしたり、抱きしめたり！」マディーの口調は熱を帯びてきた。「本当に忌まわしいったら」

シャーヴォーは遠くの景色を見つめ、シャツや髪をばたばたとはためかせる強い風に目を細めている。

「わたしたちのあいだにはなにも起こりえないの、わかるでしょう？」マディーは心のなかにある思いの丈を、考えるだけでも怖くなりそうだったことを、大声でぶちまけた。「わたしは生まれながらのフレンドなの、シャーヴォー。そしてあなたは、生まれながらの貴族」

むっつりと黙りこんだままで、彼はなにも答えてくれない。

「わたしの身になにが起こるか、わかる？　わからないわよね。そんなこと、少しも気にしていないんでしょう？」マディーはふうっと息を吐きだした。「もしもそんなことにでもなったら、わたしはフレンド派から除名されてしまうのよ。それがわたしたちのやり方なの」

シャーヴォーはまだ口をつぐんだままだった。誇り高い顔つきで、はるか遠くを見つめている。大法院でうつろに宙を見つめていたときのように。

「わたしはフレンドじゃなくなってしまうの。ひとりぼっちになってしまう！」マディーは、彼からなんの反応も返ってこないことにやきもきして叫んだ。「ひとりぼっちになってしまう！」

「違う」ついにシャーヴォーが口を開いた。てのひらを上に向けて彼女のほうへ差しだす。そこにはなにも載っていなかった。ただ、男らしく堂々と手を差しのべているだけだ。「マディーガール……**ぼくがいる**」

マディーは彼の手を見おろした。鋭い痛みがどっとわき起こってきて、声が出なくなる。拒絶の言葉も説明の言葉も、喉のあたりに引っかかっていた。マディーは彼から逃げだすように、丘を駆けおりていった。濡《ぬ》れた芝生につるっと足をとられ、かかとで滑りながら――それでも決して転ぶことはなかった。心のなかを除いては。

最悪なのは、シャーヴォーにあんなことを言われたせいで、ほかにはなにも考えられなくなったことだった。頭のなかが誤った考えや空想でいっぱいになってしまった。自分のものでもなんでもないここの庭を理想の形に変えたいとひそかに夢見るだけではすまず、彼とともにここで暮らすことまで想像していた――父も含めて三人だけで、静かに、穏やかに、そして慎《つつ》ましやかに生きていけたら……。わたしが家事と庭仕事をするかたわら、父とシャーヴォーは難しい数字や式を前に頭を寄せあって研究に没頭する。ときには、病気になる前のシャーヴォーを思い浮かべることもあった。会えたのはたったひと晩のほんの短い時間だったけれど、そのときの彼は、言語明瞭《めいりよう》、頭脳明晰《めいせき》、冷静沈着で、おまけに遊び心もある人だった。もちろんそれより、今のシャーヴォーを思い浮かべることのほうが多いけれど。言葉につまっていらいらしているときの彼ではなく、手を握ったりそっとふれたりできる落ち着いた状態のシャーヴォーを――そんな彼とああしたりこうしたりと頭に思い描くだけで、いけない思いがこみあげてきて心が乱れ、恥じ入りたい気分になった。

その日は一日じゅう、マディーはできるだけシャーヴォーとの接触を避けるようにしていた。ブルンヒルダをずっと自分のそばに置いておき、寝室の空気を入れ換えたり、パーラーの掃除をしたりして過ごした。シャーヴォーに声をかけたのはたった一度、寒くて埃《ほこり》っぽい書斎にこもって、訓話本から破りとったページに先のつぶれた古いペンで数式のメモを書きつけている彼を見つけたときだけだった。暖炉に火も熾《おこ》さず、ランプすらつけず、明かりは蔦《つた》に覆われた窓からもれ入ってくる薄い日差しだけ。そんなに居心地の悪い状況でひとり黙々と作業している彼を発見してしまったことに腹が立って、マディーはいささか強い口調で、キッチンへでも行ってて、と彼に命じた。掃除をするのに邪魔だから、と。

マディーは彼を見送ろうともせず、そそくさと蜘蛛《くも》の巣を払いはじめた。ブルンヒルダはしばらく戸口にたたずんでいたが、ふいにくるりと向きを変えて去っていった。十五分ほどして戻ってきた彼女は、手に長いほうきを持っていた。そして、デスクの下や本棚のまわりをせっせと掃きはじめた。

「あのう……よろしければ、ひとことだけわたしの意見を言わせてもらってもいいですか、ミストレス？」ブルンヒルダが言った。

「なにかしら？」マディーは家事のやり方についてなにかヒントでももらえるのかと思い、訊きかえした。

「だんなさまにああいう思いやりのない口の利き方をなさるのは、あんまりよくないと思うんです。そういうことは関係ない場合もあるんでしょうけど、もっと愛情深く親切にお声をかけてあげたほうがうまくいく場合もあるんじゃないかって」

マディーは唇を噛《か》みしめ、はたきをかけつづけた。ブルンヒルダもほうきを動かしつづけている。

「もちろん、奥さまはわたしより年上でいらっしゃるから、いちばんいいやり方をご存じなんだとは思いますけど。でも、奥さまを見つめるだんなさまのあのお顔を見たら……」

マディーは引き出しにしまわれていた筆記用紙の束をそろえてデスクの真ん中に置き、きれいに削られたペンをその横に置いた。

ブルンヒルダがごみ箱の上に身をかがめる。「だんなさまは奥さまをとても愛してらっしゃいます。だから、あんまり冷たく突き放すようなことはなさらないほうがいいと思うんです」

「ここにもキャンドルが必要ね」マディーは抑揚のない声で言った。「それと、庭ばさみはあるかしら？　窓の蔦を切りたいんだけど」

「ええ、ミストレス」ブルンヒルダは答えた。

夕方になるとブルンヒルダの母親が、新鮮な鱒《ます》とプディングとチョコレート用の生クリームを持ってやってきた。「ミスター・ラングランドはことのほかチョコレートがお好きだって、娘から聞きましたんでね」田舎の婦人は鮮やかなピンク色のかたまりをテーブルにどんと置き、さっそく魚の下ごしらえを始めた。「教会かチャペルにはいらっしゃるの？」

「わたしはフレンド派を信仰してるって、ブルンヒルダから聞いてませんか？」

「ああ、そう言えば。それじゃあ、チャペルのほうですね」

「この近くには集　会　所《ミーティングハウス》はないのかしら？」

「ユニテリアンのチャペルなら、ストラウドにありますけど。でも、ここからだと十キロ以上はありますよ」

マディーは微笑んだ。「じゃあ、おとなしくここにいることにするわ」

「あらまあ、もったいない、市場のすぐ近くにできた新しい教会を見ないなんて。すごく立派なんですよ。天井まで届くような大きなパイプオルガンがあって。オルガンは公爵さまが寄付なさったものなんですけどね。機械学会用の図書館を建てるために教区委員の許可とやらが必要だったらしくて、その見返りとして。まあ、あっちもあっちならこっちもこっちってことですよ。うちの教区委員たちは頑固者ぞろいですから、誰も異議を唱えることなんかできないんです。でもあのオルガンは、それはそれは見事なものなんですよ」

マディーは大きな瓜《うり》に注意深く包丁を入れた。「公爵って、どなたのこと?」

「シャーヴォー公爵ですよ。小耳に挟んだ話では、かなりの道楽者で放蕩《ほうとう》者のお方らしいです。頭は針のように鋭いけれど、常識外れというかなんというか。ここから見える範囲の土地や羊はすべて公爵さまのものなんです。でも、このあたりの大きな農場主たちはみんな文句を言ってますけどね、自分たちのほうがはるかにうまく管理できるのにって。わたし自身は、このままでもいいと思いますけど。この年になると、あんまりものごとが変わってしまうのを見るのは忍びないというか。ただし、この古い司祭館の埃が払われてきれいになるのはうれしいことですけど。ダラム司祭はあなたのご親戚《しんせき》なんでしょう、ミセス・ラングランド？」

「いえ、彼はフランシス・ラングランドの友人なんです」マディーは答えた。

「まあまあ、なんてすてきな呼び方なんでしょう。ご自分のだんなさまを、そんなふうにフルネームで呼ぶなんて」

マディーは手もとをのぞきこむようにして野菜を切りつづけた。「それが神の戒律ですから。世俗的な賛辞は口にせず、嘘《うそ》をつかず、主イエス・キリスト以外の者を決して主人と呼ぶなかれ、というのが」

ミセス・ディグビーがけらけらと笑った。「あら、それじゃあ、だんなさまのこと、だんなさまとはお呼びにならないんですか？」

マディーは顔を伏せたまま、くぐもった小さな声で答えた。「ええ」

「おや、そうですか。うちの娘が言うには、とってもハンサムなお方だそうじゃないですか。すごく品があってやさしいお方だって」

「ええ」マディーは言った。

「でも、おつむのほうがちょっと弱くていらっしゃるとか」

マディーはばたっと包丁を置いた。「おつむが弱いだなんて、そんなことはありません。ちょっと病気をしていただけで」

「ええ、ええ、そうでしょうとも」ミセス・ディグビーはのんびりとした口調で言った。「うちのおてんば娘ときたら、ほんと口が悪くて。でも、心根はいい子なんですよ。だんなさまのことも、とっても気に入っているんです。そうじゃなきゃ、わたしだって、しぼりたての牛乳でつくった自家製の生クリームをわざわざ届けに来たりしませんし」

「ご親切にありがとう」

「あらいやだ、お気になさらないでくださいよ、ミセス・ラングランド。こっちは喜んでさせてもらってることなんですから。司祭がここへお見えになるのは年に一度きりなんですけどね、古い教会に迷いこんできた鶏《にわとり》にまでありがたいお説教をしてくださるんですよ。あのお方のためになれることでしたら、なんだってさせてもらいたいんです」

それが皮肉なのかどうか、マディーには判断しかねた。だが、ミセス・ディグビーは丸っこい顔に愛想のいい笑みを浮かべて料理を続けている。

「うちのウィリアムも教区委員のひとりなんですけどね」ミセス・ディグビーがつけ加えた。「彼が言うには、教区内の問題にあれこれとうるさく口を出してくる司祭ほど迷惑なものはないんですって。もしも公爵さまがついうっかりと、信仰に厚くて熱心な司祭でも任命しようものなら、いったいなにが起こるかわからないって。そういう意味じゃ、わたしたちはとっても恵まれてると言えますね。だからみんな、ダラム司祭のことが大好きなんですよ」

マディーの夢のなかで、犬たちが激しく吠《ほ》え立てていた。その声は次第に大きくなっていき、遠くのほうで誰かがドアをどんどん叩《たた》く音も聞こえてきた。彼女はベッドの上で寝返りを打って目を開け、窓ガラスの向こうに広がる灰色の空を見つめた。

ドアを叩く音は現実だった。犬の声も。今や、はっきりと聞こえる。マディーは慌ててローブ代わりのマントを羽織り、誰もいない部屋を駆け抜けて廊下へ向かい、窓から薄暗い外の様子をうかがった。

眠い目をすがめながら見おろすと、窓の下に馬車が一台とまっていた。馬の背からはまだほかほかと湯気があがっている。だが、石造りのポーチの屋根が邪魔になって、誰がそこに立っているのかは見えなかった。そこへもう一頭の犬も加わって、一緒に吠えはじめる。ドアを叩く音が突然やんだ。ブルンヒルダかしら――でもあれは男の人の声だ――とすると、ダラム？　しかし、彼はもうとっくに村を去っているはずだ、途中で引きかえしてきたのでなければ。マディーは廊下を走って階段へと急ぎ、両脚をもつれさせながら駆けおりた。

「ミス・ティムズ！　早く！」冷たい風とともに玄関のなかへ飛びこんできたダラム

が、階段の下で怒鳴った。「やつらがすぐそこまで来てるんだ！　一刻も早く逃げないと！」

シャーヴォーもすでに下におりてきていた。とるものもとりあえず、ブルンヒルダが市場の吊《つる》しの店で買ってきた農夫用のオーバーコートを上から着こんでいる。メイドはたった今ここに着いたばかりらしく、エプロンの上にマントを羽織ったままで、マディーと同じくらい困惑しているように見えた。ダラムが階段を一段飛ばしであがってきて、彼女の腕をむんずとつかんで連れていこうとする。マディーは転げ落ちないようについていくのが精いっぱいだった。階段の下までおりると、深紅の制服の上に青いコートを着たフェイン大佐が、開いたドアから粉雪の吹きこんでくる玄関に立っていた。

ダラムはネグリジェを着たままのマディーに、靴下なしで靴を無理やり履かせた。冷たい風に打たれながら、彼女はなにを考える暇もなく、フェイン大佐にがしっと肩を抱かれた。大佐は彼女を半分抱えあげるようにしながら、一気に走りだした。

「どこへ行くの？」マディーは後ろを振りかえろうとしながら叫んだ。「公爵を連れ戻しに誰かが来たの？」

「追っ手だ」大佐は大声で答え、彼女をぐいぐい引っぱった。そして突然、彼女の体を肩に軽々と担ぎあげた。「とにかく教会までたどり着かないと」

まだ明けきらぬ冷たい空の下、敷石や地面に雪がうっすらと積もるなか、〝とがり屋根の家〟の黒い影がぼうっと浮かびあがっていた。フェイン大佐はポーチにたどり着くと、やっとマディーをおろした。そのあとから、シャーヴォー、ダラム、ブルンヒルダ、そして犬たちも続く。重厚なアーチ型のドアをダラムが押し開けると、人と犬は風と雪を連れていっせいに建物のなかへなだれこんだ。

するとダラムは、すかさずドアを閉めて木製の巨大なかんぬきをかけ、天井の高い空間に大きな音を響かせた。ステンドグラスから差しこんでくるわずかな光だけが、暗い室内に彩りを与えていた。十字架と質素なテーブルの上部に、ピンクや金色や青のガラスがはめこまれた円形の窓があって、そこからきらびやかな光が入ってくるほかは、全体が暗がりに覆われている。そのどこからか、ひよこたちの眠たげな朝のさえずりが聞こえたかと思うと、一羽の白い雌鶏《めんどり》がばさばさと翼をはためかせて前方にある手すりの上に飛び乗り、人間たちをつまらなそうに眺めはじめた。

「ミス・ティムズ」ダラムが息を弾ませながら言った。「あと十五分もしないうちに連中が来てしまう。フェインとは来る途中で会ったんだ――説明してる暇はないが、とにかくぼくらにはひとつの希望しか残されていない。たったひとつ。それがきみなんだ――きみはシャーヴォーと結婚しなければならない。今すぐ。ただちに。ぼくならきみたちを結婚させてやれる」

ネグリジェにマントを羽織っただけのマディーは、口をあんぐりと開けた。

「急すぎることは承知のうえだ。できればこんなことは避けたかった、もっとほかにいい方法があればね。だが、彼らはぼくが予想していた以上に早く、公爵の居所を突きとめてしまった。ミス・ティムズ——やつらは彼を連れていくつもりなんだ。ぼくにはそれをとめることはできない。フェインにも無理だ——法的にはなんの権限もないんだから。このままでは彼が連れていかれてしまう」

「でも——彼をどこかに隠しておくことはできないの？　もっと遠くへ逃げるとか」

「時間がない。時間がないんだ、ミス・ティムズ！　聞こえたか？　フェイン、ドアを確かめてくれ——全部のドアにかんぬきをかけるんだぞ！　ああ、ほら来た——連中の馬だ！」

たしかに、びゅうびゅうと吹く風の音にまじって、丘のふもとの小さな橋を渡ってくるひづめの音が聞こえた気がした。だがすぐにその音もしなくなる。ブルンヒルダが目を真ん丸に見開き、声を殺して叫んだ。「聞こえる！」

「お願いだ！」ダラムがマディーに向かって言う。「神を愛しているのなら、ミス・ティムズ——ぼくらが頼りにできるのはきみだけなんだよ。たったの五分——たったの五分後には、きみが法的には公爵のいちばんの近親者ってことになるんだ。そうなればもう、きみがノーと言えば誰も彼には手出しできない」

「無理よ、そんなの！　だってわたし、フレンド派なのよ！」

「きみがヒンズー教徒だろうとなんだろうと、かまうもんか。ぼくらの唯一の希望なんだ。さもなきゃ、彼はまた養護院に閉じこめられてしまうんだぞ！　彼を外の世界へ連れだしてくれたのはきみじゃないか。そのことは、きみ自身が誰よりもよくわかってるはずだ」

「あなたにはわからないのよ！　わたしは、牧師の祝福を受けて結婚式なんか挙げられないの――こんな〝とがり屋根の家〟なんかで！　それも、法の条件を満たすだけのために！　とにかくわたしは無理だから！　それより、彼をどこかへかくまったほうがいいわ！」

　ダラムが唐突に歩き去っていく。マディーは凍えた両手を脇《わき》の下に入れてあたためた。公爵のほうをちらりと見てみると、彼はほかの入口のドアもきちんと閉まっているかどうかを確認しに行く友人たちを目で追っていた。シャーヴォーが斜めにこちらを向いたとき、ふたりの目が合った――その瞬間、生々しい感情が伝わってくる――シャーヴォーがダラムのやろうとしていることをきちんと把握しているのかどうかは知りようがなかったが、そのまなざしを見る限り、いちおう理解はしているようだった。自尊心が強くて誇り高い彼は、なにも言わず、助けてくれとすがるようなまねもしない――マディーが丘の上に置き去りにしたときと同じように、どこか近寄りがたい雰囲気を漂わせていた。

さっきまでは遠くのほうで聞こえていた物音が、にわかに現実のものとなった――ドアの外の敷石を踏む蹄鉄《ていてつ》の音と男たちの怒鳴り声が鋭く響く。手すりの上にいた雌鶏がばさばさと翼をはばたかせて逃げだした。デヴィルが吠え、ブルンヒルダが甲高い声で怒鳴りかえす。「どなた?」頑丈そうな錠前ががたがた鳴ったが、分厚い木製のドアに阻まれて、外にいる男たちがなにを言っているのかまでは聞きとれず、怒りに満ちたわめき声だけが聞こえた。

ダラムが大股《おおまた》で戻ってくる。「手遅れだ!」彼は吐き捨てるように言った。「万事休す!」

追っ手は正面玄関をあきらめたようだった。すると今度は、横の入口のドアが彼らの攻撃を受けてがたがた震え、相変わらず意味不明なわめき声がどんどん大きくなっていく。たちまちキャスがそちらへ飛んでいって、低い声でうなりはじめた。外にはどうやら大勢の男たちがいるようだ。反対側のドアも同時にがたがたと揺れていた。ひよこたちは恐怖に怯《おび》えてわらわらと床を駆けまわり、手すりの隙間《すきま》から出たり入ったりしていた。デヴィルも落ち着きを失って、激しく吠え立てながらひよこたちを追いまわしている。

ブルンヒルダが息をのんだ。マディーが振り向くと、フェイン大佐が剣を抜きながら通路を走っていくのが見えた。ダラムも仕込み杖《づえ》の剣を抜き、コートの内側から拳《けん》銃《じゅう》を引き抜いてシャーヴォーに手渡す。

「だめ！」あまりの恐怖に、マディーはたったひとこと叫ぶことしかできなかった。身を挺《てい》してシャーヴォーとダラムをとめようとしたが、公爵はひらりと横をすり抜けていく。彼女はそれでも必死に追いすがり、なんとかダラムの袖《そで》をつかんだ。「やめて！　だめよ！」

ダラムが腕を振りほどく。「じゃあ、ほかにどうすればいいっていうんだ？」その声は、ドアががんがん打ち鳴らされる音と犬たちが激しく吠える声で、ほとんど聞こえなかった。ダラムが陣どった正面玄関のドアは、まるで生きているかのように激しく揺れている。フェイン大佐は左の入口を守り、シャーヴォーはボックス席の裏にひざまずいて、もうひとつのドアに向かって狙《ねら》いを定めていた。ひよこと鶏の鳴き声にまじって、デヴィルの咆哮《ほうこう》も響き渡る。

マディーはひよこたちを蹴《け》散らしながら教会の前方へと駆けていき、壇上にあがってくるりと後ろを向いた。「やめてったら！」あらん限りの大声を張りあげる。「暴力だけは絶対にやめて——三人とも！」

男たちがいっせいにマディーのほうを振り向く。デヴィルさえもが吠えるのをやめ、鼻の頭にひよこの羽根をつけて、信者席の下から這《は》いでてきた。

「武器を置いて――今いる場所に。そして、こっちへ来て！」

ダラムがいちばん早かった。彼は剣を床に落とした。フェイン大佐も自分の剣を鞘《さや》におさめ、ダラムに続いてマディーのいるほうへ駆け寄ってくる。彼女がそのふたり越しににらみつけると、シャーヴォーはようやく鷹揚《おうよう》なしぐさで拳銃をボックス席の太い手すりの上に置いた。

ドアをどんどん叩く音がやんで、表から聞こえていた怒声も小さくなった。集まって相談でもしているのだろうか。

「シャーヴォー」マディーは大声で言った。「わたしは神からあなたを愛するようにという命を受けたの。あなたはわたしの夫になり、わたしはあなたの妻になって、互いを支えあう伴侶《はんりょ》となる。ふたりのあいだにはなんの規則もなく、ただ愛のみによって結ばれて」

男たちがいっせいに振りかえり、こいつは急に頭がいかれてしまったのではないかという目でマディーを見つめた。三人の後ろに立っているブルンヒルダはエプロンを口もとに押しあて、赤い鼻と大きな目だけをのぞかせてぶるぶると震えている。

「わたしの口から言うべきなのは今のところそれだけよ」マディーは彼らをねめつけた。

ダラムがはっとわれに返り、コートのポケットから小さな本をとりだした。そして彼女の後ろに立つと、ページをぱらぱらめくって、結婚式用の牧師の言葉を読みあげはじめる。外の誰かがふたたび正面玄関のほうにまわってドアを叩きはじめた。先ほどよりも強く。人の手よりも硬いなにかの道具を使って、ドアを打ち壊そうとしているようだ。デヴィルが身を低くかがめ、うなりながらドアのほうへ近づいていく。ダラムが新郎に誓いの言葉をくりかえさせようとすると、シャーヴォーはマディーに険しく傲慢《ごうまん》なまなざしを向けてきた――彼女は一瞬、彼には誓いの言葉を述べる気などないのかと思った。

「誓います！」シャーヴォーがせせら笑う。「われ……クリスチャン・リチャード・ニコラス・フランシス・ラングランドは……なんじ……マディーガール――マディー……いや……アーク……マ……マディーガール……ティム……を……娶《めと》り……本日この日より……よいときも……悪いときも……富めるときも……貧しきときも……病めるときも……健やかなるときも……死がふたりを……分かつまで……これを愛し……慈しみ……生涯……忠誠を……つくすことを……神の聖なる命により……ここに……誓います！」

ダラムは本のページをめくった。「ああ、いいぞ、それでいい、よくやった、シェヴ」木製のドアが打ち鳴らされる音に負けじと声を張りあげる。「完璧《かんぺき》だ。新婦の手をとるのを忘れたようだが、そんなことはこの際どうでもいい。では、ミス・ティムズ、今度はきみの番だ。ぼくのあとに続いて――」

「わたしが言うべきことはすでに述べました」

ダラムはわずかに眉をひそめたが、すぐに肩をすくめた。「いいだろう。それじゃ、お次は指輪の交換だ。フェイン？」

フェイン大佐は剣の柄に片手をかけて、満足そうに脇にたたずんでいた。ダラムに目で催促されると、たちまち大佐の顔に動揺の色が広がった。

「おいおい、フェイン、おまえまさか、忘れたのか？」

「なんだと！　さっき……預けた……はずだ」シャーヴォーが大佐に向かって顔をしかめる。「どこへやった！」

大佐は一瞬うろたえたが、ぱっと顔を輝かせた。「書類ならあるぞ」そう言いながら書類をとりだし、ダラムのほうへ差しだす。

ダラムはそれを引ったくった。「まったく役に立たないやつだな。仕方がない、シェヴのシグネット・リングで代用するしかないだろう」ダラムは本で手順を確かめてから、期待をこめて公爵を見た。「おまえが彼女に指輪を渡し、彼女がそれをぼくに渡す、そうしたらぼくがそれに祝福を授ける、という段どりだ」

シャーヴォーは、冴《さ》えない色合いの安物のオーバーコートに映えて豊かさを象徴するように光っている金のシグネット・リングを見おろした。ドアをがんがん打ち鳴らす音がいったんやんだかと思うと、突然バキバキっと分厚い木の板が割れる音が小さな教会内に響き渡った。デヴィルが激しく吠えながら、音のするほうへ飛んでいく。ひよこたちは興奮した様子で信者席の下へと逃げこんだ。

シャーヴォーがてのひらを上に向けて、指輪をはめている手をマディーのほうへぐいと突きだす。

寒さのせいで、マディーの手指はすっかりかじかんでいた。シャーヴォーの大きくてがっしりした手のぬくもりを感じながら、彼の指からなんとかシグネット・リングを外す。それをダラムに手渡す段どりのはずだったが、シャーヴォーがすかさずマディーのてのひらから指輪をつかみ、彼女の指にはめた。といっても、指輪はぶかぶかすぎたので、彼が片手で支えていなければならなかった。

「指輪……われ……汝……結婚……」シャーヴォーは、決して口答えはするな、というように彼女の目をじっと見据えた。

教会の後ろのほうからデヴィルが鋭く吠える声が聞こえ、ひよこと雌鶏がばたばたと羽音を立てて燭台《しょくだい》の足もとへと逃げてくる。

「神の定めによって」マディーは言った。「この指輪をはめつづけます」

「いや、待て、ぼくが祝福してからだ」ダラムが抗議する。

「祝福を授けることができるのは神のみよ」マディーは言いかえした。

「たしかにそうだ。でも、本にはそう書いてあるんだよ。だから少しは従ってくれ」ドアを叩く音がふたたび大きくなる。今度は横のドアだ。ダラムは声をさらに張りあげた。「今からぼくが祈りの言葉を述べるから、きみも復唱してくれるかい、ミス・ティムズ？　これでもぼくはいちおう聖職者として名を連ねている身なんで」

横のドアにもめきめきっと亀裂《きれつ》が入りはじめた。二頭の犬は怒り狂って激しい咆哮をあげていた。「早く！」

「ああ、早く！」ブルンヒルダも声をそろえる。

「永久《とこしえ》なる神……永遠の命……。この祈りの言葉は省いてもいいか」ダラムは本に書かれている文句を指でたどった。「ええと……ああ……これだな」彼は本にちらちらと目を走らせながら、同時に片手でマディーの手をとって、公爵の手に重ねさせた。「神が引きあわせしこのふたりを、何人《なんぴと》も引き離すことなかれ」ダラムがまた先を読むのに手間どっていると、横のドアにさらなる攻撃が加えられ、亀裂が広がっていく。「汝、クリスチャン――ええい、くそっ、おまえのフルネームはなんだったっけ、シエヴ？　シャーヴォー公爵、クリスチャン・リチャード・なんたらかんたらと、汝、アーキメデア・ティムズは、神とここに集いし者たちの前で――」ドアにとうとう穴が開きはじめると、ダラムの口調は一気に加速した。「神聖なる結婚の誓いを交わし――」ドアにさらなる亀裂が入る。「――互いに指輪を交換し――」砕けた木のかけらがあたりに飛び散る。「――父と子と聖霊の御名《みな》によってふたりが夫婦となったことをここに宣言する。アーメン！」

町のお祭りで芝居の段どりが組まれていたかのように、まさにその瞬間、ついにドアが崩れ落ちた。ブルンヒルダの悲鳴があがる。そして、教会のなかへ追っ手がなだれこんできた。

20

「まあ！　まあ、奥《ミストレス》さま！」司祭館のホールに集まった人々のあいだを縫うようにして、ブルンヒルダが一歩進むごとに膝を曲げてお辞儀をしながら、マディーのほうへ近づいてきた。「いいえ、奥方《マイ・レディー》さま——きちんとそうお呼びしなければいけないんですよね？　ああ、ミストレス！　わたし、ちっとも知らなかったんです！　本当に、神さまに誓って！」

マディーは、下にネグリジェ一枚しか着ていないことがほかの人たちにばれないように、マントの前をしっかりとかきあわせた。自分のしでかしたことの重大さが徐々に骨の髄まで染みてきて、とても奇妙で非現実的な感覚に包まれる。教会にいたときは、ああするのが唯一、理にかなった行動だと思えた。とにもかくにも暴力沙汰《ざた》を防ぎたい一心で、ほかの心配事など頭から消し飛んでいた。冷たく険しい顔つきでドアに向かって拳銃を構えていたシャーヴォーの、あんな姿を見せられては——ブライスデールに連れ戻される前に彼はきっと死んでしまう、としか思えなかった。もしもあの瞬間、外にいた男たちがあのドアから なかへ入ってきていたら——あのとき、あの瞬間、マディーがああするよりほかに、大惨事を防ぐ手立てはなかったはずだ。

そして、こういうことになった以上、このまま続けるしかない。あれは恐怖に駆られたゆえのとっさの茶番劇だった、などと今さら言えるわけがない。マディーはこれからシャーヴォー公爵夫人としていつも穏やかに公爵のかたわらに寄り添い、彼の代弁者となって、家族が——彼の本当の家族が——公爵本人や彼女の意向を無視して余計な口だしをしてこないように目を光らせていなければならない。

「あら、いいのよ、気にしないで。こちらが黙っていたせいなんだから」マディーはメイドに向かって言った。「こちらこそごめんなさい。結果的にあなたをだますような形になって」

「いいえ、とんでもない。そんなことといいんです、ミストレス。どっちみち、おふたりはこうして正式に結婚なさったんですものね。もしかすると、奥さまがクエーカーだから、だんなさまのご家族に反対されてたんじゃないですか？　だとしたら、こういうふうに内緒で結婚式を挙げるのも仕方ないですよ。わたしのおばとおじも同じように駆け落ちして、一緒に暮らしはじめたんです。あとからお金を貯《た》めて、ちゃんと教会で式を挙げましたけどね。それに、おふたりは今日まで、夜はきちんと別々の部屋でおやすみになっていらしたし。そのことは、誰よりもこのわたしがよく知ってますから」ブルンヒルダが恥ずかしそうに微笑んだ。「でもこれからは、そういう遠慮も必要ありませんね。あんなにハンサムですてきな男性に、キスされたり体をあたためてもらったりできるなんて、おうらやましい！　しかもそれが公爵さまだなんて！　ああ、わたし、いまだに信じられないんです。あのミスター・ラングランドが……なんていうか、わたしの想像とは全然違ってたんで。だって、シャーヴォー公爵はものすごく賢くて頭の切れるお方だっていう、もっぱらの評判でしたから。あの……」ブルンヒルダがためらいがちに言った。「あの方は、本当に本物の公爵さまなんですよね、マイ・レディー？」

「そうよ」マディーはきっぱりと答えた。少なくともそれは真実だ。「でも、わたしのことは、レディーと呼ばなくていいわ」

「では、なんとお呼びすればいいんですか、ミストレス？」

「閣下夫人《ユア・グレイス》、だ」ダラムが横から口を挟み、泡立つエールのマグをふたつ、ブルンヒルダの両手に押しつけた。「お客さまたちが喉を渇かしてるぞ」

「わかりました、サー。すぐにトレイをお持ちします」ブルンヒルダはマグを持って、地下貯蔵室のほうへ走り去っていった。ダラムはこんなふうに相手に考える暇を与えないまま、いきなり他人を急《せ》き立てるのが得意なようだ。公爵未亡人が送りこんできた手下たちに向かって、マディーがシャーヴォー公爵夫人になったと告げたときも、そのまま彼らを馬や犬ともども教会の庭から司祭館のホールへと追い立て、なし崩し的に結婚披露宴の酒を振る舞いはじめた。追っ手の男たちは、あれだけ大声で怒鳴ったりドアをどんどん叩いたりしていた割には、自分たちに課せられた任務を果たせなかったことをさほど気にしている様子はなかった。華やかなお祝い気分がすべてを忘れさせたということだろうか。

司祭館に戻るやいなや、ダラムはただちに饗宴《きょうえん》の準備を整えるよう、マディーとブルンヒルダに命じた。三人が地下貯蔵室から酒を運びだし、宴もたけなわになってきたころ、寒さに頬を真っ赤に染めたブルンヒルダの母親がやってきて、どんちゃん騒ぎをくり広げている人々をまのあたりにして仰天した。シャーヴォーの姿は見えなかったが、フェイン大佐は驚いているミセス・ディグビーに、この祝宴の意味を大声で説明した。すなわち、シャーヴォー公爵の結婚披露宴であることを。

「まあ、あのお方が」ミセス・ディグビーは当惑した様子で言った。「でしたら、盛大にお祝いしなくてはね。それで、あなたは公爵さまのこと、前からよくご存じだったんですか、サー？」

「もちろんだとも。とてもよく知っている。おお！　ほら、あそこに彼女が――初々しい花嫁のお出ましだ！」大佐は片腕を大きく振って、マディーのほうへ向けて会釈した。パレードの観客が王さまを指さすように。

すると、ミセス・ディグビーは大佐のほうを向いて笑った。「あらいやだ、ご冗談を！　あれはミストレス・ラングランドじゃありませんか」

フェイン大佐は彼女の耳もとに口を近づけてささやいた。

ミセス・ディグビーは話を聞き、口もとに手をあてて目を白黒させながら、マディーのほうをまじまじと見つめた。ボンネット帽もかぶらず、ゆうべ寝たときのまま髪を長い一本の三つ編みにしておろしているマディーは、急に恥ずかしくなってマントをしっかりと体に巻きつけた。ミセス・ディグビーが息をのみ、激しい動揺と不満のあいだで揺れ動いているような表情を見せる。「まあまあ！」彼女はついに頭を振った。「なんともはや、たまげたことで。それじゃあわたし、さっそく行って、ごちそうの用意を手伝ってこないと。気の利かないうちの娘ひとりじゃ、なにをどうすればいいのかわからなくて途方に暮れてるでしょうからね。今夜は村じゅうの人たちが押し寄せてくるに決まってるんですから。おふたりのご長寿と幸せをお祝いしにね」ミセス・ディグビーはマディーに向かって膝を曲げてお辞儀をしてから、キッチンへと消えていった。

「で、あいつはいったいどこに隠れてるんだ？」ダラムがマディーに向かって訊いてきた。

シャーヴォーがこの部屋にいないことは、マディーもすでに気づいていた。「さあ。

わたし、ちょっと行って二階を見てきます」この場を離れる口実ができたことが、内心とてもありがたかった。

男たちのにぎやかなおしゃべりでざわついていた下のホールに比べて、二階は静かだった。シャーヴォーは彼の部屋にいて、足もとに二頭の犬をはべらせて、ひげを剃《そ》ろうとしていた。丈の短いベルベットのズボンに、上半身は襟もとを大きく開けたシャツ一枚という姿で、マントルピースの上に置かれた鏡を見つめている。顔の片側だけが白い泡まみれになっていた――反対側の部分にはほんの少し泡がついているだけ。そちら側にも泡を塗るべきだということをたった今思いだしたかのように、彼は顔をしかめていた。

マディーはマントの裾から片手の先だけを出して、洗面器の水にふれて温度を確かめた。「もっと熱いお湯じゃなきゃだめじゃない」

驚いたシャーヴォーが鏡のほうへ目をやってから、ぱっとこちらを振り向く。マディーはなぜか彼と目を合わせられなかった。ふたりはしばらくぎこちない様子で向きあっていたが、やがて彼が椅子を動かして反対向きにまたがった。彼女にひげを剃ってもらうときはいつもそうしているように。

洗濯や掃除の仕事にとりかかるときと同じく、マディーはてきぱきと機敏に作業を始めた。自分がしでかしてしまったことについて考えるのはやめておこう。彼が身じろぎもせずに座っていることにも、彼がじっとこちらを見つめていることにも、その肌のぬくもりや清潔な香りにも、気づかないふりをしていよう。そしてなにより、ダークブルーの強烈なまなざしをまともに受けとめることだけは、どうしても避けなければ。マントがめくれないように注意しながら彼のひげを剃るのは、ただでさえとても難しいのだから。

マディーがやっとひげ剃りを終えると、シャーヴォーはタオルを彼女の手からとって自分で顔を拭《ふ》き、椅子から立ちあがった。マディーはすぐさま正面にまわりこんで、着替えを手伝ってやった。彼が自分で選んだらしい服が、ベッドの上に並べて置かれている——茶色いベルベットの燕尾服《テイルコート》、刺繍《ししゅう》入りのウエストコート、星章つきの青い大綬《だいじゅ》。彼はおそらく、今日のこの宴《うたげ》にはきちんとした正装で臨むのがふさわしいと考えているのだろう。それはつまり、この結婚自体が正式なものだと宣言しているのと同じことだ。先ほど教会で式を挙げたときにはほぼ寝起きのままの格好だったけれど、ブルンヒルダの母親が予言したとおり、村人たちが総出でお祝いに来るのであれば、せめてこちらも公爵らしく着飾って出迎えなければならない、と。

そうなると、マディーも公爵夫人らしい服装に着替えなければならない。マントの下には彼女はシャーヴォーにくるりと背を向け、自分の服を見おろした。

借り物のネグリジェを一枚着ているだけ。そして、一本に編んだ三つ編みは膝の裏側あたりまで垂れさがっている。これではみんなの笑い物になるだけだ――帽子もかぶらず、よれよれの寝間着姿のまま、結婚式を挙げるなんて。それも、公爵と。牧師の立ち会いのもと。〝とがり屋根の家〟で。結婚――結婚――結婚……彼と。

なんだか少しめまいがしてきた。もう一度シャーヴォーのほうに向きなおると、彼はじっとこちらを見つめていた。マディーは深呼吸をしてから、マントの前をかきあわせて、ウエストコートをとって彼のほうへ差しだした。

それを受けとりながら、シャーヴォーが彼女の手をつかむ。「**妻**《つま》」彼が言った。

「わたしは公爵夫人の器ではないわ」謝りたいのか、文句を言いたいのか、マディーは自分でもわからなかった。

彼女の指には大きすぎるシグネット・リングが下を向いていたのに気づくと、シャーヴォーはそれを上向きに直した。「**ぼくのものだ**」

マディーは手をさっと引き抜いた。「この犬たちがあなたのものであるように？

わたしはあなたの所有物になったつもりはないわよ、シャーヴォー。いくらあなたの指輪をはめているからといっても」

シャーヴォーは片手をひるがえすようにしてウエストコートを彼女の手から奪うと、さっとそれを着こんだ。片手ではなかなかうまくボタンがはまらないようだが、彼のほうからは助けを求めてはこない。マディーはとうとう根負けして、自分から手をのばしてボタンをとめてやった。もっとも、片手でマントを押さえながらの作業だったので、彼自身がやるのと同じくらい手間がかかってしまったけれど。

そのあいだ、シャーヴォーはひどく険しい顔をしてマディーを見ていた。そしてついに彼女の手をつかみ、マントの前をはだけさせた。マディーは必死にマントを体に巻きつけようとしたが、彼の力に勝てるはずもなく、簡単にマントを脱がされてしまう。そのとたん、それまで身を守ってくれていた盾がはがれ落ちた気がした。シャーヴォーはしばらくネグリジェに見入っていた――それから、上等なシルクとレースに包まれた体をベッドの支柱に無造作にもたせかけ、あらためて彼女の全身をゆっくりと眺めまわす。

かすかな笑みが口の端に浮かんだ。「おいで」シャーヴォーは体を起こし、そう命じた。マディーがすぐには従わずにいると、彼は彼女の腕をつかんで廊下へ連れだし、階段のところを通り越して、彼女の部屋へと引っぱっていった。二頭の犬もふたりの前と後ろを守るようにして、とことこと着いてきた。

シャーヴォーはみずから衣装だんすの扉を開けた。そして、そこにさがっているたった一枚のグレーのドレスを見て、眉を吊《つ》りあげた。「**これだけか？**」部屋いっぱいあるはずの衣装をマディーがどこかに隠しているのではないかと疑っているような口ぶりで尋ねる。

「ええ」マディーは答えた。

「ドレス……妻」彼は小さく頭をさげた。「歓《よろこ》び」

マディーは目を見開いた。全身がかーっと熱くほてってくる。「着替えなら自分ひとりでできるから。ありがとう。さあ、出ていって！」

彼が小首をかしげた――とまどっているようだ――だがすぐに、にんまりと笑顔を見せた。「ドレス……買おう。一ダース。百枚」

「まあ」マディーは屈辱を感じた。「わたし――あなたを誤解していたわ」

シャーヴォーがドアのほうへ歩いていく。てっきりそのまま出ていってくれるのかと思っていると、彼は犬たちを部屋から追いだし、ドアを閉めてしまった。そしてこちらを向き、ドアに寄りかかる。口もとにはもはやなんの表情も浮かんでいなかったが、目もとにはほんのかすかに、例の海賊のような笑みが残っていた。

「あなたも出ていってくれないと」マディーは早口で言った。「お行儀が悪いわよ」

彼がわざと大げさに驚いた顔をしてみせる。「お行儀？　きみは……看護婦……ぼくの。それに……夫と……妻」

「でもわたしたち、本当の夫婦になったわけじゃ――いえ、その……」マディーは最後まで言うことができなかった。

するとシャーヴォーの顔つきが真剣なものに変わった。「神の前で……マディーガール。ぼくと……きみは……**結婚した**」

マディーは顔をそむけた。「だってこれは本当の結婚ではないもの。こんな結婚がうまくいくはずないでしょう。あれはただ、下にいる男の人たちをだますためのお芝居にすぎなかったんだから」

彼は黙っていた。マディーはベッドの天蓋《てんがい》に目を向け、いかにも古めかしそうで由緒ありげな赤い生地を見つめた。ひだの外側の部分は色褪《あ》せ、房飾りも少し変色している。今朝、慌てて部屋を出たせいで、ベッドのシーツはくしゃくしゃのままだった。この薄いリネンにくるまって、長く編んだ髪が背中からヒップのあたりまでのびているのを感じたときの、ぞくぞくするような心地よい感触を思いだす。

そのとき、床板のきしむ音がした。彼が背後から近づいてくるのがわかる。

マディーはその場にじっと凍りついていた。

シャーヴォーが三つ編みをつかみ、そっと引っぱった。決して痛くはない程度の力かげんで、やさしくもてあそんでいる。彼は手綱をさばくように、三つ編みを引っぱる方向を少しずつ変えては、知らず知らず彼女を自分のほうへ引き寄せようとしていた。マディーにはわかっていた。わかっていながらそれを許している自分が恥ずかしく、頬を真っ赤にしながら、なんとか顔をそむけていた。シャーヴォーが三つ編みを小さく振って、うなじのあたりにさざ波のような感触を送ってくる。

「マディーガール」いたずらな笑みを含んだやわらかい声で彼が言った。

ノーと答えるべき質問を投げかけられたかのように、マディーは首を振った。

シャーヴォーがさらに間合いをつめてくる。背中に彼のぬくもりが感じられた。彼は三つ編みをマディーの肩から前へとまわし、そのまま首に巻きつけた。

そして、ゆっくり、ゆっくり、三つ編みを引っぱる手に力を加えていく。マディーはそれ以上首を絞められないよう、喉もとに手をやって三つ編みをつかんだ。ヒップや背中が彼の体にふれる。狂おしい思いに包まれて、彼女は全身をこわばらせ、その場から動けなくなった。

するとシャーヴォーが肩に手をかけてきて、マディーを胸に抱き寄せた。熱い吐息が耳にかかる――と思うまもなく、彼の力強い手がやさしく動きはじめた。両のてのひらでネグリジェの袖をすうっと撫《な》でおろしていき、彼女の手を上から包みこんで、指と指を絡ませる。

むきだしになったマディーの首筋を伝うシャーヴォーの口からは、笑い声と同じく深みのある低い声がもれ、彼女の心の琴線にふれて震わせた。彼は指を絡ませたまま両手をあげ、腕を交差させて彼女の胸に押しつけた。

彼女の肩から垂れている長い三つ編みが、ふたりのつないでいる手の上にかかる。彼はその髪の先をちょんちょんと指でつついた。それから片方の手のなかに握りしめ、髪の表面に親指を走らせた。すると、三つ編みの先端をとめるためにぎゅっと結ばれていたひと筋の細い髪がするりとほどけ、まとまっていた髪が少しだけ崩れた。

シャーヴォーはまたしても低くて熱い声をもらし、マディーをそっと放した——たくましいその腕のなかへと彼女を抱き寄せる前に、彼女がその心地よさに溺《おぼ》れてしまう前に——彼はがっしりしていて、背が高く、燃えるように熱くて、どうしようもないほど魅力的だ。そんな彼の体が離れた瞬間、マディーはいきなり無防備のまま放りだされたような、心にぽっかり穴が開いたような感じがした。

シャーヴォーが脇をすり抜けて、ベッドのほうへ歩いていく。ほどけた三つ編みの先を握りしめたまま。彼がその髪を指先でいじくると、癖がついてくるんとカールした髪が彼の手に巻きついた。シャーヴォーはベッドの端に腰をおろし、にこにこしながら手のなかの髪を見おろしていた。

「塔」彼が言った。「ガール……塔」

「いったいなんのこと？　それよりわたし、着替えないと」

シャーヴォーは指を広げ、長い三つ編みをどんどんほどきはじめた。「この……髪は……おろして……。きれいな……髪」彼はそこで頭を振った。「ガール。思いだせない……**ガール**」

「いいから、早く出ていってちょうだい」マディーの声はうわずり、震えていた。三つ編みをほどく彼の手がだんだん上のほうへあがってくるにつれて、ふたりの距離は縮まっていく。

「マディーガール」シャーヴォーはせっせと手を動かしていた。「姫が……塔に……。閉じこめられて。ひとりで。王子は……外に……階段もない……」彼の膝が彼女にぶつかる。三つ編みはすでに半分ほど解かれ、ウエストより下の部分はふわりと広がっていた。「寂しい……妖精《ようせい》……姫……呼ぶ……この髪は……おろして。きれいな……髪。長い。のぼって……おいで……ぼくのところへ」シャーヴォーがさらに彼女を引き寄せる。マディーは今や、彼の両脚のあいだに立たされていた。彼は少し前かがみになって、ほどいた髪を彼女の胸もとへと吹きつけてから、そこに指を滑りこませて下へと手をおろしていった。「ぼくの……もとへ」

シャーヴォーがまたふうっと息を吐いた――ふわりと持ちあがった髪がはらはらと落ちてくる胸もとに口を近づけ、ほんの一瞬、その胸の頂に唇を軽く押しつける。甘くせつない一瞬の接触に、マディーは身を震わせた。彼がもうひとつの胸の頂にそっとキスをしてきたときは身をよじって逃れようとしたけれど、ウエストに彼の腕が巻きついていて動けなかった。

「マディーガール」喉の奥から深いうめきをもらしつつ、シャーヴォーがささやく。彼女の胸に顔を埋め、両手でネグリジェをそっと撫でおろしながら。「輝く……姫」白いネグリジェに包まれた胸に、下からそっとてのひらをあてがうようにして。

マディーはそこで体を離した。「だめよ。わたしにはできない」

シャーヴォーの指に力がこもり、ウエストをがっしりと押さえつけられた。彼の唇が胸もとから喉のほうへと這いのぼってくる。「**ぼくのだ**」

彼はぴったりと体を寄り添わせてきた。そして、マディーの心を粉々に打ち砕いた。自分でも自分がわからなくなるほどに。彼の前にすべてをさらけだしているみたいで、全身が痛いほどうずく。マディーは無理やり彼から体を引きはがした。「わたしはあなたのものじゃないわ。これは本当の結婚ではないんだから」

彼の口もとがぐっと引きしまり、手に力がこもった。「いや。**本当だ**」

「わたしにとってはそうじゃないのよ」

「**本当だ**」

「違うわ」

シャーヴォーはその瞳に青い炎を燃えたぎらせて、彼女をじっとにらみつけた。

「だから、言ったでしょ」マディーは両腕を自分の胸もとに押しつけて言った。「はっきり言っておいたはずよ。こんなの、無理だって」彼女の声は震えていた。その震えが手足の先まで伝わっていくと、彼女はいっそう強く自分を抱きしめた。

「**教会で**」シャーヴォーがいきなり手を放したせいで、マディーはよろけた。「教会で……誓った……ぼく……**妻**……。ぼくは……きみと……結婚。愛、慈しみ、死。誓った」彼がベッドから立ちあがる。「**嘘か？**」

マディーは唇を湿らせた。

「**忘れたか？**」シャーヴォーは口をへの字に曲げて、くるりと背を向けた。「シャーヴォー……爵位……責任……。愛。ぼくは夫……きみは妻」彼は窓辺へ歩いていって、カーテンのかかっていない出窓に腕をかけて寄りかかった。半分開いている鎧戸《よろいど》から差しこんでくる灰色の光が彼を照らす。「**ぼくは**……覚えている」

「だって、ああでもしなきゃ、あなたをとめられなかったからよ。あなたはきっとあの男の人たちを撃っていた。わたし、怖かったの……」〝あなたが〟――しかし、マディーはそうは言わなかった。「暴力を振るわれることが」

シャーヴォーが苦い笑みを浮かべる。「偽りの……誓い……マディーガール？　すべて……**嘘なのか？**」

頭をちょっと動かすだけで、彼にほどかれた髪が扇のように肩からふわりと広がるのが見えた。「わからないわ」マディーは言った。「わからないのよ！　どうしてこんなことが神の思《おぼ》し召しなの？　わたしがあなたと結婚することが？」

きらびやかな衣装を身にまとい、見目麗しい姿で窓辺にたたずんでいるシャーヴォーの黒い髪やまつげに日があたるさまは、彼のキスや、その手の感触と同じくらい、官能的だった。「**すんだことだ**。なのに……どうして……今になって?」

単純な質問だ――だが、彼のなかには単純さのかけらもない。そしてもはや、彼女のなかにも。「わからない」マディーはふたたびささやいた。

「**終わった**」シャーヴォーは片手をベッドのヘッドボードに突いた。「結婚。**妻**」そして反動をつけるようにしてその場から離れ、戸口へ向かった。ドアを開ける前に、マディーのほうを振りかえる。挑むようなそのまなざしが、彼女に強く命じていた。拒否できるものならやってみろ、と。

「シャーヴォー」マディーはゆっくりと言った。「ひとつだけ答えて。教会で……もしもわたしが、あなたとあの人たちのあいだに立っていたとしたら……あなたは彼らを撃っていた?」

「あいだ?」シャーヴォーが首をかしげて訊きかえす。

「わたしが……わたしの体が……あなたと彼らの真ん中にあったとしたら?」

彼の表情が用心深いものに変わった。

「もしもあのとき、わたしがあいだに割りこんでいっていたら」マディーはもう一度訊きなおした。「わたしはあなたをとめることができたの? あなたは彼らを殺さないでいてくれた？」

シャーヴォーはしばらく黙っていた。そしておもむろに、きっぱりと言った。「イエス」

だとすると、ほかにも手立てはあったわけだ。マディーの心は沈んだ。要するに、自分が間違った方法を選んでしまっただけのことなのだ。「そのせいで――ブライスデール・ホールに連れ戻されることになっていたとしても？」

「イエス」

間違ったのはわたしだ。自分の手で事態をおさめようとするのではなく、あくまでも無抵抗主義を貫けばよかったのに。これでは、ひとつの悪事を避けるために、別の悪事を招いたのと同じことだ。

シャーヴォーが部屋を横切って近づいてきて、彼女の顎に手をかけた。「マディーガール。絶対に……立つな……あいだに。**絶対に**」

マディーは彼につかまれた顎を引いた。「そんな約束はできないわ」

「答えて……くれ」シャーヴォーが言った。「あいだに、立つ――殺さない……たとえ……ぼくが……連れ去られても、マディーガール？」そしてまた彼女の顎をぎゅっとつかむ。「あの場所へ？　それが……神の……思し召し？」

ノー。

答えは明らかだった。突然、はっきりと答えが見えた——彼女の内なる声が確信を持って答えてくれたからだ。

心のなかで渦巻いていた疑念がすうっと晴れた。わたしはやっぱり正しいことをした。選択肢はふたつあって、結果もふたつしかなかった——結婚することで彼の自由を確保するか、あるいは、とにかく血なまぐさい騒動を避けるだけは避けたのち、彼がとらわれて鎖につながれるのを指をくわえて見守るか。

つまりわたしは、神の望みどおりに彼と結婚したことになる——だとすれば、これは本当の結婚以外のなにものでもないはずだ。

「わたしはあなたを連れていかせたりしないわ、シャーヴォー、わたしの力で阻止できるものならば」マディーは言った。「それが〝真実〟よ」

彼の手から力がふっと抜ける。マディーはもっと言いたかった。教会で口にしたのは〝光〟の言葉だったと確信できた今、わたしはその誓いを守って、あなたとともに生きていくつもりだ、と。

しかし、マディーはそれ以上なにも言わなかった。それでも、あの〝とがり屋根の家〟で自分が口にした言葉は、彼よりもはっきりと覚えている。〝ふたりのあいだにはなんの規則もなく、ただ愛のみによって結ばれる〟——わたしはあのときたしかにそう誓った。そしてシャーヴォーは、彼女が思うに、ブライスデール・ホールであんなに過酷な経験をしたあとも、彼自身の規則しか認識していない人だった。

もしかすると、神がわたしを彼に引きあわせたのは、これが理由だったのかもしれない。ほんの一瞬で決断するには、あまりにも大きな約束だったけれど。だが、マディーはそのことを彼に説明するのは、もう少し先にのばそうと思った。なぜならシャーヴォーは公爵であり、俗世に生きる人であって、今はまだ理解できない状態なのだから。

その日の午後遅く、馬車がウェールズの丘陵地帯の急な坂をのぼりきって反対側の斜面を下りはじめたとき、マディーは自分の選んだ道がどこへつながっているのか、初めてはっきりと認識した。

「**あれだ**」シャーヴォーが言った。

馬車の窓から見える景色にマディーは圧倒されていた。それは、谷を挟んで向こうに広がる稜線《りようせん》の上にぽっかりと浮かんでいるように見えた――流れる雲や影に溶けてしまいそうな夢のお城、大小いくつもの塔を備えた巨大な白い砦《とりで》。

はかなく消えてしまう白日夢のごとく、うっすら透きとおっているように見えたその城は、馬車が近づいていくにつれて、消えるどころかますますくっきりとその全容を現しはじめた。白い城壁や、何百もの窓がある高い塔は、沈みゆく太陽の日差しを受けてきらきらと輝いている。

前の座席に座っているダラムが、マディーのほうを振りかえってにやりと笑った。フェイン大佐は行儀が悪く見えない程度に両脚をのばしつつ、訊いてくる。「夕食はいつごろになりそうかな？」

シャーヴォーが感嘆をこめて言った。「**わが家だ**」その声には、愛と満足感があふれていた。

マディーはあらためて城を見つめた。美しい城だ。広い空と丘を背景に、堂々とそびえ立っている。それはまさに権力と富と贅《ぜい》の象徴だった――といっても、大声でそれを喧伝《けんでん》するふうではなく、あくまでもまわりの景色と協調して、優雅な調べを奏でていた。

やはり、神がこの使命をわたしに与えたのには理由があったのだ、とマディーはもう一度自分に言い聞かせた。

わたしは正しいことをした。

なのに、怖くて怖くてたまらなかった。

21

クリスチャンは、八代前の祖先がエリザベス女王からたまわったという、由緒ある木彫りの椅子の背に頭をもたせかけた。その椅子自体はまるで玉座のように豪華で重厚な造りなのだが、もっと背の低い人物用にあつらえられたものらしく、クリスチャンが座るといつも、フェニックスをかたどった飾りの爪の部分がちょうど左の耳あたりに突き刺さる。

フットマンが空いた皿をさげていった。クリスチャンがワイングラス越しに暖炉の火を見つめるかたわら、フェインは延々と馬の話をしている――レディーも同席している食事の席でそんな話題を選ぶのはいかがなものか、とクリスチャンは思った。ここでのホスト役は自分なのだから、自分がなんとかしなければ。過去三世紀半にわたって、シャーヴォー家の伯爵並びに公爵たちは、大広間のテーブルの上座に主《あるじ》として君臨してきた。門番小屋《ゲートハウス》の四階上にあって、崖《がけ》のふもとからは五十メートルほど高いところに位置するこの大広間の窓からは、広大な領地のほぼすべてが見渡せるようになっていた。

そうしたことはすべて覚えているものの、クリスチャンはまだ、自分を信用していなかった。この舌と口のまわり具合では、しゃれた会話のひとつもまともにはできない。マディーガールは長いテーブルの下座のほうに座って目を伏せていた。彼女はなぜかとても小さく遠慮がちに見えた。ここはやはり、この男くさい会話をやめさせるためにも、自分が話題を変えなければ。

「今日は……疲れた……かい……マディーガール?」クリスチャンはフェインのしゃべりを途中でさえぎるように、マディーに向かって尋ねた。話の区切りを見計らってさりげなく口を開くといった気の利いたまねは、まだできないからだ。言葉が出るときにとにかく口から押しだしてしまうしかない。

彼女が顔をあげ、この広い部屋ではかろうじて聞きとれるかどうかの、かすかな声で答えた。「ええ、少し」

「そりゃそうだろう」別の声が言った。自分の右側にダラムが座っていたことを思いだし、クリスチャンはそちらへ目をやった。ダラムがそこにいることはわかっていた。ただ、自分の視界に入っていないものは、ときどきその存在を忘れてしまう。「結婚式を挙げたうえに、長い道のりを延々と馬車に揺られてきたわけだからな」

「そうだな」フェインもうなずいた。「客間のほうで寝酒でも飲んでから、なるべく早めにやすむといい」

　三人の男性はマディーが立ちあがるのを期待して、彼女のほうを向いた。クリスチャンの椅子とおそろいの椅子に座っている彼女はとても小さく、フェニックスの翼が頭の上から完全に見えている。マディーは困ったような顔をして、三人を見かえしていた。

　ダラムはクリスチャンが気づくよりも早く彼女のとまどいに気づいたらしく、やさしく声をかけた。「公爵夫人、あなたのお許しがなければ、われわれも席を立てないのですよ」

　するとマディーは立ちあがり、それに続いて三人も立った。だが、彼女はなおもためらっているようだ。クリスチャンはテーブルの横を歩いていって、マディーの腕をとった。そして隣の客間へとエスコートした。そちらの部屋は、大きな石造りの暖炉の熱を逃がさないよう、すでに鎧戸もカーテンもすべて閉められていた。暖炉の前のラグに寝そべって犬たちがぴょんと立ちあがり、みんなを歓迎するようにしっぽを振る。クリスチャンは短い音を発しただけで、二頭を座らせた。マディーは、祝宴や戦争の場面を描いた豪華なタペストリーより、自分の足の爪先に興味を持っているかのように、じっとうつむいたままだった。椅子を勧められたときも、いつものように細工の見事さを褒める言葉すら口にせず、黙ってそこに腰をおろした。

マディーは明らかに、新しいわが家になんの興味も抱いていないようだった。初めてここを訪れた客には、クリスチャンがこの城のさまざまな歴史を話して聞かせるのが慣例となっているのだが。夕食後の軽いおしゃべりか、あるいは本格的なツアーによって、短め、中くらい、広範囲にわたる長い話と、あらかじめいろいろと用意してあった。だが今夜は、そのどれも必要なさそうだ。いざそうなってみると、それはそれで残念な気がした。解説など試みたとしてもどうせめちゃくちゃになってしまうだろうと、わかってはいたけれど。

「フェインとぼくは、明日の朝、町へ帰るつもりだ」ダラムが暖炉で背中をあたためながら言った。

マディーガールはここに着いてから初めて生きている証《あかし》を見せ、ダラムのほうを向いた。「だったら、手紙を持っていってもらえないかしら?」

「もちろん。お望みとあらば」

「お願い。わたしの父に」

「お父上に?」ダラムはためらい、クリスチャンの目を見た。

「届けたついでに、父に読んで聞かせてやってほしいんだけど」マディーが申し訳なさそうに言う。「できれば」

ダラムは助けを求めるような表情を浮かべ、早口で答えた。「それはかまわないが

──ただし、あまり長居はできないと思うから──」

「書け」クリスチャンはダラムの言葉をさえぎり、テーブルからペンと紙をとってきてライティングデスクの上に置くと、キャンドルも運んでやった。「マディーガール、書け。ダラム、届ける……ティムズ」そしてダラムに意味ありげな視線を送る。「ティムに……頼め……こちらへ来る」

とたんにマディーの顔が喜びと安堵《あんど》で輝いたのを見て、クリスチャンはうれしくなった。「まあ──父もここへ来ていいの？」

「きみの……家。ここで……暮らす……きみは……そうしたい？」

彼女の頰が薔薇《ばら》色に染まる。「父もここで暮らすってこと？」

「ああ」

マディーは下を向いてしまった。

「そう……したいか？」クリスチャンはもう一度尋ねた。

彼女がふたたび目をあげる。「ええ！　父にも来てほしいわ。だけど──なんだか妙な気がして。だって、このお城で？　わたし自身、慣れていないのに」

クリスチャンはペンを手にとった。「書け」

マディーはスカートを手で押さえながら、彼の用意した椅子に腰をおろした。クリスチャンはしばらく彼女の横に立っていたが、やがてそばから離れた。できるものなら自分からも彼女の父親宛《あて》に手紙を書きたいところだが、どうせうまくは書けないだろう。今はまだ無理だ。教区の登記所に提出する婚姻届にサインするだけで、あれだけ苦労したのだから――自分の名前を正しいスペルで書けたかどうかも自信がなかった。急いで書くといつも、どこかしら文字が抜けてしまう。まわりに誰もおらず、好きなだけゆっくり時間をかけていい状況でなら、他人にもいちおう読める手紙くらい書けないことはないのだろうが。

大広間のドアが開いて、年老いた家令がコーヒーとポートワインを運んできた。クリスチャンは身ぶり手ぶりだけで、ライティングデスクで手紙を書いているマディーのほうへと家令を促した。どうしても必要なとき以外、使用人の前では極力口を開かないことに決めている。今のところ、そのやり方は驚くほどうまくはまっていた――時計のように精密に。馬車がゲートハウスの前に到着した瞬間から、そのからくりが動きはじめた。一行は玄関で、家令と筆頭家政婦《ハウスキーパー》の出迎えを受けた――クリスチャンはそのとき、グロスターの町からシャーヴォー公爵領の境界にたどり着くまで何度も何度もくりかえし頭のなかで練習していた短い言葉だけで、マディーのことを紹介した。〝**シャーヴォー公爵夫人だ**〟

どうでもいい言葉は忘れてしまいがちだが、大事な場面ではそれなりに威厳を保って声を発することができる。家事使用人を統率する立場にあるふたりは即座に礼儀正しくお辞儀をして、それぞれが名乗った。そして今、家令の老カルヴィンはクリスチャンの無言の合図に速やかに従い、カップにコーヒーを注いでマディーのいるテーブルに置いた。この調子ならこちらからあえて指示など出さなくても、朝になればいつもの時間にボリュームたっぷりの朝食が用意されているだろうし、今夜ダラムとフェインに泊まってもらうための部屋もとっくに用意されていることだろう。

そのとき、クリスチャンの頭にひとつの考えがひらめいた。老カルヴィンが大広間に通じるドアのほうへとさがっていくと、クリスチャンもあとをついていって、そちらの部屋に入ったところで後ろ手にドアを閉めた。

「今夜……寝室……」クリスチャンは言った。「ぼくの……公爵夫人……部屋」違う、言いたいのはそういうことではない。クリスチャンは顔がかーっと熱くなるのを感じた。ぼくの公爵夫人、ではなく、ぼくの部屋、と言いたかった。彼女をそこで寝かせるように、と。だが、しばらく間を置いてやっと出てきた言葉はこうだった。「ベッド」ばか！　そうじゃない。「部屋……公爵夫人。彼女は……」またしても長い間が開いた。「ぼくの……」どんどんひどくなるばかりだ。クリスチャンはついにあきらめ、家令をじっとにらみつけた。

老カルヴィンは両手を背中の後ろへまわしてお辞儀をした。「かしこまりました、閣下」

クリスチャンはひどく恥ずかしい思いを抱えたまま、客間へと戻った。フェインは自分でグラスにポートワインを注ぎ、ダラムはまだ暖炉の前で、かかとを上下させながら背中をあたためていた。

「おまえは町のほうになにか用事はないのか、シェヴ？」ダラムがフェインからグラスを受けとりながら訊いた。

クリスチャンはため息をついた。壁にぶちあたって自分の弱さを思い知らされるのは、ひどく疲れることだが、とにかく前へ進むしかない。

「伝えて……くれ」彼は言葉を探しながら言った。「おばの……ヴェスタに。マディーと……ぼく……結婚」

「わかった」ダラムが即答した。「受けて立つ覚悟はできてるんだな？」

受けて立つ、か。この知らせを聞いたとたん、雌竜のごときおばを始め、家族がこぞって攻撃を仕掛けてくるだろう――母や姉妹たちが逆上するのは間違いない。クリスチャンは顎を引きつらせ、冷ややかな笑みを浮かべた。

沈黙が訪れる。マディーは手紙を書くことに没頭していて、フェインはデヴィルの耳をずっと撫でつづけている。ダラムは相変わらず暖炉の前でゆっくりと体を揺らしていた。

「ビリヤードでもしようか、大佐？」ダラムが突然、沈黙を破った。

「いいぞ」フェインの顔がぱっと明るくなる。「賭《か》けるか？」

「おいおい、ぼくは大富豪じゃないんだぞ」ダラムはすでに、グラスを持ったままドアのところへ行っていた。マディーに向かってさっとお辞儀をする。「では、失礼させていただいてよろしいでしょうか、ユア・グレイス？」

マディーが顔をあげてダラムを見た。「そういうかしこまった呼び方はやめてちょうだい」

「それじゃ、公爵夫人」ダラムはなだめるように言った。「公爵夫人、それならいいでしょう」

「アーキメデアよ」マディーがかたくなに言い張る。

「マディーガール」クリスチャンはかすかに笑いながら提案した。

「おやすみなさい」ダラムが言った。「これ以上話がややこしくなる前に退散させていただきますよ。どうぞごゆっくり、公爵夫人・アーキメデア・マディーガール。おまえもな、シェヴ」

フェインもダラムと同意見らしく、折衷案としてマディーのことを〝マァム〟と呼んだ。

「おまえたちも」クリスチャンは犬に向かって命じた。「行け」

フェインがハーメルンの笛吹きよろしく口笛を吹くと、犬たちはぴょんと立ちあがって、開いたドアから出ていった。

「ダラム」クリスチャンは閉じかけたドアに向かって言った。「ありがとう……」もう少しきちんと礼を言いたかったが、言葉が出てこなかった。

ドアの陰で、ダラムが親指を立ててにんまりするのが見えた。そして、ドアはかちゃりと音を立てて閉まった。

クリスチャンは自分のグラスにポートワインを注いでから腰をおろし、静かに目を閉じた。

ようやく他人から解放されて、ほっとした気分に包まれる。やっとわが家に帰ってこられた。しばらくのあいだ、彼は考えごとに沈んだ。疲労のせいか、右手はじんじんしびれている。マディーがペンを走らせる音がときおりとまることに気づき、手紙を書くのに苦労しているようだ、とぼんやり思った。

まわりのものすべてに見覚えがあるというのは奇妙な感覚だった。主である自分がまともに指示を出せなくても、すべてはいつもどおりに動いていく。わが家に戻ってきた安堵感と同時に、よそ者のような気分に襲われる――ここに住んでいるのは偽者で、本物の自分はまだ、頭のいかれた野獣たちとともにブライスデール・ホールのあのがらんとした部屋に閉じこめられているような気がしてならなかった。それでいて、あのおぞましい館《やかた》自体は遠くかすみ、今ではもう悪い夢のようにしか感じられない——やはり、自分は自分だ。ただ、頭の一部が曖昧模糊《あいまいもこ》とした夢幻の世界に飛んでいってしまって、自分でも手が届かなくなっているだけだ。

それもいずれは治るだろう。こうしてシャーヴォー城に戻ることはできたのだから、治らないはずがない。思いだすのは、昔の自分は今よりもっとひどかったということだが、その今がこれだけどうしようもないのだから、将来は……。

今の今まで、将来について思いを馳《は》せたことなどなかった。とにかく無事にわが家へたどり着くことしか考えられなかったからだ。一瞬、一瞬が、まるで矢のように後ろへと流れていき、乗馬の障害物競走で必死に手綱を操って次々と迫り来る障害を乗り越えるので精いっぱい、という感じだった。夕日に照らされた見覚えのない田舎の風景にゆっくり見とれる暇もなく、隣で祈りを捧《ささ》げているマディーに話しかけることもできなかった——クリスチャンは目を閉じたまま、ひそかに微笑んだ——とにもかくにも、あらゆることがあまりにもせわしなく過ぎていった、という印象だ。あらゆる障害や決断や言葉がクリスチャンを通り越して消え去っていき、いつのまにか彼はそれらを乗り越えていた。

そうして、気がつけばこんなことになっていた。結婚。

ああ。

今のところ、すべてはうまくいっている。すべてが自分の思い描いたとおりになっていた。安全で、静かな、わが家。ライティングデスクでかりかりとペンを走らせている、誠実なマディーガール。

クリスチャンは目を開けてマディーを見た。ペンを持ったまま手をとめて、その羽根の先で唇を撫でている。彼女は手紙を書くにあたって、とても丁寧に言葉を選んでいるようだった。彼のいるところから見える限りでは、気に入らない表現や書き損じた言葉を消したあとなどは一箇所もなさそうだ。紙はいくらでもあるのだから、好きなだけ下書きをしてから清書してもかまわないのに。自分なら、頭に浮かんだことを思いつくままに書き殴っていき、これという文章に最終的に落ち着くまでに何枚もの紙を無駄にしているところだろう。

彼はグラスを横のテーブルに置き、マディーが慎重に手紙を書き進めていく様子を見守った。ものを無駄にしないのは、華美贅沢を嫌うクエーカー教徒として育てられたせいなのだろうか。あるいは、経済的に苦しい生活を送るなかで、節約することの大切さを学んだのかもしれない。もしかすると、マディーはただ単に、生まれながらの締まり屋なのかもしれないが。

そう考えてみると、自分はこの若い女性と結婚までしておきながら、彼女のことをほとんどなにも知らないことに気づいて愕然《がくぜん》とした。そのつややかな長い髪と官能的なまつげを除けば、質素で地味で気品のある女性だということ以外、なにも知らないに等しい。

堅苦しく、行儀がよくて、貞淑で、注意深く、誠実で、そこそこ勇気もあり、ときには大胆にもなれる。そして彼が手をふれると、動揺を見せる――慎み深くて情熱的な女性らしい動揺だ。彼女は今、なにやら考えこみながら、羽根の先に舌でふれている。おそらく無意識の行動だろう――それを見ているクリスチャンの股間に熱いものがゆっくり流れはじめた。

疲労を完全に吹き飛ばしてくれるほどではなかったものの、しばらくのあいだクリスチャンは、その心地よい空想に身をゆだねることにした。時間はいくらでもある。彼女はぼくの妻なのだから。いつでも、どこでも、こちらの望むままに求めることができるはずだ。なんなら、今ここでそういうことになってもかまわない。

ひそかに笑みをたたえながら、クリスチャンは椅子にゆったりともたれかかり、彼女と結ばれる場面を想像した。きつく結いあげてあるあの美しい髪をほどくと、それはさらさらと床へ流れ落ちていき……首筋を覆い隠しているかっちりした白い襟をとり払い、胸もとのホックを外して、あの質素なドレスを脱がせたら、真っ白でやわらかい肩や胸やおなかがあらわになって……そしてあの髪は……。

クリスチャンは静かに深く息を吸って、ふうっと吐きだした。

彼女をここで抱いてしまおうか。今すぐ、この客間で。ドレスのスカートをウエストまでまくりあげ、その肌をまさぐりながら、キスをして。彼女はきっと小鳥のようにさえずり、ライティングデスクの椅子の上で手足をのばしながら、震える吐息をもらすだろう。暖炉の炎に照らされた髪は蜂蜜《はちみつ》入りのエールのようにつややかに輝き、なめらかな曲線を描く喉のあたりから絨毯《じゅうたん》敷きの床へと流れ落ちていく――そして彼が、しっとりとあたたかくて秘めやかな縮れ毛に口づけすると、彼女の裸足《はだし》の爪先が反りかえり、毛足の長いシルクの絨毯に埋まる……。

そしていよいよ彼女のなかへ入っていくと……ああ……彼女は満開の花のようにほころんでぼくを迎え入れてくれる……。クリスチャンの想像のなかの彼女はもう、ドレスを着ていなかった。小柄で愛らしい精霊のように、神々しいまでに美しい肢体をさらけだし、椅子の上で身をのけぞらせて彼を抱きしめ、唇を開いて……ぼくの体を求めてくる……もっと近く、もっと深く、もっと強く……。

公爵がかすかな音を立てた。マディーはついにあきらめてペンを置いた。どうしてもうまく説明できない。ダラムから父に読んで聞かせてもらうのにふさわしい言葉が思いつかなかった。シャーヴォーのほうへ目をやると、彼は椅子の上ですやすや眠っていた。楽しい夢でも見ているのか、頭を少しこちらのほうへかしげ、その顔にはリラックスした表情を浮かべている。

それを見て、マディーもふっと微笑んだ。

彼は両手を椅子の肘掛けに載せている。マディー自身の手の指には、彼からもらった重たいシグネット・リングがはまっていた。大きすぎてぶかぶかなので、印章部分がてのひらの内側にまわってしまう——でもこれが、彼にはちょうどいい大きさだった。そういうささいなしぐさを目にすると、自分だけが彼の素顔を知っているような気がして、親密な気持ちがわいてくる。彼の指はがっしりしていて力強く、眠りながらも、ときおりぴくぴくっと動いていた。呼吸は深く静かだけれど、完全に安定しているわけではなく、まだ熟睡してはいないようだ——が、みるみるうちに呼吸のリズムは落ち着いていき、眠りが深くなっていった。もともと少し傾いていた頭がさらに横へ傾いていく。

彼女はとまどいを覚えると同時に、やさしい気持ちになった。こんなはずはない。こんなことが真実であるはずがない。わたしは彼の本当の妻ではないのだから——その考えのばからしさ、この城のあまりの壮大さ、料理、召使い、数えきれないほどのキャンドルや絵画、クリスタルのボウルに盛られたフルーツ、クリスタルの花瓶に飾られた花、部屋の片隅に置かれた大きなハープ、どこまでも続く廊下、全面大理石仕立てのトイレ——ハウスキーパーがごくあたりまえの事実としてさらりと言ってのけたことによれば、ほかにも城内のあちこちに近代的な設備の整ったトイレがあと十七室もあるらしい。

このわたしがこの城の女主人だなんて、ありえない。きっとそのうち、すべては間違いだったと証明するようななにかが起こるに違いない。結婚式ひとつとっても、あんなに性急で非常識な結婚式なんて、法的にはおそらく認められないだろう。ダラムは自信満々だったけれど。追っ手が襲ってくることを予見して、あらかじめフェイン大佐に頼んで結婚の特別許可証をとってあるから大丈夫だ、と。たとえそれが合法だとしても、フレンド派の仲間たちはこんな結婚を認めてはくれないはずだ。もしもこの事実が知られたら、わたしは除名されてしまうだろう。教会で、牧師によって、父の許しも得ずに結婚したのだから――そしてなにより、相手は世俗的な宗派の男性なのだから。

でも、こうしてすやすや眠っている彼はそんなに邪悪な人には見えない。俗っぽい魅力にあふれた人ではあるけれど。官能的な口のライン、まっすぐに通った力強い鼻筋、気品のある顎、額に垂れ落ちている前髪――そして、子供のそれのように長くて黒いまつげ。ただし、子供らしい無邪気さは向こう見ずな大人の男性の陰に隠れてしまっているけれど。

マディーが教会で口にしたのは、以前に出席したクエーカー派の結婚式で耳にした誓いの言葉だった――それが自分自身の心から出た言葉なのか、それとも自分のなかの神の言葉なのかは、知りようがない。どちらであるとも言える気がした。今朝もさんざん悩んだように。彼を拒絶することは彼をブライスデール・ホールへ送りかえす宣告を下すのと同じことだけれど、どうやら自分には彼を守るだけの力など得られそうにないし、かといって、この城の住人となるにふさわしい資格もない。

こんなに考えがまとまらないのは初めてのことだった。フレンド派の教えと自分の心をつかんで放さないなにかのあいだで、気持ちが揺れていた。マディーは長いこと、眠っている彼をじっと見ていた。

もしもここがこんなに大きなお城でなかったら。もしも彼がごく普通の男性にすぎなかったら。

もしも彼が、平凡なアーキメデア・ティムズにふさわしい平凡な男性だったら。ミーティングが認めてくれるような男性だったなら。もしもここが、実用的な庭とちゃんと動く呼び鈴がある小さな一軒家にすぎなかったら……。〝飾らない服装《プレーン・ドレス》〟に身を包んだシャーヴォー公爵なんて。豚が空を飛ぶくらいありえない。

なるべく音を立てないようにして立ちあがり、マディーは客間の隅にとりつけられている呼び鈴の紐《ひも》を引いてみた。黒いシルクの糸をよりあわせて太い紐状に編んであるその紐には、ご丁寧に金色の房までついている。もちろん、ちゃんと作動するようだ。彼女が紐を引いてほどなく家令が現れ、ドアがすうっと開いた。蝶番《ちょうつがい》にはきちんと油が注《さ》してあるからきしむこともない。かぎ鼻で顎の長い家令は、丈の長い白いサテンのお仕着せを身にまとい、そのコートやかつらと同様に真っ白なストッキングをはいていた。そして、ロンドンの公爵邸にいた執事と驚くほど似た容貌《ようぼう》だ――この老カルヴィンとロンドンのカルヴィンの外見が似ているのは、もちろんただの偶然ではないだろう。マディーは少しどぎまぎしながら、小さく微笑んだ。

「そろそろおやすみになられますか、ユア・グレイス？」老カルヴィンが低い声で尋ねてきた。

こんなに夜遅く、しかもこの状況で、自分に対する敬称について文句を言ったところで、きっとらちが明かないだろう。マディーは不安げにシャーヴォーの様子をうかがってから、うなずいた。

老カルヴィンがさっと身をひるがえして部屋の外へ出て、ドアを開けたまま支えていてくれた。マディーは彼のあとについて、赤々と火が燃える暖炉と壁を覆うタペストリーのおかげであたたかかった部屋から、たいまつの明かりのみに照らされた凍えるように寒い廊下へと出た。煙まじりのほの暗い明かりが、物言わぬ兵士のように壁際に並んだぴかぴかの甲冑《かっちゅう》を照らしだしている。その廊下の突きあたりに石造りの大きな階段があって、真っ暗な階下へと続いていた。老カルヴィンはその脇の小さなテーブルの前で立ちどまり、そこに置いてあったキャンドルに明かりをつけてから、それを持って階段をおりはじめた。

キャンドルの炎が揺らめき、アーチ型の天井にゆらゆらと影を映しだす。階段の下まで来ると、明かりがもう届かない天井は大いなる闇《やみ》に包まれてしまった。寒くてしんと静まりかえった大ホールは、ミーティングハウスがまるまるすっぽりおさまってしまいそうなほど広く、教会よりも大きくて、細長いランセット窓のてっぺんは完全に闇に溶けていた。

老カルヴィンはやわらかい上靴を履いているが、マディーの質素で頑丈な靴は、どうやって歩いてもひどく大きな足音を立てる。それが広大なフロアに反響して、誰かがあとをつけてくるような気分にさせられた――うなじの毛が逆立つような不気味な感覚に襲われる。

ホールの反対側に別の細い螺旋《らせん》階段があり、老カルヴィンはそれをのぼって三階へとマディーを案内した。石造りの階段は長年にわたって無数の足に踏みしめられてきたせいで、真ん中あたりがすり減ってへこんでいる。階段をのぼってひと息つく暇もなく、ふたりはドアを抜けて、また別の真っ暗な空間へと出た。絨毯の下で床がきしみ、闇のなかにぬっと浮かびあがった白い顔に見つめられて、マディーは思わず肝を冷やした。老カルヴィンはなにごともなかったかのように歩いていく。彼の持っているキャンドルが照らしだしたのは、飾り鋲《びょう》のついた鎧とローブに身を包んだ高貴な男性の肖像画だった。その向こうに見えてきたのは、宝石のちりばめられた豪華絢爛《けんらん》な服と真珠の髪飾りをつけた、青白い顔の無表情な女性の肖像画だ。どうやらここは長いギャラリーになっているらしく、いくつもの肖像画が端から端までずらりと並んでいた。暗がりから次々と現れるそれらの絵に描かれた目が、マディーを追いかけてきては、やがて幽霊のように音もなく消えていく。彼女の頭の毛が逆立った。彼らがみな生きているかのように感じられ、敵意を向けられているように思えたからだ。

ようやくギャラリーの端のドアまでたどり着くと、そこから先はまた廊下になっていた。さらにしばらく歩いてから、老カルヴィンが立ちどまって部屋のドアを開け、重々しい顔つきで言った。「こちらが公爵夫人専用のお部屋でございます」

老カルヴィンは内心マディーのことをあまり評価してはいないようだった。彼もハウスキーパーのエレン・ローズもそんなことはおくびにも出さないけれど、使用人たちのあいだではきっと相当な騒ぎになっているに違いない――なかには公爵の正気を疑う者もいるはずだ。自分も彼らの立場だったら、きっと同じように疑いを持ったことだろう。

マディーはおそるおそる部屋に足を踏み入れた。封建時代から続く壮麗な城のあちこちを見てきたあとなのだから、そんなにショックを受けることもないと思っていたけれど、それは間違っていた。たった一本のキャンドルの明かりが、巨大な闇に覆われた部屋をほの暗く照らしだすと、薔薇色のダマスク織りのタペストリーがかけられた壁や、漆喰《しっくい》に金メッキが施された天井、ビロード張りの寝椅子やたくさんの椅子が見えた。小さな暖炉にはいちおう火が入っているものの、大きな部屋をあたためるには不充分で、ギャラリーや廊下と同じくらい室内は冷え冷えとしている。老カルヴィンは部屋の奥へ歩いていって、もうひとつのドアを開けた。「こちらが寝室になっております、ユア・グレイス」

マディーは彼のあとについていった。こちらの部屋も負けず劣らず贅沢な造りで、ベッドには金糸で織られた布に淡いピンクの内張がついた天蓋がかかっていて、銀の燭台が造りつけになっている壁は全面タペストリーで覆われている。あまりに豪華できらびやかすぎる装飾に、マディーは気が遠くなりそうだった。

ベッドの足もとにあるふかふかのベンチに、彼女のネグリジェがきれいに畳まれて置かれていた。飾り気のない白いネグリジェは、部屋のなかのあらゆるものと対比して際立って見える。

「呼び鈴の紐はこちらです、ユア・グレイス」老カルヴィンは部屋の隅へ歩いていって、紐を指し示した。「これを引いていただけば、すぐに女性の召使いがまいりますので」

「あら、そんな。召使いなんてわたしには必要ないわ。自分のことくらい……自分でできますから」

家令はうやうやしく一礼した。

「公爵は……」マディーは曖昧なしぐさをした。階段をおりたりのぼったり、廊下やホールを何度も曲がったりしたせいで、さっきいた部屋がどの方向かもよくわからなかったからだ。「彼には、身のまわりの世話をしてくれる人はいるの？」

「おつきの者をお連れになっていらっしゃらない場合は、このように夜遅くにおやすみになられるときはたいてい、閣下がご自身でお着替えになられます。使用人はなるべくお邪魔しないように言われておりますので。お部屋のほうはいつものように、すべて閣下のお好みどおりに整えてありますが」

マディーは意識して、唇を噛みしめないようにした。ここの使用人たちがシャーヴォーの抱えている難しい問題についてどのように聞かされているのかはわからないし、もしかするとなにも知らされていない可能性だってある。だとしても、長いことそれを秘密にしておくのは難しいだろうけれど。

老カルヴィンがまじめくさった面持ちで彼女に尋ねた。「側仕えの者をお部屋にあがらせたほうがよろしゅうございますか、ユア・グレイス？」

彼の表情が、それはやめておいたほうがいい、と訴えていた――この状況で普段と違う特別なやり方をすれば、まわりの者たちに妙な不信感を抱かせることになる。

「いいえ」マディーはいった。

老カルヴィンは一礼して、さがっていった。

ひとりになるやいなや、マディーは心細くなった。家令が灯《とも》していったキャンドルは弱々しい光を放つだけで、ただでさえ巨大なベッドをより大きく見せる暗い影を天井に映しだすばかりだ。彼女は素早くネグリジェに着替え、脱いだドレスとキャンドルを持って、寝室の奥の小さなドレッシングルームへと入っていった。

そこでドレスを広げていたとき、寝室のほうから物音が聞こえた。人恋しくてたまらなかったマディーは、もしかすると公爵が来てくれたのかもしれないと思い、急いで寝室へとってかえした。

だが、そこには誰もいなかった。背後でなにかが、ききーっときしむ。ぱっとそちらを振り向くと、クローゼットの扉が開いていて、そのなかは闇に包まれていた。もう一度あちらの部屋へ入るのは気が進まない。そしてもちろん、大きな口がぽっかりと開いているように見える扉をそのまま開け放しておくのもいやだった。マディーはクローゼットのほうを見ないようにしながら、ドレッシングルームのドアを叩きつけるように閉めた。

キャンドルをベッドの横のテーブルに置き、床にひざまずいて、どうか理性を保てますようにと強く祈った。〝内なる光〟を見つけたかったけれど、どこかで誰かが足を引きずって歩いているような耳慣れない奇妙な物音や不気味な隙間風が気になって、心を落ち着かせて集中することができなかった。

シャーヴォーがそばにいてくれたら。ダラムかフェイン大佐でも。誰でもいい。

金色に塗られた竹細工の踏み段を使って、冷たいベッドにあがった。そこに横たわると、マットレスが適度に沈んでふんわりと彼女を包みこむ。キャンドルの揺らめく明かりが天蓋の裏側のあでやかな模様を映しだしていた。

足音が聞こえた。上のほうから聞こえる——ずるずると足を引きずって部屋を横切り、彼女の頭上でいったん立ちどまり、そしてまた遠ざかっていく。それっきり、音は聞こえなくなった。

いつのまにか、目に涙が浮かんでいた。マディーはベッドのなかで身をすくめ、自分をぎゅっと抱きしめた。

ああ。幽霊なんて信じない。信じてはいないけれど。

シャーヴォーがここへ来てくれたら、と願わずにいられなかった。

クリスチャンは寒気を感じて目を覚ました。部屋はもう暗くなっていた。キャンドルの明かりは消えかけていて、暖炉の炎も赤い炭になってちろちろと燃えているだけ。しゃきっと目を覚ますのは難しかった。油断するとつい意識が遠のき、うつらうつらと奇妙にねじくれた夢のなかへと戻ってしまう。それでもなんとか立ちあがると、身についた習性でクリスチャンは燃え残った炭を火かき棒で平らにならし、すべてのキャンドルの火を吹き消してから、手探りでドアを開け、客間から自分の寝室へと入っていった。

半分眠りに落ちながらも着ている服を脱ごうとしたところで、ウエストコートのボタンをひとりではうまく外せないことをようやく思いだした。これを脱ぐのはあまりにも面倒だ。暗がりにあるあたたかいベッドがすぐそこで待っている。クリスチャンはコートと靴を脱いだだけで、ベッドの上に大の字に倒れこんだ。そして寝返りを打ち、枕《まくら》を引き寄せて抱きかかえ、寝具の下に足先だけを突っこむと、ふたたび深い眠りへと滑り落ちていった。

22

翌朝マディーは、中世の城を思わせる太くて黒い梁《はり》と石の壁でできただだっ広い大ホールまで、なんとか自力でたどり着いた。ゆうべここを通ったときと同じように、なんとなくそら恐ろしい感じがした。天井がとてつもなく高くて、声や物音がこだまする巨大な空間の床に、細い窓から光が静かに差しこんでいる。幸運にも彼女はそこで、犬たちを連れてちょうど外から戻ってきたフェイン大佐と出会い、彼らにエスコートされて朝食用のパーラーまで連れていってもらうことができた。その部屋に入ると、ダラムがなぜか、広々とした田園風景が一望できる窓辺に立ったまま、ポリッジを食べていた。

「やあ、おはよう、マァム」と陽気に挨拶《あいさつ》をしてくる。「ケジャリーはいかがかな？ インドの紅茶か、中国のお茶は？　それともコーヒー？」

いつのまにかマディーは、リネンのクロスがかかったテーブルのいちばん上座に座らされ、サイドボードに並んだ銀の皿から料理や飲み物を給仕されていた。彼はいつものように行動的で、有無を言わさない。ダラムは彼女の隣に腰をおろすと、フェイン大佐にも座って椅子を寄せるように手ぶりで示した。

「ここなら内緒話ができる——呼び鈴を鳴らさない限り、召使いたちは入ってこないから」ダラムはそう言いながら彼女にクリームをまわした。「で、ここまでのところはどんな感じだい？」

「わからないわ」マディーはいった。「なんだかとても……妙な感じがして」

フェインが腕をのばしてきて、彼女の手をぽんぽんと叩いた。「まだ落ち着かないだけさ。結婚したばかりなんだからね。なかでも初夜ってのは最悪なものだ」

ダラムが軽く咳払《せきばら》いをした。「やめろよ、フェイン。おまえにはデリカシーというものがないのか？」

「いや、すまん！」大佐はみるみる顔を赤らめ、照れ隠しにデヴィルにソーセージを与えはじめた。「ついうっかり」

「だいたい、おまえに結婚のなにがわかるというんだ？」

大佐は目をあげようとしなかった。「姉や妹がいるからね。母がよくそういう話をしてたんだ。どうかこのご無礼をお許しください、マァム」

「あら、そんな」マディーは言った。「できればわたしもあなたのお母さまから忠告を受けたかったわ。わたしの母は何年も前に亡くなってしまったから」

「それはお気の毒に」照れ笑いをしていた大佐がすっと真顔になる。「母がここにいればな。すぐにでもあれこれと余計なことまで教えてくれるはずなんだが」

「いなくて助かったな」ダラムが言って、マディーのほうを見て訊いた。「シェヴももうすぐおりてくるのかい？」

「さあ、どうかしら」マディーはどんどん冷めていくポリッジを見おろしながら答えた。「ゆうべあなたたちが出ていったあと、彼はあのまま椅子で眠りこんでしまったのよ。家令の人が、閣下がおやすみになられるときはいつもご自分でお着替えになると言うから、わたし――まわりの人たちにこれ以上妙な勘ぐりをされても困ると思って――だから……」彼女は目の前の器を押しやった。「だからわたし、彼をその場に置き去りにしてしまったのよ！」勢いこんでまくしたてる。「そんなこと、すべきじゃなかったのに！　でも、家令の人に真実を知られるのが怖かったし、公爵はどこで寝るのかと尋ねるのも気が引けて、それで案内されるままについていってしまったの。公爵は結局その部屋には来なかったし、わたしひとりじゃ、さっきまでいた部屋まで戻ることもできなくて……」

気まずい沈黙が流れた。マディーは立ちあがり、窓辺へと歩いていった。波打つアンティーク・ガラス越しに、眼下の谷や、朝の陰りに包まれた木々や野原、灰色と茶色の景色のなかできらめく曲がりくねった川を見渡した。

「これを見て」力なくつぶやく。「この広大な土地を見て。誰もわたしのこと、この場所にふさわしい女性だなんて思うはずがないわ。ああ……わたし、自分の家に帰りたい！」

マディーは窓枠に額を押しつけた。デヴィルがやってきて、てのひらに鼻をすり寄せる。彼女はぱっと手を引っこめ、自分で自分を抱きしめた。

「アーキメデア」ダラムが言った。「シェヴはよくなっているよな？」

「ええ」

「ぼくもそう思う。ほんの数日でかなりの進歩があるように見える」

彼女は窓の外を見つめつづけていた。「日々よくなってきてはいるわ。ブライスデール・ホールで初めて会ったときは、まったく口が利けなかったんだから」

「だから——もしかするともうじき——昔の彼に戻れるんじゃないだろうか。そうしたら例のいまいましい審問とやらにも通るだろうから、それまでの我慢だよ」

マディーはなにも言わなかった。

「ぼくらには、乗り越えなくてはならない当面の障害がある」ダラムが認めた。「彼がここにいることを伝えたら、すぐにでも家族が乗りこんでくるだろう。レディー・ド・マーリーは——彼女のことはきみも知っているんだよな？　彼女はたぶんこの結婚については気にしないだろう、とシェヴは言っていた。でもぼくは、なにがあるかわからないから、ちゃんと備えておいたほうがいいと思う。ほかの家族は――こっちは間違いなく――事を荒立ててさんざん文句をつけてくるに決まっている。だがきみには毅然《きぜん》とした態度をとってもらいたい――彼らには手出しのしようがないはずなんだから。なんの権利もないんだから。もしも連中が彼から爵位をとりあげようなどとしたら、ぼくらは州の統監にかけあってでも――」

「シェヴ自身がその統監なんじゃないか」フェインが言った。

「ああ、そうか――そうだった。この広い領地は彼のものなんだからな。だとすると、法と治安維持の最高責任者も彼ってことになるのか？　まあ、いい――それについてはあとで調べておくよ。とにかくきみは堂々としていてほしい――あとのことはぼくらに任せておいてくれたら、万事うまくやるから」

マディーはくるりと振り向いた。「万事うまくって？　わたしにしてみたら、うまくもなんともないわ。このまま結婚生活を続けるなんて無理よ。わたしは公爵夫人になんかなれない！」

ダラムが真剣なまなざしを向けてくる。「公爵夫人になりたくないのか……それとも、シェヴの妻になるのがいやなのか？」

「あなたにはわからないのよ！」マディーは叫んだ。「とにかく無理なの。どっちも。このことがもしも知られたら、わたしはフレンド派から除名されてしまうんだから」

ダラムはゆっくりとうなずいた。「なるほど」ひとつ息をついてから言う。「そういうことだとは知らなかった。信仰のせいできみがこの結婚にあまり乗り気じゃないことは気づいていたんだが」

「乗り気じゃない？」マディーはくりかえした。ふたたび窓のほうを向いて、小さな笑い声をもらす。デヴィルが窓際に置かれた椅子にぴょんと跳び乗り、体をこすりつけてきた。彼女は仕方なく犬の頭を撫でてやった。さもないとデヴィルが彼女の肩に前脚をかけて、顔をなめようとしてくるからだ。

「つまりこの結婚は……」ダラムがためらいがちに言う。「きみが失うことになるものを……補って余りある慰めにはならないってことなのかい？」

口調こそやさしかったが、声にダラムの反論がにじみでていた。これだけの財産と城と公爵夫人の地位が手に入るのだから文句はないだろうと言いたげだ。

「あなたにはわからないのよ」マディーはシルクのようになめらかな犬の耳を撫でながら、穏やかに言った。「きっとわかってもらえない。わたしはこんなところで暮らすような人間じゃないの」

「もう少し時間をかけないと。きみはまだ慣れていないだけだ。ここはたしかに古くて大きくて薄気味悪い城だ。おまけにひどく寒いしな。ぼくらだって、何度も迷子になってるくらいだし」

「だから」マディーは声を震わせて言った。「今のわたしは迷子になっているようなものなのよ」

「彼にはきみが必要なんだ」

「必要？　誰かがなにかするのをこのわたしがとめられるなんて、あなたは本気で思っているの？　わたしを見てよ。そして、このお城も。誰もわたしの言うことになんか耳を貸してはくれないわ！」

マディーは唇をくっと噛みしめた。自分のしてしまったことを後悔して、弱々しく涙を流すつもりはない。だがもし、今ならまだとりかえしがつくのであれば……。

彼女は後ろを振りかえることなく口を開いた。「ひとつ訊いていいかしら――この結婚を今から解消する方法はあるの？　それとも、もう手遅れなの？」

しばらく間があった。

「結婚を解消したいのか？」

「ええ」

「それなら言うが」ダラムが言った。「一瞬でいい、ほんの一瞬でいいから、きみの信仰を忘れてみてくれないか。すべてを忘れて、シェヴのことだけ考えてほしい。ぼくが伝えようと伝えまいと、彼の家族はシェヴがここにいることを遅かれ早かれ知るだろう。彼らがここへ乗りこんできたら、ぼくもフェインもできるだけのことはするつもりだが、彼自身がまだろくにしゃべれず、自分のために行動することができなければ――ぼくらなんかたちまち城から追いだされてしまうだけだ。でもきみは――シャーヴォー公爵夫人の立場にあるきみなら――逆に彼らを城から追いだすことができる。きみなら彼を守れるんだ。法的に。彼が昔の自分をとり戻すまで」

「それは確かなの？」マディーは目が痛くなるまで、きらめく川をじっと見つめつづけた。デヴィルがふいにそばから離れ、椅子から飛びおりる。

「それなら納得してもらえるかい？」ダラムが尋ねた。「今はとにかくこのままで。せめて、彼自身が自分を守れるようになるまでは」

「つまり、この結婚を解消する方法はあるということね」

「なくはない」

「どうしたらいいのか教えて」

「彼がきみを必要としているあいだはそばにいると約束してくれるか？」

「いいから教えて」

「まさか、マディー、やつを見捨てる気じゃないだろうな？」

「教えてったら！」マディーは両手を拳《こぶし》に握りしめた。冬景色のなか、明るくきらめく川を見つめつづけていたせいで、目に涙がたまっていた。それでもまだ、彼女は視線をそらせなかった。

ダラムが低くて抑揚のない声で言った。「きみはまだ彼と寝てはいないんだよな」問いただすというよりは、事実を述べたにすぎないような質問だった。マディーは頬が熱く燃えるのを感じながらうなずいた。

「だったら、これからもそれを貫くんだ。決して彼とベッドをともにしてはいけない。そして、どうしてももうこれ以上、公爵夫人であること、彼の妻であることに耐えられなくなったら、ぼくのところへ来てほしい、ユア・グレイス」ダラムの声が厳しくなった。「そのときが来たら、きみが教会で述べた結婚の誓いを法的に無効にするためにどうすればいいか、ちゃんと教えるから」

彼が椅子を引く音が聞こえた。そして、小さく毒づく声も。

マディーは振りかえった――すると、シャーヴォーが閉じたドアの前に立っていた。足もとにデヴィルとキャスを従えて。

クリスチャンはひとりになりたいとき、銃眼つきの胸壁に囲まれた屋上へあがることにしていた。城のあちこちにいくつもある塔は今でもきちんと修繕してあって、そこへあがるための階段室の鍵《かぎ》はすべて、自分の手もとに置いて保管している。高ければ高いほどいい――シャーヴォー城でいちばん高い塔からは、城内のほぼすべてが見おろせるようになっていた。

厚手のコートにくるまれたクリスチャンは、白く塗られた石造りの胸壁のあいだから身を乗りだした。この城でいちばん古い、角形で背の低いホワイトレディー・タワーが眼下に見えた。そこから外壁伝いに歩いていくと、ナイツ・タワーやその先のフェニックス・タワーへと番兵がぐるりと見まわりができるような造りになっていて、さらにノースウエスト・タワーや、クリストファー・レンによって改修されたエリザベス朝風の住居部分と続いている。公爵夫人の間、すなわちゆうべマディーが眠った部屋もその建物のなかにある――ボーヴィサージュとミラビレは、彼が今立っているベレトワールの円形の胸壁の陰になっていて見えなかった。

クリスチャンはそれらを知っていた。そのすべてを愛していた。今朝目を覚ましたときも、なんの違和感も感じなかった。自分はシャーヴォー公爵以外の何者でもなく、ここでの生活とこの城と己の運命を司《つかさど》る者なのだと実感できた。だがそこへ、フットマンが紅茶を持って現れた。クリスチャンは声をかけようとしてみたが、言葉が出てこなかった。

ひとことも声を発することができなかったのは、かえって幸いだった。気難しくて不機嫌な人物と受けとられるほうが、愚か者と思われるよりはるかにましだ。だがそれは、面倒を先送りにしているだけのことだ。いつまでも使用人に対して無言を貫きとおすわけにはいかない。

そして、マディーにも。クリスチャンは壁に両腕を突き、がっくりとうなだれた。

正直に言うと、マディーのことを思いだすのに今朝はしばらく時間がかかった。目が覚めてベッドから起きだし、自分がまだ服を着ていたことに気づいてようやく、彼女の存在を思いだした。それでもまだ、たいして気にはとめていなかった。せっかくの新婚初夜に眠りこんでしまったことが少し悔しくはあったけれど。クリスチャンは顔を洗って、着替えた。フットマンの手を借りて。その男はなかなか優秀だった――クリスチャンが不機嫌そうに黙っていても、穏やかな表情をかたときも崩さない。今回は一時的にクリスチャンの身のまわりの世話役に抜擢《ばってき》されたようだが、これを機に側仕えに昇進したいという野心を秘めているのだろう。

階下へとおりていきながら、クリスチャンは彼女にどう埋めあわせをしようかと考えていた。たとえうすのろと思われても、自分の妻にどこで寝てもらいたいかに関しては、はっきりとこちらの意思を伝えておかなければ。どうすればそれがうまく伝わるだろうかと考えながら朝食室へ入っていくと、ダラムがちょうど彼女に向かって、決してベッドはともにするなとアドバイスしていた。

クリスチャンはなにもわからなかったふりをした。それくらいなら簡単だ。ただじっと戸口にたたずんでいれば、誰もがばかだと思ってくれる。口も利けず、耳も不自由な、愚か者だと。

マディーがばつの悪そうな目でこちらを見た。だがクリスチャンはにっこりと笑いかえし、サイドボードへと歩いていって、自分用のカップにチョコレートを注いだ。

ぼくにはわかっているんだよ、マディーガール。

灰色と青の水彩画のような空のもと、白い石造りのベレトワールの塔のまわりで風が舞い、胸壁を越えて吹きつけてくるつむじ風がクリスチャンの襟をはためかせた。こうも簡単にシャーヴォーの威光を退けることができる人間がいるというのは、彼にとっては新鮮な驚きだった。いや、退ける、ではない——拒絶する、だ。もちろん、彼のことも。

その部分はきちんと理解できた——彼はすでに傷ついていた——けれど、理解できたからといって傷が浅くなるものではない。クリスチャンはこう思っていた——いや、決めてかかっていた——今の自分に足りないものがあるとしても、これだけのものを与えてやれば、おつりが来るほど充分に補えるはずだ、と。シャーヴォー公爵夫人の名と、それに付帯するあらゆるもの。決してささやかな財産ではない。彼女をここへ連れてきて、そのすべてをまのあたりにさせてやれば、彼女にもわかってもらえるとばかり思っていた。

それでもわかってもらえないのなら——どうしようもない。

マディーガール。きみはやはり去っていくのか?

クリスチャンは空を見あげた。自分の無力さを思い知らされ、激しい痛みと怒りを感じた。

罵りの言葉を吐きながら、コートのポケットに両手を突っこんだ。マディーがあの誓いの言葉を無効にしたがっているのなら、勝手にさせてやればいい。ダラムは、きみが必要とされなくなるまではここにとどまるように、とマディーを説得していたが、クリスチャン本人はそんなことすら要求していなかった。ただ、彼女を妻として娶りたい一心で、どさくさに紛れてああいうことになったにすぎない。彼女は一介のクエーカー教徒だ。いわば、何者でもない。彼女自身がはっきりと述べたとおり、彼女はここで暮らすにふさわしい女性ではないのだ。

だったら、彼女を解放してやれ。

そうしたほうがいい。なにも問題はないじゃないか。帰してやれ。彼女なんか必要ない。彼女のもろくて弱い守りなど必要ない。いなくなっても寂しく思ったりしない。いなくなったことにさえ気づかないはずだ。あんな、頑固で、お堅く、愛らしく、甘い唇の持ち主なんて。

クリスチャンは冬景色の丘を見渡した。生まれたときから彼はこれを――この城と、先祖が遺《のこ》してくれたものすべてを――当然のように受けとり、受け継いできた。そんなつもりはなかったが、結果的にはそうなっていた。改革だのなんだのと、なんの役にも立たないくだらない議論に明け暮れているあいだずっと、難攻不落のこの砦に守られていた。自分がどれほど恵まれていたのか、気づきもせずに。

それをまた失ってしまうかもしれない。クリスチャンは骨の芯《しん》まで染みるような新たな寒気を感じた。というか、今でも自分のものと言えるのか？　本能的にシャーヴォー城へと逃げてはきたけれど。この場所はクリスチャンが生まれたときからの習慣に則《のっと》って、今のところ彼の指示どおりに機能している。しかし、大法院では危うく身ぐるみはがされそうになった。もしも彼らがここへ乗りこんできたら――もしも彼らがまたあそこへぼくを連れていくつもりなら――。

すべてを奪われ、閉じこめられ、鎖につながれ……。押しつぶされてしまう。

それだけは、なんとしても避けなければ。

クリスチャンはシャーヴォー城のことなら隅から隅まで熟知していた。ベレトワールの城壁のてっぺんから地面までの距離は八十三メートル。その塔の鍵は、彼自身が手もとに保管していた。

公爵夫人用のパーラーへ入っていくと、マディーが王妃へロデアの絵を眺めていた。王妃が洗礼者ヨハネの首を掲げ、その首の下には血まみれの十字架が描かれている絵だ。

「やあ」クリスチャンはわざとそっけなく声をかけた。

マディーがぱっとこちらを振り向く。「このお部屋もすごく豪華なのね」

「ありがとう」彼女は褒めているわけではないとわかってはいたが、クリスチャンはあえてそう答えた。

彼女が別の肖像画のほうへ目を向ける。幼い少年がふたり、彼らよりも背の高いマスティフ犬に両脇からもたれかかっている絵だ。「この絵はいいわね」

クリスチャンは小さくお辞儀をした。「弟」

「あなたの弟さんたちなの？」

彼も肖像画を見つめた。ここに描かれたジェイムズは生き生きとしている。ぼんやりとかすんで見えるのはクリスチャンの側の問題であって、焦点を合わせるのに多少時間がかかっただけだ。彼は片手をあげ、短いコートを着た巻き毛の少年を指さした。「これが……ぼく……そして……弟……。十歳と……ジェイムズは……六歳。ずいぶん前に……死んだ。しょ……しょうこ……猩紅《しょうこう》……熱で」この絵を描いてもらったときのことは今もはっきり覚えている。じっとしていなきゃならないのが苦痛だった。ゲームをしたり、野原を駆けまわったり、蛙《かえる》をつかまえたりしたかったのに。「この犬は……キルバック」クリスチャンは微笑んだ。「だけど……絶対……殺したりしない……虫一匹……」

マディーは黙ったまま絵を見つめていた。今朝の彼女は髪をきつく結いあげていて、とても堅苦しい雰囲気だ。自分はまわりを囲んでいる贅沢なものとは違うということを、できるだけ強調したいのだろう。

「きみは……とりやめに……したいのか？」これ以上に遠まわしな言い方は思いつかなかった。「結婚を？」

彼女は鋭いまなざしでこちらを見かえし、両手を背中へとまわした。

「わかって……いたんだ」クリスチャンは言った。「朝……ダラムに……結婚を……無効にと」

「そうするのが賢いと思うから」マディーは視線をそらそうとしなかった。「でも、あなたがよくなるまではそばにいるから」

「じゃあ、今だ。もうよくなった！　さあ……出ていけ！」

「今すぐ出ていってかまわないというの？」

クリスチャンは怒ったように顎を引きしめた。「ぼくは……言ってない。きみだ。朝食のとき……ダラムに……結婚……解消」彼はマディーの脇をすり抜けた。「一緒に……寝ない。ぼくは**聞いたんだ**」そこで振り向く。「ベッド……ゆうべ……ともにしていない。だから。とりやめに。ダラムに……**今すぐ**……とり消して」クリスチャンは呼び鈴の紐に手をのばした。

「ふたりとも、もう帰ってしまったわ」マディーが言った。「しばらく待っていてくれたんだけれど、あなたの姿がどこにも見あたらなくて」

「帰った？」クリスチャンは勢いをそがれた。胸の内で渦巻いていた苦々しい思いが急にしぼんでいく。彼は手をおろした。「帰ったのか……」それがなにを意味するのか、遅ればせながら気づいた。「手遅れだ！　ふたりが……言ってしまう。結婚。家族に。そうなったら……とりかえしが！」

「だからわたし、思ったの」マディーが椅子に座り、両手を膝の上で重ねた。「ここにとどまるべきだって――少なくとも、次の審問が終わるまでは。あなたが約束してくれるなら……」組んだ手の指先にくっと力がこもる。その指には彼のシグネット・リングがはまっていた。「もしもあなたが……合意してくれるなら……寝室をともにせず、この結婚を完全なものとしないことに――そうしておけば、あなたがよくなったときには結婚を解消できるから」彼女が唇を湿らせる。「そのころにはもう、わたしのことなんか必要なくなるでしょ。それどころか、かえってお荷物になっていると思う。わたしはあなたの住む世界に属する人間ではないから。あなたがまた元のあなたに戻ったときには、きっとわかってもらえるはずよ」

クリスチャンは反論したかったが、するだけの根拠がなかった。自分がなにも言いかえせないことに、大きな敗北感と心の痛みを覚える。「もしも……よくならなかったら？」彼は食いさがった。「いつまでも……完全には……快復しなかったら？　それでも……出ていく？」

「わからない。今はただ……次の審問が終わるまではそばにいるとしか言えないわ」

「次の……？」

「審問よ。もう一度、大法官の前で審問を受けるの」

彼の全身がこわばった。「もう……一度？」

「ええ。もう一度、行かなきゃいけないの」

「いつ？」

「わたしはよく知らないの。いずれにしても数カ月後よ。レディー・ド・マーリーが知っているはず」

クリスチャンは彼女に二歩近づいたところで立ちどまった。「次って！　なぜ？」

攻撃的な言い方がマディーを驚かせてしまったらしい。彼女は椅子の上で姿勢を正した。「あなたの義理の兄弟たちが――彼らがあなたの適性について、ふたたび司法の判断を仰ごうとしているのよ」

クリスチャンは彼女をまじまじと見つめかえした。てっきり――。

てっきり、その件はもう片がついたと思っていたのに。

呼吸が速くなり、頭のなかを駆けめぐっている問いを言葉にすることができなくなった。彼はくるりと向きを変え、部屋の奥まで行ってから、また戻ってきた。

「適性……**今すぐ？**」

マディーには意味がわからないようだ。

「**今！**」クリスチャンは怒鳴った。「審問……**今？**　自由……**今？**」彼女の肩を両手でつかんで体をぐっと寄せる。「**言え！**」

「次の審問までは」彼に押さえつけられたまま、マディーが答えた。「法的にはあなたはほかの誰とも変わらないはずよ」

クリスチャンはどうしても彼女を放すことができず、じっとにらみつけていた。

「さもなければ、結婚なんかできるはずないでしょう？」

そのとおりだ。もちろんそうだとも。頭が混乱しすぎて、そこまで考えがまわらなかった。てっきり、あのとき自分がへまをしたせいで、法的な地位はすでに失っていたのかと思っていた。ダラムとフェインとマディーの後ろに隠れ、シャーヴォー城に身をひそめていれば、誰が連れ戻しに来てもこの身は守ってもらえると思っていたなんて、自分はなんと愚かだったのだろう。

新たな審問。数カ月後。

「マディー」クリスチャンは彼女の肩を強くつかんだ。「助けて……くれ。約束……する……ベッドは……ともにしない。だから……そばに……いてくれ。助けてくれ。

約束だ。終わったら……きみは……自由だ。審問が……終わったら」

マディーが視線をあげて彼の目を見つめた。「白い結婚のままでいいのね？」

クリスチャンは彼女の手をとって、きつく握りしめた。「ああ。審問が……終わるまで。ベッドは……ともに……しない。結婚……解消」

彼女は目を伏せた。色っぽいまつげだ。クリスチャンは手を握りしめながらマディーを見おろし、彼女が小さくうなずく前から、たった今自分が誓ったことを早くも後悔していた。


きちんと取り決めをしたことで、ふたりのあいだには穏やかな空気が生まれた。マディーは以前よりもこの贅沢な環境に苦痛を感じなくなった。ここで暮らすのは一時的なことであって、本当の意味でここの女主人になるわけではないとわかっているからだ。公爵が城のなかを案内しようかと言ってくれたときも、マディーは喜んでその申し出を受けた。公爵未亡人の衣装のなかから、あまり派手ではない一着を選んで、彼女用にサイズ直ししてもらうことにも同意したくらいだ。どのみち、地味なグレーのシルクのドレスを永遠に着つづけるわけにはいかないので、同意せざるをえなかったのだが。

彼女が気に入ったのはダークブルーのサテンのドレスだった。衣装部屋のクローゼットにずらりと並んでいたドレスのなかで、いちばん落ち着いて見えたのがそれだった。ごてごてしたフリルさえ、メイドにとってもらえばいい。だが、ためしにそれを着て明るい日の光に包まれた自分の姿を鏡に映してみると、あまりのあでやかさに自分でも見とれてしまうほどだった。

裁縫箱を持ったメイドの若い女性が言った。「とてもよくお似合いですわ、ユア・グレイス」

たしかに美しい。こんなに贅沢なものを身につけるのは生まれて初めてだ。マディーはその鮮やかな生地をてのひらで撫でおろした。「ええ」なんとも不思議な気分で、彼女は言った。「わたし……たしかに……とてもすてきだわ」

丈を少し長くし、余計なギャザーやフリルをとり去ってもらい、襟ぐりの開いたパフスリーブのドレスの上にインド・シルクの白いショールをまとう。その格好で、マディーはギャラリーで待っているシャーヴォーに会いに行った。彼の姿が見えたとたん、マディーは一瞬ためらいを覚えた。こんなに華美なドレスを選んでしまった自分のばかさかげんを見透かされるような気がしたからだ。だがシャーヴォーは彼女を必要以上にじっくりと眺めてから、片方の口角を持ちあげて微笑み、彼女の腕をとった。ドレスの色は彼の瞳の色と同じだった。

「マディー」シャーヴォーが口を開いた。「残念だ……あんな約束……しなければ」

彼の言わんとすることはだいたいわかったけれど、マディーはあえてなにも訊きかえさなかった。

ギャラリーの壁に並んだ肖像画の人物たちが、とがめるような目でこちらを見ている気がする。ゆうべの薄気味悪い感覚が戻ってきて、鳥肌が立ちそうになった。肖像画のなかでもいちばん威圧感のある巨大な絵の前で、シャーヴォーが立ちどまった。赤いローブを羽織り、白い飾り襟ときらびやかな宝石をつけて、高位の貴族が持つような杖を持った、重々しい威厳のある男性の肖像画だ。「シャーヴォー卿《きょう》」彼が言った。「一世。力で統治した……偉大な伯爵」

「とても立派な方のようね」マディーは小さな声で言った。

「十七歳で結婚した。金持ちの……跡とり娘を……嫁にもらった。結婚前……彼女は手紙を……彼宛に。今も……残っている。彼女は書いた……甘い人生……わたしの心……手当を……。愛しているなら……どうか……二千六百ポンド……季節ごとに」

「まあ」マディーは疑うように言った。「それって、当時としてはあまりにも多すぎない？」

「とても……多い」シャーヴォーがにやりと笑った。「ほかにも……はっきりと……彼女は書いた……自分専用の馬三頭……侍女二名……彼女たち用の馬も……侍従が六名から八名……馬車二台……ベルベット……四頭立て……フットマン……二名……取次役も……それから……季節ごとに六百ポンドの寄付……すべて……彼の負担で」

「それはいいことだわ」マディーも微笑みかけていた。

「さらに……年間……二十着のドレス……八着が普段着……六着が外出用……六着が正装用。それから……六千ポンドの宝石……四千ポンドの真珠の首飾り。そして……家具は……すべて新調……部屋も……ベッドも……椅子も……クッション、絨毯……壁掛け……天蓋……。それから……彼女の借金も……すべて肩代わり。そして……土地を買う。それから……金は貸さない……チェンバレン卿。そして……もしも……伯爵の地位を……得たら……二千ポンド増額……人員も倍に増やす」

「それだけの条件がその手紙に？」しまいにはマディーもあきれはて、笑いだしそうになっていた。王のごとく立派に見える紳士が気の毒に思えてくる。

「ああ。彼は与えた」シャーヴォーが言った。「すべて。そして、金は貸さなかった……チェンバレンに。賢い忠告。伯爵として死んだ……王の相談役……財務管理者として。裕福で。権力も。彼が……ノースウエスト・タワーを……建てた。いい妻だ」

マディーは顔をしかめた。「それがあなたの思ういい妻なの？」

「ああ！　金持ちで。抜け目ない。贅沢好き。上等なドレス。野心。**いい妻だ**」

「それじゃ、やっぱりあなたは間違った女と結婚してしまったわね」

シャーヴォーがなにやら考えこむような目で見つめてくる。マディーは体がほてるのを感じ、余計なことを言わなければよかったと思った。目を伏せると、彼が顎に指を添えて、身をかがめて唇にそっとキスをしてきた。

マディーはぱっと身を引いて、息を吸いこんだ。

文句を言おうとすると、シャーヴォーが首を振った。ならず者のような笑顔を見せて。「ベッドの件……約束する……それだけは」

そして彼はマディーの腕をとり、なにごともなかったかのように歩きはじめた。

23

ダラムとフェイン大佐が帰ってから五日後、レディー・ド・マーリーがなんの予告もなく訪ねてきた。マディーとシャーヴォーはちょうどホールの床に寝そべって、木製の屋根を支える梁や見事な細工の窓の飾り格子を眺めていた。図案化された獣や、三つ葉模様、百合《ゆり》の紋章、花や葉をかたどった複雑な形の彫刻などが、頭上のはるか高いところに位置する天井の梁に施されている。

シャーヴォーと一緒に眺めていると、城はまったく違う場所のように思えた。彼は自分自身のことのように、城のことをなんでも知っていた。女性がわが子について語るときみたいに、ごくごくささいなことまでも、つきない興味と愛情とユーモアをまじえながら楽しそうに語ってくれる。昼間の城はマディーも好きだった。ただ、夜になって公爵夫人の間に引きとり、ひとりでベッドに横たわっていると、上の階を歩きまわる足音が聞こえてくるのが気になって仕方がなかった——突然パニックが喉もとまでせりあがってきて、夜はひとりで寝かせてほしいなんて頼まなければよかったと後悔するばかりだった。

「上のほう……五本めの……梁……」シャーヴォーが天井付近を指さしながら言った。彼女がどこを見るべきか、言葉だけで正確に描写するのは無理なようだと、お互いとっくに了承していたからだ。「犬の……顔……見えるか？」

「ええと……ああ、あれね」

「犬。竜。ヘンリー・チューダーの」

「どのヘンリー？」

「ヘンリー……七世。百合の」

「ああ」マディーはすでに、最初のシャーヴォー卿フランシス・ラングランドの妻エリザベスについて、かなりの知識を得ていた。エリザベスは夫が彼女の望むままに気前よく手当を与えてくれたお返しとして、一家の利益のため、みずから進んで時の王の愛人となった。そして、王家の富、秘密主義と彼女の美貌、元々は一介の若き騎士にすぎなかった夫の、ウェールズの同郷出身の君主に対する厚い忠義心のおかげで、フランシス・ラングランド一世が興したシャーヴォー家は幸先《さいさき》のよい船出を迎えた。

「グレイ……犬……。グレイハウンド……ドラゴン……その横」シャーヴォーが床の上で頭をぐるりとまわした。「百合。ほら」

　マディーは彼の手に導かれて頭をねじった。「ああ、本当だわ！」こうして正しい角度から眺めてみると、さまざまな図案のなかにたしかに百合の紋章が隠されているのが見える。

「ヘンリーが……木を……。木を彫る……男」

「彫刻家のこと？」

「そうだ」

「それって秘密の細工だったの？」

シャーヴォーが頭を寄せてくる。「秘密」それだけ言って、彼はマディーのウエストの下にそっと手を滑りこませてきた。突然くすぐられたマディーが悲鳴をあげると、広いホールに声がこだました。彼女は体を起こそうとしたが、すぐにシャーヴォーにつかまってしまった。彼は片手を彼女の腰にまわしたまま、体を入れ替えて馬乗りになり、空いているほうの手で彼女の頰を挟んだ。マディーは身をよじって逃げるまねをしたが、本気ではなかった。今にもキスされそうだったけれど、彼女もそれを望んでいたからだ。

シャーヴォーが唇を重ねてきた。寒いホールの冷たい石の床に寝そべっているせいか、あたたかいその唇がベルベットのようにやわらかく感じられる。彼がくすぐるのをやめると、マディーは体から力を抜いた。目を閉じて、上にのしかかってくる彼の重みを感じる。ひんやりした空気に包まれながら彼のあたたかい吐息を吸いこみ、彼の口からもれてくる歓びの声を聞いた。体じゅうをまさぐられながらも、彼女のほうからキスを返すことはしなかった。そこまでの勇気はない。

妻であって妻ではないことの最大の利点は、いくらでもキスを受け入れていいし、床の上で子犬たちのように転げまわることもできる、という点だろう。決してお行儀がいいとは言えないことは、彼女もよくわかっている。でも、彼のキスはどこまでも甘く、どこまでも無邪気なので、彼女としても〝やめて〟と言いだすきっかけが見つからなかった。「ベッドは……なし」マディーが身を引こうとするたび、彼はそう約束してくれた――すると彼女も安心して、ささやかな歓びに身を任せることができた。もしもこれが世俗的で肉欲的な歓びならば、どうせ長くは続かないのだから。堅くて節操のある普段のマディー・ティムズに戻るまで。貞節という名のドラゴンのなかに隠された百合の思い出を胸に秘めて、模範的なマディー・ティムズに戻るまでのことなのだから。

マディーは顎をあげて彼にキスを返した。

見よう見まねで、まずはゆっくりとシャーヴォーの口を味わう。口の端から端へと舌先を這わせていくと、しばらくのあいだじっとしていた彼が少しずつ唇を開きはじめた。ゆるやかな緊張に反応して、マディーの上にのしかかっている彼の体が徐々にこわばっていく。シャーヴォーの両手は今や、彼女の肌に押しつけられていた。といっても、両手や口はじっと動かず、されるがままにキスを受け入れているだけだ。唇の感触に意識のすべてを集中させているかのようだった。やがてシャーヴォーは口を大きく開いて、唇と唇をもっとぴったりふれあわせてきた。そして、彼女の舌を奥へと誘う――入っておいで、と。

マディーは舌先でシャーヴォーの舌にふれた。彼は、よく知らないはずなのになじみ深く、身近なのに遠い存在だった。伝説やウェールズ人や歴代の王とかかわりのある歴史を持ち、この広いホールや城の主でもある高貴な男性。だが、彼女にとってもっとも異質で強烈に感じられるのは、〝男〟の部分だった。サンダルウッドの香りやたくましさ、そして男らしい自制心。彼の吐息が彼女の吐息と入りまじり、期待の光が灯った。

マディーはさらに奥深くへと探っていった。舌が絡んでくると同時に、彼の胸の奥から熱い震えが伝わってくる。シャーヴォーの抱擁が強くなった。ふたりの体がぴったりと合わさる。彼の重みでホールの床に押しつけられるのを感じながら、マディーは熱烈なキスを受け入れた。そこにはもう、遊びや気まぐれはいっさいなかった。

そして自分からも口を開いてキスを返した。原始的な音楽のように強いビートを刻む低い声が、彼の喉からもれてくる。彼はマディーのキスにさらに応《こた》え、彼女の気持ちを知りつくしているかのように絶妙のタイミングで、彼女の体と心の官能を目覚めさせていった。

　シャーヴォーは両手をつないだまま、冷たい石の床の上に腕を広げた。マディーの指にはまっていたシグネット・リングがふたりのてのひらのあいだに挟まれ、上からぎゅっと押しつけられると痛みが骨まで走った。それでもマディーはかまわなかった。この指輪はずっとこのまま、この指にはめていたい。彼女のなかのすべてが、彼のキスを求めていた。体を反らし、顔を持ちあげて、下から彼にぴったりと寄り添おうとした。全身を縛られて宙に吊されているみたいに、体を浮かせて。

　いつのまにかマディーはとてつもない歓びを感じて、子供がすすり泣くような声をもらしていた。彼が舌をふれてくるリズムに合わせて、なすすべもなく身をよじる。

「まあ、なんてはしたない」氷水をいきなり浴びせかけるように、レディー・ド・マーリーの声が響いた。

　マディーはびくっと身を縮こまらせた。シャーヴォーも一瞬、凍りつく――しかし彼はぱっと体を離す代わりに、腕のなかから逃げようとするマディーをいっそう強く抱きしめた。そして顔をあげることなく、彼女の耳もとでささやいた。「落ち着け」くぐもった声で言う。「落ち着け、マディーガール」そしてもう一度軽くキスをしてから、やっと体を起こした。

　マディーは慌てて立ちあがった。シャーヴォーも立ちあがる。背後にメイドを従え、体の前に杖を突いてたたずんでいるレディー・ド・マーリーは、顔だけが真っ白に塗られた黒い彫像のように見えた。

「ヴェスタおばさま」シャーヴォーが言って、小さくお辞儀をした。そしてマディーの腕をとった。彼女は体の自由が利かなくなってしまったかのように、されるがままに彼の脇へと引き寄せられた。「ようこそ」落ち着き払った彼の態度が、マディーを驚かせた。彼女自身は落ち着きを完全に失っていた。「よい旅……でしたか?」

彼のしゃべり方がレディー・ド・マーリーの注意を引いたのを、マディーは見逃さなかった。たとえ一時的にせよ、自分から彼に焦点が移るのはありがたかった。

老婦人は冷ややかな目で、長いこと甥《おい》をじろじろ眺めていた。

「だいぶよくなってきたようね」レディー・ド・マーリーが言った。

「**かなり**」シャーヴォーが答える。彼は手に少しだけ力をこめて、マディーの体を前に押しだした。「公爵夫人……アーク……メデ。ぼくの……妻」彼の話し方は後退してしまった。マディーとふたりきりのときは、もっとなめらかに言いたいことが言えるのに。

「やっぱり、それほどでもなかったわ」レディー・ド・マーリーがそっけなく言って、マディーのほうを向いた。「それから、あなた。よくもまんまとわたしたちを出し抜いてくれたわね。あなたはそういう向こう見ずなことをするようなタイプには見えなかったのに」

「**公爵夫人**」シャーヴォーが声に警告をこめて強調した。

「それを証明する書類はどこにあるの？」

シャーヴォーはにやりと微笑んだだけで、それには答えなかった。

「生意気な子だこと」レディー・ド・マーリーがぴしゃりと言う。

「合法だ」彼が言った。「年齢。住所。特別……書類。教会。立会人。登録……署名。法的には……とめられない」

「あなたが正気かどうかということを除けばね」レディーが言いかえしたが、それは脅しというより、ただの愚痴のように聞こえた。「まったく、どうかしているわ。わたしたちがお膳立《ぜんだ》てしたあの娘と結婚してさえいれば、お互い面倒な事態は避けられたでしょうに」

「ミス……トロットホース？」

「ミス・トロットマンでしょ。彼女の父親は約束を反故《ほご》にしたあなたを訴えてやると息巻いているわよ」

「ぼくを？」彼がいきなり笑いだした。「約束したのはおばさまだ。おばさまが……払えばいい」

口もとをきりりと引きしめている表情からして、シャーヴォーが一本とったと思っていることは間違いない。レディーが杖で床を叩くと、鋭い音がホール全体に響き渡った。気がつくとマディーはレディーの冷たい視線に貫かれていた。「わたしはもうやすませてもらうわ。あなた、ミス――いいえ、公爵夫人。一時間後にわたしの部屋まで来てちょうだい」

そんな命令が断れるはずもない。マディーはうなずいた。

レディー・ド・マーリーは杖を突きつつ、床をきしませながらホールを横切って去っていった。レディーとほぼ同年代と思われるメイドがマディーにちらりと目で挨拶してから、急いであとを追っていく。不思議なことにそのメイドは、かすかな笑みを浮かべていたように見えた。

「きみを……**公爵夫人と呼んだ**」シャーヴォーは横目でマディーを見て言った。「おばは……認めて……くれたんだろう」

城内でもっとも古い区域にあるレディー・ド・マーリー専用の部屋は、ずっと使われていなかったせいで冷えきっていた。レディーは毛布やリネンで顎まで完全に体を覆い、炉端に座るスペースのある巨大な暖炉の前に陣どっていた。炉のなかの火は盛んに燃えているものの、部屋はちっともあたたまっておらず、吐く息が白く見えるほどだった。

レディー・ド・マーリーはいちおうマディーを公爵夫人として認めてくれたのかもしれないが、だからといってなにも変わりはしなかった。マディーは〝ガール〟という敬称で呼ばれ、暖炉から遠い背もたれのまっすぐな木の椅子に座らされた。そのせいでほどなく、体の前面だけはこんがりと焼けているのに背中は凍えたまま、という状態になった。

余計な前置きはせず、レディー・ド・マーリーは話を切りだした。「ここへ来る途中、わざわざセント・マシューズの教会に立ち寄ってきたんですけどね。あなたたちの結婚は、そこの教区の台帳にきちんと登録されていたわ」

「ええ」マディーは言った。彼女自身がそこで署名をした――もしかするとそれは彼女が犯した最低最悪の罪なのかもしれない。

「それから、民法博士会館《ドクターズ・コモンズ》の婚姻通知台帳のほうもついでに見てきたけれど。シャーヴォー公爵とアーキメデア・ティムズの婚姻は正式に受理されていたわ。彼が言っていたとおり、すべてはきちんと処理されているようね」

「そうですか」マディーはフレンド派の組織以外のそうした公的な手続きについては、なにも知らないに等しかった。結局ダラムが正直者だったことがわかって、奇妙な安堵感を覚えた。

「あら、やけにほっとしたみたいね。あなたも疑っていたの？」

マディーはスカートに目を落としてから、ふたたび視線をあげた。「正直言えば、この結婚が法的には認められないものだったとわかったとしても、それほど驚きはしなかったと思います。なにしろ、急なことでしたから。ダラムに急き立てられて」

「そうだったの？」頭にかぶったショールの下から、レディー・ド・マーリーの鋭い視線が飛んでくる。

「ええ」マディーは深々と息を吸った。「ご存じだと思いますが、幽閉されるのを避けるためなら公爵はなんでもするつもりです。こういうことになったのは、わたしなら彼を守る助けになると思ってのことでしょう。もちろんわたしは、同意するつもりなどありませんでした――別の方法を探そうと考えていたんです。でも、教会のドアを打ち破ってあなたの手下の男の人たちがなだれこんできて――」

「わたしの手下？　ドアを打ち破って？　なにか勘違いしているようね、ミス。わたしの手の者は今回の騒動にはいっさい関係していませんよ」

「でも、あのとき大勢の男の人たちが――公爵を連れ去りに来たんです」

「連れ去る？」レディー・ド・マーリーは毛布の下で身を乗りだした。「彼の母親も愚かなものね」口もとにしわを寄せ、軽蔑《けいべつ》したように言う。「彼は犯罪者でもなんでもないのに。そんなことになっていたなんて、ちっとも知らなかったわ」

「ダラムの話によると、彼がロンドンに戻ったとき、金で雇われたような男たちがダラムや公爵の行方を追っていたそうです。ダラムは町の外まで尾行されるのを恐れ、万が一に備えて結婚の特別許可証をとっておこうと思いついたのだとか。そうすれば、あとから誰かが異議を申し立てて結婚を無効にすることはできなくなりますから」

「浅はかな！　真っ先にわたしのところへ来ればよかったのよ！　わたしなら彼らを黙らせることくらい、簡単にできたのに」思いがけず、老婦人はそこでくすくすと笑いだした。「でもシャーヴォーは、こういうきれいな女性の陰に隠れていることのほうを選んだわけね。性欲が判断力に勝った、というところかしら。もっとうまく立ちまわらないと、彼の姉妹たちやその夫たちが黙ってはいないでしょうね。ジャッカルみたいな連中なんですから。金で雇った男たちが送りこまれたとなると、いったい誰があの母親のおつむに余計な考えを吹きこんでいるのかは、だいたい想像がつくわ。卑しい成金よ。金でそんな男たちを雇うなんて！　まったく、信じられる？　次は新聞に懸賞つきの広告でも出すつもりかしら。〝お尋ね者——頭のいかれた公爵！〟彼の父親はすでに亡くなっていて、こんな事態をまのあたりにせずにすんだことは、せめてもの幸いだわ」レディーは芳香塩の香りを深々と吸いこんでから、毛布とショールの下に両手をしまった。「ともあれ、召喚状の新たな申請書類はすでに受理されてしまったから。それで、彼があなたを奪ったのは結婚式の前？　それともあと？」

「奪った？」マディーは思わず訊きかえした。

レディー・ド・マーリーが鼻を鳴らす。「男女の営みのことですよ、公爵夫人」皮肉っぽい口調で言った。

頭よりも体のほうが先にその意味を理解したかのように、マディーは全身真っ赤になった。質問の意図が完全に把握できたときには思わず椅子を引いて立ちあがりたくなったが、後ろのほうにメイドが控えているうえにレディー・ド・マーリーのとげとげしい視線にさらされていては、それも叶わなかった。「前には……なにも」マディーはもごもごとつぶやくように答えた。

「真実をおっしゃい――もっと大きな声で！　あなたの道徳観なんてどうでもいいのよ、ガール。わたしが知りたいのは跡継ぎのことだけ」

マディーはわずかに顎を突きだした。「ですから、前にはなにも」同じ言葉を強調してくりかえす。

「最後に月のものがあったのはいつ？」

「そんなことまで詮索《せんさく》されなければいけないんですか？」マディーは言った。

「公爵夫人ともなれば、そういうことを細かく管理されるのはあたりまえです。で、いつなの？」

マディーはかたくなに口を閉じていた。

「堅苦しいのはけっこうだけど」レディー・ド・マーリーは椅子の背にもたれかかり、

頭にかぶっていたショールを押しさげ、黒い縁なし帽とリボンをあらわにした。「実りある結婚の障害になっては元も子もないんですからね。それじゃ、シャーヴォーのことを話してちょうだい。彼はだいぶよくなっているようね」

話題が変わったので、マディーはほっとした。「ええ。最後にあなたとお話しになったときよりは、かなり進歩していると思います。気分が落ち着いていれば」

レディー・ド・マーリーはうなずいた。「今回もまた別のお医者さまを連れてこようかとも考えたんですけどね――でも、そんなことをしたってどうにもならないでしょう？　すでに何十人もの医者に診せた結果、あれだったんだから。その点、彼もあなたとはうまくやっているようだし」レディーは小枝のような白い指を一本、突きだした。「だからといって勘違いしないことね、ガール。この結婚が不名誉なものであることに変わりはないんだから。わたしがそばにいたら、もっとましな娘を選んでいたわ。でもまあ、婚姻が法的にきちんと認められたものでありさえすれば――子を産む母親は誰であっても、同じことですから」レディーは肩をすくめた。「彼があなたを気に入っているなら、それはそれで仕方ないわ」

「あなたの母親から手紙を預かってきたのよ」ディナーのあと客間に移ったところで、レディー・ド・マーリーが言った。ショールの下から手紙をとりだし、シャーヴォーのほうへ差しだす。彼が受けとろうとした瞬間、レディーはそれを少しだけ引っこめた。「わたしが読んであげましょうか？」

シャーヴォーはおばの手から手紙をむしりとった。「ぼくが……読む」彼は自分の椅子にどっかと腰をおろし、両脚を投げだした。両手で封蠟《ふうろう》を開けるのに手間どって、いったんそれを膝の上に置く。レディー・ド・マーリーは甥が本当に手紙を読むのか、それとも読むふりをするだけなのかを見定めるように、鋭い目で彼を観察していた。

シャーヴォーは手紙を引っくりかえし、もう一方の膝に移し替えた。そしてついに手紙を持って立ちあがり、マディーのもとへやってきた。

「開けてくれ」

マディーが蠟をはがしてやると、シャーヴォーは自分の席に戻って手紙を読みはじめた。ゆっくりと時間をかけ、頭をわずかに右へ傾けながら、読み進めていく。最後まで目を通すと、ため息をつきながら目をくるりと動かし、手紙を脇のテーブルにぽんと投げだした。それから、マディーに向かってにやりと笑ってみせた。「母は……来ない」

「書かれていたのはそれだけなの？」レディー・ド・マーリーが尋ねる。

シャーヴォーはふたたび手紙を手にとり、端をつまんで広げてみせた。「祈り。祈り。たくさんの……祈りの言葉。足を……踏み入れる……つもりは……ない……同じ家に……ぼくの……ミス……愛人《ミストレス》と」ちらりとマディーに目を向けてくる。「きみのことだ」彼はまた手紙に目を戻した。「姉や妹たちにも……許さない……って。親不孝な……息子」シャーヴォーは片手で手紙をくしゃくしゃっと丸め、部屋の反対側にある暖炉のなかへ放り投げた。

「要するに、彼女はあなたの選択を快く思っていないわけね」レディー・ド・マーリーが言った。

「合法だ」シャーヴォーが言いかえす。「愛人……じゃない。**妻だ**」

「たしかに」おばが言った。「でも、絶対にそうだと決めつけないほうがいいわ。あなたが本当に正気かどうかを疑う声があるのだから。結婚の条項のほうはどうなっているの？　領地はきちんと守られている？　万が一ミス・ティムズが財産狙いで、頭の弱い男に罠《わな》を仕掛けてきたのだとしたら、どうなるの？」

「彼は頭が弱いわけでは――」

レディー・ド・マーリーはマディーの言葉をさえぎった。「あなたはこちらから質問したときだけ答えればいいのよ、公爵夫人。自分の立場をわきまえなさい。この結婚は、審問の際には公爵に不利な証拠として扱われても仕方がないんですからね。理性があれば、彼ほどの高い地位にある男性があなたのような女性を妻に選ぶはずはないんだから」

公爵が突然立ちあがった。ライティングデスクへ歩いていってペンをとってくると、マディーにそれを差しだす。「今、決めておこう。欲しいものを……書いて」

「欲しいものって?」マディーは訊きかえした。

レディー・ド・マーリーがふんと鼻を鳴らす。

シャーヴォーがふっと笑顔になった。「甘い人生……。専用の馬三頭……侍女二名……二十着のドレス……部屋の家具……すべて新しく……ベッド……クッション……絨毯……侍従も六名……もしくは八名……」彼はペンをマディーに握らせた。「マディーガール。欲しいものを書け」

「欲しいものなんてなにもないわ」

冗談でも聞いたかのように、レディー・ド・マーリーがいきなり笑いだした。マディーを見おろしていたシャーヴォーが椅子の横に膝を突く。「なにも?」

マディーは困ったように首を振った。「ええ、なにも」

シャーヴォーがわずかに頭を傾けて、彼女の目をのぞきこんだ。唇にほんのかすかな笑みが浮かんでいる。「お父さんは?」彼が訊いた。「きみはいいとして……お父さんに……援助は?」

「まあ……」マディーは唇を嚙んだ。その申し出には心をそそられる。「いいえ。そういうのは正しくないわ」

レディー・ド・マーリーがふいに口を開いた。「そうやってお上品ぶるのも、たいがいになさい。このままでは、万が一公爵が今夜突然身まかりでもしたら、あなたの手もとにはいっさいなにも残らないのよ。たったの一シリングも。わかったら、将来の生活を支えるのに必要と思われるくらいの適当な金額を書きなさい。そうやって書類をきちんと整えておけば、裁判所もあなたには常識があると判断してくれるんだから。わたしとカルヴィンが立会人として、あなたの署名が本物であることを証明するから。もちろん、公爵の署名もね」

「でも……」マディーは彼を見た。「わたしはお金なんか欲しくない。あなたとわたしは――わたしたちは――」

シャーヴォーが彼女の手を上からつかんでぎゅっと握りしめた。その意味はマディーにも痛いほどわかった。しばらくのあいだ、部屋は静寂に包まれていた。

「マディーガール」シャーヴォーが言う。「ぼくはきみに……借りがある。すべてが借りだ」彼はにっこりと微笑んだ――胸がきゅんとなってしまうような微笑み。「だからせめて……少しだけでも……返したい」

「あなたはわたしに借りなんかないわ」マディーはささやいた。

シャーヴォーは彼女の手を放して立ちあがった。「彼女は……いくら？　トロットマン？」おばのほうを向いて尋ねる。

「あの娘は一万ポンドの持参金つきだったのよ」レディー・ド・マーリーが答える。

　彼はいらだたしげに片手を振った。「いくらだった？」

「五千二百ポンドの寡婦給与。月々の手当も同額。それに、あなたの死後はモンマスの領地の四分の一の地代を生涯にわたって受けとることになっていたわ。ただし、ミス・トロットマンは一万ポンドの持参金を持ってきたんですからね。それから、結婚後に生まれた女の子供にはそれぞれ五万ポンド。次男から四男までは七万五千ポンド、それ以降の男子には五万ポンド。それらを差し引いた残りすべてが、跡継ぎとなる長男に相続される」

　シャーヴォーは笑った。「忙しい……妻だ」

　レディー・ド・マーリーが細い眉をくいっと持ちあげてマディーをじろじろと見つめる。「彼女ならその役目が充分に果たせるくらい健康そうに見えるわね」

「明日」彼が言った。「弁護士の……ベイリーのところへ……使いを出す。契約書を……作成してもらうために。今言ったこと……同じことを……書け。それと、年間二千ポンド……生涯……ミスター・ジョン・ティムズに。間違えないよう……注意して。ぼくは……読める」

「でも――」マディーの言葉はシャーヴォーにさえぎられた。

「欲しいもの……書くんだ」

マディーは椅子に座りなおした。すべてが茶番劇のようだ。偽りの結婚にうっかり同意したせいで、生まれてくることもない子供たちのための遺産分けの書類までつくらされるはめになるなんて。急に嫌気が差してきて、彼女は立ちあがった。「わたし、もうやすませていただきます」

シャーヴォーがうなずく。レディー・ド・マーリーは笑みをたたえながら、片手をすっと差しだした。「おやすみなさい、公爵夫人」

マディーがその手をとると、レディーはやせ細った指でぎゅっと握りしめてから、顔を斜めにして頰を見せた。マディーはしばしためらったのち、身をかがめてレディーの頰に軽くキスをした。レディー・ド・マーリーはマディーの手を放そうとしたが、その指にはまっている公爵のシグネット・リングに目をとめるや、マディーの手を掲げさせた。「ちょっとあなた、大事な妻にこんなものしか与えてやれないの、シャーヴォー？　もっとまともな結婚指輪を買ってやらなきゃだめでしょう」

「そうします」彼が同意した。

レディー・ド・マーリーがやっと放してくれたので、マディーは手を引っこめた。そのままドアのほうへ歩いていく。薄暗い廊下やホールを通らなければならないことを思うと、すでに気が重かった。

「そのドアじゃないわ」レディー・ド・マーリーがいらだたしげに言った。「そっちは開けないで――寒い空気が入ってくるでしょう！」

マディーは一瞬ひるんだ。たしかにこのドアが正しい出口のはずなのに。

「マディー」公爵が言った。彼を見やると、マディーがここへ入ってくるときには使わなかったドアのほうへ頭を傾けていた。

彼女は素直に従って部屋を横切っていき、ドアを開けた。するとそこは別の壮麗な部屋に通じていた――金糸銀糸が折りこまれた白と青の内装で統一された寝室だ。威圧感を覚えるほど背が高く巨大なベッドの上には、金の宝冠《コロネット》型の天蓋までついていた。

遅まきながら、マディーはやっとその意味を理解した。彼女は戸口から一歩入ったところで立ちどまった。ここはシャーヴォーの寝室だ。

マディーは振り向き、部屋から出た。「わたしは――」

レディー・ド・マーリーがさえぎった。「くだらない」マディーの言わんとしたことなど百も承知とばかりに言う。「どうして彼がわざわざこの広い城の廊下をたどって、あなたに会いに行かなきゃいけないの？　どうせこの先何年も、あなたはあなたの部屋でひとり寂しく寝ることになるんだから」

シャーヴォーはなにも言わなかった。両手を背中で組み、部屋の真ん中で優雅にたたずんでいる。その深いブルーの瞳を神秘的にきらめかせ、マディーをじっと見つめ

ている だけ。

「何年どころか、何十年もよ、ガール」レディー・ド・マーリーが突然ひどく老けこんだような声で言った。「覚えておくといいわ」

マディーは背もたれがついた金ぴかの椅子に座らされた。この上で人が眠りこんでしまわないよう計算しつくされた形の椅子だ。公爵の寝室は、彼女がこれまでに目にしたほかの部屋に比べて、実際に人がここで暮らしているという雰囲気が漂っていた。天蓋つきの威圧感のあるベッドの横にある背の低い棚には、本が斜めになったり横に重ねられたりして雑然と並んでいて、いかにもしょっちゅう使われているように見える。窓際のライティングデスクには書類の束や雑誌などが積まれており、単に見映えがいいように置かれたデスクではなく、彼が実際にそこで書き物をしたり本や書類を読んだりしていることがうかがえた。

デスクの上のオイルランプには火が灯っていた。書類や雑誌はすべてきちんと角をそろえて積まれている。おそらくそれはシャーヴォーではなく、召使いが整頓《せいとん》したものだろう。彼がセント・マシューズで使っていた書斎があっというまに散らかってしまったことを思いだしたマディーは、この部屋を担当しているメイドが気の毒になった。勝手にものを動かしたり、うっかり捨てたりしないよう、掃除をするにも細心の注意を要するからだ。ハウスキーパーが要求してくる基準と、公爵自身に言わせれば完璧な秩序が保たれている雑然とした散らかりようのあいだで板挟みになって、メイドはひどく苦労しているに違いない。どうしてこういう状態になるのか、マディーはよく知っていた。今手がけている作業に直接関係ないものはとりあえずどんどん脇へ押しのけ、その上にさらに書類や本が積まれて、デスクの上に山ができる。新たなプロジェクトにとりかかると、また別の山ができあがり、前の山は奥へ奥へと押しやられていく。そうして、読みたい雑誌や書類が山の下のほうに埋もれてしまい、必要なときに見つからなかったりすると、勝手にものを並べ替えたメイドのせいにされてしまうわけだ。

マディーはあえてデスクの上ばかりに注目していた。というのも、壁の絵に目を向けるのは気が進まなかったからだ。壁を飾っているそれらの絵画は、フレンド派では世俗的とされて避けられている虚栄的なものばかりだった。一見宗教的な絵画であっても、やけに扇情的な描き方をされていたり——たとえば、壁一面を覆っているイヴの全身を描いた大きな絵は、林檎《りんご》が足もとに転がっていて、大切な部分をさりげなく隠しているのは片方の手だけだった。ほかにも、小川で水浴びをしている女を森のなかからこっそりのぞいている半人半獣のサテュロスの絵や、裸で白馬にまたがって町を一周したレディー・ゴダイヴァの絵などが飾られていた。

マディーが頰を赤らめずに見ることのできる唯一の絵は、オランダ風のかぶりものを頭につけた若い女性の小さな絵だった。鏡をのぞきこんでいたところを見つかって、驚いたようにはっとこちらを振りかえった瞬間が描かれている。はにかみを含んだそのうれしそうな笑顔がとてもリアルで、思わずこちらも微笑みかえしたくなる一枚だった。平らなカンバスに絵の具を塗りたくっただけの絵がこれほど生き生きと感じられる不思議さに魅了され、マディーは長いあいだその絵に見とれていた。

彼女が座っている椅子の横にあるテーブルには、デキャンタとグラスのほかに、女性を描いた小さな細密画《ミニアチュール》がいくつか飾られていた。おそらくシャーヴォーの姉妹か誰かだろう。ただし、マディーが見かけたことのある姉妹たちにはあまり似ていなかったけれど。その横には、腕時計の中身をとり除いたような形のガラスの器が飾られていて、そのなかに明るい黄色の髪がひと房おさまっていた。公爵の姉妹たちのなかに、こういう色の髪をした女性はひとりもいなかったはずだ。

マディーは立ちあがって少女と鏡を描いた小さな絵のほうへ歩いていき、写実的で見事な筆遣いをよく確かめようとした。その絵は壁の腰板のすぐ上あたりに飾られていたので、顔を近づけて見るには腰をかがめる必要があった。彼女がちょうど身をかがめたとき、ドアが静かに開いた。マディーはそちらを振りかえった。

シャーヴォーが犬たちを連れて入ってきて、ドアを閉めた。二頭の犬はすぐさまマディーに近寄ってきて挨拶をすると、ベッドに跳び乗って足もとのほうに丸くうずくまった。ずっと前からそうしてきたかのように、とても慣れた様子だ。シャーヴォーはしばらくドアの前にたたずみ、マディーを見つめていた。「少女の……絵……気に入ったかい？」彼が訊いた。

「ええ、とても印象的ですばらしいと思うわ」マディーは答えた。

「描いたのは……レンブラント」

「あら、そう。その人ってたしか、とても有名な画家よね？」

「まあね」シャーヴォーは愉快そうだった。

「わたし、絵画にはあまり詳しくないのよ」マディーは恥ずかしそうに言った。「わたしたち、こういう絵を所有してはいけないことになっているから」

「だめ？」シャーヴォーが近づいてきて彼女の横に立ち、その絵を一緒に眺めはじめた。「どうして？」

マディーはかすかに眉根を寄せた。「いかなる偶像もつくってはならない、って聖書に書かれているでしょう？　それに、こういうものって――いかにも人間くさくて俗っぽいから」彼女は意味ありげな目で部屋のなかをぐるりと見まわした。といっても、この部屋には彼以上に人間くさいと呼べそうなコレクションなど、ほとんどなかった。

「ぼくは……好きだ」シャーヴォーはそう言って微笑み、彼女の頬にそっとふれてきた——そして、キスをした。

マディーは後ずさり、唇を湿らせた。「あなたのおばさまはもう、ご自分のお部屋へ引きとられたのね？　わたしももう行かないと」

「だめだ」彼が首を振った。「ここにいろ。おばはまだ……隣にいる」

「ここの間取りって、とっても変わっているわよね」マディーは途方に暮れたように、隣の客間を指し示した。

「昔の……造りなんだ。大広間……客間……寝室」シャーヴォーが三つの点を宙に並べるようなしぐさをした。「昔の領主は……大広間で……食べ……ええと……食事をとり……そのあと……友人たちを……招いて……別の部屋に……引きさがる《ウイズドロー》……それが……引きさがる部屋《ウイズドローイングルーム》——今でいう……客間《ドローイングルーム》」彼は客間のほうに向かってうなずいた。「それは……好意のしるし。親しい友人だけ……招かれる。それは今も……同じだ……ここでは……変わっていない。大広間から……客間へ……寝室へ。古いしきたりだ。シャーヴォー城。何百年も……続いている」

「だとしても、今の時代にはあまりそぐわないわね。ねえ、あなたはもう疲れているんじゃない？　そろそろベッドに入ったほうが……」

シャーヴォーは肩を揺すってコートを脱いだ。「昔は……親友だけ……招かれ……

奥へ……通された……ここへ」手に持ったコートをひるがえしてお辞儀をする。「とても名誉なこと……きみにとって」

「わたしはもう行かなきゃ。この部屋には別の出口はないの？」

彼はコートを椅子の上に置き、ウエストコートのボタンを外しはじめた。だがすぐに手をおろし、彼女のほうを見た。「だめだ……外せない」

ひとつめのボタンはすでに外されていた。マディーは唇を引き結んだ。「自分でできるでしょう。そろそろ本気で練習すべきだわ」

「できないんだ」シャーヴォーが穏やかに言った。「やってくれ」彼女のほうへやってきて、目の前に立ちはだかる。長袖の白いシャツと、銀糸で小さな花模様が刺繍されている美しいウエストコートが、たくましくて男らしい体の線をよりいっそう引き立てていた。

早く服を脱がせてくつろがせてほしいと、彼の全身が訴えていた。マディーは手をのばしてボタンを外し、クラバットもほどいてやった。クリーム色のズボンにもボタンはいくつかついているが、あえて無視する。マディーが手をおろすと、シャーヴォーはウエストコートとクラバットをその場に残して、そそくさと離れていった。

マディーは少しほっとして、彼が脱いだ服をまとめてドレッシングルームへ持っていった。彼女がそこから出てきたときには、シャーヴォーは寝椅子に腰をかけて靴を脱ごうとしていた。

シャツの襟を開いて胸をはだけさせたまま、彼は椅子の上に脚を投げだし、頭をのけぞらせた。「疲れた」そう言って深いため息をつく。「厄介な……雌竜」

そのとき、マディーの心にわだかまっていた不安の名残が消え去った。「彼女はとても押しが強い性格ですものね」彼女は小さく笑いながら言った。

シャーヴォーが腕をのばしてデスクの椅子をつかみ、寝椅子の近くへと引き寄せる。

「きみも……座って」

マディーは言われたとおりにした。レディー・ド・マーリーが隣の部屋から引きあげていくまで、もうしばらくここにいたほうがいいかもしれない。彼女は両手を膝の上に置いた。

すると、シャーヴォーが横からしげしげと見つめてきた。「行儀がいいな……マディーガール」そして彼はあっというまに彼女のスカートをつまみあげ、優美な青いサテンのドレスに隠されていた頑丈そうな靴とウールのストッキングをあらわにした。

「脱げ」彼はそう言うなり体を起こし、身をかがめて彼女の靴の紐をほどきはじめた。

「ほらやっぱり、自分でほどけるくせに」マディーはとがめるように言った。

彼女が足を引っこめようとすると、シャーヴォーは曖昧なうなり声をあげ、足首をつかんで押さえつけた。「いいから」彼がきっぱりと言った。その手はあたたかく、がっしりしていて力強い。マディーは唇を噛み、抗《あらが》うのをやめた。シャーヴォーは片方ずつ靴を脱がせ、それらを脇に放り投げた。「きみも……くたびれた……マディーガール？」彼女の足を両手に包みこんで持ちあげ、自分の膝の上に載せて、親指で土踏まずを指圧してくれる。

　心地よい刺激に、マディーはたちまち生きかえったような気分になった。口まで出かかっていた文句もすうっと消えた。なるべくまっすぐ座っていようとしたが、凝った筋肉をもみほぐされていくうちに、背筋をぴんとのばして座っていることはできなくなっていった。「ああ。なんて……気持ちいい……」

シャーヴォーはなにも答えず、彼女の足をじっと見つめてさすりつづけた。彼の手がかかとから足首へと刺激を加えながら滑ってくると、スカートがサファイヤ色の光沢を放ちながら床へ流れ落ちていく。

「ああ……」マディーはうっとりしながらため息をもらし、目を閉じた。ふくらはぎをもんでいた彼の手がふたたび爪先のほうへ戻っていき、足の指を一本一本開いて、丁寧にもんでくれる。彼女はまだ目を閉じたまま、吐息まじりの小さな笑い声をもらした。「知らなかった――こんなに気持ちがいいなんて」

「うん」シャーヴォーが動いたのを察して目を開けてみると、彼はまた寝椅子の上に脚をのばしていた。マディーは足を引っこめようとしたが、彼が放してくれなかった。

シャーヴォーが目を閉じ、マッサージの続きを始める。

「今度はわたしがあなたの足をさすってあげましょうか？」マディーは尋ねた。

「いや」

　顔を見ると眠りかけているように見えるものの、シャーヴォーは相変わらず力強い指で円を描きながら、彼女の足の裏や側面やかかとを指圧しつづけている。そしてまた爪先へと戻っていき、足の指を一本一本もんでいく。足全体がじんわりとあたたかくなって、疲れがとれていくまで。

　マディーはじっと座ったままふたたび目を閉じ、心地よい刺激が広がっていくのを感じていた。この部屋の暖炉は今風の造りのもので、火床が高い位置にあるため、部屋の隅々まで暖気が行き渡るようになっている。彼女は今日一日ずっとかけていたシルクのショールを肩から滑り落とした。

「レンブラントに……きみを描かせることができたら……」公爵が言った。

　気がつくと、マディーはじっと見つめられていた。彼はてのひらを彼女の脚に滑らせ、足首から膝のあたりまでやさしく撫でさすっている。

「この姿を……絵に……そうしたらぼくも……ずっと覚えていられる」

　彼の手の動きがとまった。部屋がしんと静まりかえる。石炭からあがる蒸気の音が低くかすかに聞こえるだけだ。オイルランプの明かりに照らされ、彼女のスカートのひだがインディゴブルーやコバルトブルーの光沢を放ち、真っ白なストッキングに映えていっそう色鮮やかに見えた。彼の手は、むきだしになった脚の上にじっと置かれたままだった。

ランプのほの暗い明かりのなか、シャーヴォーの顔は暗く険しく見えた。彼が横目で彼女を見る。「フレンド？」

「フレンド、きみ、マディー……いつも。それを……忘れないでくれ」

マディーはなにも答えなかった。胸がいっぱいで、思いが言葉にならなかった。

「ええ」彼女はささやいた。「あなたのことは決して忘れたりしないわ」

シャーヴォーがふいに彼女の両足を床におろして、立ちあがった。マディーはすぐさま足を引き寄せた。「ここで……眠れ」彼が言った。「ぼくは……あっちで寝る」

言われてみればたしかに、ドレッシングルームには簡易ベッドが置いてあった。先ほど彼の服を持っていったときに見た。「だめよ、そんな。それはよくないわ。あなたのおばさまがおやすみになったら、わたしは自分の部屋に戻るから」

「戻る？　遠いぞ、マディーガール。暗い。お化け。幽霊。ここにいろ」

「幽霊？」マディーは訊きかえした。

「悪い……**幽霊だ**」シャーヴォーが邪気のない海賊のような顔つきで彼女を見つめかえす。「話さなかったか？」

「幽霊なんていないわ」

するとと彼は喉の奥から、血も凍るような恐ろしげな低いうめき声を出した。ベッドの上で丸くなっていたデヴィルが、なにごとかと顔をあげる。

「幽霊なんか存在しないって」

「一歩……また一歩……」シャーヴォーは目をぎらぎら光らせて、薄暗い明かりのなかにたたずんでいた。「廊下……歩く……ゆっくり……階段……のぼる……」

マディーは深呼吸してから、靴を見つけて素早く履いた。そしてドアへと歩いていく。「それじゃわたし、レディー・ド・マーリーと一緒に行きます」

「おばはうんと言わない。ここで……寝かせたがっている……きみを」シャーヴォーがにやりと笑った。「選べ。ドラゴン……幽霊……ぼく」

「だから、幽霊なんか、絶対に、いないってば！」

彼はいるとも言わなかったし、いないとも言わなかった。マディーは隣の客間をそっとのぞき、レディー・ド・マーリーがすでにいなくなっているのを確かめた。部屋はすでに暗く、どんどん冷えてきていた。消えかけている石炭がオレンジ色の薄暗い光で絨毯をぼんやりと照らしているだけ。呼び鈴を鳴らして老カルヴィンを呼ぼうかとも考えたが、思ったよりも遅い時間になっていたのであきらめた。だいいち、幽霊を怖がるなんてばかげているし、キリスト教徒にあるまじきことだ。デヴィルがベッドから飛びおりて、彼女のもとへやってきた。

「あら、あなたが部屋まで送ってくれるの?」マディーは犬に向かって話しかけた。

デヴィルはしっぽをぶんぶん振り、彼女のスカートに飛びついた。

マディーはいたずらっぽい目つきでシャーヴォーを見た。「それじゃ、キャンドルを一本借りていくわね」

シャーヴォーは一礼して、てのひらを開いた。「では……おやすみ」

「行きましょう」マディーが犬に向かって言うと、デヴィルは素直に彼女についてドアから出た。

客間のドアを開けて廊下へ出たとたん、冷えきった空気がマディーを包みこんだ。デヴィルが急に走りだし、キャンドルの揺れる明かりが届く範囲の輪の外へと姿を消した。

「戻ってらっしゃい!」マディーは甲高い声で命じた。その声があたりにこだまし、不気味なささやきとなって跳ねかえってくる。

デヴィルは爪の音をかちゃかちゃいわせながら戻ってきて、マディーに飛びついた。彼女は犬の体をぽんぽんと叩いてやってから、ふたたび歩きはじめた。するとまたデヴィルがとことこと先に駆けだしていく。マディーはキャンドルの明かりが届かない暗がりへちらちら目を走らせつつ、歩を速めた。

バックルがきちんとはまっていないせいでどうしても引きずってしまう靴のかかとが、床にぶつかって大きな音を立てる。彼女は一度立ちどまった。廊下に反響する音が消えると、寒々しい静寂が訪れた。石を積んでつくってあるこの巨大な空間のどこかに、万が一彼女以外の何者かがひそんでいるとしても、今のところ気配はまったく感じられなかった。吐息が凍りつく。マディーは後ろを振りかえった。

そこに、男がひとり立っていた。

マディーはあっと息をのみ、その場から飛びすさった。よくよく見ればそれは、キャンドルの揺らめく明かりが壁に映しだした甲冑の影にすぎなかったのだけれど。

「デヴィル！」マディーは薄気味悪い影にくるりと背を向け、あまり大声をあげずに犬を呼んだ。

すぐにかちゃかちゃという足音が聞こえ、今では見慣れた白と黒の斑《ぶち》模様のデヴィルが暗闇からそばへ駆け戻ってきた。今度ばかりは逃がさないよう、マディーは少し身をかがめて、犬の首輪をしっかりと握りしめた。

そうして階段のてっぺんまでたどり着いた。マディーはそこで足をとめた。デヴィルがすかさず座りこみ、舌を出して垂らして前肢をなめはじめる。

階段は真っ暗な世界へといざなうように、下に向かってゆるやかなカーブを描いていた。先ほど公爵が発したおぞましいうめき声を思いだし、マディーはぱっと後ろを振りかえった。もしかしたら彼女をからかうために、シャーヴォーがあとからこっそりついてきているかもしれないと思ったからだ。

しかし、広い廊下には誰もいなかった。マディーがふたたび階段のほうを向くと、デヴィルが耳を動かした。

犬は立ちあがり、下に広がる暗い空間をのぞきこんでいる。

マディーはぞっとして全身に鳥肌が立つのを感じた。目には涙がこみあげてくる。犬は身を乗りだして階段の下を見つめ、体毛を逆立てていた。喉の奥から低く脅すような声でうなる。マディーは息がつまりそうだった。

デヴィルが牙をむいて鋭く吠え、前に向かって飛んだ。

マディーは首輪からぱっと手を放し、今来た廊下を逆走しはじめた。

片手でスカートをつまみ、もう片方の手はキャンドルをしっかり握りしめて。廊下じゅうに足音を轟《とどろ》かせ、その音に自分が追い立てられながら必死に走る。デヴィルが戻ってきて脇をすり抜け、暗がりのなかへと駆けていった。マディーは半分べそをかきながら、さらにスピードをあげた。足音に追いつかれそうな気がして恐ろしかった。

ドアの前までたどり着くと、デヴィルが爪を立ててドアを引っかいていた。彼女はドアを開け、石の床にキャンドルを放り投げると、部屋のなかに飛びこんでドアをばたんと閉めた。そこは公爵の部屋だった。シャツを片手に持った彼がこちらを振り向く。マディーはシャーヴォーの裸の胸にまっすぐ飛びこんでいき、自分とドアのあいだに彼の体が来るように、くるりと向きを変えた。

「あそこになにかいるわ！」彼女は叫んだ。「犬が——デヴィルが——ホールになにかいるのを見たのよ！」

24

「マディーガール、マディーガール」シャーヴォーはくすくす笑いながらマディーを抱きしめ、体を前後に揺らした。「大丈夫。なんでもない。なにもいない」

たくましい腕に包まれると、マディーの体の震えは波のように引いていった。必死に彼にしがみついている自分が愚かしく思えてくる。あそこにはなにもいない。もちろん、なにもいるわけがなかった。「犬が急にうなりだしたものだから」恐怖のあまりまだうわずっている声で彼女は言い訳した。「あそこの階段を見おろして」

またしても体に震えが走る。マディーは深呼吸して、気を落ち着けようとした。デヴィルはとっくにベッドに跳び乗り、素知らぬ顔で彼女を見ている。

彼女の目からあふれた涙が頰を濡らしていた。シャーヴォーが人差し指で涙をそっとぬぐってくれた。

「ごめんなさい！」マディーは言った。「わかっているはずなのに――なにもいないって！　わたし、どうかしてるのよ！　自分の部屋にいても、夜になると、足音が聞こえたりして！」

シャーヴォーは彼女をさらに強く抱き寄せた。「マディーガール。すまない。ぼくが悪かった。行こう。幽霊の正体を……確かめに」

「いえ、いいわ。行きたくない！」

だがシャーヴォーはマディーの肩を抱き、二頭の犬も従えて戸口へと導いた。ドアを出ると、さっき彼女が投げ捨てたキャンドルが石の廊下に転がっていて、まだ火がついていた。彼はマディーを片腕に抱いたまま、それを拾いあげ、油を染みこませてあるたいまつに火を移した。そして彼女をかたわらから離さず、大股で進んでいって、次々とたいまつに火を灯して廊下を明るく照らした。犬たちが先のほうまで駆けていって、また戻ってくる。

階段のてっぺんまで来ると、シャーヴォーはキャンドルの火を吹き消し、壁のかごに差さっていたたいまつを引き抜いて手に持った。マディーを片腕で抱きかかえるようにして、たいまつの明るい炎で階段を照らしながら、ふたり一緒におりていく。

たいまつがいくら明るいといっても、たった一本ではホールの闇をすべて照らすことはできなかった。シャーヴォーは階段をおりたところでマディーを放してたいまつを持たせ、壁にとりつけてある巨大なクランクへと近づいていった。彼がブレーキのレバーを引っぱって外すと、ギアがぎぎーっと音を立てて、歯車にかかっているロープが張りつめた。

天井から巨大な黒いかたまりがゆっくりとおりてくる様子を、たいまつの明かりが照らしだしていた。鉄製の大きくて重そうなシャンデリアがふたつ、頭上からゆっくりさがってくる。手をのばせば届くところまでそれらをおろすと、シャーヴォーはふたたびブレーキを作動させ、彼女からたいまつを受けとって、シャンデリアの枠にずらりと並んだキャンドルにひとつずつ明かりを灯していった。すべてのキャンドルに火が灯ると、暗かったホールは明るくなり、上半身裸の彼の金色に輝く素肌や漆黒の闇を思わせる髪もはっきりと見えるようになった。

たいまつを片手に掲げて立っている彼はまるで、しんしんと冷えたホールのなかで神々しい輝きを放っている異教の神のように見えた。

「これならいいだろう?」シャーヴォーが訊いた。

そのころにはすでに、マディーは自分がとんでもない愚か者にでもなったように感じていた。「ええ」彼女は小さな声で答えた。「ありがとう」

突然、デヴィルが大きく吠え、ホールのバルコニーから下のテーブルまで長くのびている影のなかへと駆けだしていった。二頭の犬は競いあうように床を走り、暗がりにひそんでいた虎猫《とらねこ》を追いまわしたが、デヴィルが鼻先まで追いつめたところで、暖炉の奥の狭い空間に逃げられてしまった。

「幽霊だ」シャーヴォーが言った。

長袖のシャツを着た若いフットマンが慌てた様子で、バルコニーの下のアーチ型の戸口に姿を見せた。公爵は彼のほうを向いた。

「たった今……亡霊を……追い払った」フットマンがホールへ出てくると、シャーヴォーはたいまつを差しだした。「これは消していい。キャンドルは……朝まで……灯しておけ」

フットマンはたいまつを受けとってお辞儀をした。シャーヴォーがマディーのもとへ戻ってくる。

「ありがとう。わたしがばかだったわ。たぶん……今ならもう、ひとりで部屋まで帰れるから」マディーは言った。

シャーヴォーはマディーの肩に腕をまわし、公爵夫人の間へ通じる階段のほうへ歩きはじめた。犬たちが走ってきて、ふたりを追い越して駆けていく。マディーはこの先に待っている暗い回廊やホールや階段を思い浮かべた。部屋にいると聞こえてくる足音も。幽霊なんて信じてはいないけれど、こういう場所では、二頭の犬と大柄でたくましく頼もしい男性がそばについていてくれるだけで、なぜかとても安心できた。

幽霊か。クリスチャンはドレッシングルームの暗がりで腕を枕にして横たわり、にんまりと笑った。マディーガールが——信心深くていつも合理的なあのマディーガールが——幽霊に怯《おび》えているなんて。

シャーヴォー城にはもちろん、たくさんの幽霊がいる。数えきれないほど。とり乱したマディーをなだめるために、そんなものはいないと嘘をつきはしたけれど。なかでもクリスチャンのお気に入りは、クリスマス・イヴに現れて巨大な暖炉の前で眠るスタッグハウンドの幽霊だ。弟のジェイムズがまだ生きていたころ、クリスチャン自身も見かけたことがある。あれは寒い夜で、ちょうどミサを終えたあとくらいの時間だった。ゲートハウスをすり抜けて迷いこんできた犬だろう、くらいに思っていたが、ふたりが大声で呼んでみると、犬はさっと立ちあがってのびをしてから、美しい彫刻が施された木製の衝立《ついたて》のなかへと消えていったのだ。物語はこんなふうだ——その犬は溺れかけていた領主の子供を救ったことがあって、暖炉の前で眠ることを特別に許されていた。そして、城主の妻の懐妊が近いとき、安産と子孫のすこやかな成長を見守る守護者として、その犬の幽霊が姿を現す——古城に伝わる幽霊譚《たん》としてはやけにお涙ちょうだい的な話ではあるが、実際にクリスチャンがその犬の幽霊を目撃した翌年、いちばん下の妹キャサリンが生まれ、二十五歳になった今も健康に暮らしている——ほかのきょうだいのうち、三人の弟とふたりの妹たちは残念ながら、そうした幸運には恵まれなかった。クリスチャンはため息をつき、亡きジェイムズに思いを馳せた。そして、クレアとアンと、あのかわいかったウィリアム・フランシス。母が宗教にひどく熱をあげるようになったのも、無理からぬことだった。もしかすると、いっそのこと骨つきのマトンでもお供えして、その犬の幽霊をもっと呼ぶ努力をしたほうがいいのかもしれない。

マディーにはそのスタッグハウンドの話はしていない。しかし彼はうっかり口を滑らせたふりをして、小さな真実を伝えた——公爵夫人の寝室の天井を歩きまわる〝黒き衛兵〟の話だ。その幽霊にまつわる逸話まで聞かせてやる必要はなかった。その名前を口にするだけで充分だった。

クリスチャンは微笑んだ。これから先もマディーはずっと、彼とともに夜を過ごすことになるだろう。

マディーは公爵のベッドのなかでぬくぬくと横たわっていた。いつものネグリジェがここにはないのでシュミーズ一枚だったけれど、それでも充分にあたたかかった。デヴィルとキャスはベッドの足もとのほうに寝そべり、ときおりため息をつきつつ静かな寝息を立てている。

快適ではあったものの、マディーはすぐには眠れなかった。いくつも置いてあった枕をすべて試してみて、シャーヴォーはこれを使っているようだと思えるものをわざわざ選び、その上に頭を載せて彼の香りを吸いこんだ。

品行方正なアーキメデア・ティムズと、肉体的な誘惑にたやすく負けてしまうふしだらな女性のあいだで揺れる、自分のなかの新たな一面を見せつけられるような気がした。美しい色のドレスを身にまとい、足をマッサージしてもらって、キスまでされて。しかもこの枕には、隣の部屋で眠っている男性の香りが染みこんでいる。もしも彼女が〝黒き衛兵〟の幽霊に怯えることがあったら、すぐさま助けに来てくれるくらい近い距離で眠っている男性の香りが。

こうして安全なベッドにもぐりこんでいると、恐怖の戦慄《せんりつ》も甘くせつないわななきに変わってしまう――それは、この部屋に逃げ帰ってきて彼の胸のなかにまっすぐ飛びこんだときのたくましい腕の感触を思いだす、格好の口実を与えてくれた。幽霊はいない。シャーヴォーははっきりとそう言ってくれた。デヴィルは猫の気配を感じてうなっただけだ。公爵がホールの明かりをつけてくれたおかげで、亡霊の影は完全に消え去った。二百本のキャンドルが放つまばゆい光に照らされて、公爵のがっしりとした体が輝いていた。

隣の部屋で眠っているシャーヴォーの寝息が聞こえないかと、マディーは耳を澄ましてみた。だがもちろん、ドアは閉まっているから聞こえない――いや、正確には彼がほんの少しだけ開けておいてくれたのだが、聞こえてくるのは犬たちの安らかな呼吸音だけった。

マディーは暗がりのなかで上のほうに目をやった。そしていきなり、無謀な行動に出た。

ベッドカバーをはねのけて起きあがり、背の高いベッドからおりたのだ。もう消えかけていた暖炉の小さな火はほとんどあたりを照らしてはいなかったが、ドレッシングルームへ通じるドアの位置はわかっていた。

マディーは壁に手を這わせてドアのフレームを探りあて、そこで立ちどまった。

「シャーヴォー？」そっと呼んでみる。

もしも彼が眠っているなら気づかないくらいの、小さなささやきだった。だが、ただちに声が返ってきた。「マディーガール？」

マディーはひと呼吸置いてから言った。「あの……」まだ恐ろしくて眠れないと嘘をつくことはできなかった。「わたし……震えがとまらなくて」

それはいちおう真実だった。マディーの体は寒さと興奮で小刻みに震えていた。

簡易ベッドがきしむ音が聞こえる。すぐにドアが大きく開いて、あたたかい影が目の前に現れた。シャーヴォーはマディーの腕をとって自分のほうへ引き寄せ、彼女を抱きしめた。「怖いのか？」

それには答えず、マディーはただ彼の胸に身を預けた。裸の胸にふれたとたん、公爵にそんな格好をさせたまま寝かせてしまったことが、ひどく申し訳なく思えた。

マディーが欲しかったキスを、シャーヴォーは与えてくれた——舌先で唇をそっとかすめるだけの、軽くてやさしいキス。「一緒に……寝るか?」そう言うと彼女の体をそっと押すようにして、主寝室へと導いた。

マディーはなおもためらっていた。自分でもどうしたいのかわからない。自分に対する薄っぺらな言い訳の裏に、熱烈なキスへの願望がひそんでいた。シャーヴォーはすぐそばに立っていたが、それ以上、手をふれてこようとはしなかった。

「怖いんだろう?」彼女の内なる思いを正当化するように、シャーヴォーが尋ねてくる。「ぼくに……一緒にいてほしい?」

マディーはふたたび身を震わせた。

彼がやわらかい声で笑う。「かわいそうなマディーガール。さあ、おいで」

あたたかくてなめらかな裸の胸がマディーを包みこんでくれた——シャーヴォーの肩が、その素肌が、彼女の頬にふれる。ベッドのほうへと促されると、彼女も素直に従った。暗い部屋のなかでも、もちろんシャーヴォーは手探りなどする必要はなかった。彼女を連れてまっすぐベッドにたどり着くと、踏み台に足をかけて高いベッドにのぼった。シャーヴォーが手をのばしてマディーを上に引きあげると、犬たちが鼻面を寄せてきて、くんくんと匂《にお》いを嗅《か》いだ。

「どけ」公爵がきっぱりと命じると、二頭の犬はしぶしぶベッドの足もとのほうへ移動した。

マディーの目には、白っぽいベッドカバーの上で動く黒いシルエットしか見えなかった。シャーヴォーはシーツの下に体を滑りこませると、いかにも心地よさげに低い声で言った。「ああ、あたたかい……きみも……マディーガール」

こんなつもりではなかったのに。マディーはとまどいを感じたまま、まだシーツの上に座っていた。するとシャーヴォーの手がのびてきて、彼女を自分の隣へと引き寄せる。マディーはたちまち後ろから彼の体に包みこまれた。背中は彼の胸にぴったりとふれ、膝の裏側のくぼみにも彼の脚がおさまっていた。やがてシャーヴォーは彼女の肩や首筋にキスをしはじめた。

彼の手が袖つきのシュミーズを下へと引きずりおろし、あらわになった素肌をまさぐりはじめた。耳の後ろの生え際あたりを、彼の舌がやさしくなめていく。情熱のこもった大胆な愛撫《あいぶ》だった。

「だめよ……」マディーは声にならない声でささやいた。「約束したでしょ――」

すべての動きがとまった。彼の手はマディーの腕の上に置かれたままだ。

シャーヴォーはやわらかいうめきをもらした。ほんの一瞬、彼女の首筋に顔を埋めてから、ベッドに倒れこむ。

マディーは暗闇を見つめていた。安堵と落胆を感じながら、幽霊以外のものに怯えていた。

突然、シャーヴォーが彼女を腕のなかへと引っぱり、髪に頬ずりしながらぎゅっと抱きしめてきた。体の裏側に彼の全身がぴったりと押しつけられる。そのとき初めて、マディーは彼がなにも身につけていないことに気づいてショックを覚えた。全身裸の彼は野獣のように猛《たけ》っていた。

強すぎる抱擁を解いたシャーヴォーは深いため息をつき、赤ん坊を抱くようにやさしくマディーを抱いた。片腕を枕にして、彼女の頭をそこに載せる。確かなぬくもりが頬に伝わってきた。

それから長いこと、ふたりはその格好のまま横たわっていた。

「シャーヴォー……」マディーは闇に向かって言った。

「ぼくの名前は」彼がしゃべると、あたたかい吐息がうなじにかかる。「クリスチャンだ」彼はさらに身を寄せてきた。「**妻よ**」

マディーは罪の意識を感じ、恥ずかしくなった。この結婚を未完成なままにしておきたいと願ったのは彼のほうではない。真夜中に彼女のもとへやってきたのも、彼のほうからではなかった。

彼は決して自分から動こうとしない。彼女になにも求めてこなかった。ただ、ベッドのなかでじっと抱きしめていてくれるだけだ。

マディーは自分がなにをしたのかわかっていた。世俗的な自分の弱さをさらけだし、決断を彼にゆだねようとしたのだ――そして彼は、名誉を重んずる男として、神の前に正直であろうとする彼女以上に、約束をきちんと守ろうとしてくれていた。


もしも貴族仲間が自分のこんな姿を目にする機会があったとしたら、間違いなく正気を疑われてしまうだろう、とクリスチャンは思った。妻として娶った女性に何日もじらされて、狂おしい思いにさいなまれつづけたあげく、ようやくこの腕のなかに抱きしめたというのに、そして身も心も準備は整っているというのに――なにもせずにいるのだから。

あえてなにもしないことを選んだのだから。甘い煙のような香りがする髪の匂いを嗅ぎ、女らしい体の丸みとやわらかさを感じながら、リネンの下にくるまって――全身の血が熱くたぎり――熱望のリズムを刻んでいる――**ぼくの、ぼくの、ぼくの。**

クリスチャンはマディーが欲しかった。単に体が結ばれるだけではなく、彼女のすべてを自分のものにしたかった。

彼女もそれを欲しているはずだ。クリスチャンにはわかっていた。びくっと身をこわばらせたり、いやがるそぶりを見せたりしないのが、なによりの証拠だ。女性が敵意を向けてきたり、憤りを感じたりしていれば、彼にはわかる――でもこれは、そのどちらでもない。これはまさに純粋な地獄だ――クリスチャンは何日もかけて彼女をその気にさせ、あらゆる歓びを与えようと努力してきた。そしてやっとここまでたどり着いた。こうして同じベッドに横たわり、互いのすべてを知りつくすチャンスが訪れたというのに。自分にはあらゆる権利があるはずなのに。

あらゆる権利。

彼女の宗教とそのフレンドたちを呪《のろ》ってやりたい気分だった。彼らが信仰している神は、普通のキリスト教の神とは違うのか？　彼女は異教徒と結婚したことになるのか？　二百人の妻を持つどこかの国の王と？

クリスチャンはただの男だった。自分がどのように罪深い人間なのかは、よくわかっているつもりだ。そしてそこには、自分の花嫁と本当の意味でひとつになりたいと願うことは含まれないはずだった。

彼女はぼくの妻なのだから。彼女はぼくのものなのだから。

クリスチャンはマディーを強く抱きしめ、彼女の顔に顔をすり寄せた。「やめてほしくなったら……教えてくれ」くぐもった声で言う。「もういいと思ったら……そう言ってくれ」

マディーのなかで炎がゆっくりと燃えているのがわかる――彼はそこに自分の炎を

重ねあわせ、勢いよく燃えあがらせようとした。町じゅうを焼きつくすほどの激しい炎になれば、大聖堂も城も質素なミーティングハウスも、すべて焼け落ちて消えてなくなる——そしてこの世に残るのは、彼と彼女とこのベッドだけ、ひとつに結ばれた肉体だけとなる。

シャーヴォーが口を開く前から、マディーは彼の変化を感じとっていた。彼の体がこわばって、頬の下にある腕の筋肉がぴくりと動くのを感じた。そして彼は、彼女にこう命じた。

〝やめてほしくなったら——言ってくれ〟

彼は彼女の上になって、顔を近づけてきた。

〝言いなさい〟キスするのはやめて。わたしの喉に唇を押しつけながら、甘い言葉をささやくのはやめて。〝言いなさい〟上から体重をかけるのはやめて。その手を上下に動かさないで。そうやって腕を撫でまわすのはやめて。

でも、言えなかった。どうしても言えなかった。

〝言いなさい〟あなたの顔はよく知っているのだから、暗闇のなかでも、わたしに向けられているその目に困惑と尊大さが見え隠れしているのはわかるのよ。ブルーの瞳が——星空を覆い隠す雲のように暗く陰り——言葉もなく笑っているのが。

ここまでよ。今すぐやめて。

もういい。もういいわ。彼の熱い舌が、顎の線や唇をなぞっていく。こめかみや、まつげも。

やさしくじらしながら、どこまでも甘く。ああ――お願い、あなたの顔を包みこもうとするわたしの手をとめて。あなたの顔を引き寄せて、情熱的なキスをねだるわたしをとめて。

〝やめて〟ありえない、こんなこと。ふたりは結ばれない運命なのに。時と場所のめぐりあわせで、たまたまこういうことになっただけなんだから。やめて――あなたはとても重いのに、とても甘い。顎から喉へ、さらに下へと、甘くじらすようなキスを植えつけていく。

〝やめてと言いなさい……〟

今すぐ――彼の手がシュミーズをめくって素肌をあらわにしてしまう前に。腿からヒップへ、そしてウエストへと、その手が這いのぼってくる前に。彼の熱い高まりが肌に押しつけられるのを感じたとき――それまでマディーのなかでは想像の域を出なかったものが、初めて現実のものとなった。赤ん坊が生まれてくる瞬間なら見たことがあった。看護婦として男性の患者の世話をしたこともあれば、結婚している女性たちがぺちゃくちゃとおしゃべりをしているところを、こっそり聞き耳を立てたこともある。そのときは、語られなかった部分は結局どうなっているのだろうかと疑問が残っただけだった。

でも、彼女たちが大っぴらに語らなかったのは当然だ。こんなことを堂々と口に出して話せるはずがない。彼の舌が胸の頂にふれ、円を描くようにそのまわりをゆっくり動いていくなんて。ヒップに添えられた彼の手が、こんなふうにリズミカルに体をぐいぐい引き寄せるなんて。マディーは彼の肩の上でてのひらを開き、すすり泣きをもらしながら、彼に合わせて体を弓なりに反らした。

シャーヴォーも低い声をもらしつつ、体をぎゅっと押しつけてくる。それから身を引いたかと思うと、人差し指で彼女の体の中心を撫でおろしていった。胸もとからおなかへ、その下のやわらかな茂みへと。

やめて、ああ、やめて――その指がたどったあとを唇でたどっていってキスをして味わうのはやめて――あなたがそんな不敬な歓びを知っているなんて。そんなあなたの下で、わたしまで身をよじらせ、全身炎となって燃えあがるなんて。

このみだらな責め苦を受けながら、マディーはあえいだ。彼の肌に指を食いこませ、筋肉をもみしだくようにしながら、心のなかで懇願していた。やめて、お願い、キスをとめて、今すぐ。さもないとわたしはどんどん欲しくなって……。

彼はやめてくれなかった。なぜなら、マディーの全身が〝やめないで〟と訴えていたからだ。彼はそれに応えた。彼女のなかへと指を滑りこませてきて、彼女がこれまで感じたことのない、とろけるような熱い刺激を加える。彼はふたたび身をかがめて、彼女の胸に唇を寄せてきた。

意識が遠のいてしまいそうなくらい心地よい感覚が全身に広がっていく。声とも呼べないような動物的な音が喉の奥からもれてきた。彼は、つまり夫は、マディーの体の奥深くまで念入りに探って、降伏の甘い声をあげさせようとしている。

やめて……お願い……やめて……。

彼が上から体を重ねてくる。マディーは彼に体を開いた。今言わなければ、もうやめて、あなたなんて欲しくない、あなたとひとつになんてなりたくない、もう帰って、わたしをひとりにして……。

彼がなかへと入ってきた。甘いうずきと焼けるような痛みが襲ってくる。夫はまるで……激しく燃える熱のかたまりのようだった。彼女の夫は、この世のあらゆる邪悪な歓びを知っている夫は、彼女をぎゅっと抱きしめてキスをしながら、その美しい肉体をしなやかに動かし、もっと奥へと強く押し入ってきて、さらなる痛みと快感を同時に与えつつ、彼女に最大限の歓びを与えた。ついに高みに達した彼女が悶絶《もんぜつ》して悲鳴をあげるまで。

「ああ、マディー……」彼は熱くささやきながら、彼女の口にキスをした。「ああ、だめだ、ああ……かわいいマディー……」苦しげな声をあげる。彼もまた痛みを感じているかのように。呼吸が浅く、速くなっていき、熱い吐息が彼女のまつげや頬にかかる。そして彼はマディーのなかに自分を深く埋め、上半身をのけぞらせて、かすかに腕を震わせながら耐えていた。

マディーは息を求めてあえいだ。全身の筋肉が緊張していたせいか、鋭く貫かれるような激しい痛みはやや遅れて襲ってきた。

熱く長いため息まじりの声がマディーの口からもれていく。その合図を待っていたかのように、彼は頭をさげてきて、きみはもうぼくのものだと全身全霊で宣言するように熱烈なキスをしてきた。

彼がふたたび動きはじめると、熱い痛みが舞い戻ってきた。マディーは彼の腕に指を食いこませるようにしてしがみついた。彼がささやきかけてくる言葉も、もはや理解できなかった。彼はマディーの全身を撫でまわしながら、何度も何度も肌に唇を押しつけてきた。彼女のなかへと突き入ってくると同時に、彼女のすべてを口から吸いこもうとしているかのように。

痛みはあったけれど、それはやがて官能の波に洗い流されていった――熱く深く貫かれるたびに、痛みが歓びに変わっていく。もっともっと、とせがむように、マディーは彼の体に腕をまわした。彼は熱くうめきながら頭を振り、体を深く沈めるたびに彼女を高みへと押しあげていった。これだけ肌と肌が密着しているのに、まだ足りないともがいているように見えた。もっとぴったり彼女と重なりたいと思っているようだった。ふたりが完全に結ばれて、ひとつに溶けあうまで。そして彼はついにマディーのなかで体をのけぞらせ、胸の奥深くから震える声をあげた――長く尾を引くような叫びとともに、激しい動悸《どうき》と震えが彼女のなかにまで伝わってくる――そしてマディーは奥の奥まで貫かれて、彼の命に満たされるのを感じた。

マディーが思いっきり強く抱きしめると、その腕のなかで彼は何度も身を震わせた。彼女の腕がまわらないほど肩幅が広くて大柄でありながら、彼は愛らしい子供のように彼女の首筋に鼻をすり寄せ、顔を埋めた。

「マディー」荒い息をつきながら彼が言った。「きみを……幸せにしたい。必ず」

マディーは彼の肩から背中へとてのひらを滑らせた。彼の心臓の鼓動を感じながら。

彼はふたたび身を震わせて、さらに体を押しつけてきた。

「ぼくはきみを……幸せにする」彼はそうくりかえした。

彼女は唇を嚙みしめて、彼の頭に頰を寄せた。

すると彼が顔をこちらに向け、くぐもった声で言った。「〝黒き衛兵〟なんか……ぼくが追い払ってやる」

〝やめて〟ああ、やめて。やめてと言わなきゃ。だけど、もう遅すぎる。

そうよ、遅すぎる。だって神はこんなわたしを許してくださったのだから。自分の命よりもシャーヴォーを愛してしまったわたしを。

朝になってマディーが目を覚ますと、シャーヴォーの腕のなかでぬくもりに包まれていた。髪はまだ、三つ編みを結いあげてピンでとめてある昨日の髪型のままだ。彼の胸板がゆっくり上下するのを感じながら、しばらくのあいだ彼女はじっと横たわっていた。

わたしの夫。今となってはもう、この結婚をとり消すことなどできない。

寝返りを打って彼のほうを向くと、彼もすでに目を覚まして横向きになっていて、静かに宙を見つめていた。閉じたカーテンの隙間から朝日がほんの少しもれ入っているだけの薄暗さのなかでも、枕の上に彼の乱れた黒髪が広がっているのが見えた。その表情は険しく、顎はうっすらと黒い影に覆われていた。

遠くを見つめていたシャーヴォーが彼女に目を戻した。ふたりとも、なにも言わなかった。ものごとの変化、昨日と今日を大きく隔てている深い溝が、ふたりのあいだに横たわっていた。

彼がマディーから離れるようにごろりと仰向けになり、両手を頭の後ろで組んで、ため息をついた。そして横目で彼女を見ながら言った。「後悔……しているか？」

その短い言葉には挑むような響きが含まれていた。彼女は自分の心のなかを探ってみた。後悔も、怒りも、悔しさも、見つからなかった。なにもない。あるのは、弱さに負けてしまった自分に対する落胆だけ。自分がしでかしてしまったことの重大さをひしひしと感じているだけだった。

「ぼくは……」彼が言った。「約束を……破った」

「わたしがやめてと言わなかったからよ」それは紛れもない事実だった。

シャーヴォーがまた横を向き、ブルーの瞳で彼女を見つめた。

「**妻**」彼が言う。

ベッドに横たわっている彼の体よりもはるかに印象的で強い響きを持つ、重みのある言葉だった。マディーはそれに吸い寄せられるように彼に身を寄せた。彼の膝が彼女のすねから腿のほうへ、ほかの誰にもさわらせたことのないところへと、すりあがってくる。

「ええ」マディーはささやきにもならないほどの声で答えた。「わたしは真の意味であなたの妻になったわ」

シャーヴォーが起きあがってカバーをめくり、犬たちを強制的にベッドからおろした。タペストリーや絵画で埋めつくされた豪華な部屋のなかを歩いていく彼を、マディーはそっと眺めていた。ゆうべ彼女の流した血が彼の肌にこびりついていた。彼がじゃっと音を立ててカーテンを開けたとたん、まばゆい日の光が部屋じゅうにあふれ、彼の体のシルエットをくっきりと浮かびあがらせた。窓ガラスの向こうにも、明るい空がどこまでも広がっていた。

シャーヴォーが窓枠に肘をかけてもたれかかり、彼女のほうを見て微笑んだ。

「ぼくの妻」彼が言った。「**いいな**」

明るくまぶしい日差しを浴びて半分黒い影になりながら、彼はリラックスした様子でそこにたたずんでいた。

彼の妻。

マディーはまばたきして、ぱっと視線をそらした。彼を見つめているだけで目が痛くなり、涙がこぼれてしまいそうだった。

25

これまでマディーは公爵とふたりでいることが多かったので、彼女が直接使用人に指示を出すような機会はほとんどなかった。今日まではいわばお客さま扱いされていたのだが、こうなった以上、レディー・ド・マーリーもシャーヴォー自身も公爵夫人の職務怠慢をいつまでも許してくれるはずはなかった。

「彼は公爵で、あなたは公爵夫人なんですからね――そろそろ自分の役目をきちんと果たすようにしてくれなければ困りますよ」彼のおばが宣言した。

その言葉に従って、マディーは四半期ごとにまとめられている帳簿を持ってくるよう家令に命じ、老カルヴィンにハウスキーパーのローズも加えて、会計内容を確認することになった。半年分の書類が目の前にうずたかく積まれた――そのとき初めてマディーは、公爵が長く城を留守にしていたのは病気療養のためだと使用人たちには説明されていたこと、ローズと老カルヴィンだけは実情にうすうす気づいていたことを知らされた。〝養護院〟という言葉自体が口の端にのぼることはなかったものの、そのふたりがシャーヴォー家の将来や自分たちの今後について不安を感じているのは間違いなさそうだった。彼らはマディーに対してあまり打ち解けてはくれなかったが、非協力的ではなかった——去り際にローズは慎重に言葉を選びつつ、この城が近い将来閉鎖される可能性はあるのかどうか、遠まわしにマディーに尋ねてきた。

「わたしにはわからないわ」マディーは率直に答えた。「公爵に訊いてみます。でも、彼はこの城こそがわが家だと思っているようだから」

「いえ、いけません、ユア・グレイス！　閣下にお尋ねになるなんて、どうかおやめください！　愚かな質問でございました」老カルヴィンはローズを険しい目でにらみつけた。「あなたのくだらない妄想には困ったものですな、ミセス・ローズ。どうして閣下がこの城をお閉めにならなければいけないんです？」

ローズは渋い顔つきをして黙りこみ、家老の叱責《しっせき》を受けとめていた。

どうせならここではっきりさせておいたほうがいいかもしれないとマディーは思った。「もしかしたらあなたたちは、公爵が法的行為能力の有無に関して審問を受けたことを聞いているのかしら？」

「いえ、わたくしどもはなにも聞いておりません、ユア・グレイス。ただ、閣下はご病気だったとしか」老カルヴィンが言った——明らかに嘘だ。

「彼が病気だったのは本当よ。それと、七カ月後にもう一度審問が予定されていることも本当」

ふたりは冷静な表情を保ったままマディーを見つめかえしていた。

「あなたには公爵が無能力者に見える?」彼女は家令に向かって尋ねた。

「いえ、そんなことはございません、ユア・グレイス」

「彼はうまくしゃべれないわ」マディーは言いかえした。

「たしかに。そのことは気づいておりました。ですが、それ以外のことはちゃんとおできになります」

それはおそらく本音ではなく建前だろうとマディーは思ったが、少なくとも家令の忠実さがどこにあるかを示してくれる言葉だった。

「そうね」マディーは言った。「こちらが辛抱強く待って、時間を与え、よく耳を傾けるようにすれば、彼は実際かなりのことができるとわかるはずよ」

「かしこまりました、ユア・グレイス」

「あとでもう一度ゆっくり目を通したいので、これは預からせてもらうわね」マディーは帳簿や書類を自分のほうへ引き寄せた。「それから、あなたたちの部下にあたる使用人全員に伝えておいてほしいの。わたしに話しかけるときは〝ユア・グレイス〟ではなく、単に〝ミストレス〟と呼びかけるように。わたしは――フレンド派の家庭に生まれ育ったので、あまり大げさな敬称を使われると違和感があるの」

「〝ミストレス〟でございますね、ユア・グレイス？」

「ミストレスよ」マディーはきっぱり言った。「それだけでいいから」

「でしたら〝マダム〟と呼ばせていただくのはいかがでしょうか？」老カルヴィンが尋ねた。「そちらのほうがまだ、家の格式にも似つかわしいかと」

マディーはまっすぐに家令を見つめかえした。「家の格式というものは、わたしがどのように呼ばれるかよりも、この家で暮らす者たちの行動によって守られていくものではないかしら」独善的な言い方になってしまったと言った瞬間に気づき、唇を嚙みしめてから、こうつけ加えた。「もちろんわたしは、これだけの家格を持つ上流階級の暮らしというものにはなじみがないわ。それを知っているふりをするつもりはありません。だからこそあなたたちの助言や補佐が必要なの。でもわたしは、あなたたちに嘘をつくつもりもない。あなたたちのほうも、わたしには決して嘘をついてほしくないわ。公爵は今、法的に不当な烙印《らくいん》を押されかねない危機に瀕《ひん》しているの。もしも本当にそうなってしまったら、そのあとなにが起こるのかはわたしにもわからないわ。だからもしも、あなたたちがわたしには従いたくないというのであれば、誰もそのことを責めたりはしないでしょう。でもわたしは……公爵の妻として、今のわたしにできる精いっぱいのことをしなければならないのよ、わたしがいちばんいいと思うやり方で」

「ええ、ミストレス」ローズが言った。「閣下のご様子につきましては——わたくしどももさまざまな噂《うわさ》を耳にしておりまして、いろいろと不安を覚えておりました。ですから、こうしてはっきりと教えていただけたことにはとても感謝しております。なにも知らされずに放っておかれるより、たとえ最悪の事態であってもきちんと情報を与えていただくほうが、はるかにましですから」

「そのとおりです。ありがとうございます……ミストレス」老カルヴィンは、なじみのない外国語を口にするときのようにためらいながらも、彼女を〝ミストレス〟と呼んでくれた。

家令たちとの話しあいは公爵夫人の間で誰にも邪魔されずに終えたが、そのあと三人は客間に移動し、レディー・ド・マーリーをまじえて、各支出の必要性や妥当性について見なおすことになった。詳しい審議の対象となった前四半期の帳簿には、おもに配管の修理などを老カルヴィンに命じた公爵の走り書きのメモがたくさん挟まっていて、予定外の出費がかさんでいた。その結果、この城の維持にかかる人件費や諸経費を含む総支出は大変な額になっていた。森の管理人一名、猟場管理人五名、船頭数名、ランプとキャンドルの管理人数名、部屋づきメイド十六名、大工三名、室内装飾人一名、さらには〝ゴング・マン〟と呼ばれる者までいる。キャンドルの費用だけをとっても、頭がくらくらしてしまうほどの金額だ。幽霊を追い払ってもらうだけのために、ゆうベシャーヴォーにホールじゅうのキャンドルを無駄に灯させてしまったことに、マディーは罪の意識を感じた。

彼女とレディー・ド・マーリーはすでに、この城には客人がさほど多くないのに階下で消費されているエールの量が多すぎるという点で、意見が一致していた——膨大な数の使用人をまかなうのに最低限必要な日々の消費量の合計を、マディーが念入りに計算したおかげだ——が、フットマンと部屋づきの従者たちが使っているヘア・パウダーが十三ポンドもすることに関してマディーが異議を申し立てると、すぐさま反論にあった。それは正しい美徳だ、と。

「家の体面を保つためには必要なものよ」レディー・ド・マーリーが、これ以上の議論は必要ないとばかりに言いきった。

「でも」マディーは食いさがった。「特別な場合を除いて、そういう習慣は改めたほうがいいと思うんですけど——たとえば、お客さまがいらしたときだけ使用することにするとか」

「これだから、なんにも知らないおばかさんは困るのよ。パウダーがなかったら、どんなに見苦しいことになるか」

「髪は普段から短くきちんと整えておくことにすればいいと思います」マディーは公爵のやり方を見習い、メモを書いて帳簿に挟んだ。

「冗談じゃないわ！　パウダーがなきゃだめよ！」

「ですから、特別な行事があるときやお客さまがお見えのときだけは使用していいことにしましょう」マディーはそう言って、メモにそのことを書き加えた。

「ああ、やっぱりあなたってそういう人だったのね」

どういう意味かと尋ねるように、マディーはレディー・ド・マーリーを見つめかえした。

「まわりに気を配ることもなく、穏やかそうな顔をして好き勝手なことを言う、脳天気なお嬢さんってことよ」

マディーはかすかに微笑んだ。「いいえ。わたしはただ、知恵をしぼって倹約することが身についているだけです。ただし、父を見ていて思うんですけれど、そのおかげで静かな頑固さまで身についてしまったかもしれません」

「お黙りなさい！　生意気な！　よくもそんな不作法な口が――」

「頑固さでは……負けてませんよ」寝室から出てきたシャーヴォーが通りすがりに言った。「おばさまも」

「このばかな小娘に、あなたからも言って聞かせてちょうだい。パウダーはどうしても必要だって」

彼は立ちどまった。「パウダーって……？」

「男性使用人が使っているヘア・パウダーのことよ」マディーが説明した。「その費用が、この前の四半期だけで十三ポンドもかかっているの」

「わずかな額よ」彼のおばが声を大にして言う。「とにかく、彼らにはパウダーが必要です。続きはあなたが言いなさい、シャーヴォー！」

「特別な行事のあるときだけパウダーを使ってもいいことにしたらどうかしら」マディーは言った。「それと、お客さまがいらしたときだけ」

「お客というのは、いつなんどき訪ねてくるかわからないものなのよ。事前になんの予告もなく、いきなりお城を見学に来る人たちだっているんですから。あなたはまだ、格式の高い貴族階級の暮らしというものがわかっていないのよ。シャーヴォー、あなたもあなたですよ。一刻も早く妻をきちんと教育しないと」

シャーヴォーは答えの出ない難題でも突きつけられたかのように、真剣な面持ちでふたりの顔を見比べていた。「ソロモンの……知恵だ」彼は片手の指をまっすぐにそろえ、もう一方のてのひらの上に垂直におろして、手刀を切ってみせた。「半分はパウダー……半分はなし」

マディーは男性使用人の数を数えた。「全部で七人いるのよ。ちょうど半々には分けられないわ」

彼女の夫はまばたきひとつしなかった。「頭の片側にだけ……パウダーをつければいい」

しばらくは我慢していたのだが、とうとうマディーはこらえきれなくなって笑いだした。

クリスチャンはそんなマディーを楽しそうに眺めていた。彼女はいつも、こんなにおもしろいことが世の中にあったなんて、というように笑う。そのこと自体に驚きを感じているかのように。

彼女の絵を誰かに描かせたい、とクリスチャンは思った。レンブラントがまだ生きていればよかったのだが、と心のなかで微笑みながら考える。それなら、ローレンスはどうだろう。いわゆる美人画のような大作ではなく、もっと小さな絵のほうがいい――くるくると変わる一瞬の表情を切りとったような――彼女が見せるさまざまな表情を残しておきたい。甘い言葉をささやかれた瞬間の顔、なまめかしいまつげの下から彼を見あげて、礼儀正しい淑女から別のなにかに変化したときの顔、約束が現実に道を譲った瞬間の顔。

こちらがごく普通の態度で接するほうが彼女は穏やかな気分でいられるようだと、クリスチャンはすでに学んでいた。ときおりやさしくからかったり、くだらない冗談を言ったりするほうが、大げさな褒め言葉や熱烈な口説き文句よりもはるかに効果的に彼女の心を解きほぐしてくれるということも。彼女のユーモアのセンスはあまり高尚ではない。明らかにばかばかしい冗談や駄洒落《だじゃれ》のほうが、彼女には通じやすかった。クエーカー教徒というのはあまり笑ったりしないものなのだろうか？

クリスチャンはもうひとつ、マディーを喜ばせるとっておきの贈り物を用意していた。彼はダラムの自筆による手紙を彼女の前に差しだして言った。「お父さんが……もうじき来る。もしかしたら、今日」

たちまち喜びでほころんだマディーの顔に、一瞬、動揺が走った。彼女はクリスチャンの手から手紙を奪い、素早く目を通してから、唇をぎゅっと引き結んだ。そして、弱々しい声で言う。「ああ……父はいったいどう思うかしら？」

「あなたにしては上出来だと褒めてくれるわ、きっと」おばのヴェスタが不機嫌そうに言った。

クリスチャンはマディーの顔に浮かぶ表情を観察していた。「彼は……怒る？」

「いいえ、それはないわ。父は決して怒ったりしない人だから。むしろ父は……黙りこんでしまうはず。そうするといつもわたしは泣きたくなってしまうの。もっといい選択ができたはずだって思うから」

「もっといい選択？」おばのヴェスタが訊きかえした。「あなたはこの国で最高の夫に恵まれたのよ、ガール！　もしも彼がまだそのことを理解していないようなら、わたしから言って聞かせてあげます」

マディーは両手で手紙を握りしめていた。クリスチャンは自分の部屋へと戻りかけて、戸口でふと足をとめ、振りかえった。「マディーガール。ぼくときみは……結婚した。そのことを……忘れないでくれ」

彼はマディーの瞳を見つめた。彼女の忠誠を乞《こ》い求めるつもりはなかった。彼は法によって、そして肉体によって、彼女を自分のものにしたのだから。彼女はもうぼくのものだ。

クリスチャンの願いはただひとつ、ダラムがなんとしてでもジョン・ティムズを説得して、ここへ連れてきてくれることだけだった。


昨日までは父に早く会いたくて会いたくてたまらなかったのだけれど、今となっては父とふたたび顔を合わせるまでにできるだけ時間稼ぎをしたい気分だった。状況が変わった時点ですぐに父宛にまた手紙を書いて、もう少しきちんと説明をしておくべきだった。今やマディーは、父がここへ来ることを恐れていた。

それでも、馬車がじきに城に到着すると老カルヴィンが知らせに来るやいなや、マディーは急いでゲートハウスまでおりていき、一行を出迎えた。

「お父さん！」御者が馬車を完全に停止させるのも待たず、マディーは窓に走り寄った。「ああ、お父さん」

　ダラムも一緒に来てくれていた。年下の彼のほうがさっと立ちあがり、年老いた父に手を貸して降りるのを手伝ってくれる。そうしてマディーの目の前に立った父は毛皮つきの分厚い外套《がいとう》を着せられていて、小鳥のように小さく見えた。

「マディー・ガール」あたたかい声だった――少なくとも父は、娘との再会を心から喜んでくれているようだ。

　マディーは父の腕のなかに飛びこんでいき、ぎゅっと抱きしめた。「ああ、会いたかった。ずっとずっと会いたかったのよ」

　父は彼女の頬にキスをし、両手を握りしめた。「マディー・ガール」父はそれしか言葉がないかのように、もう一度くりかえした。そしてわずかに身を引くと、手をのばして娘の頬にふれる。父はにっこり微笑んだ。「いやはや、いったいなにがどうして、こういうことになったんだね?」

　マディーは首を振った。「お父さん、わたし……」声が消え入る。父の手をきつく握りしめて、彼女は声をあげて言った。「でも、なにも変わらないから！　お父さんもここで暮らしてもらうことになったけれど。ダラムから聞いているでしょう?　ここは――ああ、お父さん、できるものならお父さんにもこの場所を見せてあげたいわ。ここは大きなお城なの。高い塔がいくつもあって、〝とがり屋根の家〟が丸ごと入ってしまうくらい巨大なホールもあるんだから。わたし――わたしね、なんでこういうことになったのか、自分でもよくわからないの！　はっきりしているのはひとつだけ――〝公爵のそばについていてあげなさい〟というお父さんの言葉に従って行動していたら、いつのまにかこんなことになってしまって」

　父は娘の手をぽんぽんと叩いた。「おやおや、マディー、わたしはそんなことをおまえに命じた覚えはないぞ。チャルフォント・セント・ジャイルズでわたしが〝彼のそばにとどまるのはそんなに難しいことなのか〟と尋ねたとき、こう答えたのはおまえのほうじゃないか――〝彼を見捨てるようなまねはできない〟って」

「ええ、でも、あの手紙には――」

「ほら、いつまでもこんなところでぐずぐずしてないで」ダラムが言った。「ここは寒すぎるよ。そう思わないか、公爵夫人？　早くなかへ――おや！　あそこにシェヴが！」玉砂利が敷きつめられた庭をシャーヴォーが歩いてくる。ダラムはすかさず友人に駆け寄り、肘をぐっとつかんで、固い握手を交わした。「やあ！　うまくやってるか？　神によって結ばれたふたりの結婚生活は、どんな感じだ？」

　シャーヴォーはマディーの父親とも、両手で握手をした。「ティムズ。ようこそ。どうぞなかへ……寒いから」

　ふたりの男性が父を挟んで、正面玄関のほうへと案内していく。マディーは遅れまいとして小走りになった。「足もとに気をつけて、お父さん。長い石段が二段あるから。さあ――そこからよ」シャーヴォーとダラムがわざと大きく足音を響かせて、父を両脇から支えながら石段をあがる。「この石段もものすごく立派なのよ」マディーは横から父に話しかけた。「本当に――幅が三メートルくらいあって、アーチ型の屋根がついていて、太い支柱が何本も立っているの。入口の巨大な古めかしいドアは開いていて、フットマンが押さえてくれているわ」

「頭はもちろん……**パウダーつきだ**」シャーヴォーがつけ加えた。

「ティムズのほうは今のところ、なんの疑問も抱いていないようだ」ディナーのあと、ダラムが言った。彼とクリスチャンは大広間にふたりだけ残り、食後のポートワインを楽しんでいた。「彼には〝これは恋愛結婚だ〟と説明してある。ふたりはあっというまに恋に落ちて、こういうことになったんだ、って。それを否定するようなことを、彼女が父親に言ったりすると思うかい？」

クリスチャンは考えてみた。ベッドのなかのマディー、幽霊、恥じらいを含んだ笑い声。彼はテーブルの上で片手を拳に握り、親指を突き立ててみせた。

「そうか。じゃあ、その辺はぬかりなくやってるわけだな」ダラムが言った。「詳しい話はぼくも知らないが、ティムズもおそらく細かいことは気にしないだろう。彼が心配していたのは娘が無事かどうかってことだけだ」

「怒っては……いないのか……結婚したこと？」

ダラムはチーズをひと切れ口のなかに放りこんでから、指を振ってみせた。「多少当惑してはいるみたいだったが、そのことに関して根掘り葉掘り話を聞きたがったりはしなかった。なかなかできたご老人だ。つばの広い帽子の下の頭には、脳みそがつまっているみたいだしな。彼が訊いてきたのは、娘との結婚によっておまえの名誉に傷がつくようなことはないのか、という点だけだ。金のことも財産分与のことも、いっさい口にしなかった。彼自身、おまえが気に入っているからだろう。おまえのことをとんでもない天才だと思っているみたいだからな」

クリスチャンは皮肉っぽく鼻を鳴らした。「実際には……とんでもない……愚か者だが」

「いや、でも、この前会ったときよりははるかによくなっているのは火を見るより明らかだぞ。あとは時間の問題だよ」ダラムはワインのグラスを掲げた。「もう少しで元どおりだ。間違いない。残る心配は、あとになっておまえがこの結婚を悔やむことにならなければいいが、ってことだけだ」

「よくなって……いると思うか？」

「もちろんだとも。その調子なら、いずれまた貴族院でも熱弁を振るえるようになるはずだ」

議会でふたたび発言する場面を想像して、クリスチャンはおののいた。脈拍が突然跳ねあがる。「紳士……しょくん……ああ……だめだ……」公衆の面前でスピーチをすると考えただけで、言葉が喉につかえて出てこなくなった。「**くそっ！**」彼は勢いよく窓に背を向け、本棚の前まで行って立ちどまった。両脇の付柱を両手でつかみ、そのあいだに並んだ革装の本の背表紙に金で箔《はく》押しされたラテン語の書名をじっと見つめる。古い本特有のかびくさい臭《にお》いに鼻を刺激されながら、彼は額を硬い棚板にがんと打ちつけた。「**無理だ！**」

ダラムは無言だった。クリスチャンは部屋に背を向けたまま立っていた。深々と息を吸いこんでから、両手で付柱を押すようにして棚から離れ、くるりと振り向く。

「怖い」クリスチャンは頭を振りながら椅子に座りこんだ。「怖いんだ……ずっとこのまま……なんじゃないか……って……」

「そんなことあるもんか。いいかげんにしろ、シェヴ！　ぼくは信じないぞ！　ここまで快復したじゃないか！」

「ここまで」クリスチャンは自嘲《じちよう》するように唇をゆがめた。「こんな……しゃべり方しか……できないのに」

「だったら、もっと頑張ればいい。なんなら……話し方を指導してくれる専門の家庭教師をつけたらどうだ？」

「問題は……ぼくの頭なんだ。もう……いかれて……しまったんだ！　いくら頑張っても……だめなんだよ！　頑張れば……頑張るほど……おかしくなる。この感じ……わかるか？」

「じゃあ、どうするんだ？　これから一生、この城に身をひそめて生きていくつもりか？　そうはいかないぞ、シェヴ。いずれやつらが乗りこんできて、おまえを追いだすに決まってる。下手をすればすべてを奪われかねないんだ。マニングはこのところ毎日おまえの母親と会っている。そのことは知ってたか？」

クリスチャンは椅子の肘掛けをぐっと握りしめた。マニング――姉のシャーロットの夫だ。あのとき、あの部屋で、かつらをつけた弁護士たちと一緒に立っていた。クリスチャンの様子をうかがいながら。彼が身ぐるみはがれてふたたび鎖につながれる瞬間を、固唾《かたず》をのんで見守るように。

突然わき起こった激しい怒りが、屈辱感や大いなる恐怖と相まって、クリスチャンを無言にさせた。彼は椅子の肘掛けを握りしめて、指が痛くなるくらいぎりぎりと爪を立てた。「新たな……審問か」ようやく言葉をしぼりだす。精いっぱいの穏やかな声で。

「連中はそのときを待ってるのさ。ぼくはわざわざ彼に会いに行ってきたんだ、向こうが今どういう状況になっているのか探るために。言っておくが、シェヴ、それは恐ろしいことになってるぞ。あいつはな、おまえがいかに常軌を逸していてだらしない男だったかという話をさんざん吹きこまれている。おまえの自由にさせておいたら領地は荒れ果て、おまえの甥たちの将来もめちゃくちゃになってしまうって。なにより最悪なのは、彼がそのでたらめを完全に信じこんでしまってることだ。やつらは簡単にあきらめてはくれないぞ。先に警告しておく——おまえの結婚話が連中の耳に入ったら、絶対にただじゃすまない。向こうからまだなんの連絡もないからって、永遠になにも言ってこないなんて思うなよ」

クリスチャンは目を閉じた。言いたいことがあっても、まともに口が利けそうにない。

「もしもおまえの財産が一ペニーでもマディーの手に渡ることになったら——彼らにとってそれは、生きたまま皮をはがれるのと同じことなんだ」ダラムが言った。「それだけはなんとしてでも阻止しようとしてくるに決まってる」

クリスチャンはうなずいた。

「それなら〝無理だ〟なんて言うな。おまえには責任があるんだ。いずれにしても、妻に対しては」

そのことをあらためて考えてみる——もしも自分が法的無能力者の宣告をされたら、

マディーはどうなってしまうのだろうか、と。もしも自分があの場所へ連れ戻されてしまったら。おそらく、この結婚自体が無効とされてしまうだろう。家族が許してくれるはずもない。

昨日までなら、マディーにとってはむしろそのほうがよかったのかもしれない。だが今となっては……。

独房に閉じこめられて、彼女が今どこにいるのか、どんな目に遭っているのかも知らされず、彼女が生きているかどうかさえわからずに、ただベッドに横たわるだけの日々……。それを想像するだけで、悪夢のようなあの場所を思いだすだけで、とてつもない恐怖と不安が襲ってきてクリスチャンを震えあがらせた。

ディナーのあと、マディーはすぐに父を部屋まで案内して、あれこれと世話を焼いた。部屋のなかは煙くさくなっていないか、ベッドはちゃんとあたたまっているかと、隅々まで気を配る。

「いつまでもわたしのそばにいてくれなくてもいいんだよ、マディー」父がやさしくたしなめるように言った。「だんなさまがおまえを待っているはずだ」

「あら、いいのよ――公爵ならきっと気にしないわ」気がつくと彼女は頬を真っ赤に染めていた。「レディー・ド・マーリーとダラムが一緒にいてくれるはずだし」

「だとしてもだ――彼はそのふたりよりおまえの顔が見たいんじゃないのかね？　結婚してまだ一週間しか経《た》っていないんだから」

「でもわたし、お父さんと話をしようと――」

「いいから、行きなさい、マディー・ガール」父が微笑んだ。「わたしはもう疲れた。そろそろ寝かせてくれないか」

「お父さんたら」彼女は不服そうに言った。

父はベッドカバーを胸まで引きあげ、目を閉じてしまった。それでもマディーはベッドのかたわらから離れようとしなかった。しばらくすると父はシーツの下で寝返りを打ち、彼女に背を向けた。


マディーが呼び鈴を鳴らしてフットマンを呼び、暗い廊下やホールを抜けて客間まで戻ると、食後のポートワインを飲み終えたダラムと公爵が大広間から移ってきた。ダラムはそこにあまり長居はしなかった。レディー・ド・マーリーが、わたしはそろそろやすむことにするわ、と言うと、ダラムはさっと立ちあがって礼儀正しくエスコートを申し出た。

そしてマディーはシャーヴォーとふたりきりになった。するとたちまち羞恥《しゅうち》心がわき起こり、彼のことをやけに意識してしまう――自分のことも。彼がキャンドルを消してまわると、部屋は徐々に暗くなり、独特の鼻につく臭いが広がった。明かりと呼べるのは、暖炉のなかで燃え残っているオレンジ色の熾火《おきび》だけだ。

シャーヴォーは寝室へと消えていった。開いたドアから、寝室の明るいオイルランプの光がもれてきていたが、マディーはなぜか椅子に縛りつけられたかのように動けなかった。父はこの結婚に関して、断固として自分の意見を言おうとしなかった。彼女を責めるつもりはなさそうだったけれど――少なくとも、娘の決断にがっかりしたり腹を立てたりしている様子はなかった――が、困ったことになったとは思っているかもしれない。

マディーは両脚をきちんとそろえて座ったまま、シルクのショールの端をつかんで膝の上で重ねあわせた。

シャーヴォーが戸口に現れた。寝室からの明かりを背に受けて、シャツ姿のシルエットが浮かびあがる。暖炉の熾火がかろうじて、彼の顔の輪郭とシャツの前立てのレースをうっすらと照らしていた。彼はドアのフレームにもたれかかった。

マディーは小さく首をすくめ、ショールを強く握りしめた。なんの音も聞こえなかった。絨毯に落ちた影だけが、彼が客間に入ってきたことを知らせてくれた。

彼はマディーの背後にまわり、彼女の髪をおろしはじめた。手探りでピンをひとつずつ探しあてては外していく。三つ編みにしてきっちりと結いあげてあった髪が徐々に崩れていく。マディーはうつむいたまま、三つ編みが肩をかすめて床へと落ちていくのを感じていた。

それでも彼女がずっと動かずにいると、シャーヴォーが長い三つ編みをつかんで解きはじめた。最初は先のほうだけをほぐし、親指と人差し指でつまんで扇のごとく広げ、それで彼女の頬を羽根のようにやさしく撫でていく。頬から顎へ、さらに耳の後ろへ。それからゆっくりと喉を撫でおろしていき、彼女が体に巻きつけていたショールを押しさげた。

ショールは彼女の指から滑り落ちていった。髪の扇はなおもくるくると円を描きながら、ドレスの生地越しに肩の線を撫でていく。

彼の指がボタンを外しはじめるのを感じた――やっぱりもうこれくらいの作業はひとりで完璧にこなせるわけだ。ゆっくりとではあるけれど、ひとつずつボタンを外していくうちに、シャーヴォーは彼女の心のわだかまりまでもとり払っていった。マディーは下を向いて着衣がゆるんでいくさまを見ながら、すうっと深呼吸した。

シャーヴォーが前へまわってきて、片手を差しだす。マディーはベッドへ連れていかれるのだろうと思いながら立ちあがったが、彼はそこで彼女の三つ編みを本格的に解きはじめた。波のようにうねった髪を手櫛《てぐし》で丁寧に梳《す》いて広げていく。

妙にいかめしく真剣な面持ちだった。マディーの顔はいっさい見ない。暖炉の残り火が彼の頬骨や顎の線をかすかに浮き立たせ、長いまつげをきらめかせていた。彼が三つ編みを根もとまで解き終えると、波打つ長い髪がふんわりと広がって、マントのようにマディーの全身を覆った。

そこで初めてシャーヴォーは彼女の体に手をかけ、ドレスと下着を一緒に肩から腕のほうへ押しさげる。マディーは抗うように小さな声をあげた。ここではいや。いつ誰が入ってくるかわからない部屋では……。


その声は聞こえていたが、クリスチャンは動きをとめなかった。最初にこのことを想像したのがいつだったかは、自分でも思いだせない。麗しく波打つ長い髪に包まれたマディーの、透きとおるように白い肌。もしかするとあれは、悪夢のなかで見た夢だっただろうか。晴れて彼女を自分の妻にした今は、好きなだけ彼女を感じ、思う存分その美しさを堪能《たんのう》できる立場にある――いつでも好きなときに彼女にふれていいのだが、どうせなら暗いところではなく明かりのある場所でそうしたかった。これは夢ではなく現実だと実感するために。

身じろぎもせずに立ちつくしているマディーの髪を手にとり、カーテンのように前に垂らしてやった。濃い金色の髪で胸を隠す程度のことは許してやってもいい。その代わりにクリスチャンは、ドレスとシンプルな白いシュミーズをウエストまでおろし、袖の部分も肘から手首までずりおろした。

またしてもマディーが小さな抗議の声をあげる。しかし、クリスチャンがドレスから腕を引き抜かせても、抵抗はしなかった。「だめよ、こんな――」むきだしになった胴に彼のてのひらがふれた瞬間、彼女ははっと息をのんだ。「シャーヴォー」

「クリスチャンだ」彼はマディーの肩に額を押しつけ、彼女のかぐわしい香りを吸いこんだ。「ほかの人の前では……シャーヴォーでいい。ふたりだけのときは……クリスチャンと」彼は、美しい滝のように見える髪に覆われた彼女の体をまさぐりはじめた。そして、両側から生地に引っぱられていた最後のホックを親指と人差し指でつまんで外すと、シルクのドレスとリネンのシュミーズが彼女の足もとへするりと滑り落ちていった。

「ああ……」マディーがみじめな声をあげてすすり泣く。

見事なまでに長い髪の下から、白いストッキングと、ドレスには似合わない頑丈そうな靴がのぞいていた。クリスチャンは微笑んだ。しっかり者のマディー。甘くていい香りのするマディー。何枚皮をめくっても、どこまでも清く正しく高潔なマディーガール。

クリスチャンはマディーの前にひざまずき、こめかみのあたりに彼女の髪がさらさらとふれるのを感じながら、靴のバックルを外した。そのついでにふと頭を動かして、滝のような髪をかき分け、彼女のふくらはぎや膝の横にキスをする。それからウールのストッキングに包まれた彼女の脚に両手を添え、てのひらを上下に滑らせて、徐々に膝を割って脚を開かせようとした。

バランスを崩しかけたマディーが彼の肩をつかんだ。クリスチャンはストッキングに包まれた彼女の華奢《きゃしゃ》な片足をそっと持ちあげ、丈夫で重そうな靴から引き抜いた。マディーはすぐにその足をシルクのかたまりの上におろし、彼の肩に置いていた両手を引っこめた。

クリスチャンがもう一方の脚をつかもうとしたが、今度はマディーがさっと足を持ちあげて彼の手から逃れ――ほんの一瞬、白い爪先が見えたかと思うと――素早く後ろへさがった。長い髪を揺らして、体にふわりとまつわりつかせながら。

彼は暖炉の前の絨毯に座りこんでマディーを見あげた。天使の輪ができたつややかな髪が、彼女を純真な乙女のように見せていて――輝く髪の隙間からのぞく肩は象牙《ぞうげ》みたいに白くなめらかで――尼僧のように清らかでありながら、同時にとても蠱惑《こわく》的だった。

「お願い、見ないで！」マディーが引きつった声で訴える。

「どうして？」クリスチャンは目をそらそうとしなかった。

「だって――恥ずかしい」

　クリスチャンはおば専用のクッションが利いた足載せ台に肘を突いてもたれかかった。「きみは……美しい」

「違うわ」マディーがささやく。

「違わない」

「あなたって本当に意地悪ね！」

「美しいと……褒めることが？　褒めないほうが……嘘になる。嘘はつけない。マディーガール。きみが教えてくれた……嘘をつくなと」

　マディーは両腕を交差させて胸を隠そうとしていた。やわらかい光のなかで、その瞳が暗く陰るのがわかる。

　そしていきなり、彼女はクリスチャンの足もとにひざまずいた。頭を振って長い髪を後ろへ払い、彼の前に肉体を半分さらけだす。呼吸するたびに上下する胸の頂がちらりと見えた。

　クリスチャンは鋭い欲望がわきあがってくるのを感じた。マディーがまとっていた乙女のイメージが仮面のようにはがれ落ち、炎と影に包まれながら自分を差しだそうとする妖婦《ニンフ》が姿を現す。

「そうよね」マディーが言った。「わたしも自分の気持ちに気づかないふりをするべきではないわ」彼女は片手を彼のほうへ差しだそうとして、力なく落とした。「でも、わからない――どうすればいいのかわからないのよ」

クリスチャンは今すぐここでマディーを奪うこともできた。なんの儀式もなく、余計なことはいっさい考えずに、わきあがる情熱のおもむくままに抱いてしまうことも。波打つ髪を床に広げ、その上に彼女を組み敷いて、自身の欲望に任せて力ずくで彼女のなかへと己を突き入れることも。

しかしクリスチャンは経験豊富な男だった。どうやってそれだけの経験を積んだかを知ったらマディーは決していい顔をしないだろうが、彼が今自分を抑えていられるのは、欲望が足りないせいではなく、愛の営みに関しては痛い思いもしながら徹底的に学んできたという自負から来る、心の強さのおかげだ。

「好きなように……すればいいんだ」彼は言った。

彼女はまだためらっていた。クリスチャンは体の力を抜き、穏やかな表情で彼女をじっと見守っていた。

マディーが少しだけ頭を前に傾けると、髪が流れて頬にかかった。彼女がおずおずと彼のブーツに手をのばしてくる。クリスチャンは微笑みながら彼女を観察していた。すると突然なまめかしいニンフが消えて、いつもの合理的できぱきとしたマディーが戻ってきた――ブーツのかかとからズボンのストラップを外すと、彼の足を両手でつかみ、そのまま一気にブーツを振り落とした。年季を積んだ側仕えのような手際の

うしてマディーの姿を拝むだけ。ちらりと。こっそり。

にあたって、鎖骨のくぼみを照らしだす。ゆうべは、ふれあうだけだった。今夜はこ

そっと払って、爪先で彼女の体にふれた。細い筋になった光がちょうど喉の下あたり

手の動きがとまった隙にクリスチャンは片脚をのばし、長く垂れた髪の一部を足で

たりのばし忘れたりした箇所はないかと確かめているのだろう。

たりする。心持ち身をかがめ、手もとをしっかり見つめながら。おそらく、もみ残し

もみほぐし、ときおりその手を休めては、足首や指の関節をぐーっと曲げたりひねっ

に、彼の足をマッサージしてくれていた。土踏まずやかかとを念入りにこねるように

い髪に包まれた裸のマディーは、それが自分に与えられた崇高な任務であるかのよう

くの機会をあまり無駄にはしたくなかった。目の前にマディーがいるのだから。美し

クリスチャンはうれしくなり、頭をのけぞらせて天井を見あげた。しかし、せっか

た。

にじり寄り、髪で慎ましく体を隠してから、正座をして自分の腿の上に彼の足を載せ

脱がせ、さっき置いたブーツの隣にきちんとそろえて並べた。それから少しだけ前に

り澄ました顔をして、脱がせたブーツを脇に置く。そしてあっというまにもう片方も

クリスチャンは足の爪先を彼女に向かってぶらぶらと振ってみせた。マディーはと

よさだ。

クリスチャンは丁寧なマッサージを受けながら、マディーの髪を後ろへ流した。そしてふたたび爪先でちょんと体をつつき、足をもむ作業に没頭している彼女の注意を引いた。

マディーがぱっと顔をあげる。彼は両足を自分のほうへ引き寄せて、足の裏を床にぺたんと押しつけ、膝のあいだから彼女を見た。それはひとつの挑戦だった。彼女がさらにこちらへ近づいてくるか、それとも完全に身を引いてしまうか。

「これじゃ不公平だわ」マディーが哀れを誘うような口調で言った。

「どうして?」

「だってあなたは……服を着ているもの」

クリスチャンは悦に入ったように微笑んだ。

「あなたって本当に意地悪な人ね」マディーが責める。

彼は小首をかしげて、眉を吊りあげてみせた。

「そうやってわたしのこと、笑ってるんでしょ!」

「いや」クリスチャンは彼女をあいだに挟むようにして脚を長くのばした。「待っているだけだ」

「わたしに服を脱がせてほしいの?」彼女が問いただした。「それがわたしの役目なの?」

クリスチャンはマディーの腰に両足を寄せ、爪先でやさしく愛撫しはじめた。「欲しいか？」

彼女がぱっと視線を外し、目の前の絨毯に目を落とす。クリスチャンは爪先をゆっくりと動かし、彼女の素肌や髪にふれた。

「嘘はだめだ……マディーガール」やわらかい声で言う。「欲しいか？」

マディーは深々と息を吸いこんでふうっと吐きだしてから、いきなり彼のほうへ身を乗りだしてきた。

クリスチャンとしては、そこで自分を抑えておくのが精いっぱいだった。マディーが両手を床に突いて四つん這いになっているせいで、暖炉の明かりで金色に輝いている髪の向こうに、彼女の胸がくっきりと透けて見えてしまう。マディーは片手で体を支え、もう片方の手で彼のズボンのボタンを外しにかかった。

髪が滑り落ちて、背中とヒップの丸みがあらわになる。彼女は慌てて体を起こして髪を元に戻そうとし、かえってすべてをさらけだす格好になった。なめらかな胴、豊かな胸、ほっそりしたおへそ、そして濃い色の茂み。

ついにクリスチャンの自制心は消し飛んだ。彼も体を起こし、両手を突いて前かがみになる。マディーは驚いたようだった。臆病《おくびょう》な森の動物みたいに、びくっと身をすくめて逃げようとする――が、彼が両脚で挟みこんだ。クリスチャンは腕をのばして彼女を引っぱり、そのまま自分の上へと引きずりあげた。そして彼は絨毯に寝そべって、彼女の喉や胸、まわりに降り注ぐ髪にキスをした。

しかし、決して事を急ごうとはしなかった——ゆっくりと燃えあがっていくかがり火のように、マディーを燃えあがらせたかった。クリスチャンは手の力をゆるめ、自分の上に乗っている彼女の体を撫でおろした。一瞬びくっとして以来、彼女はもう逃げようとはしなかった。むしろ、待っているようだ。視線は合わせず、唇を少しだけ開いて。

「知ってたか?……ぼくは……こういうのが……好きなんだ」クリスチャンは両手を頭の後ろで組んだ。「じっくりと……待つのが」

「でもわたし、どうすればいいの?」マディーが悲しげにささやく。

「わからない?」

彼女が唇をなめると、暖炉の明かりを受けてつややかに光った。「ええ。わからないわ」

「起きるんだ」彼は言った。「体を起こして……膝立ちになって」

それでもマディーが動かずにいるので、クリスチャンは彼女の手首をつかんで、馬乗りの姿勢になるまでぐいっと押した。彼女は手を振りほどこうとしたが、それを許したらどうなるか、彼にはよくわかっていた。

「隠さなくていい」クリスチャンは彼女の手首をしっかりと押さえつけていた。「まだ覚えてる……初めてきみと会った晩……わが家のテーブルで……きみは……緊張して……こちこちだった……お行儀よく……澄まして……ミス・ティムズ」彼は微笑んだ。「ああ、ミス・ティムズ。あのときぼくは……きみのこんな姿を……思い浮かべていた」

彼女の頬が薔薇色に染まる。「それはあなたが邪悪な人間だからよ」

「邪悪……か。そんなに……いけないことか……マディーガール？」

マディーはクリスチャンを見おろした。その姿が彼の目にはどんなふうに映るのか、そしてそれがどんな変化をもたらすのか、まったく気づいていないようだ――少なくとも、彼女は彼の顔より下へは目をやろうとしなかった。

「教えてくれ……初めて会ったとき……きみはぼくを……どう思った？」

彼女はくすりと笑った。「だから、邪悪な人だと思ったわ」

「軽蔑か」クリスチャンは両膝を立てて彼女の腰を脇から押さえつけた。「嫌悪感か。家に帰って……祈ったのか」

「大学の数学教授の話を父に持ちかけてきてくれたあとは、ちょっとあなたが好きになったけれど」

「野心か」彼は言った。「いい妻だ」

その言葉がマディーの顔をほころばせた。クリスチャンは両脚で彼女の体を少し左右に揺らした。

「抜け目がなく、野心的」彼はそこで彼女の片手を放し、長い髪を肩の後ろへと払った。「しかも美しい」

マディーの呼吸が速くなってきた。クリスチャンは彼女にふれ、ウエストから胸のほうへとたどっていき、乳房の輪郭を人差し指でなぞった。

「それは好き」思わず口から言葉がほとばしり出たかのように、マディーがやわらかい声で言う。

「ぼくもだ」彼はまじめくさって答えた。

クリスチャンの愛撫を受けて、彼女の胸が上下に揺れる。彼はゆっくりと、彼女の表情を確かめながら、指を動かしていった。指先が胸の先端をかすめると、マディーはあっと息をのんで、下唇を嚙みしめた。

彼は低いうめき声をあげながら上半身を起こして、ふたりのあいだの隙間を埋めた。そして指でたどった道筋を、今度は舌でたどりはじめた。両手は彼女の腰に置き、唇を寄せて胸の頂に吸いついた。

マディーがあえぎながら背中をのけぞらせる。クリスチャンの手は下へ滑りおりていって、欲望をそそる短いカールを親指でそっと撫でた。マディーはまだ昨日の彼女と同じ香りを身にまとっていた。熱く濃密な香り。いつのまにか彼女の指が彼の髪のなかにもぐりこみ、頭をもっと自分のほうへ引き寄せていた。

クリスチャンは片手を彼女の腿のあいだに差し入れ、脚を大きく開かせた――お堅いマディーが、感じやすくて色っぽいマディーガールに変わり、長い髪が肩から滝のように落ちていった。彼女は頭を後ろへ反らし、唇を開いてあえいでいた。

それでもクリスチャンはまだじらしつづけた。やさしい愛撫だけでマディーを燃え立たせ、腿が震えだすまで。彼がそっとふれるたびに、彼女がはっと息をのむようになるまで。そしてついにクリスチャンが彼女の下へと体を動かした瞬間、マディーは鋭い叫びとともにぱっと目を開け、彼がゆっくりと自分のなかへ入ってくるのを見ていた。

クリスチャンは彼女の上半身を自分の胸に引き寄せて、抱きしめた。マディーは彼が力強く腰を突きあげるたびに身をよじっていたが、彼が両手をヒップに添えてリズムを教えこむと、彼のてのひらや彼女自身の素肌に髪をまつわりつかせながら、調子を合わせて体を動かしはじめた。そして突然、マディーはのぼりつめた――いきなり女らしい小さな叫びをあげて。クリスチャンは両腕を彼女の体にまわして、きつく抱きしめた――彼女のヒップを押さえつけたまま、奥までぐっと腰を突きあげて、それまで我慢して彼のなかに閉じこめてあった欲望をついに解き放った。

そうしてすべてが終わったとき、クリスチャンはマディーを胸にかき抱いた。目はぱっちりと開けたまま——暖炉の明かりで悪夢を振り払い、夢を現実のものとするために。

26

翌日マディーはシャーヴォーとまともに目を合わせられなかった。彼自身は、ゆうべの彼女の乱れようを覚えているとほのめかすようなそぶりなど、いっさい見せなかったのだけれど。それどころか、なにごともなかったかのように普段よりもクールで落ち着いた態度で接してきて、ほかの人がいる前では決してべたべたすることもなく、礼儀正しく振る舞っているだけだった――おばの目を盗んで、一度だけちらりと微笑みかけてきたとき以外は。あの、ちょっと斜に構えた海賊みたいな微笑みだ。彼が黒いまつげの下からブルーの瞳でこっそりと笑いかけてきたのは、赤々と燃える暖炉の炎をみんなで囲んで、小作人たちのために開くクリスマス・パーティーの計画を練っているときだった。

そのまなざしにとらえられたとたん、マディーは体が熱くほてって赤くなるのを感じた。シャーヴォーの微笑みがにんまりとした笑顔に変わる――そしてすぐに笑みは消えて、彼は目をそらした。

ダラムがワルツを含む舞踏会はどうかと提案すると、レディー・ド・マーリーは、牛を二頭丸焼きにしたものをメインとする三品のコースのおいしいディナーのほうが断然いいと力説し――それぞれの料理に二百枚以上の皿が必要になるわけだが――食後には荘厳な宗教音楽のコンサートを開いて毎年好評を博しているから、今後もそれはずっと続けるべきだ、と主張した。マディーの父はどちらの案もにこにこと笑って聞いているものの、老カルヴィンは、こういう議論には何度となく遭遇してきたが、自分の立場からはうかつなことは言えないとでも思っているように、慎重な面持ちでみなの様子をうかがっていた。

ダラム司祭はレディー・ド・マーリーに理づめで反論しようとして時間を無駄にしたりはしなかった。彼はただうやうやしく頭をさげ、優雅な足どりでレディーの前に進み出ると、ハミングしながら彼女の手をとって抱き寄せ、くるくると回転しながら踊りはじめたのだ。杖が音を立てて床に転がり、レディー・ド・マーリーはいらだちの声をあげたが、彼女の足は驚くほど自由に動いていた。

「手をお放しなさい。まったく、あなたって人はとんでもない無礼者ね！」レディーはぶつぶつ文句を言いながら、片手を振りほどいた。「骨でも折れたらどうしてくれるの？」

ダラムはつないだままの手でレディーをまっすぐに支え、ハミングを続けながら彼女のまわりを一周した。「ワルツですよ、マイ・レディー！　ダムダム・タ・ダムダム・タ・ダム、ダムダム・タ・ダムダム――」

気がつくとマディーはレディー・ド・マーリーと同じく、夫に手をとられてワルツを踊らされていた。公爵は片腕を彼女の腰に添え、ダラムに声を合わせてハミングしている。マディーは踊り方など知らなかった。公爵が巧みなリードで彼女を回転させると、バランスを崩して転びそうになったり、勢いが余って余計なステップを踏んだりした。

男性ふたりによるハミングは即興の音楽となり、ダムダム・タ・ダムダム・タと低音の力強いリズムを奏で、それが四方の壁にこだましてマディーの頭をくらくらさせた。シャーヴォーのリードは大胆ながらも軽やかで、ふたりで一緒に回転すると、コートの長い裾がマディーのスカートのように広がった。マディーは振りまわされて放りだされないよう、必死で足を動かした――といっても、体が飛んでいってしまいそうな気がするたびに、シャーヴォーがうまく彼女を引き寄せてスピンさせてくれるのだけれど。マディーがうっかり彼の爪先を踏んでしまったときも、シャーヴォーは一拍分リズムに乗り遅れただけで、にやりと笑いながら彼女のウエストをさらに強く抱きしめただけだった。

彼とダラムはついにハミングで一曲歌いきった。シャーヴォーはマディーの腕を高く掲げてから、深々とお辞儀をした。「公爵夫人！　ありがとう」マディーが顔を上気させて息を弾ませていると、彼はほかの人々のほうを向いて言った。「うまく……踊れない」

「だって、踊り方なんて知らないんですもの！」マディーは声を張りあげた。「フレンド派では、こういうダンスは禁止されているから」

三人がいっせいにマディーを振りかえる。普段用の靴を履いている彼女は、年齢を重ねたレディー・ド・マーリーよりもぎくしゃくした動きしかできず、実にぶざまだった。

「こういう無駄な娯楽は慎むべきとされているのよ」マディーは言った。

レディー・ド・マーリーがため息をつく。「彼女のために先生を雇ってあげなさい、シャーヴォー」

老カルヴィンは間仕切りの陰に控えていたフットマンから銀のトレイを受けとり、彼らのもとへ戻ってきた。トレイには二通の手紙が載っている。「本日届きましたお手紙でございます、閣下。書斎のほうにお運びしておきますか？」それから公爵のおばのほうを向いて軽く会釈した。「こちらのお手紙はレディー・ド・マーリー宛でございます」

「わたしの部屋のパーラーに置いておいて」レディーは答えた。「それより、良家のご令嬢たちにダンスを教えていたあのイタリア人は、まだこの国にいると思う、シャーヴォー？」

公爵は自分宛の手紙を受けとり、誰の助けも借りずにひとりで封を開けた――それは小さいながらも確実な進歩だった。マディー以外は――当の本人さえも――気づいてはいなかったけれど。

「当面はぼくが教えて差しあげてもいいですよ」ダラムが申し出る。「先生が見つかるまで。だがそうなると、楽器を演奏してくれる人が必要になるな」

「わたしはダンスなんか習いたくないわ」マディーは言った。「踊る機会なんてどうせないし」

「楽器はできればチェロがいいんだけど、この村にはたしか、ピアノを弾ける未亡人の女性がひとりしかいなかったと思うわ」レディー・ド・マーリーが言った。

「本当にけっこうですから――」

「お黙りなさい」レディー・ド・マーリーがぴしゃりと言う。「そういうくだらない言い訳は聞きたくないわ、ガール。ワルツを踊ることを免除してほしいなら、それ相応の理由がないと。あなたの立場なら、せめてあまり見苦しくないダンスくらい踊れなければ困るのよ。病弱で寝たきりというわけではないんですからね。いかにも具合が悪そうな顔をしている女性でもなければ、公爵の隣に立ってきちんと社交することが求められるの」

マディーは反論したかったが、ちょうど口を開きかけたとき、シャーヴォーの顔が視界の端に入った。そして、言葉を失った。彼は片手に手紙を持ったまま、真っ青な顔をして目をうつろに泳がせていた。

「どうかしたの？」マディーは尋ねた。

そうしゃべりかけたとたん、彼女は黙っていればよかったと後悔した。ほかのふたりが彼のほうを振りかえる。シャーヴォーの顔には不安の色が広がっていた。だが彼はなにも言わなかった。

「ちょっと見せなさい」レディー・ド・マーリーがそう言って、彼のほうへ片手を差しだした。

シャーヴォーはそのときまでおばがそこに立っていたことも忘れていたかのように、レディーのほうを見て、首を振った。

「ほら、早く見せなさい」

「いや。なんでもない」シャーヴォーは眉間《みけん》にしわを寄せながら言った。「なんでもないんだ」

「ばかも休み休み言いなさい、ボーイ」おばが強い口調で迫る。「なにが書かれていたの？　いいから、早くお見せなさい」

シャーヴォーは手紙をくしゃくしゃに丸めてしまった。そしてなにも答えないまま、手紙を暖炉に投げ入れて、部屋から出ていってしまった。

「まったく、どうしようもないおばかさんね、あの子は」レディー・ド・マーリーが言った。

マディーは公爵のおばのほうを向いた。「お願いですから、もう少し彼を一人前の男として扱ってくれませんか？　彼はもう子供じゃありません」

「わたしは昔からずっとこういうふうにしゃべってきたの。どうして今になって変えなきゃいけないのかしら？」

「彼は変わったんです」

「でも世界は変わっていないわ。それを忘れないで」レディー・ド・マーリーは杖を床に打ちつけた。「世界はいつだってわたしたちの味方なの――それを忘れてもらっては困りますよ、公爵夫人」

クリスチャンは胸壁に背を向けて、冷たい石に肩をもたせかけていた。銃眼から後頭部に吹きつけてくる風が彼の髪を乱していた。ベレトワールの上を滑空する一羽のハヤブサが塔の手前で上昇してくるりと旋回し、翼を斜めに傾けてすうっと飛んでいく。その向こうには、灰色の空がどこまでも広がっていた。

クリスチャンはなにも見ていなかった。まったく、なんてばかなことをしてしまったんだろう。おとといの晩、たまたま少しなめらかにしゃべることができたせいで、自分を過信してしまった。集中してとり組みさえすれば……と。

彼はひとりで手紙を書いた。あまり正確に書けていないことは、自分でもわかっていた。だが、間違いに気づいてその箇所を訂正しようとすると、どこが間違っていたのかわからなくなってしまう。なんとか最後まで書きあげた便箋《びんせん》を改めて眺めてみると、われながら奇妙な感じはした――文字がひどく斜めになって片側に寄っていたからだ。だがクリスチャンはそこであきらめ、この手紙を送っておくよう老カルヴィンに指示した。

ばか。ばか、ばか、ばか。

そのとき、吹き抜けになっている塔の階段をあがってくる足音が聞こえた。おそらくマディーだ。ほかの者はみな、クリスチャンがここにあがっているときは決して邪魔してはならないと知っている。彼は彼女が来てくれるのを心のどこかで期待して、わざとドアを少し開けておいた。自分はここにいるよ、とヒントを示すように。

案の定、マディーが屋上へ出てきた。マントも羽織らずに。強い風がスカートをはためかせ、頑丈そうな靴と白いストッキングをあらわにした。

誠実で、質素で、ダンスは苦手なマディー。決して彼を嘲笑《あざわら》ったりしない。彼自身が痛いほど実感している事実を、わざわざ言い聞かせたりもしない。もしも彼が胸の内の不安を告白したら、彼女ならきっとわかってくれるだろう。

クリスチャンは片手を差しだした。マディーはしばしためらったものの、おずおずと手をのばしてきた。ぬくもりを感じさせる手だ。クリスチャンは彼女を腕のなかに包みこみ、風をよけて城壁の陰に隠れた。

マディーはなにも言わなかった。クリスチャンは頭をさげて、彼女の肩に額を押しつけた。

しばらくのあいだ、そうやってじっと顔を隠していた。だがついにしゃべりはじめた。「ぼくは……手紙を書いた……ベイリーに。モンマスの。契約書を……つくりたいから……こちらへ来てほしい、と」骨まで染みる寒さにクリスチャンは体をぶるっと震わせた。彼女をさらに自分のほうへと引き寄せる。「ベイリーは……十五年……顧問弁護士として……ぼくの仕事を……手伝って……くれている。農地の管理……土地の買収……選挙……この州の……すべての……。あらゆること」クリスチャンは彼女の肩越しに、丘陵の長い尾根に目を馳せた。遠くにそびえる山々まで。「でも、彼はこちらへ来ない。さっきの手紙に……そう書いてきた。この仕事は引き受けられない」彼は苦悩に満ちた短い笑い声をあげた。「代理人をおりる、と」

クリスチャンは顔の向きを変え、マディーの冷たい耳たぶに唇を寄せた。泣きだしてしまいそうな気がしたので、思いっきり彼女を抱きしめた。

マディーはただじっと立っている。やがて彼女の手が上にのびてきて、彼の手に指を絡ませてきた。

「ぼくの手紙――あのでたらめな文字が――それが……まずかったに違いない。たぶん……あれが……ひどすぎたんだ。間違いだらけで。ばかなことをした！」

「この次は」マディーが言った。「わたしが添削してあげるわ、あなたがそうしてほしいのなら」

控えめながらも、心を励まされる言葉だ。マディーガールらしい答えだった。彼女はいつも前向きだ。過去を振りかえってくよくよ悩んだりしない。この次は……今度は……きっともっとうまくやれる。

ぼくには彼女に対する責任がある。だからもっとうまくやらなければ。もっとずっとうまく。完璧に。誰にもつけこまれる隙がないくらい。ぼくの人生を、そして彼女を、決して誰にも奪われたりしないように。またあの場所へと連れ戻されたりしないためにも。

「マディー。今度の……審問で……ぼくは……」クリスチャンは言葉が思うようにすらすらと出てこないことにいらだった。注目されればされるほど、うまく話さなければと思えば思うほど、余計に言葉につまる。こんな状態でふたたび大勢の前で審問を受けるなんて、考えただけでぞっとした。**「また失敗を……」**。ひどく……緊張して。ああ、くそっ！」

「大丈夫よ、きっと……」マディーはいったん間を置いてから続けた。「だって、うまくしゃべれるときだってあるんだから」

クリスチャンはうめき、壁に後頭部を押しつけた。「どうして……また？　審問なんて――」彼はまたうめいた。「なければいいのに！」

マディーが両腕を彼の体に巻きつけてきた。「少しでもうまくやれるように、練習しましょう」

しゃべる練習ならできるだろう。だが、予期せぬ質問をぶつけられたときの重圧に慣れることなど、できそうにない。批判的な目にさらされる苦痛に耐える練習なんて、できるはずもない。無理だ。

クリスチャンはなにもない谷間や丘の稜線を見渡した。彼はこのシャーヴォー領を、生まれたときから知っているこの土地を愛していた。――一見安全そうに見えて実は危険な隠れ家。ここにいるからといって、安心はできなかった。しかし彼には、ほかにどうすればいいのか、どこへ逃げれば安全なのか、知るよしもなかった。

マディーがすっかり冷えてしまった指で彼の手にふれてきた。クリスチャンは彼女の喉に顔を埋めてキスをし、彼自身のぬくもりで彼女をあたためてやった。またたくまにふたりのあいだに燃えあがった炎で、大いなる不安と恐怖を焼きつくしてしまいたかった。

ふたりが塔からおりていくと、客間でレディー・ド・マーリーが待っていた。レディーは杖で体を支えながら立ちあがった。「この手紙、あなたの尊敬すべき義理の兄弟からだったわ」そう言いながら便箋を振りまわす。「ストーナム。ついに彼らのひとりがしびれを切らしたようね」レディーは柄つきの眼鏡をとりだして、文面を見つめた。「彼はこう書いてきている。〝公の場でふたたび審問を受けることになれば、公爵ご自身も不快な思いをすることになるでしょうし、家族の体面にも傷がつきます〟ですって――ふん！　体面に傷がつく？　今さらそんなことに気づくようじゃ遅すぎるわね！　彼は、それならば禁治産宣告を受ける前に財産を信託してはどうか、と提案してきているのよ。あなたはカンバーランドの屋敷に蟄居《ちっきょ》して、年間四千ポンドの手当を受けとり、残りの領地や財産の管理はすべて管財人に委託する。ただしあなたは決してそれらの土地を担保とした借り入れはしないという条件で」

シャーヴォーが怒ったような声をあげ、大股でおばのもとへ近づいていって手紙を奪い、びりびりに破いて暖炉に投げ捨てた。

「まだ続きがあったのに」レディー・ド・マーリーが冷静な声で言った。「ストーナムによれば、ミスター・マニングは個人信託という方法をとることにはあまり納得していなくて、ここで白黒つけたほうがいいと主張しているそうよ。つまり、法によってあなたにはっきりと禁治産宣告を下してもらったほうがいいと――たしか〝短期的にはいかに痛みを伴うことであっても〟という言葉だったと思うわ。でもストーナムは、あなたが教会裁判所に自発的に申し出て、クエーカー教徒との結婚を破棄すれば、どうにかほかの人たちを説得することはできると思うって」

公爵は冷たい憎悪と怒りをたたえた顔で、レディー・ド・マーリーをまじまじと見つめていた。

彼のおばは少しもひるまなかった。「この件に関してはもう、あなたのプライドがどうこう言っていられないのよ。考えてもみなさい、シャーヴォー――もしもあなたが大法官の前でふたたびしくじりでもしたら――すべてを失うはめになるんですからね。これはひとつの提案よ。だからまだ交渉の余地はあるわ」

「提案！」シャーヴォーが怒鳴った。「そんな提案なんか**くそくらえ**だ！――ちくしょう！　**とんでもない！**」

「こちらからも条件を提示しなさい」レディー・ド・マーリーが言った。「あなたはこの城に住みつづける。財産を信託することはかまわないが、年間の受けとり額は三万ポンドとする。この結婚は正当なものだから離婚はしない。そして男子が生まれた場合、爵位の相続権は直系男子であるその子のものとなる。そういう条件で、親族一同から署名入りの文書による同意をとりつけるべきよ」

シャーヴォーは暖炉の脇から火かき棒をつかむやいなや、寄せ木細工のチェストの上のものをなぎ払った。枝つきの燭台と磁器製のボウルが床に落ちる。

彼のおばはボウルが粉々に砕け散るさまをじっと見ていた。「あなた、やっぱり頭がいかれているのね」氷のように冷ややかな声で言う。「それより、ばかと言ったほうがいいかしら」

「提案など……いらない！」シャーヴォーがうめく。暖炉の前に置かれた熱よけのための小さなスクリーンや、金メッキが施された桶《おけ》にも火かき棒を打ちつけ、どちらも床になぎ倒した。「信託なんて……くそくらえ！」

「そうやって暴れまわるつもりなら、わたしはこれ以上ここにはいられないわ」レディー・ド・マーリーはそう宣言して、戸口へと歩いていった。「あなたの気が落ち着いたころに、また話しあいましょう」

シャーヴォーはマディーがそこにいることを忘れているようだった。「ノー、ノー、ノー！」恐ろしい形相でぶつぶつひとりごとを言いながら、おばの出ていったドアが閉まるなり、呼び鈴の紐を力任せに引っぱる。すぐにフットマンが飛んできた。「カルヴィンを呼べ！」公爵は歯をむきだしてうなりながら命じた。「元帳を……書斎に持ってこい！」そして彼はマディーのほうを向いてにらみつけた。「きみもだ……ついてこい……ぼくに」

デスクが置かれている部分を除き、四方の壁の床から天井まで本がぎっしり並べられていた。デスクの前の壁には造りつけの石板がはめこまれていて、白墨で数式がびっしり書きこまれている。だが、公爵の書斎のなかでいちばん目を引くのは、ぴかぴかの望遠鏡だった――鎧戸のついた小さな天窓に向けて置かれているそれは、星を目がけて放たれようとしている真鍮《しんちゅう》製の優美な槍《やり》のように見えた。長さは二メートル強。三脚のねじを調節するための歯車に、馬のくつわらしきものがぶらさがっている。

シャーヴォーはデスクの前の回転椅子に腰をおろし、がらくたやごみくずで散らかった山をがさごそとかきまわしはじめた。もどかしげなうめき声をあげながら、書類やノート、履き古されたブーツ、三体の地球儀――正確にはふたつは地球儀で、もうひとつは月の明るい面だけが描かれた月球儀――を押しのけて、デスクの上に無理やりスペースをつくる。そうして彼はマディーのほうを向いた。「座って。きみに……話がある」

マディーはまず、雑誌の山や、なんらかの装置、赤と黒に塗り分けられたいくつかの大砲の模型を脇にどけなければいけなかった。そしてようやく椅子に座り、寒い部屋で体が冷えないよう、ショールをしっかり巻きつけた。老カルヴィンが分厚い帳簿と、茶色のリボンが結ばれた革製の箱のような包みを持って入ってきた。「先ほどモンマスからの使いの者がございまして、こちらのものを閣下に、と。郵便ではなく、直接届けにまいったものでございます」

「ベイリーか？」

「はい。ミスター・ベイリーからのお届けもので、閣下」

シャーヴォーは包みをちらりと見ただけで、手を振ってデスクの隅に置いておくよう指示した。老カルヴィンはファイルボックスの上にその包みを載せた。それから公爵がつくったささやかなスペースに元帳を置いた。角がすり切れて白くなっているその元帳は、先日マディーが家計を点検したときに見せてもらった帳簿よりもかなり分厚かった。シャーヴォーは、しおりが挟んであったところを開いた。

弁護士が書き送ってきた簡単な手紙――〝代理人をおりる〟――たったそれだけの短い言葉がそれほど恐ろしい知らせだったなんて、マディーには実感できなかった。それは公爵のプライドを傷つけ、厳しい現実に直面させたようだったが、それ以上の問題が彼女には見えていなかった。シャーヴォーは老カルヴィンがしおりを挟んでおいたページにじっと見入っていた。

家令が咳払いをして口を開く。「閣下がシャーヴォー城にお戻りくださって、まことにうれしく存じます」

公爵は返事をしなかった。ページを前や後ろにめくるでもなく、開いた箇所をただじっと見つめている。

老カルヴィンは年老いて節くれ立った手を組み、親指で手首のあたりをこすりながら、脇に控えていた。「わたくしのほうからミスター・ベイリーにもう少し現金をまわしてもらえないかと打診いたしましたところ、ミスター・ベイリーはロンドンに問いあわせをしたらしく、あちらの収納役が首を縦に振らないという通告が返ってまいりました」

シャーヴォーは元帳を読んでいるわけではなさそうだった。そのページを見ただけで、催眠術にでもかかってしまったかのようだ。

「別のご指示がございませんでしたので、わたくしは城を普段どおりの状態に維持してまいりました」老カルヴィンは老人特有の震えがちな声で言った。「使用人の賃金は家計用の資金から引きだして払ってまいりましたが、それも底をつきかけておりまして。なんとか収支を合わせるために、わたくしの給与につきましては、まことに勝手ながら遅配という扱いにしております。食料や日用品の購入も、できるだけ掛け払いにしてございまして」家令は公爵に目を合わせず、公爵の頭越しに石板を見つめていた。「ですから、こうして閣下ご自身に現況を把握していただけるのは、実にありがたいことなんです。と申しますのも、近ごろでは……その……妙な噂が立っておりまして……それを抑えることは大変難しく……」家令はふたたび咳払いをした。「非常に腹立たしく、嘆かわしい話なのですが、商売人のなかには噂を信じこんでひどく心配する者も出はじめております」

シャーヴォーは突然、分厚い元帳をマディーのほうへ突きだした。彼女は少し身をかがめて元帳をのぞきこんだ。

総勘定元帳には三つの記入欄があった。公爵家の深奥な流儀に則り、シャーヴォー領からあがる収益――農地の地代、石炭採掘による収入、その他の賃料、貸付金の利子など――はすべて、いったん老カルヴィンからモンマスの顧問弁護士へ、そこからロンドンの収納役のもとへと送られることになっている。その収納役が、今では経費の支払いをとめてしまったらしい。

キャンドル代に、お仕着せの制服代、使用人の賃金に、ヘア・パウダー代と、日々これだけの金を浪費していながら資金の補塡《ほてん》がなければ、たちまち借金がかさんでしまうに決まっている。全部でいったいどれだけの額が、ロンドンのどこかに流れて貯《た》めこまれているのだろうか。

どうして老カルヴィンが今の今までこの話を持ちださなかったのか、マディーには不思議でならなかった。公爵家の財政がこれほど逼迫《ひっぱく》しているのなら、一刻も早くそのことをシャーヴォーの耳に入れて、公爵自身になんらかの手を打ってもらうしかないはずなのに。家令はおそらく年をとりすぎたのだろう。だが、家令が公爵に見せる忠義心は絶対的なものであり、公爵はそれをありのままに受け入れてとがめるそぶりも見せないことから、ふたりのあいだでは最終的に責任をとるのはシャーヴォー本人だという暗黙の了解があるに違いない。

しかしシャーヴォーは家計の出費に関して、さほど気にしてはいない様子だった。マディーにめまいを覚えさせたほどの合計金額も、彼にとってはちょっと悩ましい程度のようだった。彼は老カルヴィンとともに帳簿にざっと目を通していき、家令が細かな内訳を説明するたびにうなずいていた。

つまり、シャーヴォーが苦虫を嚙みつぶしたような顔をしているのは、この城の借金が総額三千ポンドにも及ぶことが原因ではない。ベイリーから届いた包みのせいだ。マディーが元帳を持ち、老カルヴィンが未払いの経費を次々と指し示していくあいだも、シャーヴォーは毒蛇を見るような目でデスクの上の包みをにらみつけていた。

家令による説明が一段落したところで、シャーヴォーは老カルヴィンに向かって言った。「まだなにか?」

「閣下のご不在中にありましたことはそれだけでございます」

「もういい」公爵は頭を振って、ため息をついた。「おまえは……さがっていい」

一礼して退室していく老カルヴィンの顔には、部屋から締めだされたデヴィルのようにしょんぼりした表情が浮かんでいた。

「開けてくれ」シャーヴォーはマディーにそう命じ、デスクの上の包みを頭で示した。急いで包みを開けてみると、赤いリボンでくくられた数通の手紙が出てきた。マディーはそのリボンも解き、手紙を彼の前に置いた。

シャーヴォーはそのうちの一通にゆっくり目を通してから、マディーのほうへ差しだした。

数カ月前の日付が入った、ホアーズ銀行からの覚え書きだ。現在のさまざまな状況に鑑《かんが》みて預金の取引に関して話しあう必要が出てきた、ということが、丁寧な言葉でつづられていた。

マディーはその手紙から顔をあげた。公爵はカラフルな型押しのマークが入ったサン火災保険会社からの正式な書状を手に持っていた。表情ひとつ変えず、彼はそれをマディーに差しだした。

こちらはもっと最近の日付のもので、数々の賛辞や大げさな謝辞とともに、このような〝状況〟のせいで当社取締役がこのような手紙を送らざるをえなくなったことに対して遺憾の意を覚える旨が記されている。そしてそこにはなんと、公爵への貸付金、総額四万五千ポンドの即時返済を要請する、と書かれていた。

「四万五千ポンド！」マディーは息をのんだ。

シャーヴォーは額に手をあてて、じっと座ったまま動かない。目をあげることすらしなかった。

「マディー」彼が言った。「ぼくは手紙を書く。それをきみに……見なおしてもらいたい……間違いがないように」

ホアーズ銀行への手紙は——結局クリスチャンは自分でペンをとることをあきらめ、マディーに自筆の署名を写させたのだが——預金口座から五万ポンドをただちにこちらへ送金するよう、単刀直入に指示したものだった。サン保険やその他の債権者向けには、短い謝罪の言葉に加えて、すぐに返済の手続きを開始すると保証する文面を作成する。そしてベイリーに対しては、簡潔な解雇通知を送りつけた。
遅すぎた。のちにホアーズ銀行から届いた返信を手に、クリスチャンは書斎に座っていた。その手紙にはなんとも困った内容が記されていた。銀行内で新たに設けられた規則と規定により、並びに、予想外に複雑な事態の出来《しゅったい》によって、閣下の最新のご指示に即座にお応えすることはできかねる、送金の遅延は避けられない状況だ、とのこと。おそらくは、クリスチャンの健康と心の安寧を祈りつづけてきた母親の差し金によるものだろう。

金がない。

預金口座には振りだした手形の約四倍の残高があるはずなのに、一シリングも引きだせないとは。クリスチャンはそこに書かれた文字がぐにゃりとゆがんで奇妙なヒエログリフのように見えはじめるまで、その手紙をじーっと見つめていた。

クリスチャンには通常でもおよそ六十万ポンドの債務があった――短期的にはその額が七十万ポンドにまでふくれあがることもある。彼が手がけているプロジェクトは繊細な枠組みの上に成り立っているものだった。収入、負債、事業計画、改善、投機、資本などがすべて相互に複雑な影響を及ぼす――それらを成功に導くためには、真剣に事業にとり組むことと……事業内容に賛同して彼に資金を提供してくれる人々からの厚い信頼が不可欠だった。互いが互いを支える構造のアーチとか、複数層の美しい水道橋などが数世紀の時を経てもなおびくともしないのは、肝心要《かなめ》のキーストーンがしっかりしているからだ。

彼にとってのキーストーンは信頼だ、それが失われてしまった。

わかっていたはずだった。それくらい予想しておくべきだった。だがクリスチャンは、あの日から今日までずっと気まぐれな靄《もや》に包まれて生きていた。

クリスチャンの注意深い監視がなければ保《も》つはずのない構造。代理人や収納役らによる相次ぐ取引停止の通告、ストーナムからの手紙、サン保険からの返済要求を始めとするさまざまな請求がつまっていたベイリーからの包み、ホアーズ銀行からの煮えきらない返答。崩壊はすでに始まっていて、加速する一方だった。このままでは身の破滅だ——次の審問まで待ってはもらえない——彼がこうしてシャーヴォー城に身をひそめているあいだに、連中は一気に彼の息の根をとめようと画策しているに違いなかった。

クリスチャンは静かなパニックを抱えたまま、その日を過ごした。ホアーズからの手紙を肌身離さず持ち歩き、何度も何度も読みかえした。読みかえすたびに、今度こそそこに違う文面が現れるのではないかと期待して。

幻想。彼をとり巻くすべてのものは安全の幻想にすぎなかった——この城も、絵画も、オービュッソンの絨毯も、大勢の使用人も。それはわかっていたはずなのに、どうすれば自分の身を守れるのかはわからなかった。

彼らはまだ、クリスチャンをあそこへ送りかえすことができる。彼が神経を病むように仕向け、あの場所に永久に閉じこめてしまうことが。マディーの抗議の声など一瞬にしてかき消され、おばの約束も忘れられてしまうだろう——すべてが靄のように。クリスチャンからすべてを奪って法的に存在を抹消するためには審問による手続きが必要だが、悪夢の世界へ彼をふたたび追いやるだけなら、肉体を強制的に鎖につないでしまえばいいのだから。

どうすればそれを阻止できる？　厄介な親戚を都合のいい牢《ろう》に放りこみたいと願っている連中の動きをとめる方法などあるのか？

クリスチャンは城を囲んでいる城壁を見まわした。すべての門を封じてここに籠《ろう》城《じょう》することはできる――塔の上に兵を配して――攻撃に備えて武装し……守備を固め……。

人気《ひとけ》のない廊下に飾ってある甲冑がクリスチャンを見つめかえした。自分が今どこにいるのかさえ、見当がつかなくなっていた。混乱した頭に浮かぶのはその場面ばかり。包囲。自分の身は自分で守らなければ。連中は彼を包囲しようとしている。それをとめる手立ては？　シャーヴォー城はかつて一度も、包囲されたこともなければ攻めこまれたこともなかった。薔薇戦争のときも、清教徒革命のときも。内乱のときでさえ、難攻不落で知られる要塞《ようさい》に議会軍が兵を差し向けてくることはなかった。クリスチャンは甲冑をまじまじと見つめた。

そして、ひとつの答えにたどり着いた。

自分は強くあらねばならない。公爵として、名実相伴った公爵として、人前に出なければならない。こんなところで臆病者のように隠れている場合ではない。

力こそが身を守る唯一のすべだ――力には力で対抗するほかない――この名による影響力、財力、支配力。すでに彼はそれらを失ってしまった。金もなく、権威もなく、人を動かす力もない——連中がいつここへ乗りこんできて彼をあの場所へ送りかえしたとしても不思議はない状況だった。
靄。クリスチャンが靄のなかで生きているあいだも、あの狂った場所は彼をじっと待ちつづけていた。

ダラムが大声で言った。「なんてこった。いいか、よく聞け。フェインからの知らせによれば、ロンドンは今こんな噂で持ちきりだそうだ——おまえは病気でもなんでもなく、破産したせいで田舎暮らしを余儀なくされているだけだって！」

哀れな涙声で老カルヴィンも話に加わる。「残念ながら、今年のクリスマスには必要なだけの酒はお届けできそうにないと、酒屋からも言ってまいりました、閣下」

おばのヴェスタはロンドンの新聞を見て、ぞっとしたような表情を浮かべた。「まあ、なんてひどい見出しかしら。『破産、それとも、狂気？　公爵閣下の身になにが起こったか』ですって！」彼女は気つけ用の芳香塩をとりだし、顔をしかめながら深々と吸いこんだ。「新聞にこんなことを書き立てられるなんて。よもやこんなものを目にする時代まで長生きするとはね」

マディーだけはなにも言わず、クリスチャンとともに書斎に座って、債権者宛の手紙を書くのを手伝ってくれた。デスクの上に置かれた書状に記された金額の多さにいちいち反応して目を丸くすることはもうなかったが、彼女の新たなよそよそしさ、慎み深く厳格な態度が、クリスチャンをいらだたせていた。
〝代理人をおりる〟ベイリーが書き送ってきたその言葉は明らかな侮辱だった。
それなら自分で動くまでだ、とクリスチャンは思った。
ロンドンへ戻ろう。破滅した狂気の愚か者が、どうにかして自分を救うために。

「じゃあ、明日にはあちらへ帰るんだな」ミンス・パイにプラム・プディング、ゼリーにチーズケーキと、デザートを次々平らげながらダラムが陽気に言った。「住み慣れた町に。そのケーキ、ぼくと半分こしませんか、公爵夫人？」
マディーは首を振った。テーブルに並んでいるデザートのすべてが、コックの給料も含めてあらゆる支払いを滞らせることでまかなわれていると知ったあとでは、とても食べる気になれなかった。シャーヴォーの負債の額があそこまでふくれあがっていたことを知ってからというもの、食欲は完全に失《う》せていた。シャーヴォーにはかなりの収入があったが、借金の額は想像をはるかに上まわっていた。負債リストの合計ともなると、恐ろしいほどの額だ。ぞっとするくらい。法外な。質素倹約をモットーとするクエーカー教徒の家庭に育ったマディーには、とうてい信じられない額だった。夫のことが怖くなってしまうほどに。ここまで負債をためこんでおきながら、その結果がどうなるのか少しも考えていなかったなんて、なんと向こう見ずで傲慢な人なのだろう。マディーは彼を愛していた。彼と寝起きをともにし、ベッドのなかですべてをさらけだして愛しあうことは好きだった――けれども突然、自分は彼のことをなにも知らないのではないかという疑念がわき起こった。

この状況で、毎回毎回こんな盛大な食事を楽しめる神経がわからない。ケーキやチーズの代わりに、彼女は林檎をひとつだけ手にとった。これだけは自家農園から直接収穫してきたものだとわかっていたからだ。

ぴかぴかのテーブルのいちばん上席に座っている公爵が口を開いた。「明日……ぼくと……マディーは……ベルグレイヴ・スクエアに戻る」

林檎を切っていたマディーの手がとまった。

「ロンドンへ？」レディー・ド・マーリーが問いただす。「どうしてそんなばかげたことを？」

公爵はワイングラスを傾けながら言った。「ぼくが……そうしたいから」

彼のおばはフォークをつかみ、憎い敵をやっつけるかのように、ミンス・パイを細かく押しつぶした。「じゃあ、わたしはもう手を引かせてもらうわよ、ボーイ。わたしのことは放っておいて。敵が待ち構えているところへ、わざわざ乗りこんでいくなんて。ストーナムの提案どおり、信託財産を受けとってのんびり暮らすほうがよっぽどましでしょうに」

シャーヴォーはそれには答えず、マディーをじっと見つめて言った。「明日。朝には……出発できるよう……準備を……」

マディーはナイフとフォークを置いた。「わたしは行けないと思うわ」

公爵が眉を吊りあげる。「一緒に来るんだ」

ディナーのテーブルで話すべきことではない。マディーは切り分けた林檎を、左側に座っていた父の皿に移した。「はい、お父さん——おいしそうな林檎よ。一緒にチーズも食べる？」

マディーが公爵の寝室に戻ると、誰かがすでに荷造りを始めていた。ドレッシングルームに置かれたふたの開いたトランクには、シャツやコートのほかに、きれいにアイロンがけされたグレーのシルクのドレスがつめこまれていた。彼女はそのドレスをとりだして、衣装だんすに戻した。

ちょうど扉を閉めたところへ、シャーヴォーが入ってきた。マディーはいつものようにウエストコートのボタンを外してやってから、一歩さがった。彼はしばらくのあいだ、長くて黒いまつげの下からマディーをまじまじと見つめていた。

「おなかは……すいてないのか？」シャーヴォーがからかうような口調で尋ねる。

「いいえ」マディーは答えた——今のところ嘘ではない。

「パン。水。林檎」彼は非難するように、苦々しい声で言った。

「これなら食べてもいいと自分が納得したものしか口にしたくないの」それだけ答え、マディーは背を向けた。シャーヴォーの頭には節約という概念がそもそもないらしく、出費を切りつめるつもりなどまったくなさそうだった。この城だけでもやりようによってはどれだけ無駄な出費を抑えることができるか、マディーが説明を試みたこともあるのだが、ただちにその話は却下された。もちろん、使用人の数をできるだけ減らし、城内に飾られている絵画や美術品を売り払ったところで、公爵が抱えているとんでもない額の借金に比べれば焼け石に水ではあるのだけれど、彼はそれにすらも手をつけようとしなかった。

いつまでもこういう贅沢な生活を維持しようとする彼に、マディーは驚き、腹を立てた。正気の人間なら、こんな愚行は即刻改め、借金返済に全力を注ぐべきなのに。

シャーヴォーが脱いだコートをトランクのふたにかけようとして、その手をとめた。そして彼女に目を向けてくる。「ドレスは？」

「わたしは明日ここを出るつもりはありません」マディーは言った。「父はここに着いたばかりなんだから、すぐにまた長旅をさせるわけにいかないもの」

「きみは……明日……ぼくと一緒に。父上は……あとで来ればいい」

「父は――」

「父上なんか放っておけ！」シャーヴォーはコートを放り捨て、隣の寝室へと出ていってしまった。「きみは……**ぼくと！**」

マディーは目を閉じた。心が傷ついたことを否定し、冷静さをとり戻そうとする。やっと感情がコントロールできるようになってから、彼女は寝室へ入っていった。彼はシャツと靴下だけの姿でデスクに座り、折り畳んである手紙を見つめていた。

ランプの明かりが彼の顔を強く照らして影を落とし、髪と眉をサタンのそれのように真っ黒に見せていた。「一緒に**行くんだ**。ぼくらは……シャーヴォー公爵夫妻なのだから。劇場へ出かけたり。ダンスを踊ったり。きみは……豪華なドレスを着て。ぼく自身も……。舞踏会を……開こう……娯楽を……。贅沢に金を遣う。なにも……**悪くない**」

マディーは情けない気分で彼の話を聞いていた。「いいえ。そんなことはすべきではないわ。そんな贅沢、できるはずもないし」

「やらなければいけない」シャーヴォーが言った。

「ロンドンへ行けばいいわ。そして収納役に会い、滞っているお金はきちんと払ってもらうようにしないと――それこそが正しく真っ当なことだもの。払うべきものは払い、返すべきものは返す、そうして手もとに残ったお金でつましく暮らしながら、財産を回復していけばいいのよ」

椅子に座ったまま、彼がこちらを向いた。「違う……そうじゃない！　回復すべきなのは……富じゃない！　名声なんだ！　わかるか？　信用だ！　豪奢な……暮らしぶり。それを見せることで……信頼を回復する」

「なんのために？」マディーは大声で訊きかえした。「よりによって、こんなに財政状態が悪いときに？　出費は抑えられるだけ抑えて、負債をできるだけ減らす――それこそが信用を回復する近道でしょう――そうすることで初めて、真の敬意が得られるんじゃない？」

「違う！」シャーヴォーは後頭部を椅子の背にがんと打ちつけ、うめいた。「違う、違う、違う！　ばかなこと……最悪だ……借金……完済なんて……かえって……トラブルを……疑われる――ばかみたいに……簡単なことだ！　きみには……わからないだろうが」

マディーはくるりと背を向けて、ドレッシングルームへ戻った。「あなたの言うことは嘘ばかりだってことはわかっているわ！」ドレスのホックを力任せに外しながら怒鳴る。「そうやって見てくればかりごまかして、いったいどうなるというの？　あなたは結局、この試練からなにも学ばなかったのね！　それで、偽りの信用を回復したあとはどうするつもり？　さらに借金を重ねるわけ？」

「そうだ」シャーヴォーが言った。

マディーは戸口に戻った。言いたいことがたくさんありすぎて、どれもまともに言えなかった。いちばん痛烈な言葉を除いては。「レディー・ド・マーリーの言うとおり、信託契約にでもなんでもサインして、あなたの浪費の穴埋めは誰か別の人に任せたほうがいいわ。もっとましな誰かに！」

シャーヴォーの目が細くなる。彼は恐ろしいほど優雅な身のこなしで椅子から腰をあげ、彼女の前まで来て立ちはだかった。

「もっとましな……誰かなどいない。ぼくが……**シャーヴォーだ**」なめまわすようなシャーヴォーの視線を受けて、マディーはようやく自分が下着姿だったことに気づいた。慌てて両腕で胸もとを隠す。すると彼は鋭い声を発し、蔑むような笑みを浮かべた。それからベッドの上に置いてあったサテンのドレッシングガウンを拾いあげると、自分だけさっとそれに身を包んだ。そしてデキャンタとグラスを持って、冷ややかな顔つきでわざと大げさにお辞儀をしてから、戸口を離れていった。

27

「やっぱりわたしはここに来るべきじゃなかったわ」ベルグレイヴ・スクエアのタウンハウスに到着したとたん、マディーは早くも文句を言いはじめた。青で統一されたサロンのなかを歩きまわっていると、閉めきられたカーテンの向こうから、ガイ・フォークス夜祭りの花火が打ちあがる音が聞こえてくる。「またお父さんをひとりで置いてきてしまうなんて」

しかしクリスチャンは、ぶつぶつと不平を並べるマディーにはとりあわず、未開封のまま積まれていた郵便物をひとつひとつ確認して仕分けしていった。届いたばかりの請求書もあれば、城のほうに送られてきたのと同じ文面のコピーもある。ほかには、彼の健康状態を案ずる手紙や、時候の挨拶、半年以上も前の招待状、などなど。

「だって、どうしてもわたしがここにいなきゃいけない理由はないでしょう?」マディーが訊いてきた。「荷ほどきを終えて落ち着いたら、わたしだけ戻らせてもらえないかしら」

「だめだ」クリスチャンは答えた。

マディーがしゃべりかけてくるせいで、集中力がとぎれそうだった。そのせいで、今手にしている手紙は誰からのものか、それはテーブルの上のどの山に置くべきか、いったん整理の手をとめて考えなければならない。

「この手の作業ならダラムが手伝ってくれるでしょ。わたしよりも効率よく」

クリスチャンは手紙を見つめて眉をひそめた。スタッフォード。そうだ、スタッフォード侯爵だ――手紙の内容はクリスチャンの早い快復を祈るもので、グロスターの土地を担保に彼が侯爵から借りた一万五千ポンドについては、ひとこともふれられていなかった。相手も貴族だが、今すぐ返事をしたためる必要はなさそうだ。クリスチャンはその手紙を、当面無視しておいてもいい山の上に置いた。

「わたし、ここにいたってなんの役にも立たないもの。ダンスは踊れないし、社交的なおしゃべりだってできないんだから」

「おしゃべりなら――今もしてるじゃないか」クリスチャンは目もあげずに言った。

「代筆ならダラムがしてくれるわ」

彼はとりあげたばかりの手紙を放り投げた。ただでさえこういう作業は苦痛なのに、そのうえマディーに不満を並べられるのはまっぴらだ。「きみはここにいる」

「お父さんをひとりにしておけないのよ」

クリスチャンは拳で胸を叩いた。「ぼくが夫だ！」

「無茶言わないで」

「無茶じゃない！」クリスチャンは腹が立った。必要なときに妻の助けを求めることの、いったいどこが無茶なんだ？　これだけの手紙や文字――それらをいっぺんに処理しようとしているせいで、こっちはひどい頭痛がしているというのに。

マディーはソファーの向かいあわせの椅子に座っていた。またもや例のボンネット帽をかぶり、顔を半ば隠している。「話を聞いて」

クリスチャンは手紙の山をにらみつけた。無理やり連れてこられたことにマディーが不満を抱いているのはわかっていた。自分だけダラムとともに先にロンドンに戻り、マディーは父親と一緒にあとから来てもらうこともできたはずだ。老人でも耐えられるくらいの、ゆったりしたペースで。だが、クリスチャンはなんとしてもマディーについてきてほしかった。有無を言わさずに引っぱってこなければ、彼女の到着は遅れるどころか、さまざまな予期せぬ事態によってどんどん先のばしにされ、結局はとりやめになっていただろう――その不吉な予感は今や、ほぼ確信に変わっていた。マディーは彼がロンドンという言葉を口にした瞬間から、ずっとためらいを見せていた。そしてそのためらいは、町に近づけば近づくほど、どんどん強くなっていった。

「きみが……聞け！　公爵として……見せつけてやらなければ……ならないんだ。みんなに……すっかり……快復したことを。そうしないと……最悪の事態になる。マディー！　これを見ろ！」彼は両腕を広げて手紙の山を示した。「ぎりぎり……今が崖っぷちなんだ！　ここから転げ落ちたら……すべてを失う！」

「それくらいわかっているわ。あなたが正気を疑われるくらい、方々からお金を借りまくっていることは」マディーは背筋をのばしたまま、感情のこもらない声で言った。

その声にはクリスチャンを否定するような響きがあった。彼は激怒した。「きみはなにも……**わかってない！**」

わかってくれると思っていたのに。もしもやつらの思いどおりに事が進んでしまったら、いったいどんなことになるのか——だが、マディーのしたことと言えば、不必要と思われる出費を切りつめるように説教を垂れ、フットマンたちを首にしただけだ。結局、彼女にはなにもわかっていなかった。俗世において権力を維持するためのルールなど、マディーにとっては理解の範疇《はんちゅう》を超えているのかもしれない。

説明することは不可能だった。これがどれほど深い悩みなのか。どれだけ多くの人間の運命がかかっているか。こちらが少しでも弱みを見せたら——そのあげくに爵位を剥奪《はくだつ》されることにでもなったら——やつらは鹿《しか》を追いつめた狼《おおかみ》の群れのように、ただちに襲いかかってくるだろう。いや、すでに攻勢は始まっている——慇懃《いんぎん》無礼に早期返済を迫るこれらの手紙がいい例だ。

借りた金は返すべきだ、とマディーは主張する。だが、その金はどこからひねりだせばいい？　マディーが言うように絵を売り払うだけでは、全然足りない。この家を売ったところで、まだまだ足りないだろう。クリスチャンには、モラルを振りかざすマディーの態度が鬱陶《うっとう》しくてたまらなかった。すべてを売りに出したりしたら、世間に〝公爵は金に困っているらしい〟という噂がまたたくまに広まってしまう。彼女にはそんなことすらわからないのだろうか？　噂が広まったとたん、売りに出しているものの価値までさがってしまうことが？

シャーヴォー城を売ればいい、とマディーは言った――それならたしかに充分な額にはなるだろう。だがあの城はクリスチャンにとって、ふれてはならない聖域のようなものだった。あの城だけは末代まで遺しておかなければいけないものだから、と彼は説明した。するとマディーは、あなたって骨の髄まで利己主義者なのね、と返してきた。生まれてくる前から息子に借金を押しつけるつもりなの、と。

自己資本と総資産のバランスとか、流動負債や凍結資産といった概念を、クリスチャンはうまく言葉にして説明することができなかった。なかでももっとも困難なのは、マディーが見て見ぬふりをしている真実をはっきり告げることだった――もしも彼が破滅すれば、彼女の身も破滅してしまうことを。

マディーは、自分の存在こそが彼を守っていると思いこんでいた。最近親者である妻がついていれば誰も彼に手出しはできない、と。そんな考えを彼女の頭に植えつけたのはダラムだ――そしてどこまでも真っ正直なマディーは、法律などという頼りないものを頭から信じていた。

「きみはなにもわかってない」クリスチャンは胸いっぱいに吸いこんだ空気を慎重に吐きだした。「マディー――ぼくが成人したとき……父の負債はすでに……二十万ポンドあった――ぼくはそれをすべて引き継いだんだ！」彼は歯を食いしばった。「今の価値に直せば……二百万ポンド……収益は……年間十万ポンド」

「そのうえにまた負債を重ねているんだから、お父さまはお墓のなかでさぞ嘆いているでしょうね」

「ただの借金だ！」彼は語気荒く言った。「リスクはある！　だがぼくは……シャーヴォー公爵なんだ！　それはみんなが知っている。どこかの未亡人とは……わけが違う」クリスチャンは手紙の山を見つめて表情を暗くした。自分に対するクレームを読むだけでも、途方もない時間がかかる。助けが必要だった――今となっては、マディーにすがりついて助けを乞うくらいなら喉をかき切って死んだほうがましだと思えたが。「きみは……**ここにいろ**」彼はとりあえずそれだけ告げた。「ティムズは……あとで来ればいい」

「一度戻って、それから父と一緒にまたここへ来てはだめ？」

「だめだ」マディーを行かせてしまったら、もう二度と戻っては来ない。そんな気がしてならなかった。

「ほんの少しのあいだよ。父をここに連れてくるまで」

「だめだ」

「じゃあ、あなたの許しを得ずに戻ります」

「だめだ！」クリスチャンは彼女のほうへ身を乗りだした。

「明日、帰るわ」

彼は立ちあがり、彼女の前に立ちはだかった。「これは……命令だ！」

マディーの頬が赤く染まっていく。彼女はボンネットに隠れた目をあげもせず、まっすぐ前をにらんでいた。「あなたの命令に従うつもりはありません」

「従え！　結婚の誓い……きみは従え……ぼくに！」

「そんな誓いはしてないわ」静かだが毅然とした口調だった。「なにからなにまであなたの言うとおりにするなんて、誓った覚えはないもの。わたしがあのとき言ったこと、覚えてないのね」マディーはそのときもまだ、彼を見ようとはしなかった。「聞いてもいなかったんじゃない？」

クリスチャンは窮地に追いこまれたことを悟った。「覚えているさ。神の前で……誓った……夫と妻として……愛しあうことを」

「〝互いを支えあう伴侶となる〟よ」マディーが言った。「〝ふたりのあいだにはなんの規則もなく、ただ愛のみによって結ばれて〟」

だったらぼくを支えてくれ！　怖くてたまらないんだ！だが、クリスチャンはなにも言わずに顔をそむけた。いったん命令口調で話を始めた人間が、今さら懇願することなどできやしない。

手紙の山が待っていた。無数の言葉が頭のなかで明滅する。手紙を読むという日常的な行為さえゆっくりとしかこなせないことが、悔しくてたまらなかった。

「あのときわたし、なにも言うべきではなかったのよね」マディーがふたたび口を開いた。「偽の司祭の前に立って、あなたと結婚なんかすべきじゃなかった」弱々しい声だった。「こんな間違ったことには、これ以上荷担できないわ。空疎だし、意味がないもの。神に対する冒瀆《ぼうとく》よ」

突然、怒りがこみあげてきた。もう耐えられない。銀行の預金残高を冷ややかな目で眺めているだけのミス・ピューリタンとは、これ以上一緒にいられなかった。マディーが以前の信心深くてお堅い女性に戻って以来、もう一週間も彼女にはふれていない。もちろん本音は、彼女が痛がるほど強く抱きしめてキスしたかった。高潔な信仰など忘れさせ、今はぼくと一緒にいるのだということを思いださせてやりたかった。しかしクリスチャンは、顎を突きだして身をこわばらせている彼女を、ただじっと眺めていただけだった。

　テーブルの上の手紙を片づけ、銀のバスケットに放りこんで部屋を出ようとした。だが、妻の脇を通り抜けたところでふと足をとめ、もう一度彼女のところへ戻ると、その頭からボンネット帽をむしりとった。

「じゃあ、行け！」クリスチャンは叫んだ。「行けばいい！」

「そうします！」マディーはボンネット帽をとりかえそうとしながら大声で応じた。

　だがクリスチャンはそれを暖炉の火のなかに投げこみ、部屋を出て、力いっぱいドアを叩きつけた。この世でもっとも憎むべきもの、それは信心深い女性だった。


　マディーは椅子から跳びあがると、慌てて炎のなかからボンネット帽を救いだし、大理石のマントルピースに打ちつけてすすを払った。

「ひどい人ね！」食いしばった歯の隙間から叫ぶ。シャーヴォーは傲慢で最低の人間だ。もうここにはいられない。彼の言うことも聞けなかった。踊り。劇場。そんな計画には従えないと訴えたのに、シャーヴォーは耳を貸してくれなかった。

　それに、あんなに多額の借金――あれだけの借金があって、どうして夜ぐっすり眠れるのだろう。マディーは彼のことがわからなくなった。やっぱりふたりは住む世界が違いすぎる――なぜ彼は約束すると同時に威嚇するような目でわたしを見つめたかと思ったら、客間の椅子にひと晩じゅう座っていたりするの？　どうして彼は、神の意志を信じて慎ましやかで敬虔《けいけん》な人間になり、正しい道を歩もうとしないの？　でも彼は詩に出てくるサタンのように、地獄に君臨する道を選ぼうとしていた。そしてマディーにこう訴えていた――世間がどう思おうと、きみは妻として、公爵夫人として、ぼくのそばについていてくれ。

マディーの心の一部は、ここに残るべきだと言っていた。シャーヴォーにはそばにいてくれる人間が必要だ。ひとりではきっとやっていけないだろう――〝オープニング〟によって彼女に示された〝関心事〟は、いまだに消えてはいなかった。それでも、彼女はこの家を出なければいけないと感じていた。ここにいては危険だ――愛と欲望のせいで〝真実〟を見誤り、道を踏み外してしまう気がした。やはり、世俗的な男性と絆《きずな》など持ったのが、そもそもの間違いだった。出ていくべきか、とどまるべきか。マディーはふたつの選択肢のあいだで引き裂かれていた。動物的な情熱に身を任せてしまったせいで、〝光〟を見つけられなくなっていた。

心の平穏をとり戻し、ゆっくり自分と向きあうことさえできれば……でもそれは叶わぬ望みだった。今やわたしは公爵夫人であり、世俗の人間の妻だ。フレンド派の人たちはどんな目でわたしを見るのだろうか。考えただけで恥ずかしかった。

ボンネット帽はもう使えない状態だった。焦げてしまった大きなつばを見つめ、マディーは悲しげにため息をついた。父のもとへ帰りたい。ダラムがここへ来て公爵と一緒にいてくれたら、それでいいはずなのに。

屋敷のすぐ外で爆竹の弾《はじ》ける音がして、マディーを驚かせた。彼女は絶望のうめきをもらしながら、ボンネット帽を暖炉に投げ入れた。するとまたたくまに火が燃えあがり、真っ白な帽子は黄色と赤の炎に包まれたのち、黒焦げになった。

ヴォクソールはじめじめとしていて寒かった。時季外れのせいか、ガーデンの遊歩道は暗かった。ガイ・フォークス夜祭りを記念して催されるコンサートと花火のためにメインの建物がひとつ開いていて、そこだけ明かりが灯っていた。クリスチャンはほかの客たちとまじわらずにすむよう、物陰に立っていた。今はまだ、知りあいに顔を見られたくはない。もっとも、秋の雨に濡れたこんな寒い晩に、わざわざ三シリングもの入場料を払ってまで夜祭りの花火や出し物を見に来る上流階級の人間など、そう多くはないだろうが。

ならばいっそのこと、思いきって人込みにまじってしまったほうがいい。クリスチャンはそう考えて、人の流れについていった。食べ物を売っている区域の前まで来ると、木の幹にもたれかかって、トフィーでも食べようかと考えた。小銭を探してポケットをまさぐっていたとき、何者かにいきなりその手を押さえられた。

「勇ましい騎士《ブルー・シュヴァリエ》さん」女性のハスキーな声がした。黒いベールをかぶって黒い服に身を包んでいるせいで、その姿はほとんど闇に溶けている。「ねえ、ホット・サイダーをおごってくださらない？　おしゃべりでもしましょうよ」

無学な女のようではなかった。しかし、慣れた様子で男に声をかけてくることからして、娼婦《しょうふ》であることに間違いはない。クリスチャンは木に寄りかかったまま、女を眺めまわした。黒貂《くろてん》の毛皮のマフから抜いた白い手は、まだ彼の腕にかけられている。女は首をかしげたが、流行の帽子と黒いベールで顔はほとんど隠れたままで、妙に生白い顎だけが見えていた。帽子の下できっと微笑んでいるのだろう。クリスチャンも笑みを返してから、首を振った。

「あら――女が欲しいんじゃなかったの？」女の口調がいきなり変化した。「公爵のくせに、かわいそうな女の子にサイダー一杯もおごれないわけ？」

クリスチャンは警戒して全身をこわばらせ、鋭い目で女を見おろした。

女は数歩さがると、スカートをつまみ、ほらよく見てと言わんばかりに一回転してみせた。そして膝を曲げてお辞儀をした。

「まだわからないの、クリスチャン？」女が細い足首を見せながら言う。

彼はくるりと背を向けて歩きはじめた。女の正体はわからないが、知りたいとも思わなかった。そんなことはどうでもいい。

女が急いで追いかけてきた。「クリスチャン！」彼をつかまえるやいなや、慌ててベールをあげてみせる。「わからない？　わたしよ」

クリスチャンは歩みをとめた。「イーディー」思わず返事をしてしまった——そのまま歩き去ってしまったほうがよかったのに。

イーディーは腕を組んで寄りかかってきた。とまどっているクリスチャンをよそに、顔を彼の袖にこすりつけ、しがみついてくる。「ああ、クリスチャン——クリスチャン！　会えてうれしいわ！」

「どうして……ここに……」彼にはそれしか言えなかった。

「怒らないで！」イーディーが言った。「外に出たくてたまらなかったの！　もう耐えられなくて。おつきのメイドならちゃんと連れてきてるのよ。ほら、あそこ、すぐ後ろにいるでしょ。夜遊びなんていけないことだとわかってはいたんだけれど、あと八カ月も夫の死を悼んでいなければならないなんて！　クリスチャン、あなたに会えて本当にうれしいわ！」イーディーは彼と腕を組んだまま歩きはじめた。「とっても大変だったんだから。レスリーったら、わたしをあの家から叩きだしたのよ！　すべてがばれてしまったあの朝のうちに。それからはわたし、あなたと連絡をとることも許されなくて——ああ、あの人の怒りようときたら！　怖かった。それでわたし、スコットランドに行かされて！　夏も秋も、彼の家族が持っている暗い納屋に閉じこめられて過ごしたのよ。手紙も書けなかった。あなたに会えなくて寂しかったわ！　わたし、あんなショックを受けたのだからゆっくり休んだほうがいいって、みんなからさんざん言われて――みんなわたしが、レスリーがインフルエンザみたいなまぬけな病気にかかって死んだことを嘆き悲しんでいると思っていたみたい。わたしが本当に会いたかったのは、あなたなのに。何カ月も泣き暮らしたのは、あなたに会えなかったせいなのよ。誰もあなたのことを教えてくれなかった――お葬式のときも、そのあとも――なにひとつ――みんな、いろんなことを言って、あなたを忘れさせようとするばかりだった！　だけどようやく町に戻ってこられたわ。これまでは囚人みたいに閉じこめられていたけれど、でも――」

イーディーはそこで言葉を切ると、クリスチャンの腕を見つめながら、彼の外套の深紅の裏地を指でなぞった。

「クリスチャン……あなたには小さな娘がいるのよ」

彼はその場に凍りついた。

「みんなには言ったわよ」イーディーが胸を張る。「だって、そうでもしなければ、あそこから出してもらえなかったんですもの！　この子はレスリーの娘じゃないって打ち明けたの。そのときのあの人たちの顔といったら！」

クリスチャンは彼女を見おろした。「**ばかな！**」と大声で言う。「きみは――」

「目もとなんてあなたそっくりよ。髪だって真っ黒だし。レスリーには全然似てないの。わたしにもね」

彼はイーディーの肩をつかんで揺さぶった。「この……わがまま――わがままな雌犬め！ **打ち明けた？** 子供の……ことを？」

「一緒にロンドンまで連れてきてるの」イーディーは身をよじって彼の手から逃れようとした。「クリスチャン、痛いってば！」

クリスチャンは揺さぶるのをやめ、彼女の肩から手を離した。「ばかな！ その子は……**彼の子だ。**法的には……結婚してたんだから！」うめくように言い放つと、イーディーに背を向ける。レスリー・サザーランドが死んだ？ そしてぼくには不義の娘がいるだって？ ほかの家の名字を持った娘が？ 頭がくらくらしすぎて、筋肉を動かすことさえできなかった。まるで冷たく深い水のなかへ分け入っていくような気分だった。

「そんなに怒らないで！」イーディーがなだめるように彼の袖をさすった。「お願いだから！ あの子は間違いなく、わたしと――クリスチャン――あなたの子よ。それでわたし、考えたんだけど……」そこで声を消え入らせ、黙ったままクリスチャンのコートをいじる。

突然、彼女の頭のなかが読めた。クリスチャンの心臓は激しく鼓動しはじめた。

なんてことだ。そうに違いない。

「イーディー」クリスチャンは言った。「イーディー」

イーディーは子供のように彼にしなだれかかってきて、頬を胸に埋めた。「クリスチャン、愛してるわ」

「ぼくは……もう」言葉を発するのに、とてつもない労力が必要だった。「結婚している」

イーディーが目をあげた。驚いて目を見開いているせいで、さっきよりも顔が丸く見える。

彼はなにも言わずにうなずいた。

彼女は顔を青ざめさせ、クリスチャンを突き飛ばした。「そんな！　嘘でしょ？」

「本当だ」その言葉を押しだすだけで、ひと苦労だった。

「いやよ！　いや！　嘘をついてるんでしょ？　新聞なんて何カ月も読んでいないけれど、そんなことがあったなら、必ず噂が耳に入るはずだもの。絶対に！」

クリスチャンはただじっと彼女を見つめつづけた。

「いつ？　いつだったの？」

口を開こうとさえ思わなかった。とてもしゃべれる状態ではない。

「嘘よ！」イーディーがもう一度彼を突きとばす。「レスリーが死んだときに思いついた嘘なんでしょう？　だったらそのときすぐに教えてくれたらよかったのに――あ、わかった。下手な嘘でわたしを遠ざけようとしているのね？」

彼は首を振った。

「そうに決まってるわ！　じゃあ、その人って、いったいどこの誰なの？」

言葉を発しようとしても、ただ呼吸が速くなるだけだった。

「ほらごらんなさい！　名前だって思いつけないくせに！　嘘なのよ！」

クリスチャンはふたたび首を振った。

イーディーは彼の外套を両手でつかんだ。「クリスチャン――残酷なことをしないで。こんなに愛してるのに。愛してるの」

「**結婚したんだ**」彼は言った。

「わたしはすべてをあなたに捧げたのに！　あなたの頼みを断ったことなんてなかった！　クリスチャン――わたし、レスリーの家族に家から追いだされたのよ。わたしも、娘も！　なのに今度はあなたにも拒絶されるの？　それじゃあ、寡婦手当で細々と暮らしていくしかなくなってしまう。愛してるの、クリスチャン！」

「考える」クリスチャンは彼女の手を払いながら言った。「考え……させてくれ」

「ええ、ええ」絶望した自分に酔っているような声だった。イーディーは背筋をのばし、彼を見あげた。「そうよね、わかりました――ごめんなさい。わたしはただ……

ずっとあなたに会えなくて寂しかっただけなのよ。それに……」イーディーはふたたび彼の袖を撫ではじめた。「あなたのご家族は、いつもわたしによくしてくださったし――お姉さんのクレメンティアも――それにあの老獪《ろうかい》なおばさまもね」彼女は泣き笑いをしながら、クリスチャンにもたれかかってきた。「ああ！　どうしてわたし、レスリーなんかと結婚してしまったのかしら」

その理由なら、クリスチャンにはわかっていた――彼が一度も求婚せず、つねにある一線を引いて、結婚する気はないことをはっきり態度で示していたからだ。社交界の人々はシーズンが華やかな時期になると、いつもその年いちばんの美人をクリスチャンに世話しようとしてきた。彼らがそうやってイーディーとの仲をとりもとうとしたときでさえ、彼は結婚の意思をかけらも見せなかった。

「家に帰れ」クリスチャンはイーディーの腕をつかむと、おつきのメイドのほうを向かせた。「考えて……みるから」

今の今まで彼にしがみついていたイーディーは、突然爪先立ちになって情熱的なキスをしてきた。

「だめだ」クリスチャンはそう言って、イーディーを振り払おうとした。彼女の好きにさせていたらどうなるかは、火を見るより明らかだ。彼はイーディーをメイドのほうへ押しやり、メイドの手に半クラウン硬貨を握らせた。「連れて帰れ……**今すぐ**」

「イエス、サー」クリスチャンがいつも心づけを奮発してやっていたせいか、メイドはすぐさま女主人の腕をとった。

「今度はいつ会えるの？」イーディーが強い口調で訊いてくる。

クリスチャンは立ったまま彼女を見つめていた。そしてなにも言わずに背中を向けると、庭の暗いほうへと歩きだした。


クリスチャンは明かりの届かないところにあったベンチに腰をおろした。冷たい雨が外套の肩のあたりを重くしていた。

考えろ。彼は自分に言い聞かせた。だがまだショックから抜けだせなかった。

娘。

世界が引っくりかえってしまったような気分だった。金ならあるが、好き勝手には遣えない。公爵夫人である妻もいるが、当の本人は彼と結婚などしなければよかったと後悔している。そして元恋人は、自分こそが彼の妻になるべきだと思っている。おまけに、彼と同じ名字を持たない娘まで……。

自分の子であることは疑いようがなかった。サザーランドはあのころしばらく国を離れていたのだから。手っとり早くベッドをともにできる女性と放埒《ほうらつ》な行為にふけっていたつけが、今こうしてまわってきたわけだ——ああ、どうしてあんな愚かなまねをしてしまったのだろう？　自分が信じられなかった。結果を考えもせず――いや、そうではない。当時のぼくは、どんな結果が生じようとも自分なら対処できると考えていた。

だが、こうして実際に最悪の事態になってみると、クリスチャンにはどうすることもできなかった。もしもあのころイーディーの妊娠に気づいていたら、夫ともベッドをともにするように勧め、そのあとはさりげなく彼女とは距離を置いたのに。そうすれば子供の素性を怪しまれることはなかっただろう。万が一、サザーランドに感づかれたとしても、妻の浮気くらいはどこにでも転がっている話だし、まわりの人間だってせいぜい噂話をする程度で、公的な場所で父親が違うのではないかと言いだす連中など出てくるはずもない。

イーディーにしてやられた。サザーランド家の人々に真実を告げてしまうなんて。彼女が黙ってさえいれば、彼らはうすうすおかしいと気づきながらも、その娘を家族として迎え入れていたはずだ。しかし本当のことを知らされてしまったら、サザーランド家としては、イーディーやその子と縁を切るしかないだろう。イーディーはいい母親になれるタイプの女ではなかった――ふたりいる息子はスコットランドに預けっぱなしのようだし――あちらにいたときに会ってきたという話すら、彼女の口からはひとことも語られていなかった。これでクリスチャンとの結婚が叶わないとわかったら、きっとその娘は小包のようにスコットランドへ送られて、一家のお荷物として育てられるのだろう。

だとしても、クリスチャンにはなにもできなかった。自分の子として認知することなどできやしない――それは彼女をサザーランド家のお荷物にするより残酷なことだ。婚外子であることを正式に認めてしまったら、その子は家族のなかだけでなく、社会的にも〝鼻つまみ者〟の烙印を押されてしまう。おまけに今の彼は銀行から金を引きだすこともできない状態なのだから、娘をきちんと育ててもらうためにこっそり仕送りしてやることもできない――少なくとも、今はまだ。そして、もしもまたあの場所へ連れ戻されてしまったら……子供を育てるどころか……。

クリスチャンは両手に顔を埋めた。遠くで花火のあがる音が聞こえてくる。帽子から伝い落ちてきた冷たい雨粒がうなじを濡らしたが、彼は身じろぎひとつせず、祈りの言葉を唱えていた。短い文句ではあったが、心からの祈りの言葉を。

助けてください。もうひとりではやっていけません。

アーメン。

マディーは大理石張りの玄関ホールに置かれた椅子に座っていた。彼の帰りを待って、すぐにこの家を出ていこうと思っていた。しかし旅支度を整えた今もなお、彼女は両手の指を組みあわせたまま、いつまでもその椅子から動けずにいた。外からは夜祭りの騒ぎが聞こえてくる。もう午前三時を過ぎていた。

〝お願いです〟と彼女は祈った。〝どうか彼が無事でいますように。なにごともなく家に戻ってきますように。お願いです、神さま〟

ダラムがシャーヴォーの行きそうなところをあたってくれていた。シャーヴォー城から連れてきたふたりのフットマンも、外に出て彼を捜している。マディーも一緒に行きたかったが、夜の通りは危険だから家にいるようにとダラムに言われてしまった。考えてみれば、どこを捜せばいいかなんて、彼女には見当もつかなかった。おまけに今夜は、町じゅうがガイ・フォークス夜祭りで混乱しきっているに違いない。

時間が経つにつれて、花火や騒ぎは次第に静まっていった。今ではたまに遠くから、パーンと火薬の破裂する音が聞こえてくるくらいだ。通りの人影もまばらになっている。なのに彼はまだ帰ってこなかった。馬車の音が聞こえるたびにマディーははっと体をこわばらせたが、門の前でとまる馬車は一台もいなかった。

マディーは膝にうずくまるようにして祈りつづけた。そしてついに玄関の錠前ががちゃりと大きな音を立てたとき、彼女ははっと頭をあげた。

シャーヴォーがドアをそっと開けて入ってきた。目をあげたときの表情から察するに、誰かが待っているとは考えていなかったらしい。

「ああ、よかった、無事だったのね」マディーは言った。思ったより声がうわずって、甲高く響いた。

「マディーガール」シャーヴォーが言った。外套と帽子が濡れて光っている。彼は背が高く、ハンサムだった。青い瞳をとまどったようにきらめかせ、こんなところでなにをしているんだ、と声は出さずに尋ねてくる。

マディーは立ちあがった。「おなかがすいているでしょう？　あたたかい料理を用意してあるわ。二階へ運んでもいいし、それとも、キッチンで食べる？」

シャーヴォーがためらいながら帽子を脱いで、玄関のテーブルに置いた。外套も横に並べようとしたのだが、床に滑り落ちてしまう。マディーはさっと近づいてそれを拾いあげると、外套を振って雨粒を払った。

立ちあがったとき、シャーヴォーが手をのばしてきて彼女の腕をつかんだ。「マディーガール」と静かな声で言う。

彼女は唇を噛みしめた。あまりに長く心配していたせいで、涙がこぼれてきた。ばかなことだとわかってはいたけれど、すすり泣きを抑えられない。

彼はマディーを腕のなかに引きこみ、強く抱きしめた。

「ごめんなさい！」彼女はささやいた。「やっぱりあなたを置いては行けなかった。そんなこと、できなかったの」

シャーヴォーの腕に力がこもった。

「ずっとずっと心配していたのよ！」マディーは湿ったコートの襟に向かって言った。

シャーヴォーは彼女を包みこみ、髪に頰を押しあてた。「ぼくには……そんなふうに……言ってもらう……価値などない。マディー。神さまに訊いてごらん……ぼくは……きみに……愛してもらう価値など……ない男なんだ」

28

クリスチャンはマディーを父親のもとへ帰すことにした。それは彼のほうから言いだしたことだった。どれだけ費用がかかるかも、敵が簡単に手を出せる場所に自分だけがとり残される恐怖も、口にはしなかった。彼は激しいキスをし、長いあいだ彼女の肩にすがっていた。マディーは心配そうな顔をしていたが、クリスチャンは勇気を振りしぼってあえて尊大な笑みを浮かべ、彼女を安心させた。

シャーヴォー家の馬車を使わせ、城から連れてきたフットマンふたりをつけてやった。そのせいでクリスチャンは、ベルグレイヴ・スクエアの閉ざされた屋敷のなかにぽつんとひとりでいるはめになった——奇妙な感覚だったが、居心地はそう悪くもなかった。マディーが用意しておいてくれたおかげで、キッチンには食料がそろっている。冷肉やパンだけでなく、チョコレートもあった。あとは自分で火にかければいいだけだ。ダラムは残ろうかと言ってくれたのだが、クリスチャンは自分の限界を試してみたかった。住み慣れたこの家でたったの一週間もひとり暮らしができないようでは、これからの大仕事をうまくやりとげられるはずもない。

彼女がいなくなると、クリスチャンは裏のパーラーの暖炉に火を入れた。そうしてチョコレートをすすりながら、垣根の向こうから聞こえてくる朝の雑踏に耳を澄ました。玄関のドアを叩く者はひとりもいなかった。どのみち、家族にはまだ来てほしくない——少なくとも頭のなかの整理がつくまでは。それに、イーディーのこともあった——頭の痛い問題だ。驚いたことにイーディーは、クリスチャンの抱えている苦難についてはなにも言わなかった。ただ〝嘘つき〟となじってきただけで、彼のしゃべり方がおかしいことにも気づいていない様子だった。

きっと彼女は自分がしゃべるのに忙しくて、気づく暇もなかったのだろう。

イーディーはぼくを愛していると言った。だが本当にそうなのだろうか？　女性のほうから告白されるのは、あまり好きではなかった。そういう甘い言葉など信じてはいけない——それは、十七歳のとき苦い思いをして学んだ教訓だった。

クリスチャンは、夜明け前になるまで玄関ホールでじっと彼を待っていてくれたマディーの青ざめた顔を思いだした。

彼女に悲しい思いをさせてはいけない。間違いは犯したくなかった。彼女との関係はゆっくり育《はぐく》んでいくべきだ。だがそのためには、きちんと計画を練らなくては。

クリスチャンは外出するための身支度を始めた。しかしクラバットがうまく結べなかった。そこで別の黒い布きれを見つけて適当に結び目をつくり、それを背中のほうにまわした。

鏡で確かめてみたが、とくにおかしいところはなさそうだ。厳しい目で見ればどことなく不自然ではあるものの、これならなんとかごまかせるだろう——ただちょっと、右腕の位置がおかしいかもしれない。彼は白い手袋をはめた手を握ったり開いたりしてみた。鏡のなかの右手も同時に握ったり開いたりした。

鏡の奥にはデスクが見えた。いくつか重ねた書類の下には、ふたつきの木の箱が置いてある。エンジニアのマーク・ブルネルがつくってくれたライティングマシンだ。これを使って手紙や図面を書けば、同時に複写もできてしまう仕組みの器械だった。思わず感心してしまうほど精巧にできていたが、クリスチャンの手書きの文字はそもそもひどく読みにくいので、これまであまり使っていなかった。秘書がいるときは口述筆記をさせたほうがはるかに効率的だったからだ。

だがその秘書はもういない。だからどれだけ字が下手であっても、クリスチャン自身がその器械を使って書くしかなかった。同じ文章を二度書くよりはずっといい。

クリスチャンはデスクに座って器械のふたを開けた。準備がいささか面倒だったが、手順は頭に入っている——なんとすばらしい道具だろう。エンジニアリングの叡智《えいち》の結晶だ。

ブルネルとその息子は工学の分野で最高の腕を持っていた。クリスチャンは彼らの開発した浮き栈橋やシールド工法によるトンネルを利用したことがあって、ふたりが現在手がけているプロジェクトにも多大な興味を抱き、そのための資金を提供していた。ブルネル親子はテムズ川の底をくぐるロザーハイズ・トンネルをつくろうとしていた――とんでもなく壮大な計画だ。下手をするとクリスチャンは、たとえ計画が着工されたとしても、大金を失うはめになるだろう――マディーにはこのプロジェクトの意味をいくら説明してもわかってもらえなかったし、義理の兄弟たちからは猛反対された。だがこの投資がうまくいけば、負債を補って余りある収益が見込めるかもしれない。だからこそ、今ここで運転資金が足りなくなって計画が頓挫《とんざ》する事態だけは避けなければならなかった――そのためには多額の借金も必要だ――フットマンを数人解雇したくらいでは追いつかないほどの額が。

新たな決意を胸に、クリスチャンはダブル・ペンの下に紙を入れた。いくつか円や線を描いて器械の調子を確かめてから、いよいよ本格的に書きはじめた。〝王に神の祝福を〟

読んでみた。〝王に神の祝福を〟――きちんと読めるじゃないか。

もうひとつのペンが書いた文章も確かめてみた。すると、ページの反対側に書かれた文字は〝王の神の祝福を〟と読めた。

最初は器械がおかしいのかと思った。だが自分で書いたほうの文章をもう一度よく眺めてみて、彼は心のなかで自分を罵った。そこにも〝王の神の祝福を〟と書かれていたからだ。よくよく目を凝らしてみれば、間違った部分の文字も含めて、細かなところまでそっくり同じ形に複写されているのがわかる。それでもまだ、ぱっと見には、これで正しいような気がしてならなかった。

クリスチャンは器械に顔を近づけて、最初からやりなおした。何度か文字を間違えそうになりつつ、今度は自分の手もとではなくもうひとつのペン先を見つめながら文章をつづっていく。長くてつらい作業だった。ふと気づいて見なおすと、〝十一月五日のガイ・フォークス夜祭り〟と書くべきところを、思わず〝ガイ・フォークス火祭り〟と書いていた。十七世紀に起きた反乱の首謀者をかたどった人形を焼く祭りなのだから、その間違い方はある意味、仕方がないのかもしれないが。

幽霊に手を操られているような気がして、なんだか恐ろしかった。自分の思ったとおりの文章が書けているかどうかは、コピー用のペンが記していることを見て確かめるほかない。

違う文字をつづろうとしている手を何度も寸前でとめながら、クリスチャンはどうにか書面を完成させた。あとは、文章が自分の目に見えているとおりであることを祈るしかない。結局、五時間もかかってしまったが、ようやく最後まで書き終えたときには、まったく同じ文面の書類が二通できあがっていた。彼はそれを上から下まで、目を皿のようにしてじっくりと確認した。

紳士諸君。わたしはここに、わたしの妻でありシャーヴォー公爵夫人であるアーキメデア・ティムズ・ラングランドとの取り決めが本日をもって効力を発揮することを宣言する。売買可能なわたしの不動産及び金品はすべて、本日以降、永遠に彼女の所有となり、その処分に関して、第三者の口添えもしくは協力をいっさい必要とするものではない。この取り決めは、現在であれ、将来においてであれ、わたしの判断能力及び行動能力に欠陥があることが一点の曇りもなく証明されない限り、有効であるものとする。

わたしに納得のできる形でその証明がなされた場合のみ、右の決定は覆される可能性があることを指摘しておく。

クリスチャン、シャーヴォー公爵

ちゃんとそう書かれている、と思うしかなかった。

これで充分であってほしい。そうでなければならない。彼らに心配させてやらなければ。ぼくがあいつらの考えているほど無力ではないことを思い知らせなければ。

トービンのオフィスの若い事務員はクリスチャンの顔を知らないようだった。彼がみずからシティーへ足を運ぶことなど、これまでめったになかったからだ。用があるときはたいてい相手のほうからクリスチャンのもとへ訪ねてくる。それもほとんどが巨額な取引に関することで、ぜひとも公爵にお目にかかりたいと、向こうから頭をさげてくるのが普通だった。だがその事務員は書類を書き写していた手をとめて顔をあげ、こんなふうにのたまった。「おはようございます、サー。お約束はおとりいただいてますでしょうか?」

クリスチャンは帽子と外套をとり、その哀れな事務員の隣のデスクに放った。そこには作成されたばかりの書類がきれいに並べてあった。若者はぶつぶつ文句を言ったが、クリスチャンは外套と帽子の脇に名刺を置くと、デスクの脇を通り抜けて勝手に二階へとあがりはじめた。事務員が大声をあげてあとを追ってくる。

事務員は階段の下でクリスチャンに追いつくなり、ぺこぺこと頭をさげて非礼を詫《わ》びた。そうして半ば後ろ向きになって、クリスチャンを案内しながら階段をあがっていき、三段めを踏み外して体勢を崩しながらも、まだお辞儀をしようとしていた。そうまでされると、その男のことがなんだか気の毒になってきて、クリスチャンは笑いだしそうになった。

だが本当のお楽しみは、トービンの顔に浮かぶ表情を見るまでお預けだ。そしてそれは、クリスチャンの期待を裏切らないものとなった。

「シャーヴォー公爵閣下がお見えでございます」事務員がドアを開けて、なかにいるトービンに告げた。

クリスチャンはいかにも公爵らしく、戸口で堂々と胸を張った。これまで彼の収納役を務めてきた不動産屋のトービンは、ちょうど秘書に口述筆記をさせているところだった——椅子を後ろに倒すようにしてふんぞりかえり、ウエストコートの前で腕を組んでいる。好戦的な白髪の男はブルドッグが吠えるように、どこか遠くの物件の管理人に対する指示を、秘書に向かってがなりたてていた。

だがクリスチャンの姿を目にしたとたん、不動産屋は口をあんぐりと開けたまま固まってしまった。トービンと秘書と事務員とクリスチャンは、しばらくのあいだ、まるで絵のようにじっと凍りついていた。

最初に動いたのはクリスチャンだった。ここ、ブラックフライアーズにたどり着くまでに、頭のなかで何度もくりかえし練習してきた短い言葉を口にする。「金を……

払え」

トービンの表情がショックから理解へと変化した。彼はすぐさま椅子から立ちあがった。

「どうぞお座りください、閣下」

クリスチャンは動かなかった。「今すぐ。小切手を」

「公爵さまの箱を持ってこい。番号はこれだ」トービンはメモ用紙を手もとに引き寄せてなにやらさ准さっと書きつけると、破ったメモを事務員に突きつけた。若者はそれを受けとり、ただちに部屋を出ていった。「おわかりでしょうが、閣下、弁護士の承諾なしにはわたしはなにもできないのですよ」

クリスチャンはこれまで、自分の署名が入った書類による手続きなしにこの事務所から金を引きだしたことは一度もなかった――父の過ちから学んだ教訓だ。法的に言えば、このトービンにはシャーヴォー家の財産を勝手に動かす権限などなかった。だが、こいつは古狸《ふるだぬき》だ。預かっている財産を自分の当座の資金ぐりに利用する程度のことは、何度もやってきたに違いない。

「お元気になられたようで、よろしゅうございました」トービンがお世辞を言ったが、クリスチャンは黙っていた。「ミスター・マニングから話をうかがって、たいそう心配しておりましたが」

窓の外から、ポーターの鋭い口笛が聞こえてくる。クリスチャンは窓辺に寄って下を見おろした。「心配は、いらない」

口笛で呼ばれたのだろう。この建物の下からひとりの少年が飛びだしてきて通りを駆けていき、ポーターから手紙のようなものを受けとった。事務員が階段をのぼる音が聞こえてきたのは、その直後だった。

若者はオフィスに入ってきて、大きな青い箱をトービンのデスクに置いた。毎月小切手にサインする儀式が行われるとき、ベルグレイヴ・スクエアに送られてくる箱と同じものだ。不動産屋が箱を開け、帳簿をとりだした。「大変申し訳ないのですが、ただ今手もとに現金の用意がございませんので、小切手になりますがよろしいでしょうか？　それに、いささかお時間もいただきません。それまで、パーラーのほうでコーヒーでも召しあがっていていただければありがたいのですが」

「いらない」必要以上の言葉は交わしたくなかった。ちくしょう！　これまでは署名すればいいだけになった小切手ばかり目にしていたせいで、小切手を作成するのに時間がかかるなどとは考えていなかった。

「よろしゅうございます」トービンが椅子を出してきた。「でしたら、こちらにお座りいただければ……」

「いや」クリスチャンは言った。「もう……行かなければ」舌がうまく操れなくなってきた。「ほかに……用が」

「ほんのしばらくでございますから」

「あとで」クリスチャンはドアのほうへ歩きはじめた。

「いえいえ！　本当にすぐでございますので、どうかお待ちを。若い者にも手伝わせます。十五分ほどでご用意いたしますよ」

トービンはどうしてこんなに慌てているのだろう。クリスチャンはふと、口笛とメッセンジャー・ボーイのことを思いだして足をとめた。

「**おまえ！**」彼は吐き捨てるように言って、トービンのほうを振り向いた。「あいつらを……呼んだな」

「いえ——その——閣下——どうかご理解いただきたいのですが——」

クリスチャンが帳簿を箱に戻そうとすると、不動産屋はそれを押しとどめようとした。トービンの手が手首にふれた瞬間、クリスチャンはきっと目をあげた。

「とめるな」恐ろしいほど静かで、強い口調だった。

トービンが手を放す。クリスチャンは帳簿をしまった。

事を急ぐつもりはなかったのだが、こうなってしまっては仕方がない。彼は先ほど家で書いてきた書状をコートのポケットからとりだすと、デスクの上に置いた。「これを……ミスター・マニングに」

そしてクリスチャンは青い箱を脇に抱え、逃げるようにオフィスを出た。思わず駆けだそうとする自分を必死に抑えながら、急ぎ足でその場から歩き去った。

ここまで来たらもう、引きかえすことはできない。クリスチャンはトービンのメッセンジャー・ボーイがここではなく義理の兄弟たちのところへ向かったことを祈りつつ、シャーヴォー・ハウスへ入っていった。今日は母が家にいる日だ。どうせ客に囲まれていることだろう。母の執事が階段をおりてきた。

「カルヴィンは？」クリスチャンは執事に問いただした。

執事は顔を青ざめさせながら慌てて立ち去ろうとしたが、その前にクリスチャンは彼の手首をつかんだ。

「どこだ……言え！」

「奥さまとご一緒でございますが、しかし――」

クリスチャンはもはや執事に注意を払わず、階段を一段抜かしで駆けあがった。上の手すりをまわり、まっすぐ客間へ向かう。

レディーたちが座っておしゃべりに興じていた。背中に板かなにかが入っているかのように全員が背筋をぴんとのばし、羽根飾りや花のついた帽子をかぶっている。クリスチャンはずかずかと母に近づいていった。

突然、クリスチャンが乗りこんできたせいで、部屋じゅうがしんと静まりかえった。それまでおしゃべりをしていた相手も黙りこむと、母が目をあげた。そしていきなり卒倒した。

演技ではなかった。レディーたちの甲高い悲鳴があがる。クリスチャンはとっさに腕をのばし、椅子から崩れ落ちようとする母の体を支えながら、部屋の奥でトレイにカップを載せようとしていたカルヴィンに視線を送った。

母はすぐに意識をとり戻した。だがまだ体には力が入らない様子だ。クリスチャンはカルヴィンの助けを借りて、母を立たせてやった。母はクリスチャンの腕にすがり、おずおずと目をしばたたかせた。

「ぼくは今……ベルグレイヴ・スクエアにいる」彼はそう言って母親から離れた。母は支離滅裂な言葉をささやきながら、じっとカルヴィンを見ている。「おまえも……来るか？」

「もちろんでございます、閣下」だがカルヴィンは、まだ公爵未亡人の体を支えていた。「すぐにまいりますので」

「スタッフが……必要なんだ」クリスチャンは言った。

「お任せください。なんとかいたしましょう、閣下」

クリスチャンは母親に向かって深々とお辞儀をし、ショックを受けている取り巻きのレディーたちにも会釈をしてから、部屋を出ていった。

彼らは思ったよりも早くベルグレイヴ・スクエアに到着した。マニング、ストーナム、ティルゲート、パーシヴァル、それに弁護士と、トービンまで。玄関の前に勢ぞろいしている六人を窓からのぞいてクリスチャンは緊張したが、特効薬はポケットのなかにしまってあった。いざとなったらこれを使おう。

カルヴィンはまだこちらへ来ていなかった。クリスチャンはブルー・サロンの窓から外を見ていた。ひとりきりで。彼らがどんどんとドアを叩く音がした。クリスチャンは口もとに軽蔑の笑みを浮かべた。六人は無理やり玄関を開けて、彼を捜そうとしているらしい。

おためごかしの歓待などするつもりはなかった。今はそんな気分ではない。最初にサロンに入ってきたのはマニングだった。そのすぐ後ろからストーナム。クリスチャンは無言で立ったまま、眉を吊りあげてみせた。居場所を突きとめられたからといって、今さら慌ててもどうにもならない。

ストーナムが全員を呼びに行った。六人がどやどやと部屋に入ってきてマニングがドアを閉めても、クリスチャンはなにもしなかった。彼らに先手をとらせてやったほうがいい。

期待したような騒ぎにはならなかった。ストーナムがもみあげをいじりながら、緊張した面持ちで口を開いた。「お気の毒な母上を、失神させるようなまねをしたそうですな」

クリスチャンはマントルピースに体をもたせかけた。「お気の毒な母上、か」乾いた声で言う。

沈黙が広がった。

「ここには、あなたおひとりですか？」マニングが詰問した。「あの女はどこに？」

「**公爵夫人**……のことか？」

いかにも名士然とした大柄で血色のいいマニングが、椅子のほうへ近づいていった。その顔には決意が表れている。「座らせてもらってもかまわないでしょうな？」

クリスチャンは少しだけ唇をゆがめた。「断っても……座るんだろう？」

マニングが手を振ってほかの連中を座らせた。弁護士のミスター・ベーコンが、筒状に丸めてある書類をソファー・テーブルに置く。

「ミスター・トービンの話によれば、あなたが小切手と帳簿を持ち去ったそうだが」マニングが言った。「あまり賢い行動とは言えませんね、シャーヴォー」

クリスチャンは立ったまま腕を組んだ。

「返していただけますか？」

苦々しい笑みがクリスチャンの満面に広がっていく。「まさか」

マニングはひと息ついてから、前にぐっと身を乗りだした。「あなたのためを思って言っているんですよ」

クリスチャンはなんの反応も示さなかった。

「なんてことだ！　われわれは救えるものを救おうとしているだけなのに、あなたもおば上も、状況を難しくするばかりじゃないか」マニングはふたたびソファーの背にどさっと体を預けた。「あなたの言うその〝取り決め〟とやらだが、そんなものをこの国の法廷が認めると思いますか？」

クリスチャンは首を傾けた。「自分で……確かめてみろ」

「真剣になってください、シャーヴォー。あなたの今の行動や、あれ以来——頭がおかしくなって以来——してきた行動は、疑わしいことばかりだ。この結婚のまねごとも含めてね。おわかりなんですか？　わかってらっしゃらないんでしょう？　おば上はあなたが正気に戻ることもあるとおっしゃっておられたが、そんな程度の正気では、不動産の売買などできるわけがない。本当はひと月前から始まっていたはずの審問がいよいよ始まることになったら、これまでのあなたの行状はすべて明らかにされてしまうんですよ」

「**もしも**」クリスチャンは微笑んだ。「始まれば、な」

マニングが声を荒らげた。「始まれば、じゃない！　審問は始まるんです！」

「いや、マニング――」ストーナムが片手でマニングを制す。

「どうやらここはわたしの出番のようですな」弁護士がなだめるような調子で割って入った。「個人信託に関するミスター・パーシヴァル及びストーナム卿からのご提案書を、ここに持ってまいりました。ぜひともこちらの書類に目を通していただきたいのですが、閣下」

クリスチャンが手をのばすと、弁護士は慌てて筒状の書類の紐をほどき、彼に手渡した。

「最初のページはただの前置きでございます」ミスター・ベーコンが言った。「ですから――」

クリスチャンは最初のページを暖炉の火にくべた。

「次のページを見ていただければ」弁護士は困ったような顔つきで続けた。「おわかりいただけると思うのですが――」

だがクリスチャンは二枚めも火にくべてしまった。三枚めを手に持ち、弁護士に向かって笑みを浮かべる。

「やっぱり頭がいかれているんですな！」マニングが立ちあがった。「理性的に話をしようとしても無駄のようだ」残った書類をとり戻そうと、クリスチャンに向かって手をのばす。

クリスチャンはすべてを暖炉に放りこんだ。書類は黄色の炎に包まれて丸まりながら黒ずんでいき、煙をあげて燃えあがった。

「信託財産など……いらない」クリスチャンは言った。

「こんなことをしていてもらちが明かない」マニングが大声でわめき、クリスチャンにつかみかかってきた。「ストーナム！　公爵を押さえてくれ！」

クリスチャンの恐れていたことが現実になろうとしていた。彼はつかみかかってきたマニングをかわすと、ポケットから拳銃をとりだした。ストーナムは数歩前に出たところでひるみ、凍りついた。もっとひどかったのはトービンだ。不動産屋は弁護士を盾にして後ろに隠れていた。

みんな出ていけと言いたかったが、耳の奥でこだまする鼓動のせいで、うまく言葉を発することができなかった。こいつらはぼくをつかまえて、あの場所へ連れ去ろうとしている。危なかった――ここで一歩間違えば、拘束衣を着させられ、手枷《てかせ》足枷をはめられて、猿に監視されながら目覚める生活を送るはめになるところだった。

「危ない」トービンが言った。「気をつけて、ミスター・マニング」

マニングがゆっくりと手をおろす。

「狂ってしまったんだ」ストーナムがささやいた。

　クリスチャンは怒気のまじった笑い声をあげた。「うるさい……素人どもめ！」やはりぼくは狂っているのだろうか、と彼は思った。怒りが喉につまって、本当におかしくなりそうだった。

「銃をおろして」マニングがわずかに手を動かしながら諭した。「暖炉の上に置いてください、シャーヴォー。そんなことをしても、事態はひどくなるばかりだ」

「出ていけ」とクリスチャンは言った。

「あなたを助けようと思って来たのに」マニングが答える。命までとられる筋合いはない、と言いたいらしい。

「帰れ」クリスチャンはうなった。

「銃をおろしてください」マニングが促す。

　やはりこいつらはぼくの正気を本気で疑ってはいなかったようだ。まさか自分の家のサロンで人を撃ち殺したりはしないだろうと、高をくくっているに違いない。どうやら誰も、本物の狂人など、一度も目にしたことがないらしい。

「早くおろして」マニングが言った。「どうせ撃つ気はないんでしょう?」

　やはり、事を急ぎすぎたということか。少なくともダラムをここに呼んでおくべきだった。たったひとりで六人もの人間を相手にするなんて間違っていた。ここで銃をおろしたところで、ぼくはおそらくとり押さえられ、あのおぞましい場所に永遠に閉じこめられてしまうのだろう。そうなったら今度こそ、財産も、マディーも、すべて失ってしまう。

そんなことになるくらいなら、絞首刑になったほうがましだ。

クリスチャンは銃を構えた。銃身は短いが、この距離なら確実に数人の命は奪える。彼は唇をゆがめた。彼の心を読みとったマニングが顔面蒼白《そうはく》になった。

「やめて！」

マニングではなかった。それはマディーの声だった。高く澄んだ女性の声が、凍りついたように動かなかった男たちを驚かせた。質素なグレーのドレスに身を包んだ彼女が戸口に立っていた。背後には三人のフットマンとカルヴィンの顔も見える。

クリスチャンは音もなく、長い安堵のため息をついた。そうして義理の兄弟たちに向かってゆっくり微笑んで見せた。

マディーが脇にどいて、出口を示した。「どうぞお帰りを。公爵は、あなた方がただちにこの屋敷から出ていくことをお望みなんですから」

29

　クリスチャンは椅子に座り、拳銃から弾丸を抜いていた。よく見えるように頭を傾け、起爆薬のつまった雷管に気をつけながら、ゆっくり作業を進めていく。そうして銃が安全な状態になったのを確かめてから脇に置き、ちらりとマディーを見た。「きみは……父上のもとへ……戻ったはずでは」

「あなたから離れれば離れるほど、一緒にいるべきだと思えてきたの」マディーが視線を落として言う。「わたしはあなたを守る盾なのだから。あなたひとりを置き去りにするべきじゃなかった」

　クリスチャンはそう思わせておくことにした。カルヴィンのほかに三人の屈強なフットマンたちを彼女の見張りにつけておいたのが自分であることは、わざと言わなかった。そしてもちろん、あのとき彼女が戻ってさえこなければ、彼らを撃ち殺す覚悟ができていたことも。

「あの人たち、あなたを連れ去りに来たの？」

「マニングは……跳びかかってきた。ストーナムと、パーシヴァルは……そこまではしようとしなかったが。きみと……カルヴィンの……おかげだ」クリスチャンは乾いた笑みを浮かべた。「戻ってきてくれて……うれしい」

「ええ。もう二度とあなたをひとりにしないから」マディーはまだ動揺しているようだった。「彼らはきっとまた、あなたに襲いかかってくるでしょうね。だけど銃を持ちだすなんて、賢いことじゃないわ、シャーヴォー」

彼は肩をすくめた「自己防衛だ」

「平和的に振る舞うことこそが最高の自己防衛なのに」マディーの声は明らかに震えていた。

「言うのは……簡単だ！」クリスチャンは立ちあがって彼女の手をとった。「きみのように……たくましく……力に自信があれば……いいが。小さな子供が……怯えるくらい。犬ならしっぽを垂れて……逃げていくくらい……大地も震わすくらい……図体《ずうたい》がでかくて……たくましければ。そんなきみなら……いくらでも平和的に……振る舞えるだろう！」

彼女がはっと息をのんで、唇を噛みしめる。だがそのうちに緊張していた顔がほころんで、笑いだしそうになった。「あなたってほんと、おばかさんよね」

マディーに会えてうれしかった。心の底から、うれしかった。「ああ。ぼくの頭は……いかれている」クリスチャンは彼女の指にキスをした。「それ以外は……ちゃんと動く」

マディーが閉じようとした指を、クリスチャンはこじ開けた。彼女の唇には恥ずかしそうな笑みが浮かんでいる。まっすぐな金色のまつげがヘーゼル色の瞳をベールのように包んでいた。

クリスチャンは緊張感から解放されたくなって、少しだけ彼女を抱き寄せた。彼女があの場に姿を現したのは予想外だったが、それでも自分はまだこうして生きている。彼はマディーにキスをし、きつく抱擁し、呼吸をも奪ってしまいかねない勢いで激しく唇を吸った。そうして彼女を抱きあげると、自分のベッドへと運んだ。

面倒な手順などいっさい踏まず、荒々しくマディーを奪った。彼女はぼくのものだ。腕をこちらの体にまわしてきつく抱きしめてきたところをみると、マディーも同じように思ってくれているのは間違いなかった。

朝になるとマディーはクリスチャンに命じられて、ホアーズ銀行の頭取宛に手紙を書いた。〝できるだけ早く公爵の応接間まで来ていただきたい〟という、丁寧ではあるものの相手の都合など考えない文面だった。それでも、マディーにしてみればありがたい手紙だ。現状、ふたりはシャーヴォーの手持ちの現金、二百八十七ポンドのみで生活している。彼女にとってもはや大金とは言えず、公爵の浪費癖を考えれば、とても充分な額とは言えなかった。

シャーヴォーが納得するような手紙を書きあげたあとも、新聞に掲載する告知文を作成しなければならなかった。〝公爵は今後いっさい不動産業者のミスター・トービンとの取引を停止する。公爵家の不動産取引に関して興味や質問のある者は、これからは直接ベルグレイヴ・スクエアを訪ねてくるように。なお、公爵が個人的に認めた人物以外、いかなる者も経費や手数料をとってはならない〟――そんな告知文を書き終えると、マディーはようやく休憩することを許され、シャーヴォーはひげを剃って着替えをするため、二階へあがっていった。

バック・パーラーはデイジーイエローで統一された居心地のいい部屋だった。窓からは殺風景な中庭と馬小屋の壁が見える。マディーはその部屋で二杯めの紅茶を楽しみながら、父への手紙を書きはじめた。シャーヴォーが戻ってきたら、もうこんなことをしている暇などないかもしれない。

便箋が二枚めの半ばに差しかかったとき、カルヴィンが銀のトレイを片手で器用に掲げ、部屋に入ってきてドアを閉めた。マディーはしぶしぶながら目をあげた。

執事がうやうやしくお辞儀をする。「公爵閣下はご一緒ではないのですか、ユア・グレイス？」

　マディーもロンドンのカルヴィンも、お互いにどう接していいのかわからずにいた。昨日の夜は、まるで昔からの仇敵《きゅうてき》同士のような態度をとることしかできなかったし、今だってふたりの仲は一触即発だ。このまま表面的には穏やかな関係を続けることもできるかもしれないが、いつなんどき諍《いさか》いが始まっても不思議ではなかった。できたら穏やかなほうがいいのだけれど。だから、カルヴィンから〝ユア・グレイス〟と呼びかけられたときも、とがめるのはやめようかと思ったほどだった。けれども、そういう世俗的な習慣が彼女にとっては重荷になっているのも確かだ。〝ユア・グレイス〟という敬称を拒否した結果は甘んじて引き受けるつもりで、マディーは意を決して口を開いた。

「あの、できたら〝ミストレス〟と呼んでもらえないかしら、カルヴィン」できるだけ親しみをこめた口調で言ってみる。「覚えているかもしれないけれど、わたしはそういう呼ばれ方を受け入れられる人間ではないの」

　カルヴィンは背筋をこわばらせたかと思うと、長い鼻越しに彼女のほうを見おろした――まるで老カルヴィンのように。当然の反応だ。きっと彼は心のなかで、あなたとは長いおつきあいなどするつもりはない、と考えているのだろう。だがそのとき、威厳に満ちた顎のラインが少しだけやわらいだような気がした。「覚えておりますよ、ミストレス」彼は言った。

カルヴィンがあっさり降参したことに、マディーは驚かされた。「でも、あなたはいやなんじゃなくて？」

「ご指示に従うことを嫌がるなんて、わたしはそれほど不作法な人間ではございません、ミストレス」

マディーは顎を引き、いぶかるように彼を見た。

カルヴィンがまたお辞儀をする。「もしも奥さまが、閣下のお心が広いのをいいことに閣下より尊大な態度をとったりなさることがあれば、そのときはまた別ですが。しかし、奥さまのお考えはずっと一貫していらっしゃる。ですから、奥さまのことは信頼申しあげております」

彼女は羽根ペンの端を噛んだ。「あなたは、ヘア・パウダーをつけるのが好き？」

カルヴィンはその質問に目を丸くし、トレイをおろした。「好きかどうかなど、考えたこともございませんでした。ですが……たしかにあれをつけると髪の毛が固まってしまって困ります。毎晩洗い落とさなければなりませんし、そのせいで風邪を引いてしまうこともあります」

「つけるのが好きなわけではないなら、もうつけないようにしてくれる？　シャーヴォーはそんなことどうでもいいと考えているようだし、わたしはお金の無駄だと思うから」

カルヴィンがまたもや低く頭をさげた。

マディーは浮かんでくる笑みを抑えつけた。「わたしにはそういうお辞儀もしなくていいわ」

彼はふたたび一礼しようとして、思いとどまった。「仰せのままに、ミストレス」

そう言って背筋をのばす。「では、閣下はお二階に？」

「ええ。用があるなら、わたしが代わりにやりましょうか？」

「その必要はございません、ミストレス。閣下を訪ねてお客さまがお見えになっただけですので」

「あら、大変」マディーの心は沈んだ。「公爵未亡人？」

「いえ、とんでもない。そうであれば、玄関ホールでお待たせすることなどございません！」カルヴィンは自信たっぷりのしぐさでトレイを持ちあげ、こう続けた。「ついでながら申しあげておきますと、わたしの記憶では、公爵閣下がお母さまをこの屋敷へお招きになったことは一度もございません。いつも閣下のほうからお出かけになります」

「そうなの」親を自宅に招かないなんて、子供としてはどうなのかしら。マディーはそう思ったが、それがシャーヴォー家の流儀なのかもしれないと思いなおし、唇を嚙んだ。「もしかすると——今思いついたことなんだけど——シャーヴォーはわたしにそういった人たちの相手をしてほしいのかもしれないわ」彼女は立ちあがった。「お客さまを歓迎するのはわたしの役目なのかも。公爵がおりてくるまで、その方をここへお通ししてくれない？」

カルヴィンが咳払いをした。「それより、今この瞬間、閣下がどのようになさりたいか、うかがったほうがよろしいかと。わたしが訊いてまいりましょうか？」

「今この瞬間？」

「ええ、今この瞬間、でございますよ」執事はそう言うと、固く唇を引き結んだ。もうこれ以上口にすべきことはないと決心した男の表情だった。

「でも、それじゃあ――お客さまをお待たせしすぎることにならない？」

「公爵閣下にお知らせしてまいります、ミストレス」カルヴィンはまたしても頭をさげようとしてはっと気づくと、そのままドアを閉めた。

マディーはとまどっていた。カルヴィンは訪ねてきたその客のことを、あまり快く思っていないのかもしれない。あるいは、わたしが勝手に客を迎えたりして、自分とシャーヴォー家に恥をかかせることを恐れているのかも。考えてみれば、カルヴィンがその客を、いつもわたしが待たされていたあの朝食室の横の小部屋に通さなかったのも不思議だ。玄関ホールでずっと客を待たせておくなんて、失礼なことなのに。カルヴィンが奇妙な態度をとっていたのは、おそらく、わたしよりも問題のありそうな男がやってきたせいに違いない。マディーはそう結論づけた。

彼女が納得しかけていたとき、ドアのきしむ音がした。「クリスチャン」からかうような女性の声がする。「イーディーよ」ドアが大きく開いた。「そこにいるのはわかってるんだから――」

だが、女性は敷居のところで立ちどまった。喪服のような黒いドレスに身を包んでいる彼女は、ベールをあげて繊細な顔立ちをあらわにし、驚くほど黄色い髪を頰のあたりに巻きつかせていた。イーディーと名乗ったその女性は、驚きのまなざしでマディーを頭のてっぺんから爪先まで眺めまわした。そしてすぐ、その顔につまらなそうな表情を浮かべた。

「あら」イーディーが言った。「この家のご当主に会いたかったのに」

「公爵なら二階ですけど」マディーは声に動揺が表れないようにしながら答えた。初めて彼の友人と会うというのに、とり乱したりしてはいけない。「わたしはアーキメデア・ティムズ――彼の……妻です」マディーは握手しようと手を差しのべた。

手提げ鞄《かばん》のなかをまさぐっていた女性は、マディーが手をのばしたのに気づいて、ぱっと顔をあげた。「これを渡したくて――」イーディーが差しだした手には、手紙と半クラウン硬貨が載っていた。「今、なんておっしゃったの?」

「わたしはアーキメデアと言います」マディーは口もとに笑みを浮かべようとしたが、

あまりうまくいかなかった。「公爵の妻なんです。驚かれたでしょうけれど」

イーディーは驚いたどころではないと言いたげな表情をつくった。それから顔をそむけると、いきなり大きな声で笑いはじめる。甲高くて神経質そうな笑い声だった。

「まさか。冗談でしょ」

「いいえ」マディーは言った。

手紙と硬貨が床に落ちる。「彼に雇われたのね。お金をもらって、わたしが来るまでここにいろって言われたんでしょう？　わたしをからかってるんだわ」

「いいえ。残念ですけれど、からかってなんかいません」

イーディーが首を振った。「嘘よ、嘘。絶対、冗談に決まってる」

カルヴィンが戸口に姿を現した。なんの表情も浮かべず、石のように固まっている。

「閣下はただ今、留守にしておられます、マダム」彼は訪問者に向かって言った。

イーディーが執事をにらみつけた。

「ただ今、留守にしておられますので」カルヴィンが今度はもっとはっきりした口調でくりかえす。

イーディーはヒステリックな笑いをもらしたかと思うと、まるで操り人形の糸が切れたみたいに、どさりと椅子に腰をおろした。「冗談でしょ！」引きつった笑い声に興奮がにじみでる。「残酷な人たちね。こんなふうにわたしをからかうなんて！」

「ミセス・サザーランド。お帰り願えませんか？」カルヴィンが言った。

「残酷よ！」彼女は頭を反らして大声で叫んだ。そして勢いよく立ちあがり、部屋から駆けだしていく。「クリスチャン！」大理石の階段に足音がこだました。「クリスチャン、こんな残酷なこと、やめてくれない？　聞こえた？　ひどいわよ！」

マディーがカルヴィンのあとに続いて部屋を出ると、イーディーはすでにカーブした階段を半分ほどあがっていた。

「ねえ、聞こえてるんでしょ？」スカートの裾をつまんだ格好で、金切り声をあげている。「嘘よね！　あなたが結婚したなんて！」

甲高い悲鳴が響き渡るなか、シャーヴォーが階段の上に姿を見せた。ブーツを履き、シャツを着た姿で、金メッキが施された錬鉄製の手すりをつかんでたたずんでいる。あまりに強い力で握りしめているせいで、拳が白くなっていた。

「クリスチャン！」イーディーが下から呼びかけた。「嘘なんでしょ？」

シャーヴォーは動かなかった。立ち姿を少しも崩さず、じっとイーディーを見おろしている。

彼女は体をくねらせるようにして曲がった手すりに手をかけ、もう一方の手をあげて、子犬でも呼ぶみたいなしぐさをした。「こんなふうにからかわないでったら。お願いだから」

「からかっては、いない」彼が低い声で言うと、ホールは静まりかえった。

イーディーはいきなり階段にしゃがみこみ、またしてもヒステリックな笑い声をもらした。「でもわたし、あなたにすべてを捧げたのに、クリスチャン！」

笑いながら泣きじゃくる声が大理石にこだまする。マディーはクリスチャンの背後に側仕えが立っていることに気づいた。三人のフットマンたちは階段の下にいて、部屋づきのメイドやコックも裏階段の戸口から顔をのぞかせている。そして全員が凍りついたまま、静かに状況を見守っていた。

マディーはスカートの裾をわずかに持ちあげて階段に足をかけた。シャーヴォーが言葉にならない声をあげたが、それにはかまわず、泣いている女性のもとへ行ってしゃがみこむ。「さあ」マディーはそう言うと、黒い手袋をはめたイーディーの手をとって、冷たい石の上から体を起こしてやった。「そんなことをしていたら病気になってしまうわ」イーディーはぐったりとマディーにもたれかかり、あえぐように息をしていた。マディーは階段に腰をおろし、悲嘆に暮れた女の背中に手をまわして肩にもたれさせ、やさしく揺すった。「ごめんなさい。こんなことになってしまって。本当にごめんなさい」

イーディーは今や本気で涙をこぼしていた。癇癪《かんしゃく》を起こした子供のように、口をぱくぱくさせている。マディーは頭をめぐらせてカルヴィンのほうを見やり、ホールから人払いをするように頼んだ。彼はひどい事故でも目にしたかのような表情を浮かべながら、マディーの言葉に従った。

「彼なんか……大っ嫌い」イーディーがつぶやいた。「大嫌いよ……あんな人。あなたも！」

マディーは女性を抱いたまま好きにしゃべらせてやりながら、贅沢なレースがふんだんにあしらわれた黒いドレスを見ていた。帽子の縁がマディーの首に強く押しつけられている。

イーディーが長く痛々しいうめき声をもらした。「わたしだったはずなのに。妻になるのは……わたしだったはずなのに」

「知っているわ」マディーは静かに言った。イーディーの、目の覚めるように黄色いカールが、シャーヴォーのベッドのそばに置いてあった懐中時計のなかのひと房の髪を思いださせた。「あなただったはずなのよね」

「どういうこと？」イーディーがすすりあげながら体を震わせる。「あなた、彼が欲しくないの？　あなたはもう……妻の座を手に入れたから？　だから――」彼女はふたたびうめき声をあげてマディーから体を離すと、膝を抱えこんだ。「彼のこと――もう欲しくなくなったの？」涙と苦い笑い声の合間から言う。

「そうではなくて――ただ、わたしたち、あまり似ていないみたいだから」マディーは言った。

「似てない?」イーディーは両膝に顔を埋め、肩を揺すってさらに泣いた。

マディーは女性の肩を撫でてやった。上等なサテンの生地越しに、深いむせび泣きが伝わってくる。

イーディーが手提げ鞄からハンカチをとりだし、口もとにあてた。「あなたは、クエーカー教徒?」リネン越しに言う。

「ええ。フレンド派の家庭で育ちました」

イーディーは体を揺すった。「信じられない。信じられないわ。クリスチャン、あなたなんて大っ嫌い」そして鋭く声を張った。「大っ嫌いよ。聞こえた?」

答えは返ってこなかった。マディーは、まだ彼がそこにいるかどうか確かめようとは思わなかった。イーディーが先ほどより静かにすすり泣きはじめる。ハンカチで顔を押さえ、肩を揺すってマディーの手を払った。

「どうやったの?」突然、イーディーが訊いてきた。

マディーは階段に座り、膝のあたりで手を組んでいた。「どうやった、って?」

「どうやって彼を罠にはめたのかって訊いてるのよ。つまらない嘘はつかないで」イーディーが叫んだ。「彼のお姉さんはわたしの友達なの。彼女に訊けば、本当のことなんてすぐにわかるんですからね」彼女は唐突にスカートをつかんで立ちあがると、階段をおりはじめた。まるで、そのことを考えたら悲しみが吹き飛んだかのように。イーディーは階段をおりきったところで足をとめ、後ろを振りかえって上目づかいにマディーをにらみつけてから、ベールで顔を覆って玄関のほうへ消えていった。ドアを閉じる大きな音があたりに響き渡った。

マディーは階段に座っていた。胃のあたりからわき起こった震えが手や足のほうまで広がろうとするのを抑えながら、息をするごとに考えをめぐらせる。ようやく気分が落ち着いたのを確かめてから、立ちあがった。振り向いても彼がもういないことはわかっていた。イーディーの顔がそのことを物語っていたからだ。

カルヴィンが裏の階段から静かにホールを歩いてきて言った。「わたしのせいです、ミストレス。あの方を家のなかに入れるべきではありませんでした」

「カルヴィン」マディーの声は意志に反して震えていた。「服を持ってきて」

「ミストレス――」

「外に出たいの。出なきゃいけないの」

「お庭へ――」

「そうじゃなくて」彼女は玄関のほうへ歩きはじめた。「ここからなるべく遠くへ行きたいのよ」

「お待ちください、ミストレス。閣下にお知らせしてまいりますので」

マディーはドアを開けた。冷たく湿った風が吹きこんでくる――熱くなった頰には心地いい。カルヴィンや服を待とうとは思わなかった。彼女は静かに玄関のドアを閉め、白い階段をおりて、わが家に向かって歩きはじめた。

クリスチャンは玄関のドアが大きな音を立てて閉まるのを、ドレッシングルームで聞いていた。だがそこから出ようともしなかったし、窓辺から見おろしてイーディーが行ってしまうのを確かめようともしなかった。ただ、ひとりで部屋の真ん中に立っていただけだった。耳の奥では、まだあの金切り声がこだましていた。

彼はそうやって、長いこと立ちつくしていた。

自分の妻が泣いている愛人を慰める光景を見るのは、なんとも奇妙な気分だった。ぼくはなんとひどい男なのだろう。だがマディーはまだ、ぼくの本当のひどさに気づいていない。

気づいていようがいまいが、マディーが見せたやさしさはクリスチャンの心を切り裂いた――おかげで、自分自身がよく見えるようになった気がする。ここまでずかずかと入りこんできたイーディーの厚かましさには腹が立ったし、あんな愁嘆場を演じてみせるなんて、通りに叩きだしてやろうかと思ったほどだったが――それでもマディーは、あんなふうにやさしさを示すことで、ぼくがどれだけまわりの人間を傷つけているかを教えてくれた。

こんなことになるとは思っていなかった。ぼくは、考えなしの悪魔のように他人を傷つけてまわる人でなしになるつもりなんてなかった。もしもこうなるとわかっていたら、なんとしてでも避けていたはずの事態だった。もっとよく考えていたら……先のことを読めていたら……。もしも……。

カルヴィンがかすかにドアをノックする音がした。クリスチャンは振りかえってドアを大きく開けた。

執事は処刑を待つ罪人のような顔をしていた。「閣下――」

クリスチャンは詫びようとする使用人を手で制した。カルヴィンのせいでこうなったわけではないことくらい、いやというほどわかっている。これは、無慈悲で残酷な偶然という名の悪魔のいたずらだ。「どこだ？」クリスチャンは尋ねた。

「ミセス・サザーランドでございますか？」執事が訊きかえす。

「サザーランドなどどうでもいい！　公爵夫人だ……どこへ行った？」

「閣下――外にお出ましになられました。数分前でございます」クリスチャンが不満の声をあげながらドアに近づいていくのを見て、執事はこうつけ加えた。「閣下――奥さまはなにやら深い決心をなさっておいでのようなそぶりでした。ですが、フットマンのひとりにマントを持たせてあとを追いかけさせております し、もしもすぐにお戻りでないようだったら、どこにいらっしゃるのかこちらへ連絡するように申しつけておきましたから、わざわざ閣下がお出ましに――」

クリスチャンは足をとめた。「そうか。わかった」今はマディーに時間を与え、心を落ち着かせてやったほうがいいかもしれない。時間と、ひとりになれる空間を与えてやったほうがいい。「わかった。よく……やった」

執事は咳払いをしてから、気の進まない様子で言った。「ミスター・ホアーがお見えでございます、閣下。図書室にお通ししておきました」

ちくしょう――こんなに早くやってくるとは！　こちらはまだ準備ができていないのに――とりあえずマディーに頼んで客の相手をしていてもらい、準備が整ったら話の手伝いもしてもらおうと思っていたのだが。ホアーはすべての要《かなめ》だ。ここで失敗したら、ぼくはもう終わりだろう。

クリスチャンは歯の隙間から息を吐きつつ、コートをつかんだ。ほかに選択肢はなかった。車輪はすでにまわりはじめている。自分でまわした車輪なのだから、乗ってみるしかない。

彼は回廊になっている書棚のほうから吹き抜けの図書室に入り、部屋全体を見おろした。嗅ぎ慣れた革装本の匂いに包まれながら、心のなかで悪態をつく。問題の男たちは、場違いなところに来てしまった二人組の墓掘り人夫のように、まだ夏用の赤い縞《しま》のカバーがかかったソファーに座っていた。クリスチャンが送りつけた呼び出し状は、彼がもっとも会いたくなかった人間まで招いてしまっていた。ホアー家の跡とりとして有望視されているふたりの男のうち、年上のほうはまだ御しやすかった。問題はそのいとこの若いほう、宗教心に凝り固まったような男のほうだ――信仰熱心という特徴は、クリスチャンにとっては別にありがたくもなんともないものだったし、向こうからしてみても、クリスチャンのような男とはあまりかかわりたくないだろう。

ホアーズはほぼ百年前から、シャーヴォー公爵家の取引銀行だった。ただし、クリスチャンは何度か取引先を変えようかと思ったこともある――銀行のパートナーたちが慇懃無礼な調子で、クリスチャンの出資計画に異を唱えてきたときなどに。しかしホアーズは、先代シャーヴォー公爵が多額の負債を抱えていたときにも、一家と取引を続けてくれた銀行だった。クリスチャンがいらだちを覚えながらもこれまで取引先を変えなかったのは、そのせいだったと言ってもいい。だが今はもう、彼らにそこまでの恩義を感じる必要はないのではないかと思っていた。

クリスチャンは、最後に彼らに提示した出資計画書に対するホアーズからの返答を思いだした。たしか〝閣下の健康をお祈りします〟だったか？　まったく、もったいぶるのが好きな信心深い男どもだ。それならそれで、もっと祈ることを与えてやろう。

わざと荒々しい足音を立てながら階段をおりていき、クリスチャンはくるりと彼らのほうに向きなおった。「ジェントルメン」挨拶もなしにいきなり切りだす。「説明してもらおうか」

ふたりの男は立ちあがり、口ごもりながら朝の挨拶をした。信仰心が篤《あつ》いほうの若いミスター・ホアーが握手をしようと近づいてくる。

だがクリスチャンは動かなかった。男は一メートルほどのところまで来て、出鼻をくじかれたように立ちどまった。

「ぼくは……**待っているんだ**」クリスチャンは言った。「説明を」

「もしも、送金の遅れのことをおっしゃっているのでしたら――」

「**遅れだと！**」クリスチャンはもったいぶった銀行家の言葉をさえぎった。ここで理性的な話しあいなどするつもりはない。「ああ……感情が……高ぶって――」彼は手すりを突き放すようにして階段から離れた。「うまく……しゃべれない！」

あまりひどく激高したふりをするつもりはなかった。さもないと、逆にこちらの正気を疑われてしまう。だからクリスチャンはいったんデスクに腰をおろした。そこには少なくともひとつだけ、準備の整っていたものがあった――白い紙の下には、すでにつくっておいた新たな出資計画書が置いてある。デスクに積まれた本の陰になって彼らの位置からは見えないのをいいことに、クリスチャンはペンをとって白紙になにか書きつけるふりをした。そののち、あらかじめマディーに添削してもらっておいた下の紙のほうをとりだすと、立ちあがってふたりに突きつけた。

「もう一度、考えてみてくれ」

銀行家たちは最初から気まずそうな顔をしていたが、やがて年上のほうのホアーが前に歩み出て、その紙を受けとった。「これでも送金のほうは多少遅れてしまうかもしれませんが」

「なぜだ?」

「当行では先ごろ、新たな規則が設けられましてですね」

クリスチャンはデスクに寄りかかった。「ぼくの金を……」男をにらみつけながら言う。「なくして……しまったのか?」

「そんなことは決してありません!」年上のほうが声をあげた。

「正直に申しあげます、閣下」若いほうのホアーがこわばった声で言った。「閣下のご家族からお知らせいただきました話によって、わたしどもはその……」彼は逆境に耐えるかのように、両足を広げて踏ん張った。「さまざまな現状を踏まえまして、一時的に閣下のお口座から残高を別のところへ移させていただくのが妥当かと判断いたした次第で――」

「ほう」クリスチャンはにやりと笑った。「それは……規則じゃない」口もとをゆがめる。「ただの……泥棒だ」

「とんでもありません！　われわれは慎重に慎重を期して、このような手続きをとったまでです。こんな不確かな状況では、どの銀行家も同じことをするはずですが」

クリスチャンは椅子に寄りかかって『タイムズ』紙を手にとった。それを片手で持ち、じっと考えこむふりをする。「〝銀行強盗。ホアーズが**預金を……盗む**〟」彼は満足げに首を傾けた。「いい見出しになりそうだ」

ふたりの銀行家は、彼らのほうが武装した強盗にでも襲われたかのような顔つきで、呆然《ぼうぜん》と立っていた。クリスチャンは新聞を元に戻し、すまなそうに笑みを浮かべた。

年上のホアーがクリスチャンの出資計画書を折り畳み、ポケットに入れた。「ですがもちろん、そこまでする必要はないでしょう」年下のいとこよりもはるかに穏やかな口調だった。「閣下の健康状態がすぐれなかったことは、わたしどもも承知しております。それと、閣下のおっしゃったお言葉はあらゆる意味で法的に有効であることも。ただわたしどもは、大切な財産を確実にお守りすることによって、閣下への忠誠心をお見せしたかっただけでして。ですから、もしもお気にさわったのなら陳謝いたします——そうだな、カズン・ホアー？」

若いほうのホアーはしぶしぶうなずいたが、その口調にはまだ挑戦的な色合いが残っていた。「もちろん、預金の管理はしっかりとやらせていただきます。大法官からの調査が入ったときのことも考えましてね」

「ぜひそうしてくれ」クリスチャンは言った。「で……金は……いつになる?」

「正午前にはこちらへ届けさせます」年上のほうが言った。

クリスチャンは呼び鈴の紐を引いてカルヴィンを呼んだ。執事が来るまでふたりをそのまま立たせておき、ぴりぴりと張りつめた沈黙にあたりを支配させる。彼らは部屋を出ていく前に、クリスチャンに向かってぎこちない口調で健康を祈ったが、クリスチャンはこくりとうなずきかえしただけだった。

ふたりがいなくなると、彼は椅子に全体重を預けた。手がかすかに震えている。

勝利だ。

たったひとりで勝ってみせた。

笑いたいような、泣きたいような気持ちだった。この興奮を誰かと分かちあいたい。マディーにそばにいてほしかった。


漁師の声だけが川辺に響いていた。堤のそばのゆったりとした流れが水草を扇形にそよがせ、銀色の水面《みなも》は靄のせいで数メートル先までしか見えない。チェルシーには一日じゅう霧がかかっていた。背後の家並みは霞《かす》み、人や車の行き交う音が遠くに聞こえるだけだ。マディーはマントに身を包み、川沿いの手すりにもたれていた。ベルグレイヴ・スクエアからずっとあとをつけてきたフットマンは、通りの向こう、霧で見えなくなるぎりぎりのところで、庇《ひさし》の陰に隠れている。

あたりは暗くなりつつあった。そろそろなにか手を打たなければ。こんなところにいつまでもいるわけにはいかない。

漁師が舟を岸にあげ、ロープで縛りつけてから、魚籠《びく》をとりだした。そうしてズボンをたくしあげてひょいと舟から飛び降りると、木の階段をのぼりはじめた。「とれたてのウナギはいかがですか、マダム？」明るい声でマディーに話しかけてくる。

マディーは首を振った。

すると漁師は馬車の窓からも見やすいように荷物を高く掲げ、通りに向かって歩いていった。マディーの耳にも、背後からやってくる馬車の音が聞こえた。

規則正しい蹄《ひずめ》の音がゆっくり近づいてくる。振り向くと、くつわをはめられた二頭の馬と御者の姿が見えた。漁師がさっそく期待をこめて、黒い馬車のほうへ魚籠を持ちあげてみせる。

馬車の扉には見慣れた明るい色の紋章があった。建物の陰に身をひそめていたフットマンが通りに出てくる。

扉が開き、シャーヴォーが深紅の裏地を見せびらかすかのように、外套のケープをひるがえしながら降りてきた。マディーのほうをじっと見ている。

「五ポンド五十でどうです、だんな」漁師はとんでもない額を口にした。「まだ生きてますよ。ほれ」そう言って魚籠の口を広げはじめる。

シャーヴォーはちらりと漁師を見やってから、フットマンにうなずいてみせた。公爵の召使いは、喜々として釣果を公爵に見せようとしている漁師を制し、馬車の後ろへと連れていった。シャーヴォーがマディーのほうへ近づいてきた。

今、彼は目の前に立っていた。

「もう充分だ」彼が静かに言った。「家に……帰ろう」

家って……。わたしの家はここのはずだ、とマディーは思った。この村と、川と、木々と、何艘《そう》もの舟。霧のなかでも、目を閉じていても、どこになにがあるかは手にとるようにわかる。生まれてからずっとここで生活してきたのだから。

シャーヴォーは彼女から目をそらし、川面《かわも》を見つめた。それから片手を振って合図を送り、少し下がって待っているよう御者に指示した。

「少し歩こう」シャーヴォーは肘を曲げて片腕を差しだした。

マディーは黙ったまま、彼の袖に軽く手を載せた。冷えきった指先に彼の体温が伝わってくる。シャーヴォーは冷たい靄から彼女の指を守ろうと、持っていた手袋でマディーの手を覆ってくれた。

彼と散歩をするのはいつだって楽しかった。心が穏やかになり、足どりも軽くなる。

ふたりは、足踏みをしている馬の蹄の音や鼻息が聞こえなくなるところまで、ゆっくりと歩いていった。

「あなたはあの人と婚約していたの？」マディーは尋ねた。

手の下で彼の腕の筋肉がこわばったのがわかった。だが、表情にはなんの変化もない。「いや」

「でも、あの人——自分が妻になるはずだったのに、って」

シャーヴォーはなにも答えなかった。

「あなたのベッドの横に、あの人の髪がひと房置いてあったでしょ」

彼は黙ったまま口を引き結び、行く手をじっと見据えていた。否定も、肯定もしない。

「あの人を愛していたのね？」マディーはついにそう訊いた。

シャーヴォーが立ちどまって、彼女の両手をとる。「違う。マディー。違う」

マディーは自分をかき抱くようにしながらシャーヴォーから離れ、川のほうを向いた。「それが本当なら——愛してもいないのに彼女から思い出の品を受けとったのだとしたら——やっぱりあなたはひどい人よ」

「そうだ」その声には、形容しようのない感情が渦巻いていた。

係留された舟のあいだを、もやもやした白いかたまりのような猫が走っていった。

川の水は岸辺を洗いながらさらさらと流れていき、夕闇のなかへと消えていく。

「帰ろう」彼が言った。「もう暗い」

それでもマディーは動かなかった。猫が舟の縁に前肢をかけてぴょんと跳びあがり、椅子の下に姿を隠した。

「あなたのことがわからないの」マディーは苦しげに言った。「あなたがどんな人なのか、なにを考えているのか、わたしには理解できない」

シャーヴォーがかすれた声で言う。「ぼくは……恥ずかしい、マディー。心の……底から……恥じている。言えるのは……それだけだ。今さらもう……戻れない。もう……変えられない」

白い猫が舳先《へさき》に顔をのぞかせると、ぐるぐる巻きになったロープの上に寝転がって丸くなった。シャーヴォーは彼女の背後でじっとしたまま動かない。

「帰ろう、わが家に」彼が言った。「マディー」

イーディーだってひどい人だ——自分の髪を放蕩者の男性に贈るなんて。そんな男性と恋に落ちたあげく、階段でさめざめと泣いてみせるなんて。まるで説教の本に書いてあった訓話みたいだ。マディーならそこから、正しきモラルを学ぶことができそうだった。

「わたし、怖いの」彼女はつぶやいた。「あなたと一緒にいると、自分がわからなくなってしまうみたいで」

「きみはぼくの……大切な人だ」シャーヴォーが静かに言った。

マディーはうつむいた。そして彼の顔を見ることなく足の向きを変え、彼の腕をとって歩きはじめた。

30

「オペラは……好きか？」ベルグレイヴ・スクエアに戻った馬車から降りるマディーに手を貸しながら、シャーヴォーが訊いてきた。

「見たことがないの」

「今夜」彼は言った。「青い服を……着てくれ」

カルヴィンが玄関で出迎えてくれた。執事はマディーのマントを受けとり、頭をさげようとして思いとどまった。「暖炉に火を入れてございます、ミストレス。すぐにお茶をお持ちしますので。ご一緒に、ストロベリー・ジャムとクロテッド・クリームも召しあがりますか？　マーマレードのほうがお好みであれば、先ほどパントリーから出してきたばかりですし、それとも――」カルヴィンは、自分の声に不安がにじみでているのを悟ったかのように突然言葉を切り、マディーに向かってぎこちなくうなずいてみせた。「申し訳ございませんでした、ミストレス。もう少しわたしがしっかりしていればよかったのですが」

「あなたに罪はないわ」マディーは答えた。

執事はほとんど慰められた様子もなく、口をつぐんでしまった。マディーが二階へあがろうとすると、使用人たちが慌てて仕事に戻っていくのがわかった。ほとんど見かけることのない部屋づきのメイドは、恥ずかしそうにこう告げに来た。「奥さまがディナーのお時間までおやすみになりたいかと思いまして、ベッドにあんかを入れておきました」

マディーはメイドに礼を言って、霧ですっかり冷えてしまった体をあたたかいベッドに横たえた。ここは公爵の部屋だったが、彼はまだ階下にいる。ひとりになれたことがうれしかった。たとえ、シャーヴォーの匂いがかすかに漂っていたとしても。

目を開けると、すっかり暗くなっていた。覆いつきの燭台からもれてくるキャンドルのやわらかい明かりのおかげで、シャーヴォーがベッドのそばに座っていることがわかった。優美な服を着て、じっとこちらを見ている。彼のためにそろえた今宵《こよい》の衣装は、ミッドナイトブルーと白で統一されている。マディーには考えもつかないようなとりあわせだ。

「オペラは?」マディーはふと思いだして、体を起こした。劇場や舞踏会やきれいな服――シャーヴォーの世界に直面する時間だ。

「その前に夕食を――」彼は暖炉のそばのテーブルの上に用意された大きなトレイに向かってうなずいてみせた。「それから、着替えだ」マディーのかたわらに宝石箱を置いて立ちあがり、ドアのほうへ歩いていく。彼はノブに手をかけたところで振り向き、箱を見ながらうなずいた。「きみの髪に」そう言い残して部屋を出ていった。

マディーは箱を開けてみた。真珠の髪飾りだった。母からもらったネックレスよりも粒が大きく、キャンドルの薄暗い明かりでもきれいに輝いて見えた。真珠のあいだにはダイヤモンドが並んでいる。

彼女は唇を噛みしめた。ばかばかしいほど贅沢で、空疎で無意味な品――でも、まばゆいほどの美しさだ。シャーヴォーには決して弱みを見せまいと努力してきたつもりだけれど、まんまと見抜かれていたらしい。動揺してしまったのは、贈り物をされたせいではなかった。宝石が驚くほど美しかったせいでもない。

彼が〝きみの髪に〟と言ったからだった。彼はあのときのことを覚えていてくれた。たったそれだけのことで、マディーの心の防御壁はがらがらと崩れていった。

ふたりは遅れて劇場に着いた。クリスチャンの計算どおり。〈ヘイマーケット〉はすばらしい建物だが、オペラが催されるにしては少し寂しい区画にある。通りのガス灯が、それぞれの主人を待って並んでいる何台もの馬車を照らしていた。

ホアーズ銀行から現金が到着して三十分も経たないうちに、クリスチャンはお仕着せの使用人たちを辻《つじ》馬車に乗りこませて町じゅうに送りだした。世界はふたたび彼に向かって腕を開いていた。彼はまた成金の大金持ちのように、気前よく金をばらまきはじめた。どんなに疑《うたぐ》り深い債権者でさえ感心させるくらいの勢いで。といっても、すでにある借金をすべて返済したわけではない——現金でいろんなものを買いあさって、債権者や出資者たちにいい印象を植えつけるのが目的だった。公爵は別に金に困ってはいないようだぞ、と思わせるために。

カルヴィンを〈ランデル・アンド・ブリッジ〉へやって真珠を求めさせ、フットマンには二百ポンドもする銀細工のアクセサリーを買ってこさせた。料理人は〈ハロッズ〉やワインの酒蔵に向かわせて、大枚をはたかせた。カルヴィンが植木屋と支払いに関する相談をした以外は、すべて即金払いだった。

マディーは真珠を髪につけていた。実を言えば、彼女がこの贈り物を喜んでくれるかどうか、自信はなかった。マディーをどう扱えばいいのか、彼女のまわりをとり囲んでいる靄のようなよそよそしさを打ち破るにはどうすべきなのか、クリスチャンにはよくわからなかった。彼に思いつくのは、やさしい言葉と高価な贈り物——それだけだ。そういったものを彼女がどう受けとめるのかはわかっていた。嘘と世俗にまみれたもの。そんなふうに考えているに違いない。だがクリスチャンには時間がなかった。マディーには今夜、どうしてもそばにいてもらう必要があった。

劇場のコリント様式の柱廊から差してくる光に包まれながら、マディーは馬車を降りた。青いドレスと、金色のエールのように輝くつややかな髪。シンプルながらも豊かな色合いが光に映えていた。きらめくダイヤモンドと微妙な輝きの真珠も、彼女の美しさを引き立たせている。クリスチャンはそんな彼女に胸をときめかせた。マディーはいわゆる、あでやかで人目を引く美人ではない。彼女から感じられるのはむしろ、古風で純粋な美しさだった。愛と美の女神アフロディーテというより、知恵と芸術の女神アテナだ――森の賢者フクロウを従え、黄金のくつわで天馬ペガサスをおとなしくさせた、思慮深いアテナ。

すでにほとんど人気《ひとけ》のない玄関ロビーから薄暗い通路を抜けて、公爵のために用意されたボックス席へと向かうにつれて、音楽がだんだん大きくなっていった。それでもマディーはまだ、オペラというもののきらびやかさに対する心の準備ができていなかった。扉が開いた瞬間、いきなり目に飛びこんできた光と色の洪水に、彼女は圧倒された。赤や金に塗られたボックス席の列は天井のあたりまで続いていた。満員の観客は連れに向かってなにごとかささやいたり、手すりから身を乗りだすようにしてステージを見おろしたりしている。

そして、そのステージときたら！――マディーはひと目見ただけで、ぱっと視線をそらしてしまった。踊り手たちがきちんとした服を着ていない！　そのうちに、音楽や会場内の低い物音にまじって、やけに耳ざわりなざわめきが聞こえてきた。そっと目をあげてみると、二列ほど前のボックス席の客がこちらを振り向いている。向かい側のボックスには、シャーヴォーとマディーがふたりきりで座っている席にオペラグラスを向けている人までいた。

マディーは膝に視線を落とし、顔をあげられずにいた。恥ずかしいステージもほかの客も見ていられない。

「顎を……あげて」シャーヴォーが彼女のほうを見もせずに言った。

仕方なく、マディーは顎をあげた。

「そうそう」彼は言った。「そしてステージを……見る。踊り手を」

「でも――だって――あの人たち……」それでも彼女はしぶしぶシャーヴォーの言葉に従った。ピンクのタイツ姿で踊っている女性には嫌悪感さえ覚えた。足首もふくらはぎもむきだしだ。スカートが透けているせいで、脚の線もくっきりとわかる。

「見ろ」彼が命じた。

たしかに、ある種の魅力は感じられた。ほとんど裸のダンサーたちが交互に飛び跳ね、いきなり立ちどまったかと思うと、大声で歌いはじめる。マディーの知っている音楽と言えば、クリスマスの聖歌や童謡くらいのものだった。でも新聞から得た知識のおかげで、オペラが芸術の粋を集めたものであることくらいは知っていた。それにしても大きな音だ――おまけに観衆のほとんどはおしゃべりに夢中で、ステージのほうを見てもいない。

そのとき、ボックス席を仕切っている背後のカーテンの奥から、なにやら言い争う声が聞こえてきた。どうやらなかに入れろと言って、シャーヴォーのフットマンと押し問答している人がいるらしい。シャーヴォーにも聞こえているはずなのだが、彼はぴくりとも動かなかった。

マディーはいたたまれなくなって、下品なステージから下の観客へと目を移した。だがそこでもまたショックを受けてしまった。多くの男性客が客席を歩きまわっては、知りあいではなさそうな女性のかたわらにさっと腰をおろし、手を握ったり肩を抱いたりしている。そのなかのひとり、立ちあがった男性の着ている近衛《このえ》隊の深紅の制服が彼女の目を引いた。

「あれ、フェイン大佐じゃない？」マディーは言った。

その瞬間、大佐が振り向いてふたりのいるボックス席を見た。彼は微笑みながらお辞儀をして、まわりの席にいる人々全員の注意を引いた。

シャーヴォーがうなずきかえす。彼がマディー以外の人間に反応したのは、それが初めてだった。大佐は席を離れると、こちらへ向かって通路を歩きはじめた。

しばらくすると公爵が立ちあがって、自分でカーテンを開けた。フェイン大佐がボックス席に入ってくる。

「マァム！」彼はにやりと笑ってマディーにお辞儀をし、彼女の手をとった。「またお目にかかれてうれしいです。今日は実におきれいだ！　それから、シェヴ――どうして町に戻ってきていることを知らせてくれなかったんだ？」

「戻ってきて……間もないから」シャーヴォーが答えた。

「あなたを訪ねていってもかまいませんか、マァム？」フェインがマディーのかたわらに腰をおろし、体を寄せながら尋ねた。

「ええ、どうぞ、いつでも歓迎するわ」

大佐は微笑みながら頭を振った。「そう言ってもらえるとうれしいな」そして、マディーの頭越しにシャーヴォーを見る。「このまま行くと、ぼくは彼女のチチスベオになってしまうかもしれないぞ」

公爵が眉をあげた。

「チチス――？　なんなの、それ？」マディーは訊いた。

フェイン大佐は立ちあがると、彼女の手をとってキスをした。「イタリア語で〝情夫〟という意味ですよ、マァム。さて、ぼくはそろそろ退散しますよ。でないと、心が千々に乱れてしまいそうですからね——あなたの夫も〝早く失せろ〟と思っているようだし。では、ごきげんよう、ぼくの麗しきヘレネー。あなたのためなら、この命も惜しくはありません」

マディーがそのとんでもない口説き文句の意味を考えているうちに、大佐はいなくなってしまった。ふと視線をさげると、劇場じゅうの人たちが彼らのほうを注目しているのがわかった。彼女は横目でシャーヴォーを見た。

彼はむっつりとした顔でマディーを見つめていたが、彼女の視線に気づいて微笑んだ。彼女の心に容赦なく突き刺さってくるような笑みだ。「今のうちに……あいつを撃ち殺しておいたほうが……いいのか？」

マディーは大きく息を吸ってから顔をあげた。「あなたは気にしないで」彼女は静かに答えた。「わたしは火遊びをするような女じゃないわ、シャーヴォー」

彼の顔から笑みが消えた。マディーは目をそらし、ステージの上をあちらこちらと跳ねまわっている女優たちに視線を向けた。まるで興奮したヒバリのようだ。

シャーヴォーが片手を差しだしながら立ちあがった。「もう充分だ。行こう」

独身だったころは、社交の誘いに悩まされることはあまりなかった。ディナーやパーティーに招待されたときは、仕事絡みであれプライベートであれ、興味のあるものだけ出席して、礼儀上、お返しとしていちいち相手を招きもした。しかし今朝は、ベルグレイヴ・スクエアの屋敷の前にひっきりなしに馬車がとまり、次々と招待状を届けに来た。カルヴィンが一時間ごとに、集まったカードを書斎まで持ってくる。今や銀のトレイの上にはカードが山積みになっていた。

マディーは向かいあわせに置いたふたつのデスクを挟んでクリスチャンの正面に座り、すべてのカードを読みあげてくれていた。一枚読んでは彼の指示に従い、観賞用に特別美しくつくられたテーブルに置かれているふたつの翡翠《ひすい》の壺《つぼ》に振り分けていく。いったんカードの整理が終わると、今度は小切手の宛名書きや手紙の口述筆記にとりかかった。そのあいだもクリスチャンは帳簿をチェックしていた。そしてカルヴィンが三十分ごとに、マディー宛の花束を持って入ってきた。

花は朝食前から到着しはじめ、書斎はもはや、チューリップや水仙、甘い香りのヒヤシンスやカーネーションやサクラソウでいっぱいになっていた。切り花もあれば、オランダ風の鉢に入ったもの、バスケットに入ったものもある。まるでここは花屋のようだ。この部屋に入りきらなくなった花は、隣のサロンにまであふれていた。

だが驚いたことに、マディーはそういう花々には少しも心を動かされていない様子だった。彼女はひとことも言葉を発せずにいったん花を受けとり、すぐにカルヴィンに片づけさせせた。例外は、ふたりのフットマンと植木屋の使いが、満開の花をつけたオレンジの木の大きな鉢をふたつ抱えて入ってきたときのことだ。南国の香りがたちまち部屋を満たすと、彼女は両手で口もとを覆い、目を閉じた。

「もう、これはいったいどういうことなの？」指のあいだから声をもらす。

「メッセージがついております、ミストレス」カルヴィンが手紙を差しだした。


〝裏庭にどんな木を植えたらいいか考えていたんだが、オレンジの果樹園をつくるのはどうだろう？　ほかにもなにか植えたいものがあったら、好きなときに植木屋を呼んで相談してくれ。そういう手はずになっているから〟


マディーは両手の奥で小さなうめき声をもらすと、あきれたような表情でクリスチャンをにらんだ。

成功したのか、大失敗だったのか、彼にはよくわからなかった。召使いたちが部屋から出ていくと、クリスチャンは一本の木に近づいて花を摘んだ。そのあいだマディーは手で口を覆ったまま、なんとも言えない顔でこちらを見ていた。

クリスチャンは花の香りを吸いこんだ。官能的な匂いだ。花びらを指先でまわしながら彼女のほうに近づいていき、足をとめる。一瞬考えこむようなしぐさをしてから、彼は突然、花を自分の耳の後ろに差した。

「きれいか?」頭の後ろに片手を添えて首をかしげ、花がよく見えるようにする。

するとマディーがぷっと噴きだし、くくっと笑いはじめた。我慢しようとしたがついにこらえきれなくなった、そんな笑い声だ。ああ、なんと純粋なマディーガール。頭のいかれたクリスチャンでも、こんなに簡単に笑わせてやることができるなんて。彼はそれなりに女性経験を積んできたつもりだった。しかし純粋で清らかな女性のささくれた心を慰める手立てとなると、こんなことくらいしか思いつかなかった。

「あなたがなにをたくらんでいるのか、わかってるのよ」マディーが言った。

「ちょっと……お洒落を……してみたんだが」

「わたしの機嫌をとろうとしてるんでしょう? 宝石や花を贈って」

彼は頭を振って、花を耳から手のなかへ落とした。「うまくいってるかな?」

マディーが頰を赤らめて視線をさげた。「わたしにどうしてほしいの?」

「もっと……やさしく」

「なんのために?」

クリスチャンは肩をすくめた。「そうすれば……ぼくはもう……ドレッシングルームで……寝なくてすむ」

彼女は部屋を埋めつくしている花々を見まわしながら言った。「たったそれだけのために……これほどの大金を遣《や》ったわけ?」

彼は指先でつまんだ花を使って、やさしくマディーの手の甲を撫でた。「それだけのため？」

今や彼女の頰は真っ赤に染まっていた。「ここはあなたの家でしょ。ここで寝ろとか、あそこで寝ろとか、わたしは一度だって指図した覚えはないわよ。わたしはそういう立場じゃないんだから」

「でも……こういうふうに……言うことはできる」クリスチャンは花でゆっくりと円を描いた。「ふたりで一緒に眠りたい、と」

「まあ……」彼女の呼吸が浅くなった。「それはそうだけど……」

「言ってくれ。ぼくが……欲しいと」

マディーは花を見つめていた。「わからないわ」みじめな口調だった。

「わからないのかい、マディーガール？」クリスチャンはそっと尋ねた。

「どうしてあなたって人は――罪深いことばかり考えているの？」彼女は手を引っこめた。「わたし、そんな女じゃないわ！」

クリスチャンはたちまち気分が高揚するのを感じた。この手の女性ならよく知っている――わたしはそんな女じゃないと口では言いながらも、結局そういうことをする女性。だったら手立ては心得ていた。ここはぐっと我慢して、いったん撤退したほうがいい。「わかった」クリスチャンは威厳のある声でそう言うと、ふたたびデスクに戻って帳簿を調べはじめた。

帳簿から目をあげたのは、しばらく経ってからだった。「そうだ。もうひとつ……別の話が。五百人の客を呼んで……舞踏会を開く」彼はカードがたくさん入っているほうの壺を指さした。「この人たちに……招待状を」

その晩、彼はやってこなかった。前の晩もそうだ。マディーは公爵の寝室でひとり、五百人もの客が集まる舞踏会のことを考えていた。それと、彼から〝ぼくが欲しいと言ってくれ〟と言われたときのことを。

そんなに途方もない舞踏会を開くなんて、シャーヴォーはいったいなにを考えているのだろう。花や宝石の贈り物だって――いかにも世俗的なやり方だ。彼はオレンジの花を耳の後ろに差し、いかにも無邪気なそぶりで〝きれいか？〟と尋ねてきた。そうやっておどけることで、わたしの怒りの矛先をそらそうとした。

マディーはまるで、彼の張った網にからめとられていくような気がしていた。

朝になるとふたりはふたたび花で埋めつくされた書斎にこもり、たまりにたまっていたシャーヴォーの業務を少しずつ片づけていく作業を再開した。しばらく根をつめて仕事をしたせいで、シャーヴォーはすっかり疲れてしまった様子だった。昼ごろにはうまくしゃべれなくなり、いらだって帳簿をばたんと閉じた。

「少し休んだほうがいいんじゃない？」マディーは言った。シャーヴォーは支払いの額を彼女に伝えるのに、三度も計算をしなおさなければならなかった。「つらそうだもの」

「つらくなど……ない！」彼はどさりと椅子の背にもたれかかった。「これくらい、簡単だ。ただ……ときどき……頭が……まわらなくなるだけ。仕事を片づけたいのに……聞くことと……しゃべること……同時にはできない」顔を天井に向け、両手で目のあたりを覆う。「ぼくは……ばかじゃない」

「ばかだなんて言ってないでしょ」マディーはそっと言った。

彼は重いため息をついて手をおろしたが、視線はまだ天井に向けられていた。「だが……ばかになったみたいな……気がするんだ」彼はうめいた。「どうしようもないばかに」

マディーは自分のデスクを見おろした。書類の端を指でくるくると丸め、そしてまた元に戻す。「ねえ、クリスチャン」彼女は自分の指を見つめながら言った。「今夜、来てくれない？」

彼はしばらくじっとしていたが、いきなり椅子の背から頭を起こすと前のめりになってデスクに肘を突き、両方の指先で顎を支えてマディーを凝視した。

「どうして今夜？」シャーヴォーが微笑む。「今……ぼくは……ここにいる」

マディーは目を見開いた。書類に目を落とし、それからおずおずと彼に視線を合わせる。「からかわないで」

シャーヴォーが低くやわらかい笑いをもらした。マディーはそのとき、彼のデスクと向かいあっている自分のデスクを横向きにしようと思い立った。今はなるべく顔を合わせないほうがいい。だが、書類をきちんと重ねて立ちあがった拍子によろけてしまい、危うくインク壺を倒しそうになった。

シャーヴォーがとっさに手をのばして壺を押さえた。「からかってる?」楽しそうな声だった。

「もうすぐカルヴィンが昼食の用意を――」

「あとでいい」

「もうお昼なのよ、シャーヴォー。昼食を食べないと――」だが彼が背後にまわって唇をうなじに押しつけてきたせいで、最後まで言い終えることができなかった。

「ぼくが欲しいかい、マディーガール?」シャーヴォーがささやく。

彼の熱い吐息のせいで体が震えた。「こんなに明るいのに!」大声で怒鳴ろうとしたのだが、高くかすれた声しか出なかった。

彼はふたたび豊かでやわらかな笑い声をあげると、あたたかい息を吹きかけてきた。

「何時でも……いいじゃないか」そう言って、彼女の首筋から背中のボタンにかけて指先でなぞった。マディーはいちばん上のボタンが外されるのを感じた。

「カルヴィンが！」彼女は必死だった。「カルヴィンが入ってくるわ！」

シャーヴォーが次のボタンを外しながら、むきだしになったうなじにキスをしてきた。

「あなた、疲れているのに！」マディーはその場から動けなくなった――彼の指先から伝わってくる電流が、胸の先端へ、もっと下へ、さらに下へと、びりびりと走っていく。「あなたは……体を……休めるべきなのに」

「答えがまだだ」ボタンのあと、コルセットのリボンもほどいてしまった彼は、キャミソールも脱がせようとしていた。「ぼくが欲しいのか、マディー？」

「あなたは――」そのときドアをこするような音が聞こえ、彼女はパニックを起こして小さな叫びをあげた。

「なんだ？」シャーヴォーがドアに向かって言う。両手はマディーの肩に置き、ドレスがずり落ちないように親指で押さえていた。

戸口にカルヴィンが立っていた。「お昼の用意ができましてございます、閣下」

「ここへ運べ」シャーヴォーは表情ひとつ変えずにそう命じた。片方の手をおろし、むきだしになったマディーの背中を上下に指で撫でる。彼女の背筋にエロティックな刺激が走った。

マディーは顔を赤らめたままカルヴィンを見ているだけで、動くこともしゃべることもできなかった。執事は深々とお辞儀をした。「すぐに持ってまいります、閣下」そう言ってさがっていく。

「いいかげんにして」彼女はシャーヴォーに脱がされかけたドレスを元に戻し、肩を隠そうとしながら言った。「分別を持ってちょうだい！　彼が戻ってくるわ——もうすぐ——だめよ！　ここではだめ！」

ドレスがするりと肩から滑り落ちた。彼はマディーを引き寄せ、薄いコットンのキャミソール越しに、彼女の肩の曲線に唇をつけた。開いたコルセットの下をまさぐり、下着の感触を楽しんでいる。彼のてのひらの感触が乳首に伝わってくると、彼女は甘い歓びに身をよじり、息をのんだ。

「欲しいか？」シャーヴォーが耳もとでささやいた。

「人が来るわ」マディーはうめいた。「人が……誰かが……」

彼が腕に力をこめた。「ぼくが欲しいか？」

閉じたドアの向こうから物音が聞こえたとたん、マディーはいよいよパニックに陥った。シャーヴォーを突き放そうとしたのだが、さらに強く抱きしめられただけだった。彼はとっさにマディーを本棚とキャビネットのあいだの狭い空間に押しこめると、手を離した。彼女はほとんど裸も同然の格好だった。ここから出ることはできない。

ドアが開くと同時にシャーヴォーは彼女の前に立ち、書棚から本を一冊とりだした。彼は部屋に背中を向けて本を読むふりをし、召使いたちから彼女の姿が見えないようにした。トレイや皿が置かれる音がマディーの耳に聞こえてきた。そっと下のほうを見ると、部屋を行き来しているフットマンたちの白い靴下が見えた。こちらから見えているのだから、彼らにもわたしがここにいることは見えているに違いない。だがシャーヴォーの背中のせいで、彼らの表情を確かめることはできなかった。

シャーヴォーがページをめくった。「ああ、これこれ」まるで、探していた一節が見つかったかのような口調だった。「ハムレットだ。〝レディー、そなたの膝の上にこの体を横たえようか？〟」マディーは壁に体を押しつけながら唇を固く結び、彼に向かって必死に眉をひそめてみせた。だがシャーヴォーは、なにごともなかったかのような表情を浮かべただけだった。「〝いやつまり、この頭を載せようか？〟」

「やめて！」彼女はささやき声で怒りを伝えた。

彼がにやりと笑った。「ここに……この戯曲に……書いてある。ぼくはただ……読んでるだけだ」

ドアが開き、閉じるのが聞こえた。シャーヴォーは長いあいだじっと彼女を観察していた。彼がそこから動かない限り、マディーに逃げ場はない。彼女は耳を澄ましてから、口だけを動かして尋ねた。〝彼らはもう、行った？〟

シャーヴォーは首をぐるりと動かして、片方の肩越し、そしてもう片方の肩越しと、芝居がかったしぐさで後ろを振りかえってから、視線を彼女に戻した。「わからない。ここにいたほうが……いい」

マディーは彼を突き飛ばした。シャーヴォーは本を背中にまわしてすとんと床に落とすと、顔を近づけてきてキスをした。それから両手で彼女をつかまえ、親指で乳首のあたりを前後に愛撫する。マディーは全身の筋肉が液体になってしまったかのごとく、そのままずるずる彼のほうへ引きずられていくような感覚に見舞われた。

「欲しいか？」シャーヴォーが耳もとで甘くみだらにささやいた。彼は真っ昼間に現れた悪魔だった。優雅なしぐさで彼女の体を撫でまわす、長く美しいまつげを持った悪魔。

マディーはくるりと体をひねって彼に背を向け、すっかり熱くなった頬を冷たい革張りの本の背表紙に押しつけた。シャーヴォーはむきだしの背中をさすりながら、さらに服を脱がせようとした。胴から肩のほうへ彼の指先が滑ってくると、マディーは歓びと恥ずかしさに身もだえした。体の震えを抑えることができない。「まだ昼なのに」彼女は革の壁で顔を隠しながらうめいた。「だめよ……こんなこと」

シャーヴォーはむきだしの背中から指を離したものの、彼女から遠ざかろうとはしなかった。むしろこちらへ近づいてきて、マディーを壁に押しつけようとしている。

背中に彼のシャツがふれたのがわかった。シャーヴォーの香りと革の匂いがまじりあう。彼がスカートをたくしあげはじめた。

「ああ、だめ」マディーはくぐもった叫びをあげた。「だめ、だめ――こんな恥ずかしいこと！　クリスチャン！」

だが彼はマディーの肩にやさしく嚙みつきながら、あからさまに体をすりつけてきた。壁から離れようとしても、逆にシャーヴォーに背中を押しつけてしまうだけだった。彼は喉の曲線から肩へと唇でなぞって、ついばむように肌を吸いながら、壁にあてられていたマディーの手をつかんで下におろさせた。ふたりのあいだにあるのは、くしゃくしゃになったスカートだけ。ストッキングをはいた足は、ガーターのあたりまでむきだしになっていた。

それでもシャーヴォーはやめようとしなかった。マディーのペチコートとドレスをまくりあげ、素手でヒップを包みこむ。耳もとで彼の荒々しいうめきが聞こえた。彼はマディーを嚙んで痛みを与え、てのひらで体じゅうを愛撫した。それは彼女にとって甘い痛みであり、罪深い快感だった。彼がズボンのボタンを外すのがわかった。たくましい男性の部分が押しつけられると、いけないことだとわかっていながらも、マディーは息を乱しはじめた。

硬い石が溶けていくみたいに、彼女の体もとろけていった。開いた脚のあいだに彼がするりと滑りこんでくるのがわかる。シャーヴォーの熱い吐息が、むきだしの背中に焼きつくようだった。彼はマディーに自分自身を押しつけ、力強くヒップをつかむと脚を閉じさせた。

彼女と壁のあいだにシャーヴォーの手が入ってきて、スカートの前をたくしあげようとした。手首をつかまれると同時に、彼の声がする。「ぼくにもふれてくれ」シャーヴォーに導かれるまま、彼女は手をさげていった。潤んだ自分とたくましい彼がいるところへ。「ああ……」シャーヴォーは熱いうめきをもらし、突然激しく腰を動かしはじめた。「そうだ――そうだ――マディー」

ふたりは腕を絡ませながら壁に寄りかかっていた。彼が手を滑らせてマディーの秘密の部分を探った。からかうようにじらしたかと思うと、体を押しつけるのに合わせて深くまさぐってくる。シャーヴォーのものが脚のあいだで動き、想像もつかないほどの歓びを与えていた。胸にこみあげてきた快感が乳房に伝わり、乳首をつんととがらせる。彼の指も彼女の指も、今やしとどに濡れていた。マディーがその手で彼を包みこむと、シャーヴォーが歓びのうめきをあげた。マディーは彼にそんな声を出させたことに、深く忌まわしい満足感を覚えた。

「ぼくが欲しいか？」シャーヴォーがこれまで以上に張りつめた口調で執拗《しつよう》にくりかえす。「マディー……きみのなかに」

マディーは唇を噛み、壁のほうへ顔をそむけた。「欲しいわ」すすり泣きながらささやく。「欲しい」

やり方はすべて、シャーヴォーが教えてくれた。どうやって彼を歓ばせたらいいのか。昼の日なか、ふたりは床に膝を突き、マディーは彼とひとつに結ばれた。彼のものが体の深いところにあった。シャーヴォーは彼女を撫でまわしてから乳房をもみ、うなじに口づけた。マディーはそんな彼の行為に溺れた。歓びが最高点に達すると、彼女の叫びと男らしいシャーヴォーのうめきがひとつにまじりあった。ふたりはただの男と女だった。それ以上でも以下でもない。ふたりは今、神が大地からつくりあげたあらゆる生き物と同じ、ひとつがいの雄と雌として結ばれていた。

シャーヴォーはマディーに馬車を買ってくれた。それも、一度に二台も。一台は白い靴下を履いたような栗毛《くりげ》の馬四頭が引く馬車で、もう一台はクリーム色のポニー二頭が引く馬車だった――彼いわく、ちょっと公園まで出かけるとき専用の馬車だそうだ。

そんなものを買ってくれる必要はないと、マディーは言ってあったのに。高価な買い物や意味のない贈り物なんて、もうやめてほしかった。なのにシャーヴォーは、ベルグレイヴ・スクエアに御用商人がやってくると、象眼細工を施したアンティークのキャビネットを彼女に買い与えた。そればかりか、めったに使われることのないバック・パーラーの内装まで新しくしてしまった。こぎれいで居心地の良かった部屋は、金メッキや赤いサテンで仰々しく飾られた豪華な閨房《けいぼう》へと変わってしまった。

マディーは彼の浪費癖をなじった。だが彼は、シャーヴォー城にある寝室に飾りたいと言って、小さいけれどすばらしい出来のレンブラントの絵を買ったりもした。のちに新聞で読んで知ったことによれば、その絵はクリスティーズでオークションにかけられることになっていたのだが、シャーヴォーが高額な値段で買いとってしまったため、オークションに参加しようと思っていた人々を嫉妬《しっと》させたようだった。

マディーは公爵の家の小さな世界のなかで、みじめさと喜びに包まれながら暮らしていた。誰かが訪ねて来ても居留守を使い、宵闇が迫るころになると馬車を立てて町の郊外の静かな場所へ行って、あたりを散歩した。シャーヴォーの脚があまりに長いせいで、マディーは早足にならなければついていけなかった。角を曲がったり、垣根の暗いところに来たりすると、彼は積み重なった落ち葉を踏みながらマディーにキスした——そして、キス以上のことも。家にいるときも、書斎のデスク越しに〝きみのことならなんでも知っているぞ〟と言わんばかりの笑みを投げかけてきた。マディーはまるでシャーヴォーの所有物になったような気分だった。贈り物のせいではない。彼女はみずからの意志でシャーヴォーのとりこになっていた——ふれてもらいたかったし、どんな形でも、いつでもどこでも奪ってほしかった。どんなにはしたなく、恥ずかしいことをされてもかまわなかった。

ただ彼を見ていたかった。無駄遣いのことで口論をするのは、今や苦痛でさえあった。シャーヴォーが少しも言いかえしてこなくなったからだ。そんなとき彼はマディーを残して部屋を出ると、ひとりで馬車に乗ってどこかへ消えてしまうだけだ。イーディーと同じように、マディーもまた彼のとりこになっていた――いや、イーディーよりひどかったと言ってもいいかもしれない――今のマディーはすっかり彼の言いなりだったのだから。どんな命令にも従い、従うことに喜びさえ感じていた。彼の持つ力に心のどこかで怯えながらも、自分のすべてを捧げようとしていた。

身を守るすべはなかった。階段で泣いていたイーディーの姿が頭に浮かんだ。そして、シャーヴォーの甘い言葉と愛撫。世俗的な洗練。彼にはきっと何人もの恋人がいるのだろう。わたしと出会う前も、そしてこれから先も。大勢の女性と出会っては愛しあい、別れをくりかえすのかもしれない。

この家を出よう。マディーはそう決意した。彼が今わたしにさせている仕事なら、誰にだってできる。でもわたしは、ここを離れなければいけない。自分がどれほど恥ずかしいことをしているか自分で判断がつくあいだに、この家を出て、父のところへ戻らなければ。しかし、彼女には夫に対する責任があるのも事実だった――今朝もレディー・ド・マーリーから手紙が届いたばかりだ。マディーはその手紙を読んだあと、シャーヴォーの目にふれさせないよう、燃やしてしまった。

彼の母親がふたたび息子を閉じこめたがっている——手紙にはそう書いてあった。母親はそのためにまず、息子の妻だとかのたまっているあのあばずれの力を封じなければならないと考えているようだ、と。今のところはレディー・ド・マーリーの弁護士が、あまり事を公にしないほうがいいのではないかと言って、息子の監禁を思いとどまらせているらしい。たしかにそんな目論見《もくろみ》が明るみに出てしまったら、とんでもないスキャンダルになるだろう。だいいち、シャーヴォーはまだ法的に無能力者の烙印を押されてはいない。だが、早く審問を開くべし、という声が高まっているのもまた事実だった。弁護士の力だけでは、期日の設定を先のばしにすることは難しそうだ。シャーヴォーの家族は自分たちのことを棚にあげ、公爵の金遣いの荒さや、何年も一家に仕えてきた不動産屋と手を切ったことを非難していた。おまけに彼らは、シャーヴォーの金遣いが荒くなった原因はただひとつ、マディーのせいだと思っているらしい。欲深くてたちの悪い女が哀れなシャーヴォー公爵を骨の髄までしゃぶろうとしている、というわけだ。

あまりの言われ方に、マディーは押し殺した笑いをもらした。でもそれは驚くべきことではない。マディー自身、シャーヴォーの振る舞いを見ていて正気を疑いたくなることがあった。ほかの人々が彼のことをどう考えているかなど、推して知るべしだ。他人にはおそらく、彼女も同罪であるように見えているのだろう。それもまた、マディーが家を出ようと思っている理由のひとつだった。しかし、レディー・ド・マーリーは手紙のなかで、ほとんど懇願するような調子で〝なんとかして甥の出費をこれくらいにまで抑えてやってもらえないか〟と書いてきていた。具体的な数字をあげて。マディーにとってその数字は、ひと月前には信じられないほど巨額だったが、今ではそこそこ妥当な線だと思えるようになっていた。

けれども、それは無理な話だった。シャーヴォーはいまだに借金の延滞金さえ、ろくに払おうとしないのだから――すべての債権者に丁寧な言葉で返事を送り、本当に腹を立てて返済を迫ってきた債権者にだけは、さすがに金を返したけれど。このところ彼は帳簿の数字を眺めてはあれこれ考えこんでいるようだが、マディーには、それが役に立っているようには見えなかった。もしかしたら彼は金を借りられるだけかき集めて、支払いを無視することで、見かけ上の収入を増やそうとしているのではないかと、疑いたくなるほどだった。

今朝もその件で彼と口論をしたばかりだった――少なくともマディーは言いたいことを言ったつもりだ。だがシャーヴォーはただ眉をひそめてみせると、あろうことかデスクをまわって近づいてきて、彼女にキスをしようとした。

幸運にもそこへダラムがやってきたおかげで、シャーヴォーはキスをあきらめてくれた。シャーヴォーとその友人はどこかへ行く相談をしているようだったが、マディーに一緒に来てくれとは言わなかった。社交嫌いの彼女にしてみれば願ってもないことだったが、ダラムはそんな気も知らず、きみひとりを家に残していくことをすまなく思う、と言った。

「でも、もうすぐ寂しい思いなどしなくてよくなるからね」ダラムは明るい声で言った。「舞踏会が開かれれば、きっときみは人気者になるよ」

「あら」マディーはシャーヴォーを盗み見ながら言った。「あなたたち、舞踏会のことを相談してたの？」

シャーヴォーがうやうやしくお辞儀をした。「公爵夫人のお披露目《ひろめ》だ」

「きっとえらい騒ぎになるぞ」ダラムが言った。「でも、怖がる必要はない。きみはただ胸を張っていればいいんだ。今は社交シーズンの真っ盛りではないし、ほかには大きな舞踏会なんて開かれないだろうから、きっと多くの人が集まるだろう。狩りのほうもあまりたいした成果があがってないみたいだしね」

「狩りは残酷だ！」シャーヴォーが苦々しく言った。

「シェヴは狐《きつね》狩りをやらないんだよ」ダラムがマディーに耳打ちした。「時代遅れなやつなんだ。どうせ銃を使うのなら、射撃のほうが科学的だと思ってるらしい」

とたんに公爵が表情をゆがめた。「もう、やめた」彼は言った。「今はもう……納屋の壁にさえ……弾があたらない」

「いずれよくなるさ」ダラムが励ました。「今だって、以前よりはずっといいんだしね」

シャーヴォーはなにも答えず、じっとドアのところに立って、友人がマディーと握手して別れを告げるのを見守っていた。そして、ダラムと連れ立って部屋を出ながらこう言った。「長居はしない……五分ずつ。それだけだ。わかったか、ダラム？　話は……きみがしてくれ」

ふたりがいなくなってしばらくすると、カルヴィンが姿を現した。「招待状の準備を手伝うよう言いつかっております、ミストレス。明日には発送しなければならないそうで。文房具屋から紙も届いておりますよ」執事はデスクに包みを置くと、小さなはさみをとりだして紐を切った。

マディーはため息をついた。公爵はいろんな才能を持っている人だけれど、忍耐力はそのなかに入っていない。

何時間経っただろうか。手も背中もすっかり痛くなったころ、フットマンがドアをノックした。

「植木屋のミスター・バタフィールドと庭師のミスター・ヒルが到着なさいました」

書斎には毎日新しい花が届いていたというのに、マディーはシャーヴォーが植木屋を呼んでいたことをすっかり忘れていた。どうしようかと思い迷っているうちにカルヴィンが立ちあがり、フットマンがふたりの男を案内して部屋に入ってきた。ふたりめの男はクエーカー教徒の帽子をかぶり、質素なコートを着ていた。

「ぼくの名前はヒルじゃない」その男はフットマンからマディーのほうへ視線を向けながら言った。「リチャード・ギルです」

31

マディーはとてつもない恥辱の大波に襲われた。体はぐったりと椅子に沈みこんでいるのに、心は外の通りで台に立たされ、人々から浴びせられるひどい野次を聞かされているかのようだった。

バタフィールドが明るく微笑みながら、丸っこい体を跳ねあげるようにして姿勢を正した。「奥さまのお庭のお世話をさせていただけることになって大変光栄に存じます、ユア・グレイス。花や植木はご満足いただけましたか?」

マディーはうなずいた。糸の絡まった操り人形のようにぎこちなく立ちあがり、リチャードに向かって手を差しだす。「フレンド」と彼女は呼びかけた。

「アーキメデア」リチャードはそう答え、マディーの手に軽くふれただけで腕をおろしてしまった。植木屋が驚きのまなざしでふたりを見守っている。

「わたしたち、初対面ではないんです」マディーはそう説明した。「わたし――」自分がフレンド派の信徒であることは言えなかった。今はまだ。「リチャード・ギルには前に会ったことがありまして」

バタフィールドはふたたび満面笑顔になった。「それはすばらしい。このギルがわたしのところで働くようになってからは、まだ日が浅いんですがね。彼がミスター・ラウドンのところにいたことはご存じでしたか？」

「いえ」マディーは機械的に答えた。「知りませんでした」

「さようですか。でも、ミスター・ラウドンのお仕事はご存じでしょう？」

「ミスター・ラウドンって……」彼女は記憶の糸をたぐり寄せながら言った。「たしか『サバーバン・ガードナー』の？」

「そうです、そうです。当代きっての造園家――『ザ・サバーバン・ガードナー』、『アンド・ヴィラ・コンパニオン』、『アン・エンサイクロペディア・オヴ・ガーデニング』、『ザ・ガードナーズ・マガジン』などの著書もある――ランスロット・ブラウンとハンフリー・レプトンの正当なる後継者、ジョン・C・ラウドンですよ。で、ここにいるギルはミスター・ラウドンからの強い推薦もあって、デザイナー兼フローリストとしてうちへ来てくれたわけです。植物学に精通していますので、最先端の植物園や庭園をつくるときなどに彼の助言が大いに役立ちます。目に美しく、学習効果もあるような庭をつくるときに。なにより大切なのは、見る人の心を明るくするということでしょうか。ギルが奥さまのお役に立てればいいのですが」

リチャードは澄んだ瞳でじっとマディーを見ていた。責めるような色は浮かんでいない。だが、彼女はしばらくのあいだ目を合わせることができなかった。「ええ、もちろんですわ。リチャードならば申し分ないはずです」

そう言ったとたん、シャーヴォーのことが頭に浮かんだ。彼だったら決して、こんな状況を受け入れようとはしないだろう。でも、そんなことを言えるわけがなかった。バタフィールドの顔から笑みを消し去り、すばらしいプロジェクトを台なしにしてしまうことなんて、できやしない。植木屋は自分の儲《もう》けを考えて、内心ほくほくしているのだから。

「では……」バタフィールドはリチャードのほうを向き、ノートとスケッチブックをとりあげた。「さっそくお庭のほうを見せていただきましょうか」

屋敷と馬小屋のあいだにある中庭は、マディーがチェルシーで暮らしていた家の庭ほどの広さもなかった。舗装されたばかりの、がらんとした空間だ。壁と壁のあいだには殺風景さを緩和させる木々やトレーラーもなかったし、錬鉄製のベンチが一脚置いてある以外、装飾らしい装飾もなかった。バタフィールドが不服そうにふくれっ面をしてみせる。「この舗装の下には使用人用の地下室があるんですか?」

「ええ」この家でシャーヴォーとふたりきりで過ごしたことがあるせいで、マディーはキッチンや地下室の存在を知っていた。それに、こういう話題なら個人的なことにふれずにすむのがありがたい。「馬小屋のほうまで続いています」

「ではまず、最初に土台のほうを拝見してみませんとね。なに、すぐ終わりますよ。ギル――そのあいだおまえは奥さまのお相手をしていてくれ。公爵夫人、なにかとくにお気に入りの植物などがございましたら、この者にお申しつけください。いえいえ、奥さまにわざわざご足労願う必要はありません！　誰かに案内を頼みますから」

バタフィールドがそそくさと家のなかへ戻っていったあと、マディーはようやく彼が気を利かせていなくなったのではないかと気づいた。呼び戻そうとしたけれど、そのときはすでに姿が見えなくなっていた。

マディーはバタフィールドが入っていった美しいフレンチドアをじっと見つめた。馬小屋の後ろの路地で、誰かが口笛を吹いている。殺風景な中庭を支配している静けさのなか、彼女はじっと動けずにいた。

「どうして？」リチャードが訊いてきた。

マディーは彼のほうを向いたが、視線は足もとの舗装に落としたままだった。

「彼に強要されたのか？　アーキメデア――」押し殺したような口調だったが、その奥にはさまざまな感情が渦巻いていた。「きみはぼくのところへ来ることだってできたのに。それはきみにもわかっていたはずなのに」

マディーは言葉を見つけられないまま、慌てて首を振った。

リチャードは壁のほうへ歩いていった。「神はぼくに、きみを見守るようにと言われた。なのにぼくはその務めを果たすことができなかった。悲しいことにね」

「違うの、リチャード——あなたのせいじゃないわ」

彼は白い石を背景にして、肩を怒らせたまま壁のほうを向いていた。まぶしい光のなかで苦渋をにじませながら。リチャードがこちらを向くと、マディーはまたしても視線をそらした。彼が近づいてくる。

「たとえ彼がきみにどんなことをしていたとしても」強い思いのこもった低い声だった。「ぼくはミーティングに諮って、きみをぼくの妻にしようと考えていたのに」

「妻！」マディーは目をあげ、リチャードを見つめた。

「今でもその思いに変わりはないよ、アーキメデア。もしもきみがこの恐ろしい過ちを改めてくれるのならね」帽子のつばの陰に隠れた彼の表情には、どんな苦労も乗り越えようとする純粋さがあった。すっかり汚れてしまったマディーの心に比べれば、ほとんど純真だと言ってもいいだろう。「でもそれは、ぼくのせいでもある」

「あなたはあまりにいい人すぎるわ」マディーは哀れっぽく言った。

「ぼくのところへ戻ってきてくれ。この薄汚い場所を出て、帰ってきてほしい」

マディーは鼓動が速くなるのを感じながら後ずさりした。自分が世俗と肉欲のぬかるみにどんどんはまりこんでいっていることは気づいていた。でもこうしてリチャードが手を差しのべ、ぬかるみから引きあげようとしてくれるまで、どれだけ深くはまりこんでいるのかはわかっていなかった。「わたし、彼と結婚したのよ」マディーは心もとなげに言った。

「彼は不信心者だぞ。神を畏《おそ》れぬ人間だ。で、きみは〝公爵夫人〟なんて呼ばれているわけか！　〝ユア・グレイス〟と！」リチャードは嫌悪感に顔をゆがめた。「結婚しただって？　ああ、アーキメデア、どうしてそんなことが言える？　結婚したって、いったいどういうことなんだ？　〝真実〟や〝光〟のなかで誓ったわけでもなく、ミーティングはおろか、父親の許しすらなく？　そんなもの、真実の結婚とは言えない。きみは彼にとって、商売女のような価値しかないんだぞ」

マディーは目をそらし、小さなため息をもらしながらショールを首に巻きなおした。「いや──今のは正しい言い方じゃなかった」リチャードは彼女の腕に手を置いて続けた。「恥ずべきなのはきみじゃなくて、ぼくのほうだ。ぼくがあそこに戻ったとき、彼らはすでにきみを連れていなくなっていた。それから毎日毎晩」彼はそこで語気を強めた。「ぼくはきみを置き去りにしてしまった自分を責めつづけてきたんだ、ほんの一時間、いや、一分たりとも、きみのそばを離れるべきではなかった、って。危ないことはわかっていたはずなのに！」

「でもこれは――父の望みでもあったわけだから」

「きみのお父さんが？　そんなことを望むなんて、ああ、神よ、お許しを！」

彼女は半ば背を向けた。「だって、あなたがそう書いてきたのよ。わたしがシャーヴォーについていくことを父が願っている、って」

「そんなたわごと、ぼくが書くはずがないだろう！」リチャードが激しい口調で応じた。「たとえきみのお父さんから強要されたとしても、そんなことを書くもんか！」

「でももし――」マディーはショールの端を両手で握りしめた。「あなた、父には会ってくれたのよね？」

「いや。ぼくが訪ねていったとき、お父さんはホテルにはいなかった。そのときすぐに、きみのもとへ戻るべきだったんだ。なのにぼくはじっと彼を待って――」

「リチャード！」彼女はショールを持ちあげて頬に押しつけ、突然三歩ほど彼から離れた。「教えて――」視線を外したまま、じっと考えこむようにして言う。「あの日あなたが父のところへ向かって、夜遅くになって手紙が届いたの。〝きみは公爵の友人たちを信頼して、すみやかに彼を危険な場所から移すように。公爵がどこへ行くことになろうと、きみは彼のそばについているように〟って」

リチャードの沈黙はあまりに雄弁だった。彼女の耳の奥で轟くほどに。マディーはおもむろに彼のほうを向いた。「教えて！　あれはあなたが書いたの？」

彼がゆっくりと首を振る。

マディーは全身の力が抜けていくような気がした。いくら頭で可能性を否定しようとしても、すでに体が震えだしている。リチャードが彼女の手をつかんだ。「あいつは悪魔だ！」彼は叫んだ。「きみはぼくと――」

家のなかから話し声が聞こえてきた。植木屋とダラムだ。ガラスのドアが開いて、後ろのふたりを振りかえりながらシャーヴォーが出てきた。

穏やかな会話はいつしかやんで、バタフィールドがひとりにぎやかにまくしたてる声だけが流れてくる。「――花壇にはきちんと支えをしてやりましてね。それと、これはひとつのアイディアなんですが、ボイラーの蒸気を使ってみようかとも考えているんですよ。パイプを引いて。もしも閣下が……」誰も自分に注意を向けていないことに気づき、バタフィールドはようやく口をつぐんだ。

リチャードはマディーの手をつかんだままだった。いや、さっきよりもいっそう強く握っている。「さあ、ぼくと一緒に来るんだ、アーキメデア」彼は落ち着いた声で言った。「今すぐ」

シャーヴォーがこちらへ近づいてくる。マディーは恐ろしくなった。慌ててリチャードの手を振りほどこうとしたが、すでに遅すぎた。シャーヴォーがいきなりリチャードの胸ぐらをつかんで、突き飛ばしたのだ。そしてふたりのあいだに開いた空間に、革の手袋をはめた公爵の拳が飛んだ。マディーは身を挺してふたりを分けようとしたが、力をこめてリチャードに殴りかかったシャーヴォーの肩がすごい勢いでぶつかってきたせいで、バランスを崩した。彼女の手をつかんでいたリチャードの手が離れる。次の瞬間、彼が硬い石の上に倒れこんで苦しげに咳《せ》きこむのが聞こえた。マディーの頭や腕にも熱い激痛が走った。

　視界がゆがんだ。マディーは驚きとショックのせいで地面に丸まっていた。シャーヴォーがかたわらに膝を突く。「ああ、マディー……マディー」かがみこんで呼びかけてくる彼の顔には、見あげる彼女のほうが息がつまってしゃべれなくなるような表情が浮かんでいた。

「やめて。大丈夫だから」マディーは起きあがろうとした。

「カルヴィン！」シャーヴォーが叫び、片手を彼女の頭の下に差し入れてきた。上から覆いかぶさるようにして言う。「じっとして、動くな……マディー……怪我《けが》をしてるようだ」

　ダラムも植木屋もそこにいた。シャーヴォーの肩越しに、リチャードがよろめきながら立ちあがるのが見えた。ダラムが彼の様子を確かめてからこちらへやってきて、マディーの上にかがみこんだ。「おいおい――怪我はひどいのか？」

「いいえ！」マディーはもう一度体を持ちあげようとしたが、腕に力が入らなかった。

「平気よ。ただ、ちょっと——息ができなかっただけ」

そこへカルヴィンが駆け寄ってくる。

「医者を呼べ」シャーヴォーがきびきびした声で命じ、腕をマディーの肩にまわして抱き寄せた。

「お医者さまなんて必要ないわ」マディーは彼から離れようとしたが、体が言うことを聞かなかった。呼吸を整えることもできない。腕を動かそうとすると、手首から肩までとんでもない激痛が走った。吐き気までこみあげてくる。自分の意志とは裏腹に、シャーヴォーに背中をもたせかけることしかできない。

彼はマディーの額を撫でながら顔を寄せてきた。声こそ出ていなかったが、その唇は動いていた——彼女の名前を呼びながら、すまなかった、すまなかった、というふうに。

「リチャード?」マディーはもう一方の手に体重をかけ、ふたたび起きあがろうとした。震える声しか出てこない。「あなたは怪我をしてない?」

リチャードが視界に姿を現した。「大丈夫だ」彼は言葉少なにそう言ったが、顔色はすっかり青ざめ、片方の腕を抱えこむようにしていた。

シャーヴォーがリチャードを見あげて怒鳴る。「消え失せろ! 二度とその顔を見せたら……今度こそ……馬用の鞭《むち》で……」

マディーはシャーヴォーの体がこわばるのを感じた。

「閣下！」バタフィールドが公爵の前にしゃしゃり出てきた。「この男の無礼、わたしが成り代わりまして、心よりお詫び申しあげます。この男がこんな粗相をするとは、これっぽかしも思っておりませんでした。今この瞬間から、リチャード・ギルは手前どもの雇用人ではありません。わたしからもほかの誰からも推薦状などもらえないようにしてやりますので！」

「やめて」マディーはうめいた。「お願いですから」苦労しながらシャーヴォーの胸のなかから離れ、片手を地面に突く。すると、お尻のあたりがずきずきした。怪我をしていないほうの手をダラムに差しだし、助け起こしてもらった。

「ここに座るといい、マァム」ダラムが言った。

マディーは足を引きずりながら庭のベンチまで行って、ダラムとシャーヴォーのあいだに腰をおろした。メイドが気つけ薬を持ってきてくれる。「ありがとう」マディーは礼を言った。刺すような強い匂いのおかげで、少しだけ頭がはっきりした気がした。マディーは怪我を負った腕を抱え、精いっぱい自分を励ましながら顎をあげた。

「バタフィールド、温室は予定どおりつくってもらいます――せっかく公爵が約束してくれたんですから。でもわたしは、リチャード・ギル以外の人にデザインを任せるつもりはありません」

リチャードが言った。「きみがこの家にいる限り、ぼくはここに足を踏み入れるつもりはない、アーキメデア」

マディーは目をあげ、唇を嚙みしめて震えを抑えた。

「一緒にここを出よう」リチャードが言った。

「だめだ」シャーヴォーが横から言う。

リチャードはそれを無視した。「ベンチまで歩けるなら、ここから出ていくこともできるはずだ」

「だめだ！」シャーヴォーが一歩、前に出た。

リチャードが振り向く。「どうやって彼女を引きとめておくつもりだ？　乗馬鞭を使ってか？」

悪意などこめられていない、静かな口調だった。それでも、リチャードの言葉はシャーヴォーに対して、あたかも乗馬鞭のような効果を与えた。公爵は立ったまままじっと動かない。しばらくのあいだ彼はいかにも貴族然とした平静さを装っていたのだが、ついに顔をそむけ、額を石の壁に押しつけた。

マディーは目を閉じた。絶対に泣いたりはしない。絶対に。

「こっちに来るんだ、ギル」バタフィールドの声が中庭にうつろに響いたが、マディーは目を開けようとしなかった。

なにも動く気配はなかった。彼女はじっと瞳を閉じていた。

「ギル！」バタフィールドが声をあげた。

リチャードがもう一度、彼女の名前を呼んだ。静かな、そして、確かな口調で。マディーは、こんなふうに彼に呼ばれるのはこれが最後なのだろうと思った。

嘘つき。悪人。世俗的で、尊大な、どうしようもない乱暴者——マディーの夫はよくなるどころか、どんどんひどい人になっていく一方だった。そんな夫のそばについていてやる必要はないと、リチャードは訴えていた。彼女の心は揺れた。

だが、マディーは動けなかった。全身が凍りついたようになってしまい、ほんのわずかな身じろぎさえできない。

リチャードの足音が聞こえた。彼は背中を向け、そして行ってしまった。

ドアの閉まる音がしてしばらく経ってから、マディーはようやく目を開いた。顔をあげると、中庭にはシャーヴォーと、ドアに手をかけているダラム以外、誰もいなくなっていた。「なかに入って、横になったほうがいいんじゃないか？」

「だましたのね」マディーは言った。「リチャードからの手紙なんて、本当は届いていなかったのに。父はわたしがあなたについていくことなんて、望んではいなかったのに」

シャーヴォーは壁を手で押すようにしてその場から離れ、苦々しげな笑みを浮かべた。「あいつは……いやな男だ……ギル」

「あれはぼくが考えたことだったんだ」ダラムが慌てて言った。「だから、すべての責めを負う覚悟はある。心から謝るよ、マァム。たしかにひどい仕打ちだった。あまりにもひどい。だけど――」彼の顔は髪の生え際まで赤く染まっていた。「今はとにかく家のなかへ入ってくれないか。そのほうがずっと楽になる！」

マディーは立ちあがった。胃のあたりがまだむかむかする。腕はだらりと垂れさがったままで、まるで力が入らない。しかも、ある角度にひねると激痛が走り、彼女はうっと息をつまらせた。

「マディー」シャーヴォーが怒っているような厳しい口調で言った。しかし、彼女のウエストにまわされた腕は、その口調とは裏腹に、とてもやさしかった。怪我をした脇腹の部分にはふれないよう、気を遣ってくれている。暗いめまいを感じながらも、マディーは精いっぱい急いで足を動かし、ドアを抜けてバック・パーラーに入った。ダラムがすかさずソファーに枕を投げた。フットマンやメイドたちが見守るなか、カルヴィンが廊下から部屋へ入ってきた。

「お医者さまを呼びました」彼はローブと枕をもうひとつ手にしていた。マディーは顔をしかめながら、ふたつの枕を首と背中にあてがってもらった。「いかがですか――ミストレス――このほうがお楽でしょう？　腕は決して動かさないでください」

「さがって」マディーは力なく言った。「大丈夫だから」

だがカルヴィンはひるまなかった。「こちらに気つけの塩を用意してございますから。奥さまのすぐお手もとに」

「さがって」彼女はもう一度言った。「みんな出ていって」

「かしこまりました、ミストレス。必要なときはすぐにお呼びください」執事はほかの召使いたちを連れていなくなった。ダラムも一礼すると、彼らのあとについて足早に出ていった。

「あなたも行ってったら」マディーは言った。

だが、シャーヴォーは今いるところから動こうとしなかった。両手を腰の後ろで組み、殺風景な中庭をじっと眺めている。

「お願い」彼女は言った。

そのときようやく聞こえたかのように、彼が振り向いた。それでも、部屋を出ていく気はなさそうだった。

「捻挫《ねんざ》のひどいやつですね」医者はそう言って、患部を固定した。それからマディーをベッドに寝かせ、アヘンチンキを投与して眠らせた。

バック・パーラーのソファーで診察を受けていたとき、マディーは黙って痛みに耐えていた。医者が明るい声で尋ねた。「階段から落ちたのですか？」

「いえ、外で」彼女は覇気のない声で答えた。

「おや、じゃあ、転んだんですね？　どうやって？」

マディーは黙っていた。ぼくのせいだ、ぼくが突き飛ばしたからだ、とクリスチャンは思っていた。心のなかでなにかが崩れていくような気持ちだった。

「ちょっとはしゃぎすぎたんですかな？」クリスチャンがこれまで見かけたことのない医者だった。柔和な校長先生のようなタイプだ。それにしても、余計なくちばしを突っこみたがる男だ。「最近、立ちくらみがしたりはしませんでしたか？」

「いえ……ただ、うっかり転んだだけですから」彼女が言った。

「もう少し気をつけないといけませんな」医者が諭した。「ご結婚なさってから、まだあまり日も経っていないのでしょう？　こういうちょっとした怪我が大きな事故を招くことだってあるんですよ。こんなことをお尋ねするのは失礼にあたるとは存じますがね、もしかして、おなかに赤ちゃんが？」

ああ、そんな！　クリスチャンは目を閉じた。

マディーはなにも答えなかった。医者が眼鏡越しにクリスチャンに目を向けてきた。男同士の秘密の会話でもするかのように、くいっと眉をあげて。クリスチャンはそっけなくうなずきかえした。

医者はマディーの怪我をしていないほうの手を軽く叩いた。「それじゃ、ベッドへ移してさしあげましょう。そういうことなら、ちゃんと用心してもらわないといけませんね」医者は微笑んだ。「ああ、いけません――ここで泣きだしたりしないでください。さっきわたしがあちこちさわったりひねったりしたときだって、じっと我慢なさってたじゃありませんか！　怪我のほうはね、そんなに心配するようなことはありませんよ。なにもね。さあ、上のベッドでぐっすり眠ってください」

医者はカルヴィンとフットマンに手伝わせて、マディーを二階の寝室へ運んだ。医者が戻ってくるころには、クリスチャンはグラスに三杯めのブランデーを注いでいた。ドアが開くとともに、彼は振り向いた。

医者はさりげなく鞄を脇に置いて腰をおろすと、ノートをとりだした。「腕の腱《けん》がのびていましたが、骨に異常はありません。今はさぞかし痛いでしょうが、患部をきちんと固定しておけばそのうちよくなりますよ」彼はなにかを計算してから眉をひそめ、クリスチャンを見あげた。「おかけください、サー。そちらへ。ちょっとお話があるんです。あなたの奥さまは、どちらかというと、神経質な方ですかな？」

クリスチャンは腰をおろし、マディーのことを考えてみた。

しっかりしていてお堅いけれど、決して神経質なほうではない。絶対に。彼は首を振った。

「だが今は、すっかり神経がまいっていらっしゃるようだ。怪我のショックかとも思いましたが、診察のあいだはけなげに我慢していらした。率直に言わせてもらいますが――ああいう精神的な不安定さは、妊娠初期の兆候のひとつでもあるんですよ。わたしが不安なのは、奥さまが転んだ理由や生理のことについて、ひとこともはっきりおっしゃらなかったという事実です。奥さまが怪我をなさったとき、あなたは一緒にいらしたんですか？」

クリスチャンは足のあいだの東洋風の絨毯を見おろし、うなずいた。

「そのとき、顔色が妙に青かったり、足もとがおぼつかなかったりしていませんでしたか？」

クリスチャンは立ちあがり、どこへともなく部屋のなかを歩きはじめた。

「サー、わたしは医者です」穏やかながらも冷静な声だった。「こういうことが起きるのは――」

「ぼくが……やった」クリスチャンは窓辺で足をとめ、じっと外を眺めた。

一瞬、沈黙があった。「あなたが……奥さまを？」

クリスチャンは医者に向きなおった。「そうだ」

医者はクリスチャンを見据えたまま、ゆっくりうなずいた。「なるほど」その表情がさらに険しくなる。「つまり奥さまは、精神的に不安定になっていたせいで怪我をしたわけではない、と」

「ああ」クリスチャンは答えた。

「奥さまのお話では、ご結婚なさってまだ数週間ということでしたが？」

「ひと月だ」

「かろうじて奥さまから聞きだせたわずかな情報を総合すると、まだほとんど遅れている状態とは言えません。転んだことが原因で、流産なさらなければいいのですがね。まあ、たとえ出血があったとしても、本当に流産なさったのか、それとも最初から妊娠してらっしゃらなかったのかは、この段階ではわからないでしょうが。しかし、医者としての勘を頼りに言わせてもらえれば――サー、あなたは近く、お父さまにおなりですよ」

クリスチャンはブランデーをぐびりと飲んだ。

医者が立ちあがった。「夜になったら、もう一度診察にうかがいます。遅くなりましたが、わたしはベケットと申します。先週このあたりに越してきたばかりでして。慌てて診察にかかったせいで、あなたのお名前もうかがっておりませんでしたが」

「シャーヴォーだ」

医者は片手を差しだした。「では、ミスター・シャーヴォ」そしてクリスチャンの手を握って、ぶんぶんと上下に振った。「あまりまわりくどい言い方はしません。ひとことだけ、ご忠告申しあげておきたい。奥さまにはもう少しやさしくしてあげていただけませんか。二度と彼女が転ばないように、サー」

ベッドにずっと寝かされつづけるなんて、マディーには初めての経験だった。ちょっとした怪我をこんなふうに大げさにした医者には腹が立った。夜になって彼がふたたび往診に来たときには、さらにひどい事態になった。医者はマディーのことを急に〝ユア・グレイス〟と呼びはじめ、置いていったアヘンチンキを彼女がちゃんとのまなかったことやベッドの上で起きあがったりしたことを、強い口調で注意した。そして〝絶対に動いてはなりません〟と命じた。腕を守るためではなく、これ以上の悲劇を避けるためなのだそうだ。大変な事態になりかねないと思っているらしい。

だがしかし、医者の不安は的中した。マディーはその夜から出血しはじめ、腕を抱えこむようにして枕に寄りかかったまま、ほとんど眠れなかった。そして朝になると、出血の事実を医者に隠しておくことなどできなかった。彼はなにかを悔やむような暗い表情で首を振り、三週間はベッドにいてください、とマディーに厳命した。そして腕の具合を調べもせずに、部屋を出ていった。

マディーは両足をシーツからそっと持ちあげた。痛む腕に包帯を巻いて首から吊ったままの格好でベッドの端に座り、足を踏み台におろす。

あのやぶ医者！　さんざん騒いでおいて、あとでたっぷり治療費を請求しようという魂胆なんだわ。こんなの、単なる打撲だっていうのに。

寝室のドアが開いた。シャーヴォーの白くやつれた顔が見えた。

「そうじゃないの！」彼女は慌てて言って、怪我をしている腕を引き寄せた。「毎月の、普通のことなのよ。あなたのせいじゃないわ。聞こえた？」

いつのまにか大声になっていた。そして理由もなく涙がこぼれはじめた。彼の緊張した表情がにじんで見えなくなっていく。マディーは勢いよく頭を振り、自由なほうの手をのばした。

「クリスチャン——あなたのせいじゃないのよ」

彼がこちらへ近づいてきた。そうしてマディーの手をとって両手で包みこみ、じっと見おろした。だが、彼女はそれを振り払った。

「聞こえたの？」涙をのみこみ、何度も頭を振る。「決めつけるのは早すぎるわ。もしそうだったら、わたしにはわかるはずだもの。あなたのせいじゃない」

彼は目をあげようとしなかった。ベッドの脇に立ったままじっと動かない。

マディーは憤然と息を吸いこんだ。「あの医者が言っていたのは、意味のないことばかりよ。この包帯の代金以外、びた一文支払っちゃだめですからね」

シャーヴォーのまつげがあがった。彼は長いことマディーの表情を観察していたかと思うと、ふっと顔をそむけてベッドの足もとの白い支柱に寄りかかり、窓の外を眺めはじめた。「ぼくは……」顎の筋肉が引きつるのがわかった。顔を天井に向けて、食いしばった歯の隙間から息を吐き、頭を振っている。

マディーはシャーヴォーを見ていることができなかった。鼻をすすり、わけもなく流れる涙をとめられないまま、目のあたりをごしごしとこする。

「ここから……」彼が唐突に訊いてきた。「出ていきたいか?」

シャーヴォーは強烈なまなざしでマディーを見ていた。

「出ていくなんて、できないわ」彼女は弱々しい声で答えた。「わたしたち、結婚しているんだもの。あなたをひとりにすることはできない。わたしはあなたといなければいけないの」

「きみの気持ちは? お願い、眠らせて」

「腕が痛いわ。**出ていきたいのか?**」

「ギルか?」シャーヴォーが歯の隙間から言った。「**ギルのせいか?**」

涙がこぼれつづけた。マディーは憤慨しながら鼻をすすった。「少なくとも彼はまともな人よ! 嘘つきでもなければ、浪費家でもないし、野蛮人でもない」

シャーヴォーが支柱にすがるようにして体を支え、短く醜い笑い声をあげた。「野蛮な……大ばか野郎だ」

腕がひどく痛んで動かせないことが、マディーにはかえってありがたかった。シャーヴォーの顔に浮かぶ苦い悔悟の表情を見ているだけで、思わず殴りつけたくなってしまうからだ。だが彼女は自分を恐れていた。やっぱりわたしはリチャードと一緒にここを出ていくべきだったのかもしれない。なのにあのときわたしは、きっとほかの誰かが自分に代わって決断してくれるだろうと期待してでもいたかのように、ただあそこに座ったまま動かなかった。「少なくとも彼は、すぐに人を殴ったりしませんからね」マディーはぴしゃりと言った。「五百人ものお客さまを招いて途方もない舞踏会を開こうともしないし」

「あいつは……信心深いだけの……ラバだ。きみは決して……あんなやつと……出ていったりしない」

「もういいから、わたしを放っておいて！」

「きみは決してあんなやつと出ていったりしない」シャーヴォーがさっきよりも強い口調でくりかえした。

「あっちへ行ってってたら！」

「クエーカー……うんざりだ……神さま好きの……ラバ」

「あなたになにがわかるの？」マディーは叫んだ。「リチャードはあなたよりも善人よ！　善とか正しさについて、あなたはなにもわかっていないわ」

「きみのことなら……わかっている」シャーヴォーが言った。

マディーは枕に倒れこみ、痛む腕を守るように体を丸くして、顔を隠した。「ひとりにして」すすり泣きながら言う。「部屋から出てって。わたしをひとりにしてちょうだい」

32

クリスチャンはこの機会を利用して、壮大なる計画の台本の推敲《すいこう》にとりかかった。書斎にこもってドアに鍵をかけたりはせず、ブルネルのライティングマシンを遊戯室に据えて。マディーは医者の命令に逆らって、一週間もするとベッドから起きだし、家のなかを歩きまわりはじめていたが、〝怠惰は悪徳〟だと思いこんでいるような女性はそもそもビリヤードなどにはあまり興味を示そうとしないから、遊戯室に顔を出すことはめったになかった。

クリスチャンはためしに二ゲームほどやってみたが、ちっともうまくできないせいで落ちこんでしまい、すぐにやめてしまった。靄のかかったような頭では、趣味だったビリヤードすら楽しめないわけだ。すばらしい台も、グリップ部分が象牙でできた大好きなキューも、慰めになってはくれなかった。いくら集中してみても、ポケットに球を落とすことができなかった――そこにあってそこにはないような感覚、奇妙で怖い感覚、今の自分の目的には必ずしも適さない感覚だ。彼はため息をつき、並べた球をがらがらっと手で崩して、ビリヤード台のクロスの上にキューを置いた。そして、サイドボードに並んでいる蒸留酒のデキャンタを脇に寄せて、空いたスペースにライティングマシンを置いた。ここなら、急にドアを開けられても見えないはずだ。どうやらイーディーは自分にとっての不都合は最小限に抑えつつ、こちらにとってもっとも面倒な状況をつくりだそうと心に決めているようだった。子供に対する信託金は、絶対に受けとろうとしないだろう。それでは自分のものにならないからだ。イーディーならそれくらいのこと、すべてお見通しのはずだった。口がうまくて詮索好きの弁護士がしょっちゅう家に出入りしているのでわずらわしいと、よく嘆いていたくらいだから。それに、そのほうがいいと思えば、いつだって赤ん坊をスコットランドに送りかえせたはずだった。だがおそらく、子供の福利を守るためにサザーランド家と交渉をする、などという面倒なことはしたくないのだろう。イーディーはこう書いてきた――〝どうしてお金を直接わたしに送ってくれないの？　それじゃまるで、あなたはわたしのこと、まったく信用していないみたいじゃない！〟

　そのとおりだ。妙な猿芝居をされたせいで、彼女への同情心は消えてしまった。たしかにぼくは彼女を傷つけたかもしれないが、ゲームのルールは彼女にも最初からわかっていたはずだ。彼女は無理やりゲームに参加させられたわけではないし、こっちもわざと彼女を苦しめるようなことをしたつもりはない。

奇妙で苦しいことが、クリスチャンの身に起きつつあった。〝あなたは近く、お父さまにおなりですよ〟医者はそう言った。そしてマディーはイーディーに手を差しのべ、一緒に泣いてやっていた――そんなことをぼんやり思いかえしていたとき、クリスチャンはなぜか突然、ひとつの結論に達した。論理の流れから明確に導きだされた結論ではなかったけれど。イーディーが産んだ望まれぬ娘、まだ見ぬ娘に、父親としてできる限りのことをしてやらなければいけない、と。

とはいっても、これは実にデリケートな問題だった。金銭的な援助はほとんどしてやれないだろう。今のところ、自由になるお金はほとんどない状態だ。差し迫った問題があるせいで収入は最小限にまで抑えられているうえに、どうしてもかかってしまう出費もあった――屋敷の維持費や使用人たちの給料に加えて、イーディーに泣きつかれて出さざるをえなくなった乳母の分も。人は、イーディーくらい地位のあるレディーが経済的に困窮しているなどとは思いもしないだろう。皮肉なことだ。だが、クリスチャンの頭を悩ませていたのは、乳児の世話を焼くのに当座必要なわずかばかりの金ではなく、もっと長期的な養育費のことだった――育児係、家庭教師、学校、社交シーズン、そしていよいよ結婚するとなったら、相当の額の持参金も必要になるだろう。不動産を含めてかなりの資産を処分しなければ、とてもそれだけの費用は工面できないかもしれない。

今ある財産だけでは目的が達せられないのであれば、新しい事業に投資して財産を増やすほかない。だが、それこそが問題だった。彼のまわりには今、湖面にさざ波が立つように、さまざまな噂が立ちはじめている。大法院での審問の噂がささやかれている状態では、新たな出資者をつのって事業を立ちあげることなど容易ではないだろう。かといって、審問が終わるまで待っていたら……そこでもしも、こちらが負けるようなことがあったら……。

そこで負けたら、一巻の終わりだ。

クリスチャンはライティングマシンに目を凝らした。銀行口座の預金が自由に使えるあいだは、まだ大丈夫だろう。マディーの非難の言葉の裏にひそんでいる心の動揺が次第に大きくなりつつあることには気がついていたし、彼女に言われるまでもなく、自分が危険な賭《かけ》に出ようとしていることはわかっていた。ここで一ペニー遣うごとに大法院での裁定は自分の不利になることも――それはつまり、彼女にとっても不利になるわけだ。

クリスチャンは今この時だけを生きようとしていた。今ここで、誰にも邪魔されずに、生きていることだけを感じようとしていた。彼はもう以前の彼ではない。ときには予期せぬ平手打ちを食らうような体験をすることもあった――小さな出来事も大きな出来事と同じくらい、鋭い痛みを与えた。銀行の不遜《ふそん》な態度には腹が立った。ビリヤードの球がふらふらと狙いを外れるだけで、泣きたくなった。

それでも、ダラムに言わせれば、以前よりはかなりよくなっているらしい。クリスチャンはその言葉を生きる支えにしながらも、同時に、心からは信じられずにいた。たしかによくなってはいるのだろうが、これで充分かというと、自信がない。人前でうまくしゃべれるかどうか、審問をうまく切り抜けられるかどうか——すべては——すべてはこの不安定な脳みそにかかっているというのに——ああ。

どう考えても、失敗の代償は大きすぎる。欠陥のある頭にすべてを賭けることはできない。それならば、審問を受けずにすむ方法を探すまでだ。

このところ彼がやってきたことは——社交の訪問も、オペラも、派手な買い物も、計算ずくで債務を整理して新たに金を借りることも——すべては舞踏会に向けてのものだった。公爵夫人を社交界にお披露目するための舞踏会。それはなにより、狂った世界に別れを告げるための舞踏会でもあった。

しかし、ひとりで準備を整えることはほとんど不可能に近かった。書いたり読んだり、壁の花にもチケットを配ったり、仕出し屋に代金を払ったり、シャンパンを何ケースもとり寄せたり、残高の限界ぎりぎりまで計算して金を引きだしたり、そういうことをすべて、この頭ひとつで切り盛りしなければならなかったからだ。今の今まではっきりしていたのに、次の瞬間にはぼんやりしてしまうような頭。言うべき言葉も見つけられず、彼を途方に暮れさせるような頭で。

マディーは舞踏会のような世俗的で恥ずかしい催し物のことなどなにも知らないと言って、借金の返済のための支払い以外の仕事にはかかわろうとしなかった。クリスチャンとしては、払えるものはすでに払えるだけ払ったつもりだったし、それ以上の出費は現実的には不可能だったのだが、彼女はそうは思っていないらしい。それが、ふたりの不仲のもうひとつの原因でもあった。

彼女の怪我のせいで、舞踏会は予定より二週間先のばしにしなければならなかった。といっても、少々延期したところで物理的な損害はさほどないはずだ。せいぜいテーマがクリスマス寄りになるくらいで、期待感はかえって二週間分高まるだろう。クリスチャンはダラムに頼んで、公爵夫妻が最近人前に姿を見せないのはマディーの怪我のせいだという噂を広めてもらった。あのあと、彼がオペラを見に行ったのは二度だけだった。一度はひとりで、そしてもう一度はダラムやフェインと一緒に。それ以外にも、彼らにくっついていれば自分はあまりしゃべらなくてもいいと思える社交の場へは何度か出かけた。クリスチャンは注意深く、いつ、どんな集まりに顔を出すのかを選んでいた。今のところ、その試みは成功しているようだった。

あまりの見事さにダラムがすっかり面食らうほどに。彼は朝食をとりにやってくると、最新情報を披露して、クリスチャンやマディーを楽しませた。

「まったく、すごいんだよ」ダラムはマディーに話しかけながら、サイドボードからお茶のお代わりを持ってきてやった。「こいつときたら、まるでバイロン卿みたいにむっつり黙りこんで、ただそこに立ってるだけなんだからね」彼はマディーのカップに紅茶を注いだ。「ミルクは、マイ・ダーリン？」

「ええ、ありがとう。でもそんな呼び方はすべきじゃないわ」

ダラムとフェインは偽の手紙をでっちあげた件でマディーからかなりの小言を食らったものの、それを乗り越えた今は、彼女をいろんな呼び方で呼んで楽しんでいた。マディーがダラムをたしなめるのを聞きながら、クリスチャンは心のなかで、不公平だ、と思っていた。あの策略に関しては、彼はほとんどなにも覚えていなかった。ふたりで逃げだしたあの晩のことは、今ではとぎれとぎれにしか記憶に残っていない。細かい作戦を決めたのはダラムだ。それなのに、彼女から面と向かって嘘つき呼ばわりされたのは、ダラムでなくクリスチャンのほうだった。

どうやら最近では、なんでもかんでもぼくのせいになるらしい。少なくとも、厳格で信心深いミス・アーキメデア・ティムズによれば。

「この男と暮らすのなら、女性関係には目を光らせておかないとな」ダラムは椅子の上でくつろぎながら、マディーに忠告した。

「そうなの？」彼女は紅茶を見おろしながら尋ねた。指先でせわしなく磁器の取っ手を撫でつづけている。クリスチャンはそんなふたりを眺めながら、マディーの姿を記憶に刻みつけようとしていた。もしもこの賭に負けて、あの場所に連れ戻されてしまったら、彼女は目の前から消えてしまうのだから。

「女性というのは、この手のタイプが大好きだからね」ダラムはやれやれと首を振った。「神秘的で情熱的な表情だとか、満月の夜にはいきなり凶暴になるという危ない噂だとか、すべてを〝イエス〟か〝ノー〟で答えさせるような尊大さとか。できるものなら、ぼくもそんな雰囲気を身につけてみたいものだよ。さぞかし大勢の女性たちが足もとにすり寄ってくるんだろうな。きっとこいつの足もとにも、女性たちがすり寄ってきてるはずだ。なあ、どう思う?」

フェインが入ってきて、ぎょっとしたように立ちどまった。「おまえ、いったいどうしたんだ?」

ダラムはきわどいポーズをとるのをやめた。「やり場のない情熱を発散させてるだけさ」

「やめておけ」大佐はひざまずいてマディーの手をとった。「今朝のご機嫌はいかがかな、エンジェル?」

「その呼び方もやめて」彼女は言ったが、それがいつもの反応だった。「気分はずっとよくなったわ。指を動かしても少しも痛まないし、ゆうべは包帯で腕を吊るのをやめてベッドに入ったくらいだから」

　フェインは真剣な顔つきで彼女の報告を聞いていた。「じゃあ、上々だね。それなら、ぼくと一緒に公園まで出かけるのはどうだい？」

「舞踏会の……あとだ」クリスチャンは言った。

「けちな男だ」フェインが不満げにこぼす。

「紛れもない偏屈野郎さ」ダラムが言った。「嫉妬に狂った夫ほど扱いにくいものはないよな」

　クリスチャンは乾いた笑みを浮かべて非難をかわしたが、嫉妬しているのは事実だった。以前はそのことを友人たちに告白しようとして、喉がつまってしまったこともある。うらやましいのは、ふたりが気軽にマディーと接していることだ。さりげなく彼女の指にキスしたり、体にふれたりしている。一方クリスチャンは、マディーに怪我をさせてしまった日の晩、ベッドで彼女の手をそっと握って以来、一度もそんな経験がなかった。

　そしてもちろん、リチャード・ギルに対する狂おしいほどの嫉妬もあった。ふたりの関係に幽霊のごとくとり憑《つ》いている男。クリスチャンは怒りとプライドをのみこんで植木屋のバタフィールドに連絡をとり、あの事故は〝不幸な行き違い〟だったのだから、ラバほどに頑固で信心深い雇用人を首にする必要はない、と伝えた。わざわざそんなことをしたのは、ほかならぬマディーのためだった。自分の家の庭で自分の妻を堂々と誘惑して連れ去ろうとしたラバを許してやったのだから、それ相応の見返りがあってもいいはずだ。クリスチャンはそう考えていた。

ギルを許してやったことはクリスチャンにとって、善人の領域に足を踏み入れるための第一歩でもあったのだけれど、マディーから返ってきたのは〝あなたは正しいことをしたわ〟という短い言葉だけだった。

クリスチャンは歯嚙みをした。善人になどなりたくない。心につきまとうリチャード・ギルといういまいましい霊を早く祓《はら》ってしまわなければ、急速に悪人へと戻ってしまいそうだった。

舞踏会で着るドレスの生地とデザインを選んでくれたのはシャーヴォーだった。実を言うとマディーは心の奥底で、特別なドレスを着られる喜びをひそかに感じていたのだが、それと同時に、舞踏会に対する恐怖心を完全には消し去れずにいた。だから彼女はドレスの仕立屋に会うまで、さんざんシャーヴォーに文句を言いつづけ、生地についてもデザインについても、どういうものが好きなのか、なんの意見も口にしなかった。

それでも、シャーヴォーは意に介していないようだった。バック・パーラーで行われた仕立屋との話しあいの場にも顔を出し、まるで専門家のような手つきで、ファッションの見本帳や小さなマネキンを調べたりした。マディーが気に入っていたのは、実は、グリーンにパープルの縁どりがある色鮮やかなシルクのドレスだった。見本画で見ると、縁には三重のひだ飾りがあり、袖はふわりとふくらんでいて、透けるような紫色のボアまでついていた。異国の花々のようにきれいで豪華な服だった。だがもちろん、そんなことはおくびにも出さなかった。大いに興味を引かれはしたけれど、そんな服を着ている自分の姿など、想像さえできなかった。

仕立屋は慣れた手つきでいくつかのデザインを見せ、それぞれに合った生地のサンプルを出してきた。だがシャーヴォーは仕立屋の案には目もくれなかった。彼は色のない生地の切れ端を手にし、いらだたしげに見本帳をめくって最後のページまで行くと、ふたたび腰をおろした。

フランス人の女性仕立屋はグリーンとパープルのコンビネーションに戻ってマディーの顔の真ん前にその生地を突きだすと、かすかに眉をひそめて首を振った。「だめです。これはいけません。奥さまが服に着られてしまいますわ」

マディーは尊厳を失うまいとしていた。がっかりしたりはしなかった。怪我のせいで誘惑から守られ、ベッドのなかでひとりで過ごしていたあいだに、自分の心をゆっくりと吟味し、弱い部分はすべて消し去ったつもりだった。だからもう、色鮮やかなドレスや怠惰な歓びやシャーヴォーに惹《ひ》かれたりはしないはずだった。

シャーヴォーは小さなマネキンをつかみ、手のなかで転がしていたかと思うと、突然はさみをとってドレスの裾を切りはじめた。仕立屋がかすかに抗議の声をあげても、気にする様子はなかった。ついに裾の一部が切り落とされ、人形の服は大きく開いた襟ぐり以外、まるで〝飾らない服装《プレーン・ドレス》〟のようになった。もともとのデザインには幅の広いレースの飾りがついていたのだが、シャーヴォーはそれも真ん中から切りとってしまい、長い袖にかかったレースのショールのようなものだけを残した。そして、今や冴えないドレスを身にまとった人形を仕立屋に手渡した。

仕立屋はしばらくそれを眺めてから顔をあげ、目をすがめながらマディーと視線を合わせた。唇を固く引き結び、眉をあげている。「こういうスタイルがお好みでしたら」と彼女は言った。

シャーヴォーはうなずき、採寸が始まると同時に部屋を出ていった。

それは、マディーの腕がまだ自由に動かないときのことだった。採寸はなかなかはかどらず、体を動かすたびに痛みが走った。そして、怪我もほとんど治ってもっと自由に動けるようになった今、シャーヴォーが朝食の席で、仕立屋がもう一度寸法を合わせたがっているとマディーに告げた。

マディーはいやいやながら、指定された時間に採寸を受けた。シャーヴォーが選んだ地味な色の生地は、生まれて初めてきらびやかなドレスが着られるかもしれないという舞踏会唯一の楽しみを、彼女からすっかり奪ってしまった——今やその服は、彼の横暴ぶりと、世俗にまみれた大勢の人々の前で見せ物にならなければならないつらさを思いださせるものでしかなくなっていた。

まだ痛みは残っていたので、普段用のドレスを脱ぐのを仕立屋の助手が手伝ってくれた。仕立屋はぶつぶつ文句を言いながら、マディーのコルセットやシュミーズのボタンを外していった。「あら、首のこんな高いところに……あんまり襟ぐりが深すぎると目立ってしまいますね」マディーがその意味に気づく前に、仕立屋は下着をウエストのあたりまでおろしてしまった。

その瞬間を待っていたかのように、シャーヴォーが部屋に入ってきた。マディーは息をのみ、とっさに腕で胸を覆った。

彼は恐怖に満ちたマディーの瞳をちらりと見ただけだった。仕立屋と助手が腰あての紐をしめているあいだ、彼はまるで女性のドレスの鑑定家のような雰囲気を漂わせながら、リラックスして椅子に座っていた。

マディーはドレスを頭からかぶせられた。シャーヴォーが姿を現した驚きと、慌てて胸を隠したときの痛みのせいで、なにも考えられなかった。ドレスの袖に腕を通させようとする助手に手をつかまれた瞬間、マディーは小さな悲鳴をあげた。

「気をつけろ！」シャーヴォーが鋭い口調でたしなめた。仕立屋と助手は口々に詫びの言葉を述べ、先ほどよりもゆっくりとマディーの腕を動かしながら、ドレスを着せていった。そのあいだじゅうマディーは、シャーヴォーの視線に肌をさらしていなければならなかった。彼は一瞬たりとも目をそらそうとしなかった。そんな良識など持ちあわせていないらしい。ドレスを着終えたとき、彼女の体は恥ずかしさのあまり、すっかり熱くなっていた。

コルセットは身につけていなかったので、助手がドレスを背中できつく合わせ、ピンでとめていった。「手をおろしてくださいませんか、マダム？　もし痛くなければでよろしいんですが」仕立屋が言った。

マディーは肘を開きながら唇を噛んだ。シャーヴォーが少しだけ前のめりになって手の甲に顎を載せ、初めて下を見た。

「さて」かすかに棘のある笑みを浮かべながら、仕立屋が後ろにさがった。「これで雰囲気はつかめますでしょうか、閣下」

シャーヴォーが顔をあげた。頭のてっぺんから足の爪先まで、じろじろとマディーを眺めまわしている。値踏みするような表情で見つめられて、彼女は頬を真っ赤に染めた。

彼はうなずいた。

助手が急いで姿見を持ってきて、マディーの前に置いた。彼女は初めて自分の姿を目にした。

それは驚きの光景だった。硬くごわごわしていて、むきだしの肌には違和感しか感じられなかったドレスが、鏡のなかではプリズムみたいにさまざまな色彩を放っていた。銀色のラメがシルクの生地に映え、透明な炎のように光をつかまえている。

飾りと呼べるのは、ヴェネチアンレースのついたハーフショールだけ。フリルもないシンプルなデザインだったけれど、おかげでむしろ、肩から胸にかけてのネックラインが、マディーの胸をより豊かに、かつ慎ましやかに見せていた。肘のすぐ上のあたりで終わっている袖もほかの部分と同じように、きらきらと光を反射している。

〝飾らない服装《プレーン・ドレス》〟になるはずだったドレスをこんなにも蠱惑的なきらめく夜会服にしてしまうなんて、ほとんど冒瀆と言ってもよかった。

「こんな服、着られないわ」マディーは大声を出した。

「マダム」仕立屋が静かな声で言う。「とってもおきれいですのに」

マディーはシャーヴォーを見た。「わたしには無理よ。あなたにはわかっているでしょう?」

彼はなにも言わずに微笑むばかりだった――きみよりぼくのほうがきみのことをよくわかっているよ、とでも言いたげな笑みだ。

「着られません！」

仕立屋がしゃがみこんでスカートの裾を広げた。「マダムのお気に召さないようでしたら、持ち帰らせていただきますが。お客さまがほかに何人も待ってらっしゃいますし――」

「それはだめだ」シャーヴォーが言った。「彼女がこれを着る」彼はコートの下に手を入れて、箱のようなものをとりだした。今ではすっかりマディーの目になじんだしぐさだった。

「ああ、また、そんなもの……」彼女は宝石箱に目をやりながら言った。「いらないわ。わたしには装飾品など必要ないんだから。まだわかってくれないの？」

シャーヴォーが立ちあがった。彼がケースを開けると、マディーはうろたえてうめき声をあげた。だが仕立屋と助手の反応は正反対だった。ふたりはティアラにすっかり魅せられたかのように、大きく息を吸った。ミソサザイの卵ほどもあるエメラルドが三つも輝いているティアラ。アメジストや真珠やダイヤモンドに囲まれた大粒のエメラルドが、目の覚めるような緑色に燃え立っていた――それはまさに、マディーが心ひそかに憧《あこが》れていた色だった。

金の持つ力、金で買えるものの価値を、彼女は学びはじめていた――このティアラは、真珠の髪飾り程度の贈り物とはわけが違う。オレンジの果樹園とも比べものにならない。女王や王女の頭を飾るべきもの――宝石の大きさだけで、その人の権力の大きさを誇示できるようなものだ。

彼がティアラを頭に載せようとしたので、マディーは後ずさりした。「どこでこれを手に入れたの？」

この家に代々伝わる宝だと言ってほしかった。だからこそ、シャーヴォー家の新しい公爵夫人が社交界にデビューする際には身につけて当然のものなのだ、と。しかし彼はこう言っただけだった。「買った。盗んだとでも……思ったか？」

「シャーヴォー！」マディーは叫んだ。「また？　今はそんなときじゃないって、あれほど――」

彼が警告するように目配せしてきたので、マディーはいったん口をつぐんだ。仕立屋や助手のいる前でそういう話はするな、と言いたいらしい。だが、固く結いあげてある髪に銀の櫛を突き刺された瞬間、彼女は思わず悲鳴をあげてしまった。「どうして？　ねえ、どうしてなの？」彼女はうめくように言った。「わたしがこういったものを軽蔑していることは、知っているはずよ。あなたの良識はどこにあるの？」

「ちょっとした買い物。それだけだ」彼が言った。

「ちょっとした？　ああ、恥ずかしい人！　本当ならそのお金は――」

シャーヴォーが彼女の口に人差し指をあてて、唇に官能的な刺激を与えながら指を滑らせていく。マディーはぱっと顔をそむけた。ふれさせてはいけない。彼のかきたてる愛情と渇望に身を任せてしまうわけにはいかなかった。

彼は指を引っこめて、まつげを伏せた。「気に入らないのか?」その声には冷たく命令を下すような響きがあった。「だがきみは……陛下に……謁見するんだ」

マディーは立ったまま動けなくなった。「誰に——ですって?」

シャーヴォーは椅子へ戻って腰をおろし、脚をのばした。粗探しをするような目でマディーを眺めまわしてから、仕立屋に目を移す。「きみの意見は?」

仕立屋は専門家らしいまなざしでマディーの全身を眺めた。「大変すばらしいと思いますわ、ユア・グレイス」そう答えながらゆっくりとうなずく。「これでしたらきっとみなさまのご記憶にも残ります」

「陛下って?」マディーは小さな声で尋ねた。「国王のことを言ってるの?」

シャーヴォーがさっと手を差しだすと、仕立屋が慌ててマディーの髪からティアラをとり外し、うやうやしく彼のところまで持っていった。彼はティアラを宝石箱にしまいこみ、ドアのほうへ行った。

「シャーヴォー……」マディーは震える声で言った。「国王が舞踏会に来るの？ あなたの言っているのはそういうこと?」

彼は振り向いて肩をすくめた。「たぶん」

ドアが閉まった。「なんて幸運な《ケル・シャンス》！」仕立屋がぱちんと両手を合わせ、勢いこんで言った。「ああ、マダム、大変な名誉ですわ。陛下があなたのデビュー舞踏会にいらっしゃるなんて！」

クリスチャンがひとことほのめかしただけで噂は一気に広まっていった。これ以上危険を冒して公衆の面前に出ていく必要はない。ダラムとフェインに町の噂を拾ってきてもらうだけで充分だ。

しかし、今自分のやっていることが諸刃《もろは》の剣であることも事実だった。遣える現金はほぼすべて遣い果たしてしまったからだ――ホアーズ銀行の口座の預金残高を含む流動資産がほぼ消滅してしまったせいで、マニングとその仲間たちがまたしても屋敷へ押しかけてくることにもなった。カルヴィンと大柄なフットマンたちが玄関払いをしてくれたおかげで、大事には至らなかったけれど。

そのティアラは、気の毒なジョージ四世が長いあいだひそかに売りに出していたものだった。かつてナポレオン・ボナパルトからマリー・ルイーズ妃へ贈られたというそのティアラの売り値は、なんと五万ポンドもした。陛下の気まぐれな気質のせいもあって、もちろん買い手は見つからなかった。それをクリスチャンが引き受けたわけだ。王はブライトンのロイヤル・パビリオンが完成に近づくにつれて、今度はウィンザー城を豪華絢爛に飾り立てることを望んでいたが、ふたたび方々から金を借りて債権者に取り立てを食らうことにはうんざりしているはずだ、とクリスチャンは踏んだ。だから即金で買いとってやれば、王はきっととても感謝してくれるだろう、と。

招待状を送った人々からはすでに出席の返事がたくさん届いていたけれど、国王陛下もご臨席となれば、それこそ蜂の巣をつついたような騒ぎになるだろう。王はたしかに人々のひそかな嘲りの対象になるような人だった。太っていて、痛風持ちで、なにより人嫌いで通っている。だがそんな王でも、社交界の集まりに顔を出すとなれば話は別だった。王族の放つ魅惑の香りが、きっと大きな効果を発揮してくれるはずだ。クリスチャンはドライにそう考えていた。

結局は権力の問題だ。国王のように絶大な影響力を持つ人間を舞踏会に出席させることができれば、義理の兄弟たちの立場はとたんに悪くなる。大法官の前に出ていって、国王が出席した舞踏会の主催者は途方もない愚か者で狂人であると訴えるなんて、考えられない話だ。王が認めた人間に対して審問など開いても、大失態を招くだけだろう。ジョージ四世はその気になりさえすれば、たったひとことで審問などやめさせてしまうことができるのだから。

王が本当に舞踏会に出席するかどうかは、すでにブックメーカーの〈ホワイツ〉でも賭の対象になっていたし、ダラムは三時間もの長きにわたって、〈ブルックス〉での議論を見届けてきたと報告してくれた。クリスチャンがかたくなに貫いてきた革新的な政治信念は、たしかに王の考えとは敵対するものだった。だが、今をさかのぼること七年前、保守派トーリー党の支持者たちでさえ逃げ腰になるなかで、クリスチャンだけが王に対し、あの浅ましい王妃キャロラインとは別れたほうがいいと進言したのもまた事実だ。クリスチャンが今でも腐った卵を投げつけられることなく政治の中心地ホワイトホールを自由に歩きまわれるのは、彼がそのとき必死で王を擁護したからこそだった――そのときの賭には、もちろん負けた――だがそれは、フェインとダラム以外、誰も知らないことだった。

おまけにクリスチャンは、なぜかジョージ四世のことが嫌いになれなかった。よほど親しくならなければ、彼が心の奥底に隠している真摯《しんし》さを見抜くことはできなかっただろう。王はうぬぼれの下に、良心と知的なユーモアを持っている人物だった。ただ、悲しみの殻で自分を包みこんでしまっただけだ。束縛や批判は受けつけず、途方もない才能に恵まれ、子供のまま大人になってしまった人。それでも、王はそのエレガントな趣味でロンドンの顔を変え、詩人のコールリッジや元女性兵士のフィービ・ヘッセルといった広範囲の人々に恩給を与えた。担当相に命じて囚人の経歴を調べさせ、寄る辺なき人々に特赦を与えたのも王だったし、ロシア皇帝が数十万ポンド払ってでも手に入れたいと言った蔵書をすべて王立図書館に寄贈したのも王だった。

たしかに気まぐれな王ではあった。クリスチャンはその気まぐれさが自分の役に立ってくれることを強く祈った。

わずらわしい雑事はすべてカルヴィンと新しく雇った秘書に任せていたものの、それでもクリスチャンは一日が終わるころになると、舞踏会の準備で疲れきっていた。ドレッシングルームの簡易ベッドを目にするころには、怒りと孤独しか感じられなかった。いつごろからそうなってしまったのかはわからなかったが、マディーの怪我が癒《い》え、舞踏会が近づくにつれて、ふたりのあいだには沈黙のバリアがおりてくるようになった。朝食の席でおしゃべりをするのはダラムとフェインだけになり、昼になるとクリスチャンは自分のトレイを持って書斎にこもり、仕事をしながら食事をとるようになった。

苦痛なのはディナーの時間だった。どうしても彼女と差し向かいになってしまうからだ。クリスチャンは、かごに閉じこめられた不幸な小鳥のように料理をつついているマディーを見守らなくてすむよう、頭のなかで数学の問題を解いた。

彼はマディーを失いつつあった。彼女はあえて彼から遠ざかろうとしていた。体はここにあっても、ばかな冗談に声をあげて笑い、なまめかしい上目づかいで彼を見つめてきたあのマディーガールが目の前から消えていくのがわかった。代わりに姿を現したのは、身の毛もよだつ灰色の幽霊のような存在だった。

クリスチャンは決して彼女にふれなかった。ふれようとも思わなかった。最初は彼女に痛い思いをさせたくないと考えていただけだった。しかし怪我が癒えるとともにマディーは態度を硬化させ、彼が近づくと逃げていくようになった。

クリスチャンは彼女の前に出ると、凍りつくことしかできなかった。野蛮人にはなりたくなかった。だから彼は仕事に打ちこみ、ほんの一瞬ではあっても、ひとりの時間を楽しむことにした。だが本当は、言葉も未来もいらないひととき、なにもかも忘れて本能と欲望のみに突き動かされ裸のマディーと熱くまじわることのできる時間が、恋しくてたまらなかった。

舞踏会の朝、ダラムがやってきて、王が水腫《すいしゅ》に苦しんでいるという噂が飛んだせいで〈ブルックス〉での賭け率が七十一対一までさがったことを教えてくれた。だがクリスチャンは賭のことは考えないようにした。そんなことより、マディーが夜まで元気でいてくれるかどうかさえ、わからなくなっていたからだ。朝食の席でも、クリスチャンと秘書がさかんに打ちあわせをしている横で、青い顔をして食べ物をつついているだけだった。

「ドレスは？」クリスチャンはマディーに尋ねた。「用意……してあるか？」

「ええ」彼女はなにかおぞましいものでも見るような目で皿の上のバタード・エッグ

を眺めながら答えた。

「手袋は？」

「ええ、手袋もあります」

クリスチャンは首をかしげた。「腕は……まだ痛むか？」

彼女は幅広のナイフでバタード・エッグをかきまぜた。「いいえ。大丈夫よ」

ああ、マディー。そんな顔をしないでくれ。ぼくには今、どうしてもきみが必要なんだ。

そう言って、彼女にすがりつきたかった。

だがそれは不可能だった。ふたりのあいだの緊張は、ほぐしようがないレベルにまで高まっていた。クリスチャンに残されていたのは敗北感だけだった。マディーにふれることもできなければ、頼ることもできない。頼れるのは自分だけだ。

突然、マディーが頭をあげた。「シャーヴォー」彼女は、ついに後戻りできない決心をした、とでもいうような雰囲気を漂わせていた。

クリスチャンは拳を握りしめて彼女を見た。

「わたしには、膝を折って挨拶をしたり、国王にお世辞を言ったりすることなんかできないわ。それはあなただってわかっているでしょう？」マディーは声高にそう言うと、戦いに備えるような険しい目で彼をにらんだ。しかしすぐに顔をそむけ、椅子を押して立ちあがったかと思うと、部屋から駆けだしてしまった。

ああ、最高だ。そう思いながら、クリスチャンは椅子の背に頭をもたせかけた。楽しみにしているよ。


晩餐は真夜中ごろに、ダイニングルームで饗《きょう》する予定だった。カードを楽しむ客のことを考えて、図書室には弦楽四重奏団を呼ぶつもりだった。ブルー・サロンはオーケストラの音楽でみんなに踊ってもらうために、すっかり片づけてしまった。サロンに置いてあった高価な家具は、一階のバック・パーラーに移してあった。おかげでパーラーはもっとも日常的な部屋から、今や屋敷のなかでもっとも豪華な部屋に様変わりしていた。いくつもの鏡、目も覚めるような赤と青の絨毯。新しい深紅のソファーの両脇では、二匹の磁器製のドラゴンが背の高い燭台を支えていた。

そこに置かれたソファーだけが、クリスチャンの目には不気味なほどがらんとして見えた。用意は万端だ。ここは、ひとりでは階段ものぼれないような王を迎え入れるための、媚《こ》びとへつらいの部屋だった――王が二階へあがれないなら、会場のほうを王のもとへ運んでしまえばいい。王の愛人であるレディー・カニンガムのための椅子もあったし、王の側近のドクター・ナイトンを喜ばせるための用意もしてあった。王に呼ばれて二階からおりてきた人々が全員この部屋に入っても、まだ余裕があるはずだ。隣の朝食室には別の楽団を控えさせておくつもりだった。陛下がお見えになったら、それに合わせてイタリアの歌曲を演奏させよう。

クリスチャンはドアのフレームに寄りかかった。背後でフットマンが控えめに咳をする。クリスチャンは振りかえった。手紙だった。差出人の名前を見ると気持ちが一気に沈んだが、努めてそれを悟られないようにした。彼はため息をつくと、廊下を抜けて遊戯室へ行き、まだだいぶ時間が早すぎるコニャックをぐいっと一杯あおってから、手紙の封を切った。

〝親愛なる公爵閣下〟とイーディーは書いてきていた。おそらく、皮肉のつもりなのだろう。

親愛なる公爵閣下、わたしは光栄にも、ボンベイ在住のミスター・ニューディゲイトという殿方から結婚の申しこみをいただきました。わたしが亡き夫と結婚する以前からずっと親しくさせていただいていた、かなり裕福なお方です。あいにく今わたしの近くにいる方々からは、こちらの期待しているような扱いはしていただけないようですので、わたしはミスター・ニューディゲイトのありがたいお申し出を受けさせていただこうと考えています。ミスター・ニューディゲイトはすでに旅費としてかなりの援助金を送ってくださいましたので、すぐにでもカレーへ向かうつもりです。けれどもわたしには、ここに残していくほかない〝荷物〟がひとつあります。スコットランドまで送る手立ては、わたしにはありません。あなたはこの〝荷物〟に多大なる興味をお持ちのようですから、今後どうするかはいっさいお任せいたします。あのクエーカー教徒の看護婦のせいであなたがパーティーの席で恥ずかしい目に遭うことのないよう、心より願っておりますわ。お姉さんのお話によると、あなたはあまりおかげんがよくないそうですけれど――そんなことで、お客さまを楽しませることなどおできになるのでしょうか？　賢い決断だとは思えませんわね。

まわりくどい言いまわしに嫌気が差して、クリスチャンは奥歯を噛みしめた。イーディーがインドの成金のもとへ走りたいというなら、それはそれでかまわない。とにかく今は、そんなことにかまっている余裕などなかった。だが、赤ん坊をスコットランドへ送り届けてやれるのはクリスチャンだけだ。イーディーは指一本動かす気もないようだから。少なくとも、彼女がインドまで赤ん坊を引きずっていくつもりはないことは確かだ――おそらくあちらにいる成金が、連れ子などという面倒は背負いこみたくないと思っているのだろう。

クリスチャンはライティングマシンをセットすると、コピー用のペン先を見つめて間違いを犯さないよう気をつけながら、短い返信を書いた。あんまり短すぎて、書き損じる暇もないくらいだった。彼は紙を引き抜くと、すぐにそれを封筒に入れて発送した。

33

ローブ姿のマディーは、着替えのために用意されたスペアルームの窓からぼんやりと外を眺めていた。すると玄関の階段の前に、一台の馬車がとまったのが見えた。座席のドアが開いたとたん、彼女の目に飛びこんできたのは、フレンド派独特の帽子と黒いコートだった。マディーは恐怖に息をのんだ。

メイドはすでに銀色に輝くドレスを広げているところだった。マディーは慌てて窓辺から離れ、ブラインドをおろした。「急いで――なにか服を――」昼間用のドレスは下に置いてきてしまった。「これでかまわないから!」彼女は舞踏会用のドレスをつかみ、驚いているメイドに向かって突きだした。一分後、ボタンやホックをとめ終えるやいなや、マディーは階段を駆けおりていた。

彼女が玄関ホールにおりたと同時に、フットマンが呼び鈴に応えようとして、グラスを載せたトレイを脇に置いた。「わたしのお客さまだと思うわ」訪問者をどこに隠そうかと思いながら、マディーは言った。ああ、よりによってこんなときにリチャードがやってくるなんて！　バック・パーラーは不可能だ。朝食室はイタリア人の楽団員でいっぱいだったし、カルヴィンが管理しているパントリーにも天井までシャンパンの箱が積んである。悩んだあげく、彼女は勢いよく遊戯室のドアを開けた。「ここにお通しして」そう言いつけて、自分だけ先に部屋に入る。

　玄関のほうからくぐもった声が聞こえてきた。やがて、フットマンが遊戯室のドアを開けて告げた。「ミスター・アンド・ミセス・リトル、そして、ミスター・ボンドと、ミスター・オズボーンでございます」

　一瞬、時がとまったような気がした。リチャードではなかった。自分の参加しているミーティングの年配のメンバーたちと向きあっているだけで、あたかも心臓が胸のなかで押しつぶされていくような気がした。

　フットマンがドアを閉じた。マディーは口を開いたが、言葉は出てこなかった。
「アーキメデア・ティムズ」イライアス・リトルが言った。「きみが不信心者の家にいると聞いて、心配してやってきたんだ」

　ほかの三人もいかめしい表情を浮かべながら、〝飾らない服装《ブレーン・ドレス》〟とはとても呼べない銀色のあでやかな舞踏会用のドレスを見ている。

　イライアスが静かに言った。「訊きたいことがあるんだ。きみは本当にこの男と結婚したのかね？」

こうなることはわかっていた。彼らがやってきて詰問されること。でも、そのとき自分がどんな気持ちになるのかまではわかっていなかった。以前は愛していた人たち――家族同然だった人たちと面と向きあったときの気持ちまでは。コンスタンス・リトルはエプロンを握りしめながら、すでに涙をこぼしている。

マディーはまばたきして顔をそむけた。そして言葉もなくうなずく。

「ああ、マディー」コンスタンスがささやくように言った。

本人の口から直接聞くまでは信じまいと思っていたのだろう。イライアスは革や金細工で飾られた部屋を見まわしていた。そうしてビリヤード台に視線を据えると、悲しそうに眉をひそめた。

「わたしたちフレンドにとっては大きな悲しみだ」第一日《ファースト・デイ》の集会で何度も耳にしたことのある、低くてやさしい声だった。「ミーティングからあなたを訪ねるように指示があってね。自分の犯した過ちに気づいてほしいということだった。〝真実〟の善き道理によれば、フレンド派の信徒は世俗に身を浸してはいけないことになっている。ミーティングの許可や承諾なしに結婚するなど、もってのほかだ」イライアスは手をのばしてマディーの手首にふれ、さらにやさしい声になった。「アーキメデア。意味のない規則ではないのだよ。きみを守るための規則なんだ。きみが敵の罠に落ちないようにするためのね。若者たちは性急すぎて、ときには〝道〟を誤ることもある。だからこそ、さまざまな問題がミーティングで諮られて、フレンドに言い渡されるんだ。神の叡智と力を借りながら、自分のしていることは〝光〟のなかにあるものかどうか、確かめるために。きみにもそれが〝真実〟だということはわかるだろう？」

　マディーは唾《つば》をのみこんだ。「ええ」もちろんだ。わかっている。

「だが、今のきみは〝真実〟に則した生活をしてはいない。神の助言にもフレンドの助言にも耳を貸さず、自分の好きなように放埒な生活を送っているだけだ」

　彼女は口を開きかけたが、思いなおして唇を噛んだ。なにも言えなかった。

「これだけ言えば、わたしたちがなにをしに来たかは、もうわかっただろう？」

　マディーはみじめで小さな声を出すと、彼らに背を向けた。

　紙をとりだす音がした。イライアスが咳払いした。「アーキメデア・ティムズ。汝は幼きころから父とともにミーティングに参加せし者であり、われわれの一員として誓願を立て、フレンドの名を名乗る者でありながら、〝真実〟に背を向け、世俗の男と婚姻をなした。よってわれわれは、まことに遺憾ながら、汝に対する処分を下さざるをえない。汝はもはや――」イライアスの低くやさしい声が、そこに来て急に震えだした。「われわれの同胞とは見なされない」

　マディーの瞳から涙がこぼれ、熱く塩辛い悲しみとなって顎へ伝い落ちた。

　イライアスが大きく息を吸った。「さらに――汝はフレンドとしての名と外見を持ち、世俗の人々からもクエーカー教徒として認められし者である。よって、われわれはフレンド派ソサエティーの名誉を守るため、この破戒の婚姻がフレンド派の教えや賛助に背くものであることを公式に認め、そのことを三通の書面にしたためて、一通はミーティングに、一通はこの婚姻を認めたる司祭に、そして最後の一通は新聞社に送付するものとする。これらはすべて、汝がクエーカーの名をもって世俗をだましたることを公にせんがためである」

マディーは目を閉じた。新聞社にまで！　それもこれも、シャーヴォーが世間に広く顔と名前を知られている公爵だからだ。彼女は指で目もとをぬぐい、急いで振り向いた。「わかりました。では、今ここで手紙を書きます」

先のばしにしたところで、どうせ勇気が出なくなるだけだ。マディーはコンスタンスの涙を見まいと、慌てて視線を泳がせた。部屋を見まわすと、公爵のライティングマシンが置いてあった。彼女は小さな引き出しを開け、ペンとインクをとりだした。だが紙がない。仕方なくマシンのふたを開けて、なかから用紙を引き抜いた。

いちばん上にあった用紙にはすでに文字が記されていた。シャーヴォーの癖のある筆跡で、〝荷物はこちらに送れ〟と書いてある。マディーは二枚めの紙を前にして書面を作成しはじめたが、ペンを握る手に力が入りすぎたせいで、ペン先を折ってしまった。

「アーキメデア」イライアスが言った。「高ぶった気持ちで書いてはいけない。きみの言葉はミーティングで読みあげられ、みなに受け入れられるものでなければいけないのだから」

マディーはペンを落とし、ベンチに座った。「こんなこと、すべきじゃありませんでした」顔をくしゃくしゃにしながら言う。涙をこらえることも、喉の奥からもれてくる声を抑えることもできなかった。「戻りたい」彼女は体を揺らし、すすり泣きながら目をあげた。「ああ、コンスタンス、家に帰りたいの！　わたし、もう家にも帰れないの？」

コンスタンスがマディーのもとへ駆け寄ってきて、ひざまずいて手をとった。「マディー、本当に帰りたいの？　だったら、わたしたちのところへいらっしゃい。〝真実〟を得て、〝光〟のなかで生きるのよ」

マディーは期待をこめた目で、コンスタンスの背後にいるイライアスを見た。

「ミーティングはどんな人間も排除しない。それはきみも知っているとおりだ」彼は言った。「しかし、フレンド派の女性が世俗の男と結ばれることはできない。そういうことは許されないんだ」

「でも、戻ることはできるのね？」

「それはミーティング次第だ」イライアスが言った。「われわれはきみに手紙を書いてもらいに来ただけだからね」

マディーはがくりとうなだれた。「わかりました。わたし――」

突然、遊戯室のドアが開いた。マディーはコンスタンスの手を強く握りしめ、ぴっと姿勢を正した。

シャーヴォーが、無表情な顔に驚きを隠しながら入ってきた。ゆっくりと瞳の焦点を合わせ、じっとイライアス・リトルをにらみつけている。

しばらくするとシャーヴォーは、コンスタンスと手を握りあっているマディーを眺め、サイドボードに散らばっている紙に目をやった。そのとたん、顔つきがやけに用心深いものに変わる。

彼が怒りを爆発させようとしているのではないことを悟り、マディーはゆっくりと息を吐いてからコンスタンスの手を放した。「シャーヴォー」顎をあげながら言う。「この人たちはフレンドよ。わたしに話があっていらしたの」

シャーヴォーは警戒したままなにも言わずに立っていた。

「この人がわたしの夫です」マディーは静かな声でみなに紹介した。

彼はフォーマルなコートと黒いズボンを身につけていた。シャツの前は上から下までレースで飾られ、ひだのあいだにはエメラルドのピンが輝いている。悪魔的な雰囲気は少しもなかった。ただいかにも、世俗の歓びを追い求める男、という感じだ。

「用とは？」シャーヴォーがかすかに挑むような口調で問いただした。

「われわれは、アーキメデアがもはやフレンド派の一員ではなくなったことを告げに来たんだ」イライアスが厳粛な面持ちで言った。「彼女が〝真実〟に反してあなたと結婚したせいで」

シャーヴォーは涙のあとがついたマディーの顔を見てから、視線をイライアスに戻した。「おまえが……泣かせた」

「われわれは遊びに来たのではない」

シャーヴォーはそこでマディーを驚かせた。感情を爆発させる代わりに、たったひとこと、こう言っただけだったからだ。「終わりか？」

老人がうなずいた。「伝えるべきことは伝えました」

シャーヴォーは一歩さがって、ドアを大きく開け放った。

コンスタンスが向きを変え、急いでマディーを抱きしめる。「わたしたちのところへいらっしゃい」そうつぶやいてから、足早に公爵の脇をすり抜け、外へ出ていった。ほかの人々もゆっくりと彼女に続く。振り向いたり声を発したりする者は、ひとりもいなかった。

マディーはシャーヴォーのほうを向いたまま、部屋にとり残された。

彼はサイドボードまで歩いていき、折れたペンと紙を片づけた。マシンのふたを閉め、マディーが書きかけていた紙を丸める。そうして横目でマディーを見た。「謝らないぞ……マディー」彼は冷たく挑戦的な口調で言った。「きみは泣いた……でもぼくは謝らない」

薄闇のなか、クリスチャンは書斎の窓から外を見ていた。誰もいない中庭の壁のそばでマディーがひざまずき、祈るようにうつむいている。彼は言葉にならないつぶやきを残し、秘書を置いて部屋を出た。庭に出ると、マディーが着古してすっかりぼろぼろになっているクエーカー教徒の服を身につけ、むきだしの膝を冷たい土に押しつけていることがわかった。彼女は壁際の雑草をむしっていた。

「マディー」しなくてもいいことをしているマディーにいらだたしさを感じながら、彼は言った。「なにをやってる?」

彼女はかかとに体重を乗せてちらりと目をあげたが、すぐにまた雑草むしりに戻ってしまった。「なんでもいいから役に立とうと思って」

クリスチャンは立ったままマディーを見ていた。「今はだめだ。服を……着替えろ。役に立つことなど……しなくていい」

彼女はさらにかがみこみ、素手でモルタルをほじりはじめた。

「やめろ」彼は語気鋭く言った。マディーがこんなことをしている姿など、見たくはない。

「許さない、ってこと?」

「そうだ。マディー――」

彼女はいったん立ちあがると錬鉄製のベンチに座り、自分の膝を見おろした。**どうしたんだ? いったいなにがいけないんだ?**――だがクリスチャンはその答えを知りたくなかった。

「なにかしていたいの」マディーは言った。しゃべるたびに息が白い。「なにもしないでいることに慣れていないのよ」

「舞踏会が――」

「ええ、そうよね」やけに明るい声だった。「紹介の言葉は、もう考えてあるのかしら? 〝公爵夫人が舞踏会用のドレスを身にまとい、階段の上に立ってお披露目をいたします〟とか?」マディーは首を振った。「わたし、公爵夫人なんかじゃない。わたしはこんな世界で生きられる人間じゃないの」

「マディー」彼はマディーにふれようと手を差しのべた。しかし彼女は突然立ちあがってクリスチャンから離れた。

「こんな世界では生きられない」マディーは顔をそむけながら言った。

「必要なんだ……きみが。なにかしたいのなら……務めを……舞踏会の――」

「そんなこと、わたしは知りません！」後悔の念に満ちた頼りない声だった。道に迷って途方に暮れたかのように下を向いている。「秘書がいるでしょう？　わたしなんか必要ないはずよ」包帯の端を指でいじってから、マディーは声を張った。「あなたにはわたしなど必要ないの」

クリスチャンはみずからを戒めながらじっと彼女を見た。「ならきみは……代わりになにが欲しい？」

マディーはわずかに首をかしげたままで、なにも言わなかった。

「あのクエーカーか？」クリスチャンはそっと尋ねた。「ギルか？」

「自分自身を忘れたくないだけ」彼女が奇妙なほど強い口調で言った。「自分を見失いたくないの」

クリスチャンは体をこわばらせた。拳を握ってはまた開く。「きみは……ぼくの妻だ。今夜……妻が必要なんだ……ぼくの横に……立ってくれる妻」

「今夜ですって？」マディーが嘲るように言った。「浮ついた舞踏会なんかより、やらなきゃいけないことは山ほどあるのよ。あなたをもう一度お偉い公爵さまに仕立てあげること以外にも、山ほどね！」

クリスチャンは次第に自分を抑えられなくなりつつあった。歯の隙間からそっと息を吐く。「ドレスはどこだ？」

「舞踏会には出ません」マディーはそう言いきり、否定するように指をあげた。「そんなもの、世俗の楽しみにすぎないもの」

「**楽しみ？**」クリスチャンは吐き捨てるように声を発した。「これはすべて……**楽しむためだと？**」マディーの腕をつかみ、ぐいっと自分のほうを向かせる。「ぼくが公爵でなくなったら……どうなる？」手に力をこめて続けた。「ぼくがあの場所に連れ戻されたら……きみは……どうなる？」彼はマディーを揺さぶりながら叫んだ。「狂人だぞ、マディー！　**狂人！**　きみにそれが阻止できると思うか？　無理だ。ぼくの力でも。でも、王なら！　国王なら……その気になればとめられる！」低く恐ろしい声をあげながら、クリスチャンは彼女の腕を放した。「絶対に……あそこへは戻らない……。きみを……失うつもりはない！　ほかのすべても！　ぼくは――公爵で――ありつづける！」

彼はマディーを押しやると、人気のない庭に彼女だけを残して歩いていった。だがドアのところで立ちどまり、後ろを振りかえった。

「ぼくらのためだ。そういうことなんだ……ティアラも……王も……浮ついた舞踏会も。ぼくらを救うためなんだ！」クリスチャンは家に向かって頭をぐいっと傾けてみせた。「役に……立ちたいと……言ったな？　よし！　立たせてやる。公爵夫人として、お披露目しろ！　銀のドレスで！　わかったな？」

マディーは見知らぬ他人を見るような目で、じっと立ちつくしたまま彼をにらみつけていた。クリスチャンも彼女をにらみかえす。すると彼女は唇を湿らせた。「救われるのは……あなただけでしょう?」

「ふたりともだ。きみと、ぼく。さあ……**ドレスに着替えろ**」クリスチャンはそう言い捨てると、叩きつけるようにドアを閉めた。

クリスチャンは階段のいちばん上に立って、人々と握手を交わしていた。観葉植物とレディーたちの香水の匂いが立ちこめ、ろくに声も聞こえないほどのざわめきがホールじゅうに反響していた。言葉を発する必要などなかった。そんなことをしたってどうせ誰にも聞こえはしない。階段の下ではフットマンが、今まさに階段をあがってこようとしている客の名前を大音声で呼ばわっていたが、なんと言っているのかは誰にも聞きとれなかった。

マディーも並んで立っていた。彼女が頭を動かすたびに、ティアラが緑色の炎のようにきらめく。彼女はやっぱり戻ってきてくれた。ぼくのマディーガール。ときどきまつげの下から不安げに、これでいいのかと確かめるような視線を送ってきたりはするものの、その表情は生き生きとしていた。

怪我をした腕がまだ痛むのはわかっていた。そちらの腕は体にぴったりとくっつけ、もう一方の手で守るようにしていたからだ。無数の目に見つめられていることを意識しているのだろう。クリスチャンは彼女の肘にそっと手を添え、一時間以上も立ちつづけてきたホールからブルー・サロンへと連れていった。

ふたりの進んでいく方向にいた客たちが魔法のようにふた手に分かれ、部屋の真ん中にぽっかりと空間ができた。おそらくみんな、マディーによる舞踏会開催の挨拶を聞きたがっているのだろう。しかしそれは、王が到着するまでお預けだ。クリスチャンは待機しているオーケストラの脇をすり抜け、いくつもの部屋を順番にめぐりはじめた。

社交的な辞令を口にするのはたやすいことだった。ずっと前から知っているせいですでに意味さえ成さなくなった歌のように、なんの苦もなく言葉がすらすらと出てくる。ざわめきも役に立ってくれた。図書室の四重奏さえ、人々のおしゃべりに紛れてしまってほとんど聞こえないくらいだ。彼は、ひとつの部屋で機械的なお祝いの言葉を聞くと、客たちの好奇心や絡みつく視線をあとに残し、すぐにそこを離れるようにした。

少なくとも義理の兄弟たちは、ここへ来てすべてを目撃したりはしていなかった。家族にもいちおう招待状は送っておいた――だがもちろん、ひとりもここへは顔を出さなかったし、欠席の返事すら送られてこなかった。クリスチャンから身ぐるみはいでやろうと弁護士ともども画策している彼らは、マディーのいるこの屋敷になど、一歩たりとも足を踏み入れる気はないということだろう。

彼と並んで歩いているマディーは、まるで銀色のガラテア像そのものだった。人をモデルにつくられた像ではなく、逆に大理石の像に命が授けられて人間になったという、あの美しきガラテアだ。マディーはその控えめで気品のある物腰で、なぜか人々を圧倒し、ばつの悪い思いを抱かせていた。クリスチャンにはそれがわかっていた。オペラの夜、彼らは嘲るような目で彼女を見ていた。いろんな噂も手伝って、みんな好奇心をあおられていたのだろう――財産狙い、クエーカー教徒の女、成りあがりの娼婦。だがマディーはそんな噂に対して、ひとことも弁明などしなかった。だから余計に、人々の興味はふくれあがる一方だった。

最後の部屋に近づいたころ、フェインの姿が見えた。クリスチャンは彼を近衛隊の仲間のそばから引きはがし、ドアの開いていたドレッシングルームへと連れていった。そこは花や何脚かの椅子が置いてあるだけの静かな部屋で、少し外れのほうにあるために、ここまで流れてくる客はそう多くない。といって、完全にプライベートな空間というわけでもなかった。「きみは休め」クリスチャンはマディーを安楽椅子に座らせた。一瞬マディーは彼の腕にすがって抗おうとしたが、クリスチャンは意志を曲げなかった。「飲み物を」彼は約束した。「フェインがここにいるから」

「ああ、もちろん、喜んで」フェインが即座に快諾した。

クリスチャンはその部屋を出てフットマンを捜しだし、王が本当に来てくれるのかどうかを確かめさせた。

「今夜はとんでもなくきれいだね、マイ・ラブ」フェイン大佐がマディーにお辞儀しながら言った。

部屋の前を通りかかったカップルが足をとめ、ふたりのほうへ近づいてきた。「本当に！　これほどお美しい方には、めったにお目にかかれませんよ！」男性のほうが同意して、会釈をした。

「そのお召し物――とても斬新《ざんしん》ですわね、公爵夫人」連れの女性が言った。誉《ほ》め言葉とも皮肉ともとれる口調だ。「デヴィーですの？」

「デヴィー？」マディーはおうむがえしに訊きかえした。

女性が少し見くだしたような笑みを浮かべる。「あら、マダム・デヴィーのことですわ。グローヴナー・スクエアの」彼女は羽根扇子を開いて顔をあおいだ。「それにしても、ダンスを最後に持っていらっしゃるなんて、新しいアイディアですこと。おかげで、待ち遠しくてたまりませんわ！　まだ真夜中にはならないのかしら？」

大佐は目の覚めるような深紅のコートの下に手を突っこんだが、時計が見つからずに眉をひそめた。

「いや、もう二十五分過ぎだよ」男性が自分の懐中時計を眺めて言った。

「では、もうすぐ始まりますわね、公爵夫人？」女性が猫撫で声で尋ねてくる。

「わたしにはわからないんです」マディーは答えた。

「あら！　まあ！　とにかく、あなたを独占するわけにはいきませんものね」女性は小さな笑い声をあげてお辞儀をした。「お部屋の飾りもすばらしいですわ」

カップルがいなくなると、フェイン大佐がにやりと笑った。「まったく、こういうところに来る女ってのは」ようやく時計が見つかったというのに、まだコートの下をまさぐっている。「なかなか見つからなくてね。ああ、あった！」彼は手を出してマディーの前に差しだした。「縫い目に引っかかっていたようだ、まったく！」

マディーは彼の開いた手のなかを見た。真珠の飾りがついた独特なデザインのオパールだった。

「きみの結婚指輪だよ」フェインが得意げに言った。

マディーは表情を曇らせた。

「ぼくみたいにまぬけな男は、死刑にでもなんでもしてくれていい。どうりで、結婚式のときに見あたらなかったはずだ――このコートはずっとロンドンにあったんだからね」フェインは彼女の手のなかに宝石を置くと、指に握らせた。「これでよし、と。

はめておいたほうがいい。なくさないようにね」

　大きすぎてぶかぶかだったシャーヴォーのシグネット・リングを指にはめつづけることは、とっくの昔にあきらめていた。マディーは唇を噛みしめながら、オパールを指に滑らせた。ぴったりのサイズだった。


　ティアラのせいで激しい頭痛がした。人はどうしてこんな面白くもないものに魅せられるのだろうか。マディーにはさっぱり理解できなかった。おまけにここにいるのは、お酒をがぶがぶ飲みながら大声でおしゃべりをするしか能がないような、派手に着飾った人々ばかりだ。だがそんな人々でさえ、不満をもらしはじめていた。陛下はいついらっしゃるのかと訊かれたのは、これでもう五度めだった。みんな、本当はもっと訊きたいことがあったのだろうが、いつもフェインかダラムが――ときにはその両方が――彼女の脇を固めているせいで、気後れしているらしい。

　シャーヴォーはそれでうまくやっていた、というダラムの助言に従って、マディーはできるだけ会話を短くまとめることにした。なかなか思うようにはいかなかったけれど――人々は奇妙な目で彼女を見た――それでかまわないのだと自分に言い聞かせた。誰かに好きになってもらおうとは思わなかったし、友達になろうとも思わなかった。相手もそんなことは考えていないようだったから、それでいいのだろう。

紫色のドレスを着た女性が千鳥足でマディーの背後まで近づいてくると、彼女に持たれるように倒れかかってきた。マディーはその女性に痛いほうの腕をつかまれ、思わず悲鳴をあげかけたが、一瞬あっと口を開けただけで笑みを浮かべた。

「ごめんなさい！」女性は大声で言った。「どうも不器用で！」彼女はマディーの手をとった。「すてきな舞踏会ですわね。ダンスはいつ始まるんですか？」

「わかりません」マディーは答えたが、質問者はそのときすでに姿を消していて、代わりに彼女の手のなかに折り畳んだメモが残されていた。マディーはメモを開いた。

金釘《かなくぎ》流の文字で〝二階〟とだけ書いてある。

どうしてシャーヴォーは自分で呼びに来ないのだろう。あんな酔っぱらいの女性をメッセンジャー代わりにするなんて。マディーが、シャーヴォーが呼んでいるみたいだから、とフェイン大佐に伝えると、彼は訳知り顔でうなずいた。フェインもいささかシャンパンを飲みすぎていたようだったが、それでも彼女をエスコートして人込みをかき分け、裏の階段のところまで連れていってくれた。

十二時四十五分になって、ハゲタカどもが到着した。カルヴィンがクリスチャンのもとへやってきて、ミスター・マニングとストーナム卿が名前も告げずに屋敷のなかへ闖入《ちんにゅう》したようだ、と告げた。おそらくぼくを笑いに来たのだろう、とクリスチャンは思った。この数分間で、帰る客も出はじめている。だが彼らを責めることはできなかった。ダンスはまだ始まらない。真夜中の晩餐ものびのびになっている。人々はクリスチャンのほうをちらちら眺めながら、内緒話をするようになっていた。

ダラムが人込みに紛れて前を通り過ぎていった。クリスチャンはそのとき、とある伯爵夫人と覚えてもいない娘の話をしていたところだったのだが、ダラムはにっこり笑いながら、夫人の頭の羽根飾りの向こうでシャンパンのグラスを掲げてみせた。そして、無言のまま、ただかすかに首を振った。

クリスチャンは話を切りあげ、伯爵夫人に無礼を詫びると、妻を捜しに行った。

マディーは裏の階段をひとりでのぼっていった。上にあがると、ギャラリーの音楽が大きくなり、客たちのざわめきが少しだけ遠のいた。彼女は廊下でいったん足をとめてから、先ほど着替えをしたスペアルームのドアを開けた。

「シャーヴォー？」なかをのぞきこんで声をかける。見えたのは公爵の義理の兄弟ふたりだった。公爵の姿はどこにもない。

「マァム。どうぞお入りください。話があるのですよ」

彼女はドアを大きく開けた。「彼はどこなの？」

赤ら顔のほうが身を乗りだしてきて、マディーの手首をつかむとなかに引きずりこんだ。「シャーヴォーですか？　きっと下で客と話でもしてるんでしょう。そう言えば、お互いにきちんと自己紹介したこともありませんでしたな」彼はそう言いながらドアを閉めた。「わたしはマニング。そしてこちらはストーナム卿です」

マディーは、豊かなもみあげを撫でおろしているもうひとりの男を見た。男は軽く頭をさげた。

「さっそくですが、本題に入りましょう」マニングが言った。「あなたと仲直りがしたいんですよ」

マディーは黙って立っていた。

「さあ、ミス・ティムズ」彼はマディーの旧姓をやけに強調しながら言った。「王を味方につけようとする計画が失敗したのは、もう明らかでしょう」

それでも彼女はなにも言わなかった。

「王は来ませんよ、マアム。その途方もない額の頭のキラキラ飾りは、結局無駄だったわけだ。それで王の庇護《ひご》を買ったつもりだったんでしょうがね。王の気まぐれは有名ですから。運がよければあなたを救ってくれたかもしれないが、どうやら今回はそうならないようですな」

マディーはゆっくりと椅子に体を沈ませ、マニングを見た。「わたしを救う？」

「審問の可能性をなくして、身を守ろうとしたんでしょう？　王が今夜お出ましになれば、あなたは救われる。そう思ったんじゃないんですか？　だが王は来ない」

　彼女は腿の上で手を組んで、ふたりをにらみつけた。ティアラが急に重くなったような気がした。「これからおいでになるんじゃないかしら」

「まずありえないでしょうな。楽団を待たせておいても無意味ですよ。だが、その話はいいんです。本題に入りましょう。あなたのそのティアラ——価値はご存じでしょう？　それはあなたのものにしてかまいません」

　マディーは頭を低くしたままだった。「よく意味がわかりませんが」

「ミス・ティムズ。目の前に事実を並べてあげましょうか？　あなた方が結婚披露宴と称しているこの舞踏会のことだが、こんなものはただの見せかけだ。猿芝居ですよ。頭のおかしくなってしまった男が、田舎者たちを金で雇って集め、ドアを叩かせただけのことですからね」

　マディーは唐突に顎をあげた。

　マニングが微笑む。「ええ、いろいろ調べさせてもらいましたよ」

「金で雇った？　ドアを叩くために？」彼女は驚いて言った。

「お芝居の才能はほかのところで発揮してくれませんか、ミス・ティムズ？　われわれには法廷に証人を集めることだってできるんだ。おそらくキット・ダラムって男もあなた方と一心同体なんでしょうがね。だが考えてください、マァム。こんなもの、結婚でもなんでもない。この国の法律によれば、英国国教会のもとできちんとした儀式を行わなければ結婚は成立しないんですよ。シャーヴォーが禁治産者であることもそうだが、われわれは、あなた方の行った結婚の儀式が法律に反していることを証言してくれる人間だって知ってるんです。きなくさい臭いがしませんか、ミス・ティムズ。とてもきなくさい臭いがね。あなた方のやっていることは、かなりの罪に値すると思うんですが」

「わたしは誰も雇ったりしていません」マディーは言った。「わたしは――」

「ダラムに頼もうと思っても無駄ですよ。実際に汚い仕事をやったのは彼なんでしょうが、それに関してはこちらも手立てを考えてあります。わたしが解決しておみせしますよ。この手でね。つまり、わたしを怒らせると、ミス・ティムズ、あなたも罪科《つみとが》を受けなければならなくなるわけだ」

「マニング」もうひとりの男が悲しげな声で口を挟んだ。「わたしに話をさせてくれないか。おわかりいただきたいんですが、ミス――いや、マァム。わたしたちはかなり困っておりましてね。延々と続く泥仕合にはしたくないと思っているんです。だから、あなたにも少しお考えいただけませんか。あなたのせいで、わたしたちはどんどん居心地の悪い立場に追いこまれているわけです。これだけお金をかけて舞踏会など開かれると、とくにね。だから、もう一度考えなおしていただきたい」

「なにを——なにを考えなおせっておっしゃるの？」

「出費を抑えてくれってことですよ」マニングが厳しい口調で言った。

「そうすれば、わたしたちの取り分が減ることもないのでね」ストーナムがつけ加える。「公聴会を開かなければいけないようなところまで、わたしたちを追いつめないでいただきたいんですよ。家名に傷がつきますのでね！　少しは哀れみの気持ちを持っていただけませんかな。彼をわれわれに返していただければ、法廷にまで訴え出る必要はないんですから」

「だいいち、そんなことになればあなただってすべてを失うんですよ、ミス・ティムズ。もしも彼が禁治産者宣告されれば、すべてをね。彼が正気でないことを誰よりもよく知っているのは、ほかならぬあなたでしょう？　あなたみたいな女性と結婚したせいで、彼はおかしなことばかりやりつづけているんですから、あなたの影響もあってね——トービンを首にしたり、拳銃を持ちだしたり、ばか高いティアラを買ったり、借金をどんどん増やしたり——あげくの果てがこの舞踏会ですよ！　こんな時季に！　ぼうっとしている連中の目は欺けるかもしれないが、法廷に出ればすべてがはっきりするんだ。そうなったらあなたはおしまいですよ——すべてを失ってね。あとは海外の流刑地にでも行くしかなくなるはずだ」

「われわれだって、そこまでのことはしたくないんですよ」ストーナムが説き伏せるように言った。「こっちにも良識ってものがありますから。それもたっぷりとね。審問を避けるためなら、なんだってする覚悟です」

マディーは理解できないというように頭を振った。「あなた方は、審問を避けたいと思ってるの？」

「もちろん避けたいですよ！　そのためならあなたにお金をあげてもいい。そしてマニングが言ったように、ティアラもね。持っていってください」

「どうして？」マディーは当惑していた。

「ミス・ティムズ。ばかのふりをして時間を無駄にするのはやめていただきたいものですね」マニングが言った。「この結婚が無効であるという訴えにあなたが異議さえ唱えなければ、ティアラは持っていっていいと言ってるんですよ」

マディーは身じろぎもせずに座ったままマニングを見つめていた。「無効になんかできるの？」

「もちろん。あなたがどう思おうと、早晩そうなるでしょうしね。だからあなたは、どちらかを選べばいいんです。今すぐわれわれの言うことを聞いてティアラを自分のものにするか、それとも、すべてをなくすまで待つか」

「そんなこと、考えたこともなかった……」彼女は宙をにらんだ。声のトーンが落ちていく。「でも……本当に無効になどできるの……？」そこでいったん言葉を切り、唇を湿らせてから続ける。「その……結婚が……〝完成〟してしまったあとでも？」

「ああ！　レディーが顔を赤らめるとは！」マニングが不快そうに言った。「あなたはみんなにだまされたんですよ。ひとたび結婚を〝完成〟させてしまえば、それで守られるとでも思ってたんですか？　この結婚はそもそも不法な手順によってでっちあげられたものだ。なにもかも、いんちきなんです。あの時点で、公爵にはまともな判断などできなかった。であれば、とり消すことはできます」

「でもですね、あなたさえ協力してくれれば、そういう七面倒くさいことはすべて省けるわけですよ」ストーナムが言った。「婚姻が無効であることに同意してくれれば、すべてが単純になるんです。審問など開く必要もない」

「もしもあなたが身ごもっているのなら――あなたのためにもそうでないことを願いますが――」マニングがつけ加える。「子供のための信託金を内々に用意することもできます。すべてを失うより、そのほうがずっとましなんじゃないですか？」

マディーは突然立ちあがり、部屋を出ようとした。ふたりの男の嘘や企《たくら》みから、できるだけ遠くに離れたかった。そのときふと、姿見が目に入った。そこには銀色のドレスを着た見知らぬ女が立っていた。「じゃあ、審問など開かなければいいわ」そう言った瞬間、鏡のなかの見知らぬ女はなぜか急に、世間知らずのマディー・ティムズよりもはるかに自信に満ちた、洗練された女性に見えた。

「そちらからもなにか条件をつけるおつもりですか、マァム？」

マディーは鏡の女を見つめてから振り向いた。「わたしが婚姻の無効に同意したら、絶対に審問は開かれない、ということであれば」

「その点はわれわれが保証しますよ」ストーナムが息せき切って言った。

彼女はストーナムと、恰幅《かっぷく》がよくていかにもけんかっ早そうなマニングを見た。この人たちはフレンドではない。信用などできなかった。

「まだ決心したわけではありません。少し考えさせてもらいます」マディーは言った。

部屋を出ようとすると、舞踏会用のドレスが衣《きぬ》ずれの音をさせた。

マニングが彼女の腕をつかんだ。「早く決めてもらえませんか、マァム。こういう状況ですから、わたしの堪忍袋の緒もいつ切れるかわかりませんよ」

マディーは男の手を振り払うと、ドアに近づいた。

「それから、もう二度と彼をどこかに雲隠れさせたりしないほうがいい」マニングが後ろから追い打ちをかけた。「警告しておきますよ――今度そんなまねをしたら、厄介なことになるのはあなたのほうですからね」

クリスチャンはマディーを見つけられずにいた。おしゃべりしているカップルを避けようとして出窓のくぼみにさっと身を隠したところで、彼はふと足をとめた。街灯の明かりの下に立っている人影が見えたからだ。

思わずカーテンを握りしめたのち、勢いよく身をひるがえしたが、そのとき背後にいた客にぶつかってしまった。客のほうが詫びを言ったが、クリスチャンは低い声でもごもごとつぶやいただけで男を押しのけ、人込みのなかへと歩いていった。

下にいたのは猿だ。

うまく呼吸ができなかった。客たちをかき分け、抗議の声を無視しながら進んでいく。階段の上でフットマンをひとりつかまえることができた。「外だ！　男が……髪を剃った……」

フットマンはとまどった表情でまばたきした。「閣下？」

「追いかえせ！」クリスチャンはフットマンを階段のほうへぐいっと押した。フットマンは状況を把握できないままぴょこんと頭をさげると、向きを変えて階段をおりていった。クリスチャンはフットマンが外へ出ていったのを確認してから、ふたたび出窓に戻って下を見おろした。

お仕着せを着た召使いが、客の乗ってきた馬車の御者に話を聞いていた。御者が肩をすくめる。歩道にはもう誰もいない。

そのとき、クリスチャンの肩に手が置かれた。誰かが襲いかかってきたのかと思って弾《はじ》かれたように振り向くと、それは議会で院内幹事を務めている男だった。あんまり驚いたせいで、相手には失礼な反応になってしまった。だが、男は笑みを浮かべてシャンパンのグラスを掲げると、カトリックの解放についてまくしたてはじめた。クリスチャンは相手を見つめたまま、ひとことも言葉を発することができずにいた。その政治家の背後にちらりと、養護院のいまいましい医者の背中が見えた。クエーカー教徒のむさくるしいコートを着ている。その医者は奥のドアのそばで一瞬立ちどまったかと思うと、そのまま人込みに紛れてしまった。

政治家がいぶかるように目を細めてクリスチャンを見た。「なんだか具合が悪そうだな。窓を開けて風にあたったほうがいいんじゃないか?」

34

公爵専用の馬小屋のひんやりとした薄闇のなかには、そっくり同じ形の馬が八頭、並んでつながれていた。マディーがなかへ入っていくと、馬が急にそわそわしはじめた。侵入者の存在に気づいたのだろう。舞踏会のざわめきから抜けだしてきたばかりのマディーは、闇に目が慣れるまでしばらくじっとしていた。

ドレスの生地がかすかな光を受けてきらめいた。マディーはスカートをつまんで裾を持ちあげ、通路の奥の馬車が置いてあるところまで歩いていき、ふたたび入口まで戻った。確信を得たい。〝光〟と確かな答えを見つけたかった。

これもまた、わたしが道に迷ってしまったことの証だ、と彼女は思った。心のなかに安らかさを見つけられないなんて。静かで小さな声を聞けないなんて。もう長いあいだミーティングに参加してもいなければ、祈ってもいない。そういうことをしようと考えもしなかった。夜のあいだじゅう、ただただずっと心配していただけ。みじめな思いにとらわれながら、どうしてこんなことになってしまったんだろうと考えていただけ。みずからの意志で〝真実〟に逆らおうとしていたわけだ。

わたしはこんな世界で生きられる人間ではない。なのにまだここにいる――それはなぜか？　リチャードは一緒にここを出ようと誘い、年配のフレンドたちも帰ってきたいなら帰ってくればいいとほのめかしてくれた――なのにわたしはまだここにいる。

なぜなら、シャーヴォーがわたしを必要としていると思ったからだ。

結婚という、決してとり消すことのできない絆で結ばれたからだ。

でも、彼はわたしのことなど必要としていなかった。この結婚さえも、永久不変の絆ではなかった。

闇に目が慣れてくると、路地に面したアーチ型の窓がだんだんはっきりと見えてきた。ポニーたちのクリーム色のお尻が並んでいるのもうっすらわかる――その向こうのふたつの馬房は暗く、空っぽだった。視覚が鋭くなっていくにつれ、かすかに輝いている町行き用の馬車や、その向こうの乗り物も見えるようになった。その瞬間、なにかがスカートの裾をかすめていき、マディーは跳びあがった。猫だった。喉をごろごろ鳴らしている。

この結婚は、本当の結婚ではなかった――ただの猿芝居。ごまかし。体の芯から怒りが一気にわいてきて、マディーはオパールの指輪をむしるように外した。フェインの告白によれば、これはずっとロンドンにあったのだという――でも彼女は、シャーヴォーが結婚式の最中に〝指輪はさっき大佐に預けた〟と言ったことを、鮮明に覚えていた。嘘と欺き。田舎者を大勢雇って、客のふりをさせるなんて！　シャーヴォーはわたしを利用するだけ利用して、わたしの人生をめちゃくちゃにするつもりなのかもしれない。彼は自分のことしか考えていないのかもしれない。

でも、あのときシャーヴォーは心の底からわたしを必要としていたはずだ。

マディーは窓辺で足をとめ、外に目をやった。ほかの馬小屋も暗く、石畳の上に差している光と言えば、馬屋番の部屋から靄を通してもれてくるわずかな明かりだけだった。

彼女はふたたび、馬小屋の通路を歩きはじめた。あの人たちを信用することはできない。彼らの言葉を信じてはいけない。シャーヴォーの住む世界では、嘘をつくなんてあたりまえのことなのだ――ほかならぬシャーヴォーが、身をもってそれを教えてくれた。

この結婚は無効にできる。そうすればわたしは家に帰れるかもしれない。そのほうがシャーヴォーにとっても都合がいいのではないだろうか――クエーカー教徒と結婚などして、さらに正気を疑われる必要はなくなるのだから。彼らは、わたしがこの結婚をなかったことにしてこの家を出れば、審問が開かれることはないと約束した。マニングのことはどうしても好きになれなかったけれど――でもここは、わたしがすべてを背負いこんだほうが、公爵のためにもいいのかもしれない。母狐が狩人《かりゅうど》の注意を引きつけ、子狐を逃がしてやるように。

マディーは、ここに一度シャーヴォーを置き去りにして父のもとへ帰ろうとしたときのことを思いだしていた。あのときは一キロ進むごとに不安がつのり、結局父に背を向けてここに戻ってきてしまった。戻ってみると、シャーヴォーはたったひとりで彼らに追いつめられていた。あのとき感じた激しい不安は、内なる神の声だったはずだ。わたしがやるべきことを教えてくれる声。

もしもわたしが彼の正式な妻としてここに存在していなかったとしたら、彼らがふたたび公爵を襲うことをとめる手立ては、ほかになにかあるのだろうか？　と同時に、今のわたしが法的には彼の正式な妻ではないのだとしたら、いったいなにが彼らをとめられるのだろうか？

彼らが暴力や法的手段や策略を使って公爵にどんなことをするつもりかわかっていながら、ここを出ていくことなどできるだろうか？

かといって、とどまることはできるだろうか？

マディーは指輪を冷たくなった両手で握りしめ、口もとへ運んだ。いったいどうしてこんなことになってしまったの？　あらゆる道義にも理性にも反して、こんなにもシャーヴォーを愛してしまうなんて。

イライアス・リトルならきっと、それはきみが〝真実〟に背き、個人の意志と肉欲の誘いに身を任せてしまったせいだ、と言うに違いない。わたしはフレンドたちを頼ることもせず、〈ベル・ソヴァージュ〉で出会ったリチャードの助言にも従わなかった。代わりにいつも、邪悪で世俗的な男性の味方をしてしまった。

でもそれは、彼がわたしを必要としていたからだ。

でも本当は必要とはしていなかった。

外のランプに明かりが灯り、ドアがきしみながら開く音がした。路地のほうからおしゃべりが聞こえてくる。馬車置き場へのドアは大きく開け放たれていた。

それまで気づかなかった人影が、明かりの端のほうにひょいと姿を現した。かと思うと、また闇のなかへと消えた。フードをかぶってショールを巻いている女性のようだった。マディーは窓越しにあたりの様子を確認した。

「なんの用だ？」影に向かって馬屋番のひとりが尋ねた。くぐもった返事は、マディーには聞きとれなかった。「あっちへ行ってろ」馬屋番は言った。「今夜は馬車が戻ってきてるからな」

このスクエアにはいつもぼろをまとった物乞いたちがいた。それがこの場所の抱えている大きな皮肉なのだが、マディーがここでそういう人をまのあたりにしたのは、これが初めてだった。彼女は自分の無力さを感じた。舞踏会の行われている屋敷のほうからは、酔っ払った人々のはしゃいだ声が聞こえてくる。

鉄の蹄が石畳の路地にこだました。馬車が戻ってきたようだ。座席の窓からは明かりがもれ、御者が二頭の馬を巧みに操りながら、馬車をバックさせて小屋に入れようとしている。馬車がドアに近づくと、後ろからフットマンがランプを手にして地面に飛び降り、馬具を外そうとしている馬屋番の手もとを照らした。

馬の体からあがる湯気と彼らの白い息とがまじりあった。馬屋番は葦毛《あしげ》の馬を一頭ずつ連れていくと、梶棒《かじぼう》をわしづかみにし、低い声をあげながら背中を丸めて馬車を小屋の中へ入れようとした。

フットマンはランプを掲げてあたりを照らし、石畳の上を確かめていた。その明かりのなかに、物乞いらしき女の姿が浮かびあがる。だが彼は女に気づかないまま、白い息を輝かせて馬車置き場のほうを向き、ドアの取っ手をつかんだ。大きなドアが音を立てて閉まった。

路地は暗く静まりかえった。ときたま石畳の上を行き交う人々のつぶやきが聞こえるだけだった。

マディーは窓辺に立ちつくしていた。さっきまでたぎっていた血はすっかり冷えて、馬小屋の壁に守られているというのに、寒さで体が震えた。物乞いの女を目にすることはもうできなかったが、影のなかにひそんでいるのははっきりと感じられた。

大きく息を吸ってから、マディーは冷たくなった腕をさすった。馬小屋のドアのラッチを外し、路地に足を踏みだす。

女がマディーを待っていたかのように慌てて立ちあがり、近づいてきた。「わたし、どうすればいいんでしょうか?」

あまりにぶしつけな質問に、マディーは思わず足をとめた。「あなた、おなかがすいているの?」一メートルも離れていないところから尋ねる。

フードをかぶった人影が、さらに前へ出てきて立ちどまった。その顔にはマディー同様、驚きの表情が浮かんでいる。マディーが想像していたよりも若い女だった。頰はふっくらしていて、目のまわりは赤くなっている。「まあ」女はそう言うと、慌てて膝を曲げて挨拶してきた。「お許しください、マァム。わたし――ここで待っているように言われたもので。申し訳ございませんでした」女は服の前をきつくかきあわせながら、暗がりへと戻っていった。

「あなた、おなかがすいているんじゃないの?」マディーはもう一度尋ねた。「キッチンへいらっしゃいな」

「いえ、そんな、マァム! 入ってはいけないと言われていますから!」

マディーはとまどいながらも足を前へ踏みだした。「怖がらなくていいわ。わたしはここの女主人なんですから。わたしが入っていいと言えば、入ってもいいのよ」

その若い女が突然振りかえった。「ああ、マァム――あなたがここの奥さまなんですね？」ほっとしたような声をあげると、もう一度膝を折ってお辞儀をし、マディーに近づいてきた。その手には手紙のようなものが握られていた。「わたし、ミセス・サザーランドからの〝お荷物〟が届いたことをここのご主人さまに知らせるようにと言いつかってきたんです」

マディーは手紙を受けとった。封はされていなかった。女はなかの紙をとりだして、書かれている文面を見せた。〝荷物はこちらに送れ〟という、読みにくい手書きの文字が並んでいた。

「なるほど」マディーは言った。「わかりました。それなら、あなたがなかまで運んでちょうだい。こんなところで待っている必要は――」

女が前をかきあわせているマントの奥から、低い泣き声が聞こえてきた。彼女は赤ん坊を懐から出して肩に担ぎあげ、やさしくあやしてやってから、マディーに向かって詫びるような笑みを投げかけてきた。

しばらくのあいだ、マディーはじっと立ちつくしていた。大きな滝のてっぺんに吊されているような気分だった。考えることも――息をすることもできなかった。

マディーはささやいた。「それが、ミセス・サザーランドからの……？」

女がまた膝を曲げる。「そうなんです、マァム」

突然、冷気が襲ってきて、マディーの全身は震えはじめた。両腕をきつく体に巻きつける。「荷物？　それが荷物？」声まで震えていた。「荷物ですって？」

「ええ、マァム」女はかすかに悲しみをにじませながらふたたび微笑んだ。「ひどいですよね。お金持ちの方々って、子供のことをそう呼ぶんですか？　わたし、乳母をしてたんですけど――自分の子を二カ月前に死なせてしまって」

そんな簡潔な告白が、宙吊りになって夢を見ているようなマディーの気分を粉々に打ち砕いた。心が真っ逆さまに落ちていく。どこまでも。吐き気のするような現実に向かって。

イーディー。ミセス・サザーランド。

かつて、彼らは恋人同士だった。

おまけに子供までいた。

「大丈夫ですか、マァム？」若い女が尋ねた。

マディーは目をしばたたかせた。襲ってくる震えを抑えることができない。涙がこみあげ、女の姿は光と影の狭間《はざま》でぼんやりにじんでいた。「大丈夫よ」彼女は怯えたような声で言い、咳払いをした。「大丈夫」

あのふたりには子供がいた。つまりシャーヴォーは――わたしとも――そしてイーディーとも……。

シャーヴォーは知っていたわけだ――なにもかも。それなのにわたしは彼に夢中になり、すっかり魅せられてしまった――別れた女性の髪をひと房と細密画《ミニアチュール》をいつまでもとっておくなんて、あまりにも妙だと思ったのに。

わたしにはなにも見えていなかった。目をくらまされ、道に迷ってしまっていた。そう思ったとき、子供のか弱い泣き声がまた聞こえてきた。マディーの心にわきあがってきたのは、感じて当然の怒りではなく、愛と痛みとみじめさの入りまじった複雑な感情だった。彼女はそんな感情にのみこまれた。この子は彼の子だ。彼のものだ。そしてわたしは彼のものなら、それがどれだけ不名誉で不正なものであろうと、愛してしまう。

「わたしたちより寒いんじゃありませんか、マァム？　そんなに震えて。なかに入りましょうか？」

「わたし――」

そのとき、火事を知らせる早鐘のように、馬小屋のベルが勢いよく鳴りはじめた。マディーと女はとっさに後ずさりした。ランタンの光が交錯し、馬屋番が慌てふためいてあたりを走りまわっている。赤ん坊が甲高い声で泣きはじめた。女の背後、路地の奥のほうから、鋭い光が近づいてくるのが見えた。二頭の馬が並足でアーチの下をくぐって入ってくる。深紅と金の紋章をつけた馬車は、たいまつを立て、なめらかに角を曲がった。御者は青と紫の豪華な掛け布の上に座り、かつらや肩飾りまでつけていた。国王陛下のお成りだった。

縁石から正面玄関の階段まで国王陛下の手をとって歩きながら、クリスチャンの心は激しく揺れていた。王の歩みはいっこうにはかどらない。王を挟んでクリスチャンの反対側にいるのは、ウェリントン公爵だった。

よりにもよって、ウェリントンが一緒に現れるとは！　気がつけばクリスチャンは、政治の駆け引きのまっただなかに放りだされていた――こちらが王を利用するつもりなら、王のほうもこちらを利用するというわけだ。クリスチャンは最近あまり新聞を読んでいなかったが、それでも政界では誰が実権を握りつつあるのか、噂くらいは耳に入ってくる。ウェリントンはすでに今の内閣など簡単に倒せるほどの権力を手中におさめていた。であれば、ジョージ四世と〝鉄の公爵〟が手を結んでしまえば、ウェリントンが首相になる日も遠くないというわけだ。

ふたりはそのことを世間に喧伝する場として、クリスチャンの舞踏会を選んだのだろう。だとすると、あれこれ悩んでいる余裕はない。マディーがどこへ行ってしまったのかはわからなかった――馬車から降りてくる王に挨拶するときにはそばにいてほしかったのに。せめて、この玄関で出迎えてほしかったのに。いったいどこにいるんだ？

ジョージ四世はむくんだ足をふたつめのステップにおろし、クリスチャンの左腕を力強く握りしめた。ウェリントンもその向こう側で、あまりに堂々とした王の体を支えるのに苦労している。強い整髪油の匂いが王のかぶっているハシバミ色のかつらから立ちのぼり、ポケットチーフに染みこませてあるらしい香水の匂いとまじりあった。クリスチャンは思わず顔をそむけて新鮮な夜の空気を吸いこんでから、目をあげた。安堵感が胸いっぱいに広がった。

マディーがそこに立っていた。開いた玄関の前、カルヴィンとふたりのフットマンを従えてたたずんでいる。頭にはティアラがきらめいていた。頬は赤く染まっているというのに唇は血の気がなく真っ白だった。ここで失神したりしないでくれよ、とクリスチャンは心のなかで祈った。

彼はマディーを励まそうとして、にやりと笑いかけた。だが王の取り巻きがどやどやとやってきたせいで、彼女の姿は見えなくなった。王はようやく玄関を通り、家のなかに入ると、クリスチャンの腕をぽんぽんと叩いた。「ありがとう、ありがとう、ディア・ボーイ。ここからはひとりでも大丈夫だ。わたしの杖はどこだ？」

すぐさま差しだされた杖で王は体を支えた。玄関ホールには客があふれていた――王の到着を聞きつけて下におりてきた人々だ。ジョージ四世はさもうれしそうにみんなと握手を交わし、カルヴィンとフットマンはそれとなく先に立って案内しながら、王のために用意しておいた部屋へ向かった。

ウェリントンが姿を現したことで、客たちのあいだからどよめきが起こった。波のように押し寄せてくる人々の声が、クリスチャンの耳を聾《ろう》さんばかりに大きくなっていく。彼の頭のなかでは、こんな声がこだましていた――吊せ、みんな吊してしまえ――猿も、医者も、マニングも、家族も。

ウェリントンが王から少しだけ距離を置き、背筋をのばした。クリスチャンは、戦争の英雄であり保守派トーリー党の親玉でもあるこのウェリントンとは親密な関係にはなかったが、それでも、その青い瞳に戦場を一瞥《いちべつ》したときの鋭さが残っていることは認めざるをえなかった。鉄の公爵は一礼してからこう言った。「国王陛下からお供せよとの仰せがあったので、わたしも今夜お邪魔することになったのだが、いけませんでしたかな?」

クリスチャンは片手を差しだした。「来ていただいて……光栄です」それは彼の本心だった。だがウェリントンは、その言葉の裏の意味を頭のなかで考えているようだ。クリスチャンはとっさにつけ加えた。「ぼくは変わったんですよ」政界の情報には通じているウェリントンのことだ。大法官の前でクリスチャンがしでかしたしくじりのことも、とっくに耳に入れているだろう。クリスチャンはかすかな乾いた笑みを浮かべた。「あなたは誰よりも……〝炎の裁き〟についてご存じだ……」

ウェリントンはいぶかしげな表情を浮かべたまま、握手を交わした。クリスチャンは耐えた。ここまで必死で地獄の炎を耐え抜いてきたのだから――いくら政治的立場が違うとはいえ、握手を拒否するほど嫌う必要はないはずだった。

ウェリントンが眉を吊りあげた。「きみがその進歩的な考えを変える日は来るのかね？」

クリスチャンは肩をすくめた。「さあ。どうでしょうか」

司令官が鼻を鳴らした。「まあ、少なくともきみは自分で自分を守ることのできる男のようだ。それは認めよう」そうして凄《すご》みのある笑みを浮かべた。「鉄の表情《ヴィサージュ・ド・フェル》だよ。生きのびるにはそれがいちばんだろう、え？」

クリスチャンは両手を広げて彼なりの鉄の表情をつくりながら、ほかの招待客たちのほうを指し示した。勘のいいウェリントンは心得たようにうなずいてみせ、クリスチャンの肩を軽くもんでから、王のもとへ戻っていった。

ジョージ四世はようやくパーラーにたどり着いて、コルセットをきしませながら腰をおろした。そしてクリスチャンを呼び寄せ、赤い頬の福々しい顔に笑みを浮かべて尋ねてくる。「公爵夫人には会わせてくれないのかね？」

クリスチャンは振り向いた。マディーがドアの近くに控えていた。レディー・カニンガムやドクター・ナイトンが座っている向こうに、その姿が見え隠れしている。

彼は手を差しのべたが、マディーは彼に目を合わせようともせず、ひとりで王の前に進みでた。あちこちでおしゃべりがやみ、部屋がしんと静まりかえった。

「名はアーキメデア」クリスチャンが紹介した。「シャーヴォー公爵夫人でございます」

マディーは膝を深く折ることも、お辞儀もせず、すっと片手を差しだした。「歓迎いたします」とりつく島もない言い方だった。

ジョージ四世は爆笑した。「ほほう！　まさにクエーカー教徒だな！　噂には聞いていたが、たしかにそのとおりだ」王はマディーの手をとって指にキスをし、そのまま握りしめた。「きみたちのことは気に入っておるんだよ。大いにな。親切で正直な善人ばかりだ。学校も、聖書も、銀行も、きみたちがいてくれたおかげで広まった」

小さな、けれどもしっかりとした声で、マディーは応じた。「でも、わたしはもう、あなたが評価しているフレンド派の一員ではありません」

王は彼女の手をぽんぽんと叩いた。「結婚のせいか？　宗教の規律というのは、ときとしてわれわれの足枷にもなるものだ。そうは思わないか？　しかしきみには、そこにいる夫という大きな慰めがあるじゃないか」彼はクリスチャンに目をやりながら言った。「わたしはきみの友人だということを覚えておいてくれよ、ディア・ボーイ。

必要としてもらえたら、いつでも役に立つつもりだからな」

クリスチャンは深々とお辞儀をした。あまりにうれしくて、笑いをこらえるのが精いっぱいだった。王……そして、ウェリントンまで。

やつらもこれで思い知っただろう――さあ、ぼくに指一本でもふれてみろ。


正式に舞踏会の幕開けを宣言するときが来た。彼はマディーを部屋の正面へ連れていき、まずは客に向かって、それから彼女に向かって礼をすると、演奏を始めるように指揮者に合図した。言い訳や説明はこれでもう終わりだ。公爵夫人がなぜ踊らないのかは、それぞれが勝手に考えてくれればいい。

舞踏室のフロアから階段をあがっていくとき、ほんのわずかのあいだだったが、そこにいた全員がダンスに気をとられていて、ふたりのほうを見ていない瞬間があった。勝利の美酒に酔っていたクリスチャンは、そのとき思わずマディーの手をとり、音楽の渦のなかで彼女にキスをした。

クリスチャンは夜の空気を吸いこんだ。今ふたりがいるのは、粘りつくように濃厚な香水の香りのなかで、唯一さわやかな場所だった。マディーはまだ一度も目を合わせようとしてくれなかったが、彼にとってはどうでもよかった。誰にも負けない気分だった。まずい事態になどなりようがない。そう思っていた。

しかしマディーはそんな気分を共有してはいないようだった。暗い表情で体をこわばらせ、クリスチャンを拒絶している。彼が手を放すと、マディーは何歩か後ずさりして、まっすぐに視線を返してきた。ぼくのマディーガール。輝く知恵にあふれたアテナ。とげとげしい態度をとっていてもなお、美しい。金色のまつげのあいだからこちらをじっとにらんでいたかと思うと、そのまなざしがふっと慎み深くなり、同時に官能的なものになった。クリスチャンは体のなかを血液がどくどくと駆けめぐるのを感じた。

「愛しているよ」言葉を音楽に乗せるようにして、そっと言った。彼女に聞こえていないことはわかっていた。どうせ返事など欲しくなかった。少なくとも今夜は。これはぼくの夜なのだから。欠陥のあるこのぼくでさえ勝利に浸れる夜なのだから。

「あなたの身はもう安全なの？」マディーが彼の手の届かないところから尋ねた。

クリスチャンはあえて近づこうとしなかった。「猿が……来ていた」彼は言った。

マディーが拳を握りしめ、思わず一歩彼に近づいてきた。

「あの猿だ」彼は言った。「養護院の……医者も。カルヴィンが見つけた……客のなかに……紛れこんでいた」

彼女は緊張感をみなぎらせながら、拳が白くなるまでドレスを握った。

クリスチャンはほくそ笑んだ。「つかまえた……不法侵入者、盗人」

「つかまえた？」マディーが驚いて目を丸くする。「カズン・エドワードを泥棒として警察に突きだしたっていうの？」

「鎖で縛って……留置場に」クリスチャンは満足げに唇をゆがめた。「気に入ってもらえるといいが」マディーが少しも喜んでいないことはわかっていた。解釈のしようのない表情で、じっとこちらをにらんでいる。彼は肩をすくめた。「もしかしたら明日……あるいは来週……訴えをとりさげるつもりだ。ぼくは善人だ。きみに対しては。だから、彼らも自由にしてやる」

マディーの表情に変化があった。先ほどまでのような厳しさがない。彼女は手をあげてクリスチャンを抱き寄せると、顔をあげて唇を近づけた。

彼はキスに応じながら、喜びと興奮に小さな声をあげた。マディーは意外にも、自分からこの胸に飛びこんできてくれた。おまけに唇を開き、狂おしいまでのキスをしてくれた。まるでこれが最初で最後のキスであるかのように。クリスチャンは舞踏会のことも音楽のことも忘れ、体に押しつけられてくる彼女の感触に溺れた。

「マディーガール、マディー……」彼は意を決して彼女から離れた。ばかみたいな笑みを浮かべていることはわかっていたのだが、どうしようもなかった。うれしかった。これまで生きてきて、最高に幸せだった。

マディーは下唇を噛みしめながら、強烈なまなざしで彼を見ていた。頬は赤らんでいるというのに、顔のほかの部分はすっかり青ざめていて、まるで病人のようだ。

「もうすぐだ」マディーの熱い頬にふれながら言う。「まず……王を帰してから」指を鼻先に滑らせて、そこにキスをした。「そうしたら、きみと……ぼくだけ」

マディーは目を伏せた。そうしてなにも言わず手を離し、背中を向けて階段をおりていった。


こともあろうか、王は朝の六時まで舞踏会にいた。そのころにはクリスチャンも疲れきり、目の焦点すら合わない状態だった。しかし気分は高揚していた。自分にはきちんとしたことなどなにひとつやれないのではないかと不安だったのだが、ここまでの首尾は上々だ。

マディーには驚かされた。何度見ても美しい。シンプルな銀色のドレスと、慎ましやかな優雅さ。そんな彼女のことが誇らしかった。王の前で膝を折ることもなく、自分の信念を貫きとおした女性――なにより自分に正直であろうとする女性だ。彼女はウェリントン相手に、政界における非国教徒の無力さについて議論さえ交わしていた。ふたりは真剣で、堂々としていた――クリスチャンはそんな彼女を見て微笑んだ。

妻として娶ってもかまわないような女性は、まわりに何人もいた。しかし、こんな事態を乗り越えられる女性はマディーしかいない。欠点と言えば、ダンスが踊れないことくらいだ。もしも踊れたら、もっとユニークな存在になれただろう。

マニングとストーナムのことはずっと捜していたのだが、結局見つからなかった。だが、もうどうでもいい。彼らの顔が見られたらさぞ愉快だろうと思っただけなのだから。夜が明けるころ、最後の馬車が玄関の冷たい明かりの向こうへ去っていき、家のなかには饐《す》えたような香水とワインの匂いだけが残った。クリスチャンは、早く横になって、幸せな眠りに包まれたかった。

カルヴィンが玄関の戸締まりをして、割れた香水の瓶を拾おうとかがみこむのを、クリスチャンは眺めていた。マディーの姿はしばらく前から見えない――だが責めようとは思わなかった。彼自身、自分の手のありかもよくわからないほど疲れきっていたからだ。

階段をのぼり、サロンの前を過ぎた。臨時雇いの使用人が、すでに掃除にとりかかっていた。さらに階段をあがらなければならないなんてうんざりだったが、ここ数カ月ほど寝室として使っていたドレッシングルームは、まだ椅子や花でいっぱいだった。

裏の階段のほうから側仕えが姿を現した。クリスチャンは首を振って用がないことを伝えると、踊り場の支柱によりかかって上を見あげた。もう一階。マディーはゲストルームにいるはずだ。彼女と一緒に眠りたかった。ふたりのあいだの奇妙な距離をなくしてしまいたかった。

あのキス。思いだしただけで体が熱くなる。今夜――。

いや、実際にはもう朝じゃないか。クリスチャンはこっそり笑みを浮かべ、首に巻いていたスカーフをとって階段をあがりはじめた。

上の階の廊下では、開いたゲストルームから差してくる朝の光が絨毯の上に広がっていた。彼は頭をすっきりさせようと、その絨毯の上でいったん足をとめた。彼女のいる部屋へ入っていくことが、突然恥ずかしくなってしまった。もう一度キスができるかもしれない――それはかなりわくわくする考えだった――彼女をベッドに押し倒してキスをする。少なくとも気持ちだけはまだ元気だった。

そのとき、女性の低い声が部屋のなかから聞こえてきた。クリスチャンは体を壁から引きはがすようにして、ふたたび歩きはじめた。

「マディーガール？」言い訳も説明もせず、ドアからそっとなかをのぞきこむ――あまり貴族らしい振る舞いとは言えなかった。

いかにも女性の好きそうな家具で統一されたゲストルームには陽《ひ》の光があふれていた。いまだに使われていないピンクのカーテンが光をはらんでいる。しかし、小さな安楽椅子に腰をおろしていたのは、見たこともない若い女性だった。

彼女は赤ん坊を抱えていた――聞こえてきたのは、その子をあやす声だったわけだ。赤ん坊は女性の帽子から垂れたリボンを、不器用な手で無心にいじっている。

なぜだかそこが自分の家ではないような気がした。見慣れない部屋と、見知らぬ女性、そして赤ん坊……。

クリスチャンはふたりを凝視した。

「なんてことだ！」彼はそう叫んで、二歩ほど部屋のなかに入った。ベッドには銀糸入りの生地でつくられた舞踏会用の輝くドレスとティアラが置いてあり、その上に手紙が載っていた。クリスチャンはぱっと女性のほうを振り向いた。「これは……どういうことだ？」

クリスチャンの声を聞き、それまでなにごとかをつぶやいていた赤ん坊が口を閉ざした。女性はぴくりとも体を動かさないまま唇だけを湿らせると、こう言った。「奥さまがここで閣下を待つようにおっしゃったんです」彼女は立ちあがり、赤ん坊を肩にもたれさせて膝を折った。「この子が昨日、ミセス・サザーランドから預かった子ですわ。閣下のところへ連れていくように、と」

クリスチャンは手紙をわしづかみにして封を切った。なぜか右手が震えていた。あまりの勢いで封を切ったせいでなかの手紙まで破いてしまい、なかなか元に戻すことができなかった。ようやく手紙をつなぎあわせることができても、今度は頭がうまく働いてくれない。彼は思わずうろたえた声をあげながら、パニックを抑えこもうと生唾をのみこみ、ドレッシングテーブルの上にかがみこんで紙のしわをのばした。ところが何度読もうと思っても、文字は勝手に滑りだしたりかしいだりした。

〝クリスチャン〟――彼の名前が書いてあった。この手の文章なら何度も読んだことがある――読みたくない類《たぐい》の手紙だ。〝わたしはあなたのもとを去らなければなりません。すべて間違いでした。あなたの世界も、結婚も。法にも則っていない以上、この結婚は無効にしなければなりません。それに、あなたの娘のこともあります〟

クリスチャンは目を閉じ、手紙を前にうなだれた。胸を激しく殴られたときのように、まったく息ができない。

「出て……いけ」彼は言った。「隣の部屋に。早く。行け」

「わかりました、サー」若い女は足早に彼のそばを通り過ぎていった。ドアが開き、そして閉じる音が聞こえた。

マディー、と彼は思った。マディー、マディー……。

呼び鈴の紐を引っぱった。追いかけよう。連れ戻すんだ。そして説明してやればいい。荒々しくドアを閉め、部屋を出て階段に向かった。

とたんに、隣の部屋で赤ん坊が泣きはじめた。その声で、彼は思わず立ちどまった。マディーにこちらの事情を理解させるのは、もしかすると大きな間違いなのではないだろうか。もちろん、あの赤ん坊はイーディーの娘だ。彼女が連れていくべきだった娘。しかし、そこには不幸な――実に不幸な誤解があった。

彼は寝室のドアを開け放った。女がはっと目をあげ、赤ん坊がさらに声をあげて、火のついたように泣きだした。「申し訳ありません！」女が膝の上の赤ん坊を抱えこむようにした。「もう泣かせませんから！　本当はいい子なんです、閣下！」

女の顔に浮かんだ恐怖が、クリスチャンを戸口で立ちどまらせた。泣きだしたときと同じくらい唐突に、赤ん坊が泣きやんだ。若い女は子供を膝の上に座らせるようにし、その顔をクリスチャンのほうに向けた。

赤ん坊はまだむずかっていた。涙をためたボタンのようなくりくりした瞳を眺めていると、クリスチャンの心に不安といとおしさとが広がっていった。子供は、乗合馬車から降りたとたんに停留所を間違えたと気づいた乗客のように、額を突きだし、上目づかいにこちらを見ている。

すると突然、クリスチャンはある種神秘的な啓示を受け、そこに自分自身を見た。あまり特徴のない丸い顔でもなく、くしゃくしゃの髪でもなく、どこの揺りかごにでも眠っていそうなごく普通の体型でもなく、彼が自分自身を見たのは、その赤ん坊のいささか当惑したような表情のなかだった。世界とはなんと奇妙で気まぐれな場所なのだろう、と思った。流砂に足を踏み入れたときのように、なんだかばからしいけれど実は絶体絶命の事態——そんな感じだった。

この感じなら、よく知っている。

クリスチャンは拳を開いた。ドアから手を離し、一歩赤ん坊に近づく。赤ん坊は途方に暮れたような表情を浮かべ、丸い瞳を見開いたまままばたきひとつせず、ずっとクリスチャンの動きを追っていた。とても大事なものなのに、なぜ大事なのかはよくわからない――そんな目で彼のシャツや黒いコートを見ている。

赤ん坊が顔をあげてクリスチャンと目を合わせた。すると突然、その顔にこぼれるような笑みが浮かんだ。人込みのなかに恋人の姿を見つけたときのように。〝そこにいたのね!〟そんな無言のメッセージがキャンドルのごとくその顔を明るく灯し、同時にクリスチャンの心をつかんだ。〝やっとわたしを見つけてくれたのね!〟

赤ん坊が腕を振りまわし、興奮した声をあげはじめた。クリスチャンは自分の心にわき起こる思いにショックを受けながら、何歩か後ずさりした。

「なんてことだ」彼が低い声で言うと、赤ん坊が笑った。

「サー?」背後から側仕えの声が聞こえ、クリスチャンは驚いて振り向いた。

体をひねりながら側仕えに焦点を合わせて命じる。「公爵夫人が……」家の人間に知られることは避けようがないだろう。そう思うと、腹の底から怒りを感じた。「いつ出ていった! 見つけろ」

「閣下――料理番の話によれば、二時間ほど前キッチンから出ていかれたそうでございます。誰もあとを追えずに、申し訳ございません」

どこへ行ったのかはわかっていた。クエーカー教徒たちのところだ——愛想がなくて、きまじめな、お堅い連中がいるところ。昨日見かけたやつらのところだ。

それとも、リチャード・ギルのところか。

暴力的な思いが体のなかで爆発した。そんなに行きたいなら、行かせてやれ！　行かせてやればいいじゃないか。あんな女、あいつにくれてやればいい。クリスチャンはドアを前腕で殴りつけた。ドアは大きな音を立てて閉まり、その反動でまた戻ってきた。赤ん坊がふたたび泣きだした。

「ああ、よしよし」女が必死になだめても、赤ん坊はさらに大きな声で泣くだけだった。女は立ちあがって、子供を肩に載せるようにした。それでも子供は泣きわめいている。「寝かせてあげれば静かになります」女が泣き声の向こうから言った。「どこかに寝かせられればいいんですけど。わたし、ひと晩じゅうこの子を抱きっぱなしだったので」

「じゃあ、寝かせろ！」クリスチャンはベッドのほうへ腕を振った。「そこだ」

女がその言葉に従うと、彼は呼び鈴の紐に手をのばした。頭のなかにさまざまな顔が浮かんでは、切り替わる——赤ん坊……このかわいそうな子……リチャード・ギル……マディー……マディー……マディー……。彼女はあのラバの巻き添えでぼくに殴り倒されたときも、じっと耐えていた。それはあの男が同じ信仰を持つ仲間だったから？　だが、あんな信心深いだけの男なんか、彼女には似つかわしくない――。

クリスチャンは怒りに頰を染めた。頭に浮かんだイメージが彼を凍りつかせた。**ぼくのもの。マディーはぼくのものだ。**ギルが彼女にふれるなんて、絶対に耐えられない。クリスチャンは呼び鈴の紐を引いた。「外套」と側仕えに言いつける。「馬車も用意しろ」


長いアーチ型につくられた〈バタフィールド苗木園〉のショウルームのなかで、クリスチャンは両側を花の鉢で飾られたベンチの端に片足を載せて待っていた。膝に体重をかけるようにしながら乗馬鞭で軽く自分の足を叩いていると、温室の向こうから目あてのクエーカー教徒が姿を現した。

ギルが立ちどまった。クリスチャンは彼を横目で見ただけで、姿勢を正そうとはしなかった。

アーチ型の洞窟《どうくつ》のなか、庭師の最後の靴音がこだましながら消えていった。緊張した、かすかにいぶかるようなまなざしで、じっとクリスチャンのほうを見ている。その表情には勝ち誇ったような感じも、挑みかかってくるような雰囲気もなかった――クリスチャンは、マディーがここにはいないことを悟った。

彼は目を落とし、鞭を握りしめていた手の力をゆるめた。その鞭でピンクとホワイトに花咲いたカーネーションをつつき、黙ったまま花びらを見つめる。本当は鞭を振りまわし、花などすべて叩き折ってしまいたかった。

だがその代わり、ただうつむいて、目のあたりを手でこすっただけだった。

「彼女がいなくなったんだな？」ギルが言った。

指のあいだから、ギルの着ている黒いシルクの服とその向こうのペパーミントのきれいな花びらが見えた。クリスチャンは鞭の先で草の葉を騒がせた。これから先、湿った土とカーネーションの匂いを嗅いだら、きっと今のこの恥ずかしさと痛みを思いだしてしまうに違いない。

「ぼくのところには来ていない」ギルが言った。「彼女がどのミーティングに参加しているか、知ってるのか？」

クリスチャンは首を振った。

「調べてあげよう」ギルが言った。「彼女が元気でやっているかどうかわかったら、ぼくから手紙を送るよ、そうしてほしければ」

クリスチャンは高い壁の外にとり残されたような気分に襲われていた。黒いコートを着た、いかにもまじめそうな連中が、門を閉じようとしている。

マディーガール。彼はなすすべもなく思った。マディー。

彼女は自分の意志で、ぼくをひとり残して姿を消してしまった。ぼくは彼女の生き方を学ぶこともできなかったし、彼女の望む男にもなれなかった。ゲストルームで泣き叫んでいた赤ん坊が、その証拠だ。マディーはぼくの生き方を拒絶した。彼女が求めたのは、今ぼくの目の前にいる庭師のような生き方――神を畏れ敬い、美徳を求める、質素で高潔な生活だったのだ。

だが、クリスチャンはギルを眺めながらこう思っていた。おまえには彼女を笑わせてやることなどできないだろう？

たしかにおまえは、親切で、忠実で、賢い男なのかもしれない――ぼくよりは賢いのだろう。そしてマディーはそんな男を尊敬するはずだ。ちくしょう。ちくしょう。善人なんて、くそくらえだ。

クリスチャンは外套を肩にかけて立ちあがり、背中を向けた。そして、鞭と帽子を手にしてドアを開けたところで、足をとめた。「彼女は雷を怖がるんだ」ギルにはおそらく知りようもないことだった。

それに、幽霊も。クリスチャンは朝の霜を踏みしめながら考えたが、それをギルに教えてやろうとは思わなかった。

ゲストルームのカーテンの隙間から、まぶしい朝の光が差しこんでいる。赤ん坊の寝ているベッドと枕は、ひと筋の明るい光に照らされていた。クリスチャンはベッドの支柱に手をかけた。

　隅にいる若い女に目をやったとき初めて、彼女がどれだけみすぼらしい姿をしているかに気づいた。

「食べたのか？」彼はそっと尋ねた。

「ええ、三十分前にお乳を飲ませてやって、おむつも替えました、サー」

　赤ん坊が腹をすかせているかどうかすら、クリスチャンは今の今まで考えてもいなかった。「違う……おまえだ」

　若い女が静かに答えた。「ゆうべ。この家に来たとき、奥さまが食べさせてくれました」

「下へ行け」

「でも、サー――この子をひとりにしてはおけません」

「ぼくが見ている」

「あなたが？」部屋の隅の暗がりから、女はいぶかるような目でクリスチャンを見かえした。

「十分で、食べてこい」彼は言った。

　彼女はぴょこんとお辞儀をすると、慌てて部屋を出ていった。

　クリスチャンはドアを閉めた。ベッドの足もとまで近づいていって、真ん中で仰向けに寝ている赤ん坊を見おろす。どうやら起こしてしまったらしい。小さな腕が動きはじめ、最初はむずかるようだった声が次第に泣き声になっていった。

取り決め。スコットランド。サザーランド家に手紙を書かなければ。考えただけでうんざりする作業だが、仕方がない。

この赤ん坊を連れてきた女は、それなりに責任感がありそうだ。彼女を雇って、このまま面倒を見させてもいい。赤ん坊は不満そうな声をさらに張りあげ、今や泣きわめいていた。

クリスチャンは跳ねるようにしてベッドから離れると、窓辺へ行ってカーテンをしっかり閉め、子供に光があたらないようにした。部屋が暗くなっても泣きやむことはなかったが、その声は丘の上の山羊《やぎ》のような寂しげなものに変わった。

上にかけられているのは女のショールだけだ。暖炉に火も入れていない状態だから寒いのかもしれないと思って、クリスチャンはコートを脱いでかけてやった。ボタンのような目がこちらを見た。赤ん坊は泣きやみ、今度は心配するような声を出している。そして彼がベッドを離れると、またむずかりはじめた。

おなかはいっぱいで、おむつも替えてもらい、あたたかいベッドに寝かせてもらっている。これで、なにが不満だというのだろう。抱いてくれというのだろうか——まさかこのぼくにそんなことができるわけがない。別のメイドを呼ぶべきだ。疲労で頭も体もまいってしまう前に、横になりたかった。

このまま部屋を出てしまおうかと思った——ここにいる限り、子供は安全だ。隣の部屋のベッドで眠ったほうがいい。女もあと数分で戻ってくるだろう。

だが赤ん坊は泣きつづけていた。思わず心が痛くなるような、悲しげで長い泣き声だ。本当に具合が悪いのではないことを確かめようと、クリスチャンはベッドにかがみこんだ。きっとこの子は、女という生き物が揺りかご時代から身につけているトリックを使っているだけだ。

赤ん坊は、こんなにみじめな世界には耐えられないとでも言いたげな目で、クリスチャンを見あげた。ふたり分の体重でベッドが沈み、彼は肘で体を支えた。

赤ん坊がしゃくりあげながら、希望に満ちたまなざしを彼に向け、口を閉じた。

「なんてこった」クリスチャンは言った。横になり、頭の下に枕をあてると、ショールやコートごと赤ん坊を胸もとに引き寄せた。すると、小さな手が彼の顔をぎゅっとつかむ。赤ん坊は一度だけしゃくりあげたが、その後はそっとため息をつくような息遣いに戻っていった。

まったく女ってやつは。クリスチャンは半ば嘲るように思った。ベッドに横たわっていると、眠気が頭のなかで渦を巻きはじめた。指を動かし、羽毛のようにやわらかな頬にふれる。

おまえはなんていう名前なんだ?

あの女に訊いてみよう。それは忘れないようにしなければ……。

マディー……。

〝すべて間違いでした。あなたのもとを去らなければなりません〟

ああ、泣かないでくれ、泣かないでくれ、リトル・ガール……ぼくは疲れきっているんだ。ぼくにはきみと暮らす資格などなかった。そうなんだろう?　マディー……

でも、きみを愛していたんだ。

ずっとずっと愛していたんだ。

35

イライアス・リトルが父を連れてきてくれていた。あのままどこかへ旅に出てしまったり、別れを告げてきた世界とふたたび接点を持ったりするのはよくないだろうと、マディーは考えた。だから、今後の身の振り方はミーティングにゆだねることにした。できればしばらくはケンジントンのリトル家でひっそりと暮らしたい。今は又貸ししてあるチェルシーの家の件が解決したら、父と一緒に帰ればいい。不名誉な服役からやっと解放されたカズン・エドワードがふたりを歓迎してくれないことは、明らかなのだから。

父はすっかり年老いていた。以前だったら病気かと思ったかもしれないほど、口数も少なかった。でもそれは、マディーのせいで生活がすっかりめちゃくちゃになってしまい、精神的にも打撃を受けたせいだ。父はイライアスにもあまり口を開こうとしなかった。長年の親友とも仲違《なかたが》いをしてしまったような感じだ。事務弁護士がやってきて、結婚の無効を申請する手続きに関して相談を始めたときも、マディーと一緒に席についてくれたのはイライアスとコンスタンスだけだった。父は部屋に入ってこようともしなかった。

マディーにとってもっともつらかったのは、この結婚は完成していなかった、とは主張できないことだった。問題となるのは、この結婚が法律の定めに従って成されたものではないということと、この結婚を無効とすることに双方が異議を申し立てないということだ。弁護士をまじえた話しあい——そういう世俗的なことをとり仕切ってくれていたのは、イライアスと年配のフレンドたちだった。マディーのすべきことはひとつだけ——みずからの行動を断罪する手紙を書くことだけだ。

それは、人生でもっとも苦しい作業だった。ベルグレイヴ・スクエアの屋敷を出てから、彼女はひと粒の涙もこぼしてはいなかった。だが、いざ腰をおろしてペンと紙を目の前にしたとたん、すべてがかすんでしまって文字を書くことすらできなくなった。その後も、気持ちを落ち着けてから何度も書こうとした。午後遅く、ひとりで部屋にこもったり、朝早く起きてデスクに向かったり——週なかのミーティングで静かな時間を過ごした直後に書こうとしたこともあった。だが何度やってみても、とぎれることなく流れる涙で紙を濡らすだけだった。

その夜、夕食の席で、イライアスがローストした肉を切り分けながら言った。「今日、また事務弁護士がやってきてね」彼は切り分けた肉をひと切れ、マディーの皿に載せて渡してくれた。「彼の話によれば、シャーヴォー公爵は過ちを改めるのになんのためらいも感じていないそうだよ」

〝過ち〟――彼らはそんな言葉を使った。マディーは自分の前にある皿を見おろした。誰もなにも言わなかった。彼女は、動物の白い角でできた取っ手のついたナイフをとり、ひと口分の肉をフォークに突き刺した。だが食べられなかった。

〝飾らない生き方《プレーン・ライフ》〟静寂と神をただ待つ生活――今のマディーはなんの苦もなく、そんな毎日に戻っていた。コンスタンスの洗濯を手伝い、礼拝に参加し、病人や困っている人々を一緒に訪問する。すべてはシンプルだった。早起きをし、仕事に精を出し、無駄口を叩かずにいるのは、正しいことだった。そして、怠惰で不正直で動物的でいるのは悪いこと。彼のことを考えるのも。

懐かしいわが家に帰ってきたような感じがすると同時に、わが家から遠く離れてしまった気もした。召使いや馬車や金メッキや贅沢な内装の部屋が恋しかったわけではない――きれいなドレスなんてどうでもよかった。ベルグレイヴ・スクエアで踊っていた派手な羽根飾りの女性たちと一緒にいて、すっかり気分が悪くなったときのことは、よく覚えていた。

恋しかったのは、ただひとつ。あそこに残してきてしまった自分の心の一部だ。ときどきわけもなく、シャーヴォーのウエストコートのボタンをとめてあげている自分の姿が頭に浮かぶことがあった。そして、手紙を代筆してほしいと言ってくる彼の姿も。だが実際には、シャーヴォーは彼女の腕が治ってからも、一度もそんなことを頼んでこなかった。足音が聞こえ、はっと顔をあげることもあった――でもその足音は、シャーヴォーの足音ほどいらだたしげでも荒々しくもなかった。垣根沿いに散歩をしながら、ふと自分自身を抱きしめるように腕を体に巻きつけ、落ちていく冬の太陽を眺めることもあった――まるでそこにシャーヴォーがいるかのように。そうやって太陽を見ていれば、もう一度彼を感じられるかのように。もう一度だけ。

だがその彼は〝過ちを改めるのになんのためらいも感じていない〟のだという。マディーはロースと肉を噛み、無理やりのみこんだ。

以前の彼はわたしを必要としてくれた。でも今はそうではないらしい。わたしと彼の人生はほんの短いあいだ、時間と空間の狭間で交錯し、そしてまた離れてしまった。彼はシャーヴォー公爵。そしてわたしはミーティングの恥。参加しても、好奇の目にさらされるだけだった。フレンドであり、フレンドではない状態。彼女の名前が新聞に出て公衆の目にさらされるたびに、フレンド派の人々は苦い恥辱を耐え忍ばなければならなかった。

イライアスやコンスタンスを始めとする、フレンド派のなかでも力のある人々が弁護をしてくれるのはありがたかった。彼らは、マディーが罪を犯したのはだまされたからであり、すでにその罪を悔い改めていると証言した。だからここからは〝光〟とともに歩んでいくはずだ、と。だからこそみんなは、みずからを断罪する彼女の手紙を待ち望んでいた。マディーがはっきりと自分の罪を認め、心から〝真実〟を求めていることがわかれば、フレンドたちは彼女に対する悪感情を消し去り、ふたたびフレンド派の一員として迎え入れてくれるだろう。

「仕事は進んでいるの、ジョン？」コンスタンスが父に尋ねた。

父は顎を撫でた。「まあ、ぼちぼちとね。最近はなかなかはかどらなくて」

マディーは言った。「まだわたしに清書を頼んでこないものね」

「出版するべきかどうか、迷っているんだ」

彼女は父親のほうを向いた。「出版しないつもりなの？」

「マディー」父は静かに言った。「あれがわたしひとりの研究成果でないことは、おまえも知っているだろう」

「そうだけど、でも――」彼女は言いよどんだ。

「彼との共同研究ということで発表してもいいんだが、それではおまえが傷つくだろうと思ってね」父はいつものやさしく悲しげな笑みを浮かべた。「だが、正直に告白すると、どうやらわたしの力だけでは証明できない難題にぶつかってしまってな」

マディーはうつむいて皿に目をやった。このままではいけない、と思った。父は長いこと、この研究にとり組んできた。わたしが過ちを犯したせいで、これまでの父の研究が無に帰すなんてあんまりだ。

「チリメンキャベツはいかが、ジョン？」コンスタンスが話題を変え、料理を父の皿によそってくれた。「フレンドのギルが今朝持ってきてくれたのよ。バスケット一杯、一シリング六ペンスで市場に出たんですって」

「アスパラガスを見つけてきてくれるといいんだがな」イライアスが言った。「なんなら、彼が栽培してくれてもいい。花と一緒にね」

コンスタンスがかすかな笑みを浮かべた。「じゃあ、アーキメデアから頼んでもらいましょうか。この子の頼みだったら、きっと聞いてもらえますよ」

「まあまあ、コンスタンス」イライアスがやさしくとがめた。「それでは先を急ぎすぎだろう」

コンスタンスはあきらめず、マディーの皿にもキャベツをよそった。「すべてうまくおさまりますよ。わたしにはわかるんです」

「手紙は書こうとしているのかい、アーキメデア？」イライアスが尋ねる。

「ええ」マディーは皿の上のキャベツにあてどなく何度もナイフを入れた。「でも、なかなか書き終えられなくて」

「では、今夜一緒に祈ろう」彼が言った。「そうすれば、神の正しいお導きを受けられるだろうからね」

「ええ」マディーは答えた。

過ちを正す。そのことにシャーヴォーはなんのためらいも感じていない。

マディーは最後に見かけた瞬間の彼を覚えていた――これからも忘れることはないだろう。自信に満ち、光り輝いて見えた彼。はるか遠くの星々と永遠をその手にしたかのような表情。復讐《ふくしゅう》が成功することを確信した、不敵で残忍な笑み。彼はついに流れが変わったことを知っていた。これまで彼を苦しめてきた人々を逆に留置場に放りこみ、いったん大陪審の前に連れだしてから訴えをとりさげ、彼の慈悲で自由にしてやろうと考えていた。気の毒なカズン・エドワード、とマディーは思った。そんなことをされたら、エドワードはもう二度と、安穏と暮らしていくことなどできなくなるに違いない。

シャーヴォー公爵。彼にはかつて愛人がいた。そして彼は、己の力だけで困難に打ち勝った。

〝おいで〟と彼はわたしに言った。何度も。今でもその声が聞こえるようだ。

でも、わたしをもうひとつの命につなぎとめていた最後の絆は、今やこの手から滑り落ちてしまった。みずからを断罪する手紙を書こう。そろそろ潮時だ。

夕食後、マディーはイライアスやコンスタンスと一緒に簡素な居間に座り、祈りの言葉を唱えるふたりの声に耳を澄ましていた。すると、書くべき文章が聞こえてきた。その後マディーは、涙を流すことなく手紙を書き終えた。

クリスチャンは届いた郵便物をひとつひとつ炎のなかへ投げこんでいった。だがスコットランドからの手紙が目にとまり、それだけは脇にどけた。しばらくデスクの上に放っておいてから、封を切って中身を読んだ。

彼は立ちあがり、二階にあがった。

揺りかごは黄色い部屋のいちばんあたたかいところに置いてあった。ジリーが揺りかごから目をあげて言った。「ああ、閣下――この子、さっき起きたところで、閣下を捜していたんですよ」

クリスチャンはうなずいた。若い女は膝を曲げて彼にお辞儀をすると、そっとドアを閉めて部屋を出ていった。

彼は揺りかごに近づこうとせず、その代わりベッドに寄りかかって、遠くからその子を眺めた。ダイアナは彼に気づいていなかった。仰向けに寝ころがって長いリネンのシャツを蹴りあげながら、足をいじっている。頭には刺繍のある白い帽子をかぶり、足にはリボンのついたスリッパを履いていた。襟のついた服に、よだれかけ、銀のがらがら。やわらかい象牙でできたブラシや櫛――ジリーの話によると、この家にいる女たちがなにもかもそろえてくれたのだという。

「リトル・ガール」彼はやさしく言った。

赤ん坊がその声に振り向いた。そんな行為を、ようやく学びはじめたところなのだろう。彼女は驚いたように額にしわを寄せ、声の主を捜していた。

クリスチャンは歩いていって、赤ん坊のベッドを見おろした。ダイアナは彼の顔が見える前から微笑みはじめていた。彼が逆さまにのぞきこむと、とたんに手足をばたばたさせはじめる。顔を近づけて鼻先をこすりあわせてやると、うれしそうにきゃっきゃっと声をあげ、拳で彼の頬や顎を叩いた。クリスチャンがわざと、叩かれるたびに顔をしかめて悲鳴をあげてみせると、ダイアナはさらに喜んだ。

彼は体を起こして人差し指を出した。赤ん坊はすぐにその指をつかみ、頭をのけぞらせて彼の顔を見た。

「スコットランドは寒いかな?」クリスチャンは赤ん坊に尋ねた。

ダイアナはいぶかるように額を突きだした。

「あたたかい服を送ってやろう。ドレス。お金も。なにかかわいいものも」

誕生日のプレゼントのおもちゃ。ぼくから届いたプレゼントを、サザーランド家の人々はこの子に渡してくれるだろうか? ぼくからこの子に手紙を書くことはできないし、向こうから消息を知らせてくることもないだろう。それが、彼らの条件だった。

ぼくにできるのは、ひっそりと養育費を送ることだけ。これ以上家名を汚すようなことは、いっさいしてはいけない。

もちろん、そうするのがいちばんいいはずだ。この子にとって。

黙って身を引くこと。黙ってマディーとの結婚を解消するのと同じように。マディーにとっても、それがいちばんいいはずだった。ぼくはどうやら、誰にとっても恥ずべき存在になってしまったようだ。

クリスチャンは赤ん坊の拳から指を引き抜き、ドアのほうへ行った。赤ん坊が目で彼の動きを追いかけてくる。その顔が不安げに曇った。

こうするのがいちばんいい。

クリスチャンは悲しげにこちらを見ている赤ん坊を最後にもう一度見つめてから、静かにドアを閉めた。


ケーキを食べることもゲームを楽しむこともなく、十二夜は過ぎていった。クリスチャンはあれこれと理由をつけては、ダイアナを手もとから送りだすのを先のばしにしていた。祝日だから、天気が悪いから、せめてもう少しあたたかい服をそろえてやりたいから――そんなこんなでこの子はすでに、絶世の美女でさえうらやむくらい、たくさんの服を持っていた。それらはすべて、コックの妹のいとこの仕立屋が、コックやジリーと相談しながら縫いあげてくれたものだった。カルヴィンでさえ、使用人たちの春服を注文しに行ったついでに、刺繍の施されたモスリンでできた赤ん坊の裾の長いドレスを、こっそり自分の買い物かごに忍びこませたりした。ダラムも、赤ん坊の瞳の色と合うブルーのリボンを買ってきた。

クリスチャンは夜になるとオックスフォード・ストリートまでゆっくり馬車を走らせ、御者を待たせたままガス灯の下を歩きまわって、ショールだとか、ウールやベルベットの服などを買い集めた。ダイアナに寒い思いをさせたくなかったからだ。とにもかくにも、寒い思いなんて絶対にさせたくなかった。

乳児ひとりではとうてい着られないほどの衣類が集まったことがわかると、ジリーはそれらをまとめてトランクに入れた。クリスチャンは、駅馬車を使って北まで子供を送っていく手はずを整えなければと考えていたが、そうするだけの時間が見つからなかった。

一月のある日、カルヴィンが男の子をひとり、書斎に連れてきた。その子が指のない手袋をはめてもじもじしているのをしり目に、執事は厳粛な面持ちで告げた。「ランカスター・スクールの生徒が、閣下にお話があるそうでございます」

「サー」と少年が言った。クリスチャンは眉をあげてみせただけだった。「ぼくは学校で級長をやっているのですが、算数の担任のフレンド・ティムズがこう伝えてほしいと言っていました」少年は目を閉じて、覚えてきたことを暗唱しはじめた。「〝とある問題のことであなたと話がしたい。そちらへ訪ねてもよろしいか？〟と」少年は目を開けた。「もしも公爵さまがノーとおっしゃるのなら、ぼくは失礼してすぐに帰らせていただきます。もしもイエスとおっしゃっていただけた場合は、フレンド・ティムズは第四日《フォース・デイ》に教えていますので――ええと、水曜日のことです、サー――授業を終えたあと〝午後二時にベルグレイヴ・スクエアへうかがいます〟と伝えるように言われました。ひとりで来られるのはそのときだけだということですが、理由は公爵さまもご存じだということでした。それだけでございます、サー」少年はふうっと息をつき、ぎゅっと握りしめていた拳をゆるめた。

　クリスチャンはどんな反応も示さないまま、中庭のなにもない壁を眺めていた。だが、心のなかではほろ苦い思いを感じていた。

「帰る前に、馬車置き場に寄っていけ」彼は少年に命じた。「そこにある馬車をよく見て、覚えておくんだ。水曜日、午後二時……学校のそばにその馬車を待たせておく。ミスター・ティムズを連れてこい」

「わかりました、サー！」少年は勢いよく頭を上下に動かした。

　カルヴィンがティムズを伴って書斎に入ってきたとき、クリスチャンはまるで少女のように緊張していた。「お元気でしたか?」彼は立ったまま胸を反らして訊いた。執事が出ていった。

ビーバーの毛皮の帽子を目深にかぶったティムズが、クリスチャンのほうに向きなおった。「ええ、まあ、体はね」抑揚のない声だった。

そこに非難の気持ちがこめられているのかどうか、クリスチャンには判断がつかなかった。彼は右手の指を動かした。部屋のなかに重たい静寂が広がった。

「で、マディーは?」クリスチャンは低い声で尋ねた。

父親はかすかな笑みを浮かべ、首を振った。「わかりません」

クリスチャンはティムズが座っているデスクまで歩いていき、向かい側の椅子を引いた。「で、話がしたいというのは……どんな問題についてですか?」

ティムズの節くれ立った指には、書類など握られていない。だが、数式をはっきり口述してくれたせいで、書きとめる必要もなかった。クリスチャンは、問題のありそうな変数を再定義してやった。

「なるほど」ティムズはもう一度かすかな笑みを浮かべた。答えが見つかったことに、喜びよりも皮肉を感じている様子だ。「そういうことでしたか」

クリスチャンは相手が本題に入るのを待っていた。だがティムズはなにも言おうとしない。

「そのためだけに……来たわけではないんでしょう？」クリスチャンはついにしびれを切らした。

「いや、もう少し手間どるかと思っていたんだが」ティムズが苦々しく応じた。

それはクリスチャンも同じだった。「紙の上の計算では……違った？」

「論文のほうは、なかなか進まなくて」ティムズが言った。「どうやらあなたの城にある蔵書にすっかり魅せられてしまって、頭がまわらなくなったらしい」

「ディナーは……召しあがっていかれますか？」

「それはできません。娘は、わたしがここに来ていることを知らないので」

クリスチャンは唐突にデスクから立ちあがり、窓辺へ行った。「そのことを知ったら、彼女は……怒る？」

「いや、怒りはしないと思いますが。余計なストレスを与えたくないんです」

「ストレス？」クリスチャンは目を閉じた。

「明日はマンスリー・ミーティングの日なんです。そこで娘は手紙を読みあげることになっている。ミーティングは同じ書面の手紙を、新聞社と、あなたの友人のダラムのところへも送るようにと言っていましてね。ダラムは結婚式を執り行った人間ですから」

クリスチャンは振り向いた。〝娘の手紙〟とティムズが言ったからだ。「どういう内容の手紙なんです？」

ティムズはデスクの端に軽く手を突いて、立ちあがった。「あなたもミーティングにおいでになるといい。そうすれば、わかりますよ」


マディーは毎朝コンスタンスと一緒にワークハウスへ行き、老いた女性や子供たちに食料を与えた。ミーティングから譴責《けんせき》を受ける恥辱の日であるにもかかわらず、今朝も同じように出かけていった。

村の裏手を抜け、畑や養樹園に沿っていく道のりだった。春に備えて耕された畑のそばを通りかかったとき、道がワークハウスへと曲がっていく角のあたりで、なにか奇妙なものが目に入った。

ジャージー牛が裸木につながれ、積まれた草をはんでいた。それはいつもながらの光景だった。ただし今日はその隣のでこぼこ道に、おそろいの白い制服を着たフットマンがふたり、立ちはだかっている。そしてその真ん中には、金色の椅子に座ったレディー・ド・マーリーがいた。地面の上に同じく金色のクッションを置き、優雅に足を載せている。行く手には馬車がとめられ、完全に道をふさいでいた。

「まあ、いったいなんのつもりかしら」コンスタンスはそれだけ言って、待ち構えている三人のほうへ歩きつづけた。だが、マディーの歩みはのろくなるばかりだった。

彼女はバリケードまで二十メートル弱のところまで来て、足をとめた。

「わたし、今日は帰らないといけないみたい」

コンスタンスがマディーを見つめた。丸くてふっくらとしたその顔は、ジャージー牛と同じくらい落ち着き払っている。「ああいう世俗の人たちにはかかわらなければいいだけよ」その口調の静かさに、マディーは勇気づけられた。「このまま歩いていきましょう」

ふたりはレディー・ド・マーリーのすぐ前まで近づいた。老婦人の膝の上には、彫刻の施された翡翠の小瓶が置かれていた。

「なんとも感心だこと」老いてはいるが澄んだ声が、あたりの空気を震わせた。「施しに行くところなんでしょう？」

マディーは答えなかった。脇を通り抜けようとしたのだが、フットマンが前に立ちはだかった。

「話をしないとね、公爵夫人」レディー・ド・マーリーが言った。「今ここで」

マディーはフットマンから遠ざかった。「わたしは公爵夫人ではありません」

「そうね。あなたはただの臆病者だったわ」公爵のおばは高価そうなショールに身を包み、上等なウールで膝を覆っていた。手には黒貂の毛皮のマフをはめている。

「行きましょう、アーキメデア」コンスタンスがレディーの脇をまわりこもうとしながら言った。

「どうして彼女に話をさせようとしないの？」レディー・ド・マーリーがコンスタンスに向かって尋ねた。「たとえわたしがアーキメデアを誘惑しに来た悪魔だったとしても、彼女にはそれを跳ねかえすだけの力があるんじゃなくて？」

「あなたは悪魔ではありません。ただ、この子を苦しめようとしているだけです」コンスタンスが応じた。「それでなくても、今日は耐えなければならないことがあるのに」

「いいの」マディーは言った。レディー・ド・マーリーの言葉で心を惑わされるくらいなら、わたしにはフレンド派の信徒として立派に務めを果たす資格などない。「話をしましょう。わたし、そんなことくらいで心を乱されたりしませんから」

「シャーヴォーが体調を崩したのよ」レディー・ド・マーリーがつぶやくように言った。

マディーはぱっと公爵のおばのほうを向いた。喉がふさがってしまったようだった。

「体調を崩した？」

レディー・ド・マーリーがくすくすと笑う。「あらまあ、わたしの言うことで心を乱されたりはしないんじゃなかったの？」

頬が赤くなるのがわかった。頭の奥のほうで、血管のなかを血が勢いよく流れる音が聞こえてくる。

「アーキメデアが人のことを気遣うのは当然です。この子は美しい心を持っているんですから」コンスタンスが言った。

「そうかしら?」レディー・ド・マーリーは皮肉な笑みを浮かべながら言うと、上体を傾けて、金ぴかの椅子に座ったままショールの位置を直した。「彼は元気よ——わたしのお節介をうるさがるくらいにね。だから、あなたの居場所はわたしひとりで突きとめなければならなかった。なぜわたしがあなたに会いたかったか、理由はわかっているはずよね」彼女は射抜くような目でマディーを見た。「あなたのおなかには新しい命が宿っているのかしら?」

レディー・ド・マーリーの言わんとすることはわかった。マディーはふと、あの〝荷物〟のことを思った——屋敷の裏通りで、若い女に抱かれていた赤ん坊。彼の血を引く子供。でも、あんな生まれの子供では、レディー・ド・マーリーの期待に答えることはできないというわけだ。

「いいえ」マディーはきっぱりと答えた。それだけは間違いない。

老婦人はじっとマディーを見つめてから、ふうっとため息をついた。「そう。じゃあ、それはそういうことなんでしょうね」

「あなたに〝真実〟を教えてあげましょう」コンスタンスが言った。「わたしは心から、あなた方にも神の祝福があればいいと願っています。でも、あの結婚はやっぱり間違っていたんじゃないかしら。マディーに無理やり結婚を迫って、フレンドとの絆を断ち切らせるなんて、ひどすぎます。この子が神との誓約に立ち戻るのにどれだけ勇気を振りしぼらなければならなかったか、これからだってどんなに苦しいことが待っているか、少しは考えてみてください」

「へえ」レディー・ド・マーリーはふたりが持っているバスケットに向かってうなずいてみせた。「貧しい人たちにパンや魚を持っていってあげるわけね。それだけのことに、そんなに勇気が必要なのかしら？」

「わかりもしないくせに、侮辱しないでください」

「あなたはわたしなんかよりもずっと、神の御心とやらがおわかりなんでしょう」レディー・ド・マーリーが言いかえした。「でもわたしは、アーキメデアのことならよくわかっているわ。この子は勇気ある聖者などではありません」彼女はそこでマディーを見た。「そうでしょ？　違う？　あなたはただ、神さまが本当にあなたに与えようとした使命を前にして、怖《お》じ気《け》づいただけよ」黒貂のマフから腕を抜いて杖をとると、マディーのバスケットをつついた。「こういうことをするのに、頭を使う必要なんてないわよね？　たしかに親切な行為ではあるでしょう――でも、施しを受けた人たちは、それで働くようになるの？」

「これは子供たちと老人のための施しです。人々を働かせようと思ってやっていることではありません」マディーは言った。「それとも、そうすべきだとでも？」

「ああ、あなたってばかな子ね。本当におばかさん。自分がどれだけのものを手にしていたか、わかっていないのね。すぐ目の前にあったものが、怖くて見られなかっただけでしょう？」レディー・ド・マーリーは注意しながら地面に足をおろし、ゆっくりと立ちあがった。フットマンがすかさず前に進みでて手を添え、レディーを馬車まで連れていく。レディー・ド・マーリーは杖に寄りかかりながら、マディーのほうを振りかえった。「それで何人に食事が与えられるの？　せいぜい十人ぐらいかしらね。考えてもごらんなさい。あなたに本当の勇気があれば、一万人にだって施しができたでしょうに」

「一緒に〈ブルックス〉に行かないか？」ダラムが一段抜かしで階段をあがってきながら、クリスチャンに尋ねてきた。その手には、紐のついた小さな鏡をぶらさげている。「美しきダイアナのためにと思ってさ」ダラムは鏡を手渡すと、クリスチャンのあとについてゲストルームに入った。「レディーというものは若いころから、身だしなみには気を遣うものだろう？　で、どうする？　フェインは軍務が終わったらすぐに来ると言っていたが」

クリスチャンは小さな鏡をダイアナに差しだしてみた。彼女はなにやらつぶやきながらそれをつかもうとした。そしてふたりは引っぱりっこをして遊んだ。「今日はだめだ」

「じゃあ、いつならいい？」ダラムが訊いた。窓のほうへぶらぶらと歩いていって、枠に寄りかかりながら外を眺める。「いつかそのうち、ってことか？」

軽い口調だったが、その言葉の裏には、永遠に先のばしにはできないんだぞ、という警告がひそんでいた。

「今日はだめだ」クリスチャンはくりかえし、横目で友人を見た。「ダラム。マディーから……手紙のようなものが届かなかったか？」

鎧戸をこつこつと叩いていた手がとまった。だがダラムは振り向かなかった。「あ……まあ……なにかそんなようなものは来てた気もするが」と曖昧に答える。

「なにか？」

「だから、手紙みたいなものだよ。よくわからないけど。じゃあ、おまえは〈ブルックス〉には行きたくないんだな？」

「なにが書いてあったか……教えてくれ」

ダラムはまだ窓の外を眺めていた。「宗教的な話があれこれとね。実にクエーカー教徒らしい内容さ。きちんとは読まなかったがな」

「クエーカー教徒らしい？」

「くだらない手紙だよ。おまえが来ないんだったら、ぼくひとりで出かけるぞ」

「彼女は今日、クエーカー教徒の前で手紙を読む……新聞にも出る」

ダラムが振り向いた。「なら、新聞なんて買わなきゃいいさ」軽い言い方だったが、表情は真剣だった。ダラムはポケットに両手を突っこみ、部屋から出ていった。「もしも気が変わったら、クラブまで来てくれよな」

36

　クリスチャンはなにが起きているのか見当もつかないまま、ドアのなかに滑りこんだ。審問なのだろうか、裁きなのだろうか、それとも、ただ静かに祈りを捧げるための集まりなのだろうか。だがそこでくり広げられていたのは、議長のいない規模の小さな評議会のようなものだった。広くて殺風景な部屋のなか、全員がベンチに座っている。ただし、投票が行われるようなことはなかった。誰が発言してもよかった。メンバーが意見を述べるためにひとりずつ立ちあがるたびに、床を踏みしめる音やがさごそいう物音が、床や天井にこだました。みんなに受け入れられた意見は、記録に残されているようだった。

　クリスチャンはドアのそばでじっと立っていた。彼が部屋に入ったとき、一段高くなっている正面の演台に座った男たちが不審そうな目を彼のほうに向けてきたが、わざわざ席を立ってつまみだそうとする者はいなかった。ただ、そのなかのひとりがずっとこちらをにらんでいるだけだ。その顔には見覚えがあった。マディーに会いに屋敷まで押しかけてきた男。クリスチャンは動かないまま、その男をにらみかえした。

見る限り、女性はひとりしかいなかった。演台のすぐ向かいのいちばん前の列。白いボンネット帽とショールを黒い服の上につけ、正面を見て座っている。ようやく秘書のペンが最後の一行を書き終え、ミーティングハウスは静かになった。

その女性が立ちあがると、クリスチャンは息苦しさを感じはじめた。顔こそ見えなかったが、彼の立っているところからでも、体が震えているのが見てとれた。

彼女は頭を垂れ、部屋に背を向けて立っていた。

「アーキメデア・ティムズ」前のほうにいる男のひとりが、独特の節まわしで声高に言った。「あなたがここに呼ばれたのは、世俗の司祭のもとで結婚の儀式を行ったことや、その他、さまざまな過ちを犯したからである。フレンドたちはあなたに、自分の罪を告白する手紙を書くよう要請した」

会衆が静かな同意の声をもらした。

「それを読みあげてもらいたいものだ」誰かが会衆席から声をかけた。

クリスチャンは自分の背後のドア・フレームを力いっぱい握りしめた。

彼女はうなだれたまま、手紙を顔に近づけて読みはじめた。その声は低く、震えていた。なにを言っているのかはほとんどわからなかったが、聞き慣れた甘い声に苦悩がにじんでいることはすぐに感じられた。

「フレンド」後ろの席にいた男が不満をあらわにした。「もっと大声ではっきり聞こえるように読んでくれないか」

彼女はしばらくじっとしていたかと思うと、部屋にいる会衆のほうに向きなおった。「わたしは間違いなく……」下を向いて言いはじめ、それから、なにかを決心したかのように目をあげた。

集まった人々の頭越しに、彼女とクリスチャンの目が合った。

マディーは口を開いたが、言葉は出てこなかった。天井の丸窓からの明かりが彼女の顔を照らしていた。その顔はすっかり青ざめていた。

クリスチャンは挑むように彼女を見た。

言うんだ、と彼は念じた。**ぼくに向かって言ってみろ。ここにいる人たちに言えることだったら、ぼくにだって言えるはずだ。**

マディーはうろたえたような表情を浮かべ、彼から目をそらした。なにかを探すように、ふたりのあいだにいる人々を眺めまわしている。なにかやらなければならないことがあるのに、どうしても思いだせない――そんな感じのしぐさだった。

「アーキメデア」屋敷に押しかけてきた男のひとりが低音を響かせて言った。「続けなさい」

手紙を握った手は今や、黒いスカートの脇におろされていた。マディーは震える手で鳥の羽ばたきのような音をさせながら手紙をふたたび持ちあげると、じっと文面を見つめた。「わたしは間違いなく……」声も同じように震えていた。一度はそこで言いよどんだが、勇気を奮い起こしながら先を続ける。「苦しんで当然のことをしました――ですから、これだけ……」頭をあげ、今度ははっきりした口調で言った。「つらい目に遭うのも仕方のないことだと思っています。フレンドと歩みをともにしながらあんなことをしたわけですから、彼らを裏切ったも同然でした。神のお導きやフレンドの助言に耳を貸していれば、あんな過ちなど犯さなかったはずです」マディーは唇を湿らせ、さらに声を張った。「わたしが〝とがり屋根の家〟で偽りの聖職者の前に立ったときは、夫となる男性を愛することこそが、神の思し召しなのだと思っていました。でもそれは〝真実〟に反する行為でしかありませんでした。また、あの場所で彼を夫と呼び、自分を妻と呼んだことも、〝真実〟に反していました」彼女は今や、クリスチャンのほうを見ることも文面に目を向けることもやめ、遠い目をして部屋の隅を眺めていた。涙が頬を伝っている。「自分がとんでもないことをしてしまったのは、最初からわかっていました。彼にも、この結婚は無効にすべきだと言ったのですが、結局はわたしの責任です。天上から道を照らしてくれる〝光〟に従う勇気が出せなかったのはわたしなのですから。神ははっきりと〝道〟を示してくださっていたのに、わたしは自分の意志に従ってしまったのです。わたしは――」

マディーはそこで言葉を切ると、会衆の面前で泣きじゃくりはじめた。震える手に手紙を握りしめている孤独な影となり、自分のほうを見ている人たちと目を合わせないよう、あちこちに視線を泳がせていた。

「わたしは彼の家へ行き……」か細い声だった。「神に見放された女として暮らしていました」

クリスチャンは異議を唱えようとして思わず足を踏みだしたが、彼女はもはや口を閉じようとはしなかった。

「贅沢な品々や世俗の慰めにとり囲まれた暮らしでした。〝真実〟に背いて結婚したことがわかっていたにもかかわらず、みだらな肉の歓びに浸るばかりだったのです。あまりに自分の欲望が強く、神の〝福音〟を聞こうとすらしませんでした。そうして、敵の懐深く足を踏み入れてしまいました。父が迎えに来てくれたにもかかわらず、結局あの人のもとへ戻ってしまったのは、そのせいです」

クリスチャンは首を振りながら彼女を見ていた。それは違う、それは違う、目を合わせてくれ、と思いながら。

「わたしは心のなかで、自分は彼を愛しているのだと何度も言い聞かせました。それが〝真実〟なのだと思いこもうとしていました。ですがそれは聖霊の声ではなく、サタンがわたしに見せているまがまがしい幻だったのです」高く震える声でしゃべりつづけた。「おまけに、正しくないことをしているのは自分でもわかっていたのです。なぜならわたしは、助けに来てくれたフレンドたちと目を合わせることすらできずにいたのですから」マディーは立ったまま涙を流していた。「申し訳ないことをしたと思っています。わたしは価値のない人間です。ただ、自分の過ちは認めています。ですから、フレンドのみなさん、どうかわたしを見捨てないでいただけますでしょうか。もう彼には背を向けたのですから」ぼんやり前を見ながら目をしばたたかせる。「自分の弱さを思い知らされました」彼女は頭を垂れた。「今はただ……〝光〟に照らされ、〝真実〟の教えに従って生きていきたいと願っています」

「〝真実〟だと?」ついにクリスチャンは叫んだ。その声が静寂のなかに響き渡る。マディーも含めて、全員が彼のほうを振りかえった。彼はドアの前に立ちはだかっていた。場違いなところに来て辱めを受け、怒りを煮えたぎらせながら。マディーはただ、ぼくと同じ人間——ここにいるみんなと同じ人間だっただけじゃないか。「〝真実〟だと?」クリスチャンはマディーを見つめながらもう一度叫んだ。それしか言えなかった。その声が殺風景な部屋のなかで渦を巻いた。

演台にいた低い声の男が立ちあがった。「フレンド」と、クリスチャンに向かって呼びかけてくる。「気持ちはわからないでもない。だが、あなたは神とともに生きる者ではないようだ。ミーティングの場を荒らさないでくれないか」

会衆のなかから、もうひとりの男も立ちあがった。リチャード・ギルだ。「ここから出ていってくれ」

クリスチャンは狂ったような笑い声をあげた。中央の通路を歩いていき、マディーの手から手紙をむしりとる。

「誰がこれを書いた？」拳のなかにあるものをマディーに向かって突きだした。

彼女はまるで幻を見るような目でクリスチャンを見ていた。言葉の意味がわからないとでも言いたげな表情だった。それがクリスチャンをさらに激怒させた。**なぜきみが、**そんなばかな、なぜなんだ、マディーガール、嘘だ、嘘だ、**嘘ばかりだ！**

彼は手紙をくしゃくしゃにしながらマディーをにらみつけた。クエーカー教徒たちは身じろぎもせずにこちらを見つめていた。信心深げな文句を並べてはいるが、絶対に本心ではないはずだ。間違っている、こんなこと、**間違っている！**　そのことをマディーに伝えたかった。だがいくら伝えようとしても、うまく言葉が出てこなかった。言うべきことは喉から出る寸前で壁にぶちあたり、鎖に縛りつけられ、拘束衣にからめとられてしまう。彼の脳は言葉を閉じこめる監獄だった。

わかっていた。ぼくの負けだ。ぼくはなにより必要としているものを失ってしまった。みんなが道化師でも見るような目でこちらを見ている。**まともに話もできない、頭のいかれた人間なんて、侮蔑して当然だというわけか！**

だが、怒りと絶望の底に突き落とされながらも、クリスチャンは部屋を出ていこうとしなかった。できそこないの狂人扱いされるという辱めを受けても、まるでジャングルに住む獣のように、しっかりその場に立っていた。

クエーカーなんて！　敬虔な、クエーカーの、**リチャード・ギルなんて！**

「そいつが、**善人か？**」ついに言葉が口をついて出た。クリスチャンは腕を大きく広げた。「見ろ！　ぼくを！　話もできない**罪人だ！**」その声がむきだしの壁にぶつかると同時に、彼はギルを指さした。「そいつのほうが……**善人なのか？**」クリスチャンはラバをにらみつけた。「聖人ぶって……自分のほうが……ぼくの**妻に**……お似合いだとでも……思っているのか？」ぐるりと頭をめぐらせて、集まっている会衆に向かって手紙を突きつける。「誰が書いた？　おまえか？」彼はそう言いながら、顔をしかめている男たちに向かって手紙を振ってみせた。「おまえなのか？　マディーじゃない。マディーは……ぼくのことを――**敵**なんて……呼ばない」クリスチャンは首を振ってうなり声をあげた。「マディー……　〝みだらな肉の歓び〟って？」今やほとんど泣き笑いの状態だった。「ぼくに言わせれば……それは愛だ。神の前で……わが妻に……誓った愛。なにより……大事な愛。そう言ったはずだ。今でも……それは真実だ……マディー。今でも……真実……ぼくのなかで、いつまでも」

彼女は背筋をのばし、涙をあふれさせながらクリスチャンを見つめていた。

「ぼくらは……**伴侶じゃないか！**」彼は叫んだ。なんの表情も浮かべず、ただただ涙を流しつづけているマディーに向かって。「神の……愛……。愛のみによって結ばれた！　きみは**公爵夫人だ！**」

マディーが唇を動かし、舌で湿らせた。

「そう……思わないか？」クリスチャンは問いただした。「きみは、臆病で弱いクエーカー教徒なのか？」傍若無人な笑い声が天井にこだました。「頑固で……それこそ意志を曲げない……プライドばかり気にする……**嘘つき**なのか？……**国王**に挨拶もしないなんて！　狂人の部屋に歩いてこい――頭をあげ……怖がらず……ぼくはきみを殺すこともできた、マディー。百回だって殺せたんだ」

「それは〝オープニング〟だったのよ」マディーはつぶやいた。

「いや……きみだ」クリスチャンは言った。「公爵夫人。きみがぼくを……あそこから出した。そして公爵と……結婚した。きみは言った……フットマンにパウダーはいらないって」彼は床を指さした。「きみが望むなら――ぼくはひざまずいてもいい。それで地獄に落ちても……かまわない」唇をゆがめて続ける。「真珠も、花も……ドレスも、もういい。神の意志にそぐわないなら。それでもひとつだけ……きみにあげたいものがある……わがままで傲慢な、どうしようもない男……このぼくを。与えてやれるのは……それだけだ。それと……娘も……。ぼくが育てるから……手放すことなど……できない。つらい思いを……させたくないんだ。それに……きみが……きみだけが……あの子に教えてやれるから……あの子に勇気を……与えてやれるのは……きみだけだ。誰になにを……言われても……どんなふうに責められても……しっかり生きろと言ってくれるのは……。わたしのように生きなさいと……言えるのは……きみだけなんだ。公爵夫人だけ」クリスチャンは拳を開いて手紙を床に落とした。「きみの心のなかの……公爵夫人だけなんだ！」

彼は居並ぶクエーカー教徒たちに一瞥をくれてから、勢いよく背を向けて通路を歩いていった。

そしてドアの前で立ちどまり、くるりとマディーのほうを振り向いた。「外で待つ……五分だけ！」深い決意に支えられた声だった。「**来てくれ！** さもないと……これきりだ！」

ミーティングハウスを出た先にある小さな教会の庭の暗がりで、クリスチャンは鉄の柵《さく》を握りしめていた。ふたつの建物のあいだには、一本の木が植えられ、小さな墓が並んでいる。ドアを出たとたんに感じた震えは、いっこうにおさまろうとしなかった。とてつもない怒りと恐れが、血管のなかを駆けめぐっていた。通りには馬車が行き交っている。荒波にもまれる小島のようにじっと動かないのは、ミーティングハウスとその前庭だけだった。

外に出てきて、もう五分は経ったはずだった。それでも彼は、消えゆく希望を胸に抱いたまま待ちつづけた。五分という時間が、まるで一時間にも二時間にも感じられた。ここを立ち去るべきなのはわかっていた。あんな最後通告を突きつけたところで、意味などあるわけがない。それでも待っていたのは、ただ、もう一度マディーの姿を目に焼きつけたいからだった。永遠の別れの前に、もう一度だけ。

柵を握ったまま、通りを過ぎていく馬車を眺めた。カンバス地の幌を張り、二匹の雄牛に引かれている馬車だった。ゆっくりとではあるが、着実に前へ進んでいる。その馬車が見えなくなってしまったとき、ふと後ろを振り向くと、ミーティングハウスの玄関の階段にマディーが立っていた。

突然、柵についている鉄の突起が、親指に痛みを伝えてきた。ほかには誰も出てこない。クリスチャンは眉をひそめた。ボンネット帽に隠された彼女の表情を読みとることはできなかった。明らかなのはひとつだけ――彼女がひとりだということだ。

マディーは彼を捜すかのように通りを見まわしていた。やがて階段をおり、クリスチャンのほうへ近づいてきた。

彼はてのひらをさらに強く柵の突起に押しつけた。彼女が足をとめた。ふたりのあいだにあるのは、教会の柵だけだった。マディーが顔をあげる。頬には涙のあとがあったが、悲しげな表情ではなかった。教会の庭の薄闇のなか、白いボンネット帽がかすかな光を反射し、彼女の顔が明るく浮かびあがったような気がした。

クリスチャンの心は不安に揺れた。一度柵から手を離し、彼女から数歩遠ざかった。知りたくなかった。クエーカーの教えに従って生きていくことに決めました、などという言葉は、聞きたくなかった。彼女の顔が明るく輝いているのは、そのせいかもしれないではないか。

「あの赤ん坊は……」クリスチャンの口から思わずこぼれ出た言葉が、狭い庭にむなしく響いた。「イーディーとぼくの子だ」苦々しげに唇をゆがめながらマディーの顔を見る。「つまり……〝肉の歓び〟だ」

「そうね」マディーが応じた。まだ柵の向こう側に立ったままだった。

クリスチャンはなにもかも洗いざらい告白したくなった。そうすれば、もう二度と嘘などつかないと言えそうな気がした。彼は薄れつつある大理石の墓碑に目をやった。「サザーランド家の……人たちは……知っている。あの子がぼくの娘だと」クリスチャンは肩をすくめた。「あの子には公爵の血が……でも、あの子がそれを知る……必要はない」墓に向かって無理やり笑みを浮かべる。「ぼくが匿名の養育者になればいいだけ」

マディーの顔が見られなかった。恥――過ち――そして罪。ぼくはマディーと出会う前に、彼女を遠ざけるようなことをしてしまっていたわけだ。マディーは光に包まれたような表情を浮かべ、この世のものではないような落ち着きを見せていた。その静かなオーラのせいで、彼の心はさらに傷ついた。

「あなたが育てるの？」

「ぼくの娘だ」クリスチャンは吐き捨てるように言った。「不義の娘。それでも……ぼくはあの子を……」

「そうね」マディーはふたたび言った。「だけど、あなたが育てるのね？」

クリスチャンはうなだれた。突然、奇妙な感じが胸に広がっていった。墓石に生えた苔《こけ》が文字の形に歪《ゆが》みはじめた。彼はまばたきをし、笑い声をあげた。「思ったんだ……あの子が寒い思いをしていても、彼らは気にもかけてくれないかもしれない」遠くを行き交う馬車の音が、妙にくぐもって聞こえた。まるで別の世界から聞こえてくるように。「わからないが……でも、きっとつらいことに……」クリスチャンはてのひらのつけ根で目のあたりをぬぐった。「マディー！」

彼女が柵の扉を開け、クリスチャンのいるほうに入ってくると、彼の目の前に立った。背筋をのばし、澄みきった表情を浮かべて。まるで無慈悲な天使のようだった。別れの言葉を言いに来たに違いない。ぼくを傷つけまいとして、黙って姿を消すような女性ではないのだから。

「彼らはきみを……クエーカー教徒として受け入れたのか?」彼は物憂げに問いただした。「きみの手紙は受理されたのか?」

「あれは〝真実〟ではなかったわ」マディーはきっぱりと言った。「だから、あなたのところへ来たの」

すべての音や気配が、自分からどんどん遠ざかっていくような気がした。「ぼくのところへ?」クリスチャンはぼんやりと彼女の言葉をくりかえした。

マディーの口の端がからかうように持ちあげられた。「あなたはわたしの夫。そしてわたしはあなたの妻――互いを支えあう伴侶なんでしょう? わたしたちのあいだにはなんの規則もなく、ただ愛のみによって結ばれる」そうして、まるで先生が生徒を諭すときのように、ほんの少しだけ彼の袖に手をやった。「この誓いの言葉、毎朝あなたに向かって言ってあげるわ」

クリスチャンは彼女の手をつかまえて握りしめた。頭のなかでいくつもの言葉が鳥のように飛び立ち、そして、ガラスにぶつかって落ちていった。

「わたしを受け入れてくれる?」しばらく静寂が続いたあと、マディーはおずおずと尋ねた。「手紙は――書きなおしたわ。そうして本当の〝真実〟を伝えるために、みんなの前で読んできた。わたしたちの心のよりどころは、主なる神以外に存在しない。わたしたちがいつ、どこで、どんな務めを果たさなければならないか――それを決められるのは神の御心だけなんですもの」彼女はクリスチャンと指を絡ませ、まつげをあげた。「五分よりはずいぶん長い時間が経ったんじゃないかしら?」

クリスチャンは思うように動けずにいた。彼はひざまずき、マディーの体に顔を押しつけた。そうすることでしか、彼女の言葉に応えられなかった。彼はうめき声をあげた――だが心のなかではこう思っていた。そうだ、そうとも、ぼくはたしかにきみを愛している。でも、きみは本当にこれでいいのか?

マディーの指が髪を撫でてくれた。彼女はかがみこみ、大理石の上に腰をおろすと、両手でクリスチャンの顔を包みこんだ。ふたりの目は同じ高さにあった。

「ギルのことは……いいのか?」彼は苦痛に満ちた声で訊いた。「ぼくより……彼のほうが……善人なのでは?」

彼女は自分の手を見つめてから、ふたたび彼の髪を梳いただけでなにも答えなかった。クリスチャンはみじめなうなり声をあげ、マディーを軽く揺さぶった。

「まだわからない?」彼女は微笑んだ。「わたしはたぶん、あなたの公爵夫人にしかなれない気がするの」

「そして……きみがぼくを……善人にしてくれる」

「頑張ってみるわ」マディーは彼のこめかみのあたりの髪をくるくると指でもてあそんだ。「だけどわたしが好きなのは、ちょっぴり邪悪な悪い公爵さまなの。だから、あんまり変わってほしくないんだけど」

「邪悪な……ばかな……」彼は皮肉をこめて言った。

「本当は違うわ」彼女は言った。「わたしが見あげてうっとりできる、ただひとつの星よ。ありのままのわたしを受け入れてくれるのは、あなただけ――あなたがこの星に落ちてきてくれて、本当によかった。だってそのおかげで、こうしてあなたの手を握ることができるんだもの」

　クリスチャンはかすれた声で笑った。「キラキラ……星か」そうして彼女の膝もとを見おろした。「ぼくはきみにふさわしい……男ではない。だが……あまりにも心がひねくれていて……きみをあきらめられないんだ」

「ほらね」マディーは言った。「わたしたち、ふたりとも、どうしようもなくわがままな人間なのよ」

　彼はふたたび皮肉な笑い声をあげた。「いや、違う。そうじゃない、マディーガール」彼女としっかり指をつなぎあわせると、そこから伝わってくる熱が痛みを伴って、胸の奥と目の奥に広がっていった。

　しばらく沈黙してから、マディーが言った。「あなたの娘の名前はなに？」

「ダイアナ」クリスチャンは唾をのみこみ、咳払いをしてから言った。「ダイアナ・レズリー・サザーランドだ。あちらの家族が……そう名づけた」そう言ってマディーの膝を見たまま首を振る。「マディー。将来のこと、わかるかい？　みんなあの子を……蔑みの目で見るだろう。いろんな噂が立つ。きみの噂も。この世は……残酷なやつら……ばかりだから」

マディーは指を振ってみせた。「そういう世俗の些事《さじ》にどう対処すればいいか、わたしがあの子に教えてあげるわ」

クリスチャンは顔をあげた。「きみが？」

「ええ、もちろん」彼女は安らかな自信に満ちた口調で答えた。

彼の口からくぐもった笑いが飛びだした。「もう、めちゃくちゃだ、マディー……きみは……ぼくの世界を引っくりかえしてしまった」

マディーは視線を落とした。もう一度彼の手をしっかり握り、指を絡みあわせてから言う。「あなたもわたしの世界を引っくりかえしてくれたわ」つないだ手に、もう一方の手を重ねた。「それが怖かったの。あなたが、キスでわたしを――みだらな気持ちにさせることが。そして、あなたがキスをするのがわたしだけなのかどうか疑って、嫉妬深い人間になることが怖かったのよ」

クリスチャンは薔薇色に染まった彼女の頰を見つめた。マディーは不安げに下唇を嚙みしめていた。正直な言葉だった。彼は体を傾け、唇を近づけた。

「マディー」クリスチャンはささやいて、彼女の唇の端に軽く口づけた。

握りあう手に、さらに力がこめられた。マディーが突然激情に駆られたかのように、激しくキスを返してくる。クリスチャンは彼女を抱きしめた。ふたりの体はぴったりと重なりあった。彼が口のなかをくまなく舌で探ると、マディーも同じく燃えるような情熱を持ってそれに応じた。小さなクエーカー教徒の公爵夫人は、あり余るほどの情熱と、そして善意を持った人間だ——そんな思いがクリスチャンを微笑ませたが、熱烈なキスの最中に微笑むのは難しかった。彼は体を少しだけ離し、視線をさげた。

マディーが背中をこわばらせた。「わたしを笑っているの？」なじるように言って、手を振りほどこうとする。

「いや、愛している」クリスチャンはにやりと笑いながら、彼女の手を握りなおした。キスのやり方を変え、彼女の顎からボンネット帽に隠された頬に向かって、やさしく舌でなぞっていく。「そして、キスしている」彼は紐を引っぱって結び目を解き、ボンネット帽を宙に放り投げた。「愛しているよ」そして、両手で彼女の頬を包みこんだ。「マイ・スウィート・ライフ。きみ専用の馬三頭に——二台の馬車——ベルベット——いくつもの部屋——クッションにベッド……そしてぼくのキス。ぼくのすべてのキス。なにもかも……全部きみだけのものだ」

エピローグ

　去年のクリスマスを祝えなかったせいで、シャーヴォー城の住人たちは今年まとめて二年分のお祝いをするつもりらしかった。公爵自身はその上を行って、三年分のお祝いをするくらいの意気ごみだった。クリスマスの二日前、大理石敷きの大広間の床には木の床が敷かれ、祝宴が開かれた。参加した人々は昼間から真夜中過ぎまで、飲んだり食べたり踊ったりキスをしたりして、大騒ぎした。最初は笑って拒否していたものの、最後にはマディーまでもがダンスを披露したほどだった。彼女は会場の真ん中に押しだされると、クリスチャンと向きあった。ふたりはダラムとレディー・ド・マーリーも誘って、四人で堂々とカドリールのステップを踏んだ。音楽が高鳴り、楽しい雰囲気が満ちていった――クリスチャンがマディーの肩と頭のてっぺんをつかまえながら、人形を操るように振りつけとは逆向きに彼女を回転させたりすると、あちこちからにぎやかな笑い声があがった。

　ダンスが終わると、クリスチャンはマディーに向かって深々とお辞儀をした。彼女は恥ずかしそうな笑みを浮かべ、手を差しだして彼と握手した。クリスチャンはもったいぶって握手を受けたかと思うと、フロアの真ん中でいきなり彼女を抱きしめてキスをした。まわりから盛大な拍手があがり、音楽が大音量で流れはじめた。ふたりはそんな騒ぎのなか、熱い口づけを交わしながら、ふたりだけの静けさに包まれていた。

「さあ」彼が耳もとでささやいた。「優雅に……ここを出よう」

マディーは父親にキスをした。公爵の家族でさえ、彼女の頰に唇を寄せてくれた。彼の母親や姉妹たちも――レディー・ド・マーリーだけは、こんなに盛りあがっているのに公爵夫妻が退出してしまうなんて、と文句を言いながらではあったけれど。でもマディーは、もうそろそろこの喧噪《けんそう》からは離れたいと思っていた。

「さあ、おいで」クリスチャンが彼女に言って、ふたりは大広間の反対側から部屋を抜けだした。マディーは喜んで彼についていった。廊下はたいまつの明かりで照らされていた。ふたりは子供部屋になっている一画までやってきた。

クリスチャンがそっとドアを開けた。ジリーは背筋をぴんとのばして次の間に控えていた。きれいな服を着て、顔を期待に輝かせている。彼女は椅子から跳ぶように立ちあがり、膝を折って挨拶した。クリスチャンがうなずくと、ジリーはにっこり笑ってもう一度膝を折り、足早にパーティー会場へ消えていった。乳母がいなくなると、彼は開いたままのドアの奥にある暗い寝室をのぞきこんだ。

マディーはこの一年間、贅沢な品々に囲まれながらも〝光〟とともにある生活を営もうとしてきた。そしてようやく、レディー・ド・マーリーがあのときなぜ、勇気の話を持ちだしたのかを理解した。なにをすればいいかは明らかだった。マディーは自分と父親のための生活費をわずかな収入から差し引いて、残りをすべて――といってもほんのささいな額しか残らなかったけれど――ミーティングに寄付した。

今では、日々、決断しなければならないことばかりだった――なにが必要で、なにが贅沢なのか。フットマンの半数に暇を出すという手もあったが、クリスチャンは、そんなことをしてもどうせ彼らの生活は援助してやらなければならないのだからと、にべもなく否定した。灰色の領域ばかりだった――白黒つけられることなどほとんどない。この一年間、マディーはこれまで以上に厳しく、自分は〝真実〟に従った生活を送っているかどうかを、いつも自分に問いただしてきた。ひとりでとり組んでいるプロジェクトもあったし、クリスチャンに任せたものもあった。彼はそういう慈善活動を〝ぼくのグッド・ワーク〟と呼び、気前よく小切手を切りながら、マディーに向かってウインクしてみせた――その額面が大きければ大きいほど、彼女は責任を痛感した。

だが、なにもかもが不明瞭なわけではなかった。マディーにはひとつだけ、確信していることがあった――今わたしのやっていることは、間違いなくわたしに課せられた使命だ。

もしかすると他人は、そういうことは家の恥だと言うかもしれない。けれどもダイアナは間違いなく、神からの贈り物だった。眠っているダイアナの顔をのぞきこんでいるクリスチャンの表情を見るたびに、マディーはそう思った。こんなふうに愛されて育っていけば、ダイアナ自身もいつかきっと、そう思うときが来るだろう。

クリスチャンはほんのわずかな隙間を残してドアを閉め、マディーのほうへ戻ってきた。この一年のあいだに、彼のまなざしはいつのまにか落ち着きをとり戻していた。彼はもう、あのころのように自分にいらだち、苦しんではいなかった。つまりそれは、どんなことを考え、口にし、決断したとしても、以前のように一瞬だけではなく、もっと時間をかけるようになったということだ。複数のことをいっぺんにやろうとして、うまくできない自分に癇癪を起こすことはなくなり、ひとつのことだけに集中するようになった。おまけに、慈しむような目でマディーを見てくれた。わたしはもう、彼の頭を混乱させるような女ではなくなったのだろう、とマディーは思った。クリスチャンが手をのばして注意深く彼女の真珠のネックレスを外し、結いあげてあった髪をほどいた。

彼はマディーの頰から肩へと指を滑らせながらささやいた。「前にも見たドレスだな」

「舞踏会用のドレスなんて、一着あればいいもの」彼女はきっぱりと言った。クリスチャンが銀色のドレスのホックを外していく。

「でもそれでは、縫い子が生活に困るかもしれない」

「話をすり替えないで。困っている人なら、ほかにもたくさんいるのよ」

「だったら、ドレスを注文する代わりに……」彼はマディーの肩の丸みに口を寄せて言った。「ぼくの金を……彼女たちに送ってやればいい」

彼女はクリスチャンの頰に手を添えた。てのひらから、彼の顎のたくましさが感じられた。「それよりも、政府に働きかけて、縫い子たちの生活が安定するような法律をつくってあげるほうが早いんじゃないかしら」

彼が顔をあげた「もちろん法律は……つくるさ。自由貿易の世界では……簡単なことだから」

マディーは笑みを浮かべ、彼の頰から口もとにかけてうっすらと残っている傷跡を指でなぞった。「それなら、具体的にどうするか――」

クリスチャンが彼女の首に顔を埋めて、熱い声をあげた。

「この話の続きは明日にしましょうか」マディーは言った。

彼はふたたび熱くうめくと、マディーの乳房の下に手を滑りこませ、彼女を押し倒した。ジリーのベッドは狭く、そしてやわらかかった。クリスチャンにキスをされると、マディーは正装用のドレスのことも法律のことも忘れてしまった。そうして彼がなかに入ってくるとしっかり抱きしめた――この愛はわたしのもの。世俗のよしなしごとなんて、どうでもいい。わたしたちの絆はどこまでも甘く、美しい。愛しあうことは、どこまでも喜びにあふれている。

クリスマス・イブの夜明け、大広間はひどいありさまだった。ベンチの上はごみだらけで、キャンドルはすっかり燃えつき、リースの緑もリボンの赤も色褪せて見えた。巨大な暖炉ではまだクリスマスの大薪《おおまき》が燃え、空っぽの部屋をあたためていた。クリスチャンが、むっとしているマディーのほうを見て微笑んだ。長テーブルの上に跳び乗ったデヴィルが、前肢のあいだに挟んだハムのかたまりにかぶりついている。キャスはと言えば、床の真ん中に置かれたワイン・クーラーのなかの溶けた氷を一心不乱になめているところだった。

クリスチャンが口笛を吹くと、キャスは近づいてきたが、デヴィルのほうはちらりと目をあげただけで、ふたたび肉にかぶりついた。

「あら、あの犬は？」マディーは驚いて尋ねた。

クリスチャンが振り向くと、一頭のスタッグハウンドが暖炉の前に寝そべっていた。灰色の犬の毛並みは、日差しを受けた銀色の石とほとんどひとつに溶けあっている。

　彼はマディーに腕をまわし、階段のほうへと誘った。「ただの犬さ」

「でも、初めて見る犬よ」

「まあ、めったに姿を現さないからな」

「そうなの」彼女は階段に足を載せて後ろを向いた。「たぶん、ゆうべ誰かが置き去りにしていったんでしょうね。それにしても、大きな犬」

「いい犬だ」彼はマディーのあとについていきながら言った。「人は嚙まない。子供も好きだ」

「じゃあ、ダイアナがもう少し大きくなったら」マディーはふわーっとあくびをしながら言った。「ポニー代わりにしましょうか」

　クリスチャンが立ちどまってマディーを抱き寄せると、階段に沿ってカーブした壁に寄りかかりながらキスをした。ふと見ると、暖炉の前の犬が起きあがり、体をのばしてちらりと彼のほうを眺めたのがわかった。

　彼は目を閉じて、キスに気持ちを集中させた。もう一度目を開けたとき、犬のしっぽが一瞬だけ視界の隅に見え、すぐに消えた。デヴィルのしっぽか、キャスのしっぽか。それとも、あの犬の幽霊の？　知るすべはなかった。

　だが、クリスチャンにはわかっていた。マディーは今、この腕のなかにいる。頰を赤らめ、眠たそうな目をしたマディーが。彼女はクリスチャンの胸に頭をもたせかけ、もう一度あくびをした。

クリスチャンはマディーを見おろして微笑んだ。わかっていた。たしかにぼくは、愚かで邪悪な男かもしれない――それでも、目の前にひとつの奇跡が存在していることだけは、はっきりとわかっていた。

訳者あとがき

扶桑社ロマンスでは初のお目見えとなる作家、ローラ・キンセイルのヒストリカル作品、『嵐に舞う花びら』（原題 *Flowers from the Storm*）をお届けします。

ローラ・キンセイルはテキサス大学オースティン校で地質学の修士号を取得したのち、石油会社に就職して西テキサスの掘削現場を駆けめぐっては、石油地質学の専門家としてみずからも現場でヘルメットをかぶり、大柄で屈強な油まみれの男性労働者たちを指揮監督する仕事をしていたという、ロマンス作家としては少々異色の経歴の持ち主です。夜中に起きだして何百キロも車を走らせ、忙しく働いたあとは小さな町の狭苦しいモーテルを転々とするといった生活をくりかえすなかで、現実逃避として徐々に読書の世界にのめりこんでいき、ついには自分でも物語のプロットを考えはじめ、ペンをとることになったのだとか。

そんなローラが初めて最後まで書きあげたデビュー作『*The Hidden Heart*』（未訳）は一九八六年に出版され、ロマンティック・タイムズ誌のヒストリカル部門ベスト新人作家賞を受賞。その後もほぼ年に一冊のペースで作品が刊行され、一九九一年には『*The Prince of Midnight*』(未訳)でＲＩＴＡ賞ベスト・ロマンス部門で大賞を、また二〇〇五年には『黒き影に抱かれて』(二見書房刊)が同賞長編ヒストリカル部門で大賞を獲得するなど数々の栄誉に輝き、長編ヒストリカルの実力派作家としてアメリカでは大人気を博しているようです。本書もＡＡＲというロマンス愛読家の団体で二〇〇四年に行われた、〝読者が選ぶロマンス・トップ一〇〇〟の企画で見事、第二位に選ばれています。

彼女の作品はおもにイギリスやヨーロッパなどを舞台とした大作が主流で、なかでも十八世紀から十九世紀のイングランドを得意としているらしく、本書も一八二七年のロンドンから始まります。この作品においてなによりも特徴的なのは、ヒロインのアーキメデア・ティムズことマディーが敬虔なクエーカー教徒である点でしょう。クエーカーというのは十七世紀の英国で創設された〝Religeous Society of Friends〟の俗称で、三百年以上の歴史を持つキリスト教系の宗教団体であり、日本でも明治初期には伝道され、ミッション・スクールも設立されています。絶対的平和主義、平等主義に基づき、華美な装飾や権威を嫌って、質素で誠実な生活を実践することに重きを置いている宗派とのこと。彼らがなぜ〝クエーカー／震える者〟と呼ばれるかというと、神からの直接的な語りかけを受けた者がぶるぶると体を震わせることがあったために、迫害を受けていた時期にそうした呼び方が広まってしまったようです。信者たちはみずからをキリスト友会と称しているようですが、一部ではフレンド派と呼ばれることもあるので、本書内ではそちらの呼称を採用させていただきました。

さて、この物語においてはヒロインのマディーが信仰心に篤く高潔できまじめな女性であるのに対し、ヒーローであるクリスチャンのほうは〝放蕩者の貴族さま〟という悪名が世間に広く知れ渡っているような自堕落な人物として登場します。ですがこの公爵は天才的な数学者でもあって、科学の世界に革命をもたらすような画期的な理論をマディーの父との共同研究によって打ち立て、その成果を学会で発表して拍手喝《かっ》采《さい》を浴びる場面も描かれています。

それほどまでに知的で誇り高き公爵であったクリスチャンは、とあることが原因で言葉を失い、精神に異常をきたしたと見なされて養護施設に隔離されてしまうのですが、実を言うとこの人物像には実在のモデルが存在するそうです。作者のローラが子供のころ一緒に暮らしていた祖母の姉妹、つまりローラにとっての大おばが、あるとき脳卒中を起こして倒れてしまい、それ以降は口が利けなくなってしまったのだとか。まだ幼かった作者は、口を開けばうめくような声しか出せず、子供たちを追いかけまわしては髪や腕をつかんで引っぱったりつねったりする大おばに怯え、この人は頭がおかしいと思いこんでいたそうですが、それから何年もの時が経って、ある日突然はっと気づいたと言います。大おばは決して精神を病んでいたわけではなく、ただ単に自分の思考や感情を伝える道具としての言葉を失っていただけなのだ、と。

この作品のヒーローであるクリスチャンも初めのうちは、思うようにしゃべれないだけでなく、相手の言葉が聞きとれないとか、ものの名称すら思いだせないといった失語症に悩まされて自暴自棄になっていますが、彼は正気を失っていないと信ずるマディーの献身的な看護によって、大いなる苦悩から徐々に解き放たれていきます。その様子が実に感動的に、そしてとてもリアルに描かれているのは、同じ病に苦しんだ人物を身近で見て育った作者ならではの説得力によるものと言えるのではないでしょうか。

最後に、作者ローラ・キンセイルのホームページのアドレスをご紹介しておきます。

http://www.laurakinsale.com/

それぞれの作品ごとに意見や感想などが書きこめるようになっていて、ときにはローラ本人からのレスがもらえることもあるようですので、ご興味のある方はぜひ投稿なさってみてください。

◉訳者紹介　清水寛子（しみず　のぶこ）
英米文学翻訳家。デリンスキー『ワインカラーの季節』、ロバーツ『運命の女神像』、同『十七年後の真実』（以上、扶桑社ロマンス）、クランダル『ひとときの永遠』（二見書房）など、訳書多数。

嵐に舞う花びら（下）

発行日　2010年3月30日　第1刷

著　者　ローラ・キンセイル
訳　者　清水寛子

発行者　久保田榮一
発行所　株式会社 扶桑社
〒105-8070　東京都港区海岸1-15-1
TEL (03)5403-8870（編集）　TEL (03)5403-8859（販売）
http://www.fusosha.co.jp/

印刷・製本　株式会社 廣済堂
万一、乱丁落丁（本の頁の抜け落ちや順序の間違い）のある場合は
扶桑社販売宛にお送りください。送料は小社負担にてお取り替えいたします。

ISBN978-4-594-06171-5　C0197
Printed in Japan（検印省略）
定価はカバーに表示してあります。